LA FILLE
SANS
NOM

OUVRAGES ÉCRITS PAR LISA REGAN

En français
Jeunes disparues
La Fille sans nom
La Tombe de sa mère
Ses Ultimes Aveux
Les Ossements qu'elle a enterrés

En anglais
Detective Josie Quinn
Vanishing Girls
The Girl With No Name
Her Mother's Grave
Her Final Confession
The Bones She Buried
Her Silent Cry
Cold Heart Creek
Find Her Alive
Save Her Soul
Breathe Your Last
Hush Little Girl
Her Deadly Touch
The Drowning Girls
Watch Her Disappear

Local Girl Missing

The Innocent Wife

Close Her Eyes

My Child is Missing

Face Her Fear

LISA REGAN

LA FILLE SANS NOM

Traduit par Pauline Babin

bookouture

L'édition originale de cet ouvrage a été publié en 2018 sous le titre *The Girl With No Name*
par Storyfire Ltd. (Bookouture).

Publié par Storyfire Ltd.
Carmelite House
50 Victoria Embankment
London EC4Y 0DZ

www.bookouture.com

ISBN : 978-1-83525-515-5
eBook ISBN : 978-1-83525-514-8

*Pour mon frère, Kevin Brock,
qui m'a montré l'importance de se battre jusqu'au bout.*

1

NEWS 5 – Akron, Ohio
27 octobre 2016

Un adolescent tué lors d'un délit de fuite

*Un jeune homme de 19 ans a perdu la vie ce soir après
avoir été percuté par un chauffard dans le quartier de
Highland Square. L'adolescent a été retrouvé dans la rue
un peu après 5 heures du matin par un résident qui
promenait son chien.*
*Il a été conduit au centre hospitalier d'Akron, où son
décès a été constaté peu de temps après. Dans l'attente
d'une notification de sa famille, son nom n'a pas été
divulgué. Il n'y a aucune caméra au niveau de l'intersec-
tion où le délit de fuite a eu lieu. La police invite toute
personne ayant des informations à se manifester.*

2

LUNDI

La télévision résonnait dans le salon. Même avec la porte fermée, Josie pouvait l'entendre depuis sa chambre, située au premier étage de la maison. Au son des premières notes du générique de WYEP, la chaîne d'information locale, elle laissa échapper un soupir, ramassa les magazines de mariage posés sur sa table de nuit, puis descendit au rez-de-chaussée.

Luke, son fiancé, était affalé sur le canapé, sa grande carcasse musclée occupant presque tout l'espace. Il sortit des frites d'une boîte en polystyrène pour les plats à emporter posée sur ses genoux et les enfourna dans sa bouche. Ses deux pieds reposaient sur la table basse, touchant presque la pile de modèles de faire-part de mariage qu'elle avait essayé de lui faire regarder depuis deux semaines. Ses yeux étaient rivés sur l'écran où le journal télévisé de midi diffusait en continu le procès du Tueur de l'autoroute, qui avait commencé le matin même.

— Luke, tu peux baisser un peu le volume, s'il te plaît ?

Il ne lui accorda même pas un regard. Josie posa la pile de magazines sur la table basse et s'installa à côté de lui, sa cuisse frôlant la sienne. À l'écran, la journaliste Trinity Payne se tenait devant le palais de justice du comté d'Alcott, la brise soulevant ses cheveux noirs pendant qu'elle parlait avec assurance dans son micro : « Les premières plaidoiries du procès du Tueur de l'autoroute devaient se tenir ce matin. Cependant, King aurait fait une chute dans sa cellule il y a seulement quelques heures et se serait fendu la lèvre sur le lavabo. Selon le personnel pénitentiaire, il a eu besoin de plusieurs points de suture. »

Luke laissa échapper un rire amusé et engloutit une autre frite.

— Une chute. Mais bien sûr.

— Je parie que ce sont les gardes, intervint Josie dans une tentative d'engager la conversation.

Ces derniers temps, l'affaire King était l'un des sujets de conversation préférés de Luke. Mais il ne sembla pas l'entendre. Elle regarda autour d'elle.

— Tu m'as pris un cheeseburger ? demanda-t-elle.

Aucune réponse. Il récupéra la télécommande entre les coussins et poussa le volume encore plus haut.

— Luke ? insista-t-elle, mais il l'arrêta d'un geste de la main.

Ses yeux bleus étincelant à l'écran, Trinity Payne poursuivit : « Aaron King est soupçonné d'être responsable d'une trentaine de meurtres en Pennsylvanie au cours des quatre dernières années, bien que les enquêteurs n'aient pu relier son ADN qu'à huit d'entre eux. Des meurtres dont le plus récent s'est produit ici même, dans le comté d'Alcott. »

— Ça aurait dû être mon intervention, murmura Luke.

C'était toujours la même chanson. Un an auparavant, le Tueur de l'autoroute avait été appréhendé par un policier qui l'avait interpellé lors d'un contrôle de routine. King roulait à vive allure sur la Route 80, dans le centre de la Pennsylvanie, sur une portion de l'autoroute où Luke avait l'habitude de patrouiller. Ce soir-là, il avait permuté avec un collègue pour pouvoir aller dîner avec Josie et Lisette, sa grand-mère, à l'occasion de l'anniversaire de cette dernière. Le collègue de Luke avait récolté toute la gloire et les honneurs pour l'arrestation du tueur en série qui avait terrorisé l'État pendant près de quatre ans.

— Je suis contente que ça n'ait pas été le cas. Tu aurais pu te faire tuer, fit remarquer Josie en lui serrant légèrement la cuisse.

Son genou se déroba brusquement à son toucher. Elle retira sa main et sentit le picotement familier des larmes derrière ses paupières, qu'elle repoussa en clignant des yeux. Elle ne devrait pas se sentir rejetée, cela faisait des mois que cela durait, mais elle ne pouvait pas s'en empêcher.

— Luke, réitéra-t-elle en lui prenant la télécommande des mains pour baisser le volume.

— Mais ! contesta-t-il en lui accordant son premier regard de la journée.

Elle se força à sourire.

— Je croyais qu'on devait passer du temps ensemble aujourd'hui. Juste toi et moi. Sans travail ni distraction.

— Je suis là, répondit-il.

Pas exactement, pensa-t-elle. Les yeux de Luke étaient déjà de retour sur l'écran de la télé. Elle saisit un modèle de leur faire-part de mariage sur la table basse.

— Je me suis dit qu'on pourrait parler du mariage. Ta sœur nous a envoyé ça pour qu'on les regarde.

— Ah oui ? répondit-il sèchement.

— Bon, on n'est pas obligés d'utiliser les invitations que Carrieann nous a envoyées. On peut sans doute en trouver d'autres sur internet. Je vais chercher mon ordi.

— S'il te plaît, Josie, pas maintenant.

Josie le fixa, son corps se raidissant.

— Oh, d'accord. On peut peut-être...

— Écoute, je voulais juste me reposer aujourd'hui, d'accord ?

— Oui, pas de soucis, acquiesça Josie. On n'a pas eu beaucoup de temps pour ça récemment, n'est-ce pas ?

Ses responsabilités liées à la direction de la police de Denton lui demandaient bien plus de temps qu'elle ne l'avait imaginé. Elle vivait dans un état de culpabilité constant. Bien qu'elle sache que la plupart des problèmes auxquels il était confronté n'avaient rien à voir avec elle, elle ne pouvait se défaire du sentiment que si elle lui consacrait plus de temps, peut-être ne s'éloignerait-il pas un peu plus chaque jour.

Elle se rapprocha de lui, s'appuyant sur son flanc, mais il s'écarta d'elle, cherchant le reste de frites dans le fond de sa boîte. Lorsqu'il la balança, vide, de l'autre côté du canapé, Josie haussa un sourcil.

— Je peux la jeter pour toi, peut-être ? demanda-t-elle avec insistance.

— Je t'ai pris un burger, dit-il comme s'il n'avait pas entendu un seul mot de ce qu'elle avait dit au cours des cinq dernières minutes. Il est dans la cuisine.

Il fit un geste en direction de la télévision.

— Chut, ils le font entrer dans le tribunal.

Avec un lourd soupir, Josie tourna de nouveau son regard vers l'écran. Elle perçut à peine le gémissement de Luke alors que les adjoints du shérif conduisaient King de la voiture au palais de justice, une veste sur la tête.

— Ils ne veulent pas qu'on voie l'état pitoyable de sa lèvre, spécula-t-il.

Pour le bénéfice des téléspectateurs, WYEP afficha la photo d'identité judiciaire de King à l'écran. King était jeune, seulement vingt-trois ans, la peau sèche, les cheveux bruns et rebelles, la barbe broussailleuse et négligée. Son nez était long et étroit, légèrement crochu à l'extrémité, et ses yeux sombres semblaient traverser la caméra. Cette photo lui donnait toujours des frissons. Elle était heureuse que Luke n'ait pas été celui qui l'avait arrêté ; King s'était attaqué au policier qui l'avait appréhendé avec une machette, un détail que Luke ignorait à chaque fois qu'il se lamentait sur sa malchance de ne pas avoir été présent.

Selon Josie, Luke avait déjà enduré suffisamment de traumatismes pour toute une vie sans avoir à ajouter une attaque à la machette à la liste. Un an et demi plus tôt, il avait reçu une balle et avait frôlé la mort alors qu'il assistait Josie lors d'une enquête sur des disparitions d'adolescentes dans son secteur.

Mais ce n'était pas cela qui avait transformé son fiancé aimant, jovial et passionné en l'inconnu apathique qu'elle avait en face d'elle. Quatre mois plus tôt, il s'était rendu chez son ami Brady pour regarder un match de hockey de la NHL et avait découvert que Brady avait abattu Eva, sa femme, et s'était ensuite suicidé. Les Conway vivaient dans la petite ville de Bowersville, hors du secteur de Josie. Elle n'avait donc pas suivi l'affaire, mais Luke n'était plus le même depuis. C'est comme si, en ôtant la vie de sa femme et la sienne, Brady Conway avait emporté une part de Luke avec lui, et Josie n'était pas sûre de la revoir un jour. Elle avait beau essayer, il restait complètement fermé. Chaque jour, Josie atteignait un nouveau niveau de distance, de tristesse et d'incertitude.

— Un véritable tueur en série, dit Luke. J'aurais pu l'arrêter. Combien de personnes peuvent se vanter d'avoir arrêté un tueur en série ?

C'était le cas de Josie.

— Ce n'est pas aussi bien qu'on le dit, répondit-elle.

Elle reprit la télécommande et éteignit la télévision.

— Luke, on a tous les deux du temps libre aujourd'hui. Je me disais qu'on pourrait...

Il se redressa, changeant de couleur.

— Mais je regardais !

Il lui arracha la télécommande des mains, ralluma la télévision et augmenta de nouveau le son.

— Luke, j'essaie de te parler, dit Josie.

Son regard resta rivé sur l'écran.

— De ?

— De ce que tu veux.

Ses yeux balayèrent la table basse et rencontrèrent finalement les siens.

— S'il te plaît, Josie, je suis fatigué.

Elle s'apprêtait à répondre, mais il était déjà absorbé par l'émission, à mille lieues d'elle alors que leurs corps n'étaient qu'à quelques centimètres l'un de l'autre. Pour la énième fois, elle se demanda ce qui avait bien pu lui arriver. Sa tendresse, son sens inné de la galanterie et sa normalité absolue étaient ce qui l'avait attirée chez lui. Elle savait que ces épisodes de froideur n'avaient rien à voir avec elle. Elle le comprenait. Mais elle n'était pas sûre de pouvoir en supporter davantage.

Elle lui avait conseillé d'aller consulter ; il n'avait manifestement pas digéré ce qui était arrivé à ses amis et elle soupçonnait qu'il ressentait de la culpabilité. S'il était arrivé quelques minutes plus tôt, il aurait peut-être pu éviter tout cela.

La sonnerie de son téléphone portable brisa le silence glacial qui s'était installé entre eux. Ils tournèrent tous les deux la tête en direction du son. Elle avait laissé son portable sur la console dans l'entrée.

— Je dois répondre, murmura-t-elle.

Elle traversa la pièce, saisit le téléphone et le colla à son oreille.

— Oui, Josie à l'appareil.

C'était le lieutenant Noah Fraley, son second.

— Patronne, répondit Noah. On a un problème. Vous devriez me rejoindre tout de suite.

Elle ne posa pas de questions. Elle répondit simplement « OK » et écouta Noah débiter une adresse qu'elle savait qu'elle aurait dû reconnaître, mais rien ne lui venait sur le moment. Elle raccrocha et sortit sa veste de la penderie.

— Josie ? lança Luke depuis le salon.

— Le travail m'appelle, répondit-elle.

3

Ce n'est qu'une fois que son corps se fut détendu, à un kilomètre de chez elle, que Josie se rendit compte à quel point les muscles au niveau de ses omoplates étaient contractés. Elle savait qu'elle ne devait pas se cacher derrière le travail, mais c'était le seul endroit où elle se sentait en contrôle. Mais le soulagement se dissipa rapidement lorsqu'elle arriva à l'adresse que Noah avait donnée et qu'elle comprit soudain pourquoi elle lui semblait si familière.

Noah se tenait devant la grande maison victorienne, le regard sombre et fixe. À ses côtés, un agent de la police de Denton muni d'un porte-bloc surveillait la porte d'entrée.

— On est face à une scène de crime ? demanda Josie.

Noah acquiesça.

— Vous avez bouclé le périmètre ?

— Oui. J'ai aussi quelqu'un devant la porte de derrière. Tous les points d'entrée sont couverts.

— Est-ce que... est-ce qu'elle est morte ?

Honnêtement, Josie n'avait aucune idée de la réaction qu'elle aurait si Noah lui annonçait la mort de Misty Derossi. Tout le monde savait que Josie la détestait. Après avoir surpris

Ray, son défunt mari, en train de coucher avec cette strip-teaseuse débauchée, ça n'avait pas été facile, mais tout avait changé lorsque Ray lui avait avoué qu'il était tombé amoureux d'elle.

— Non, répondit Noah. Pas encore, en tout cas. Les ambulanciers l'ont déjà emmenée à l'hôpital. J'ai envoyé un gars pour me tenir au courant de son état. C'est une voisine qui l'a trouvée, inconsciente. Une vieille dame qui habite à côté n'a pas vu Misty sortir de chez elle ou rentrer pendant plusieurs jours et est venue pour prendre des nouvelles. Elle a frappé mais personne n'a ouvert, alors elle a fait le tour de la maison et dit avoir trouvé la porte de derrière entrouverte. Elle est entrée et c'est là qu'elle a vu Misty sur le sol du salon. Elle a appelé les secours. Misty a été violemment battue. La majorité de la maison est intacte, mais le salon est en pagaille, vous allez voir.

Josie prit un instant pour se calmer, se souvenir de mettre ses sentiments personnels de côté et de traiter cette affaire comme n'importe quelle autre. Elle passa devant Noah, qui la suivit, salua l'officier de la tête et le regarda inscrire son nom sur le registre. Juste derrière la porte d'entrée, l'un de leurs techniciens en identification criminelle avait installé la zone de matériel.

La ville de Denton s'étendait sur environ soixante-cinq kilomètres carrés, dont une grande partie traversait les montagnes sauvages de la Pennsylvanie centrale, avec leurs routes à voie unique sinueuses, leurs forêts denses et leurs résidences rurales disséminées à perte de vue. Avec une population de plus de trente mille habitants, la ville n'était pas assez grande pour disposer d'une unité d'investigation, mais elle disposait d'un petit groupe de policiers spécialement formés à la collecte des preuves et à la protection des scènes de crime : une équipe d'identification criminelle.

Au niveau de la zone de matériel, Josie et Noah enfilèrent

une combinaison, des chaussons, une charlotte et des gants en latex.

— Est-ce que quelqu'un s'occupe d'interroger les voisins ? Pour voir si quelqu'un a vu quelque chose ? demanda Josie.

— Oui, deux agents s'en occupent actuellement, répondit Noah.

En suivant Noah plus loin dans la maison, elle constata qu'il avait raison : les pièces finement meublées et soigneusement agencées avaient l'air intactes. Josie et Noah avaient déjà traversé cette maison une fois, presque deux ans auparavant, quand Misty avait disparu après la mort de Ray. L'endroit était rempli de meubles anciens ornés qui avaient l'air aussi confortables que chics. Apparemment, danser dans le club de strip-tease local était rémunérateur.

— Comme je le disais, presque tout est à sa place, déclara Noah pendant qu'ils traversaient le couloir du rez-de-chaussée.

— Vous disiez que la voisine avait trouvé la porte de derrière entrouverte, dit Josie. Est-ce qu'il y a des signes d'effraction ?

Noah secoua la tête.

— Non. Soit Misty a laissé la porte de derrière déverrouillée, soit elle a laissé son agresseur entrer.

— Des fenêtres brisées ?

— Non.

— La voiture de Misty ?

— Garée à l'arrière de la maison dans son garage.

Noah s'arrêta à l'entrée du salon situé au fond de la maison. Il lui fit signe de passer devant lui.

— Prête ? Attention à la marche.

Lorsqu'elle pénétra dans la pièce, Josie retint un cri. Le salon, autrefois impeccable, semblait avoir été traversé par une tornade ; le parquet était recouvert de morceaux de verre, d'éclats de bois et de meubles fracassés ; la moquette florale bleue était éclaboussée de sang. À quelques mètres de là, une petite table basse était brisée en deux, une touffe de cheveux blonds accrochée au bois. Autour d'elle, Josie compta trois grandes lampes renversées dont les tessons de verre peint à la main étaient éparpillés dans la pièce. À sa gauche, tout un pan de mur couleur crème était affaissé. Quelqu'un y avait été projeté avec une telle violence que le placo s'était enfoncé. Josie avança avec précaution dans la pièce : près de l'un des repères, un petit objet blanc attira son attention. Elle s'agenouilla et le pointa du doigt.

— Mon Dieu, c'est une dent ? dit-elle.

Elle entendit Noah prendre une inspiration.

— Oui, les ambulanciers ont dit que Misty avait perdu l'une de ses incisives supérieures.

Elle détourna son regard pour examiner le reste de la pièce. Trois de ses agents étaient au travail. L'un d'entre eux poudrait les murs et les meubles à la recherche d'empreintes, tandis qu'un autre passait un aspirateur sur le tapis rond au centre de la pièce pour en recueillir les fibres. Le troisième agent suivait les repères en plastique jaune qui avaient été placés dans toute la pièce et prenait des photos de chaque détail. Vêtus de leurs combinaisons blanches, tout comme Josie et Noah, tous avançaient avec précaution, faisaient attention à chaque pas, comme s'ils étaient sur un terrain glissant. Ils la regardèrent lorsqu'ils se rendirent compte qu'elle les observait.

— Patronne, lança l'agent qui tenait le petit aspirateur.

Elle lui fit un signe de tête, et il passa du tapis à une couverture polaire blanche jetée sur le sol. Il la montra au photographe qui se fraya un chemin pour prendre plusieurs photos. La couverture fut ensuite aplatie et aspirée afin de récupérer tout poil ou fibre qui s'y trouvait. Une trace de main pleine de sang entachait sa surface blanche et propre ; l'empreinte de main de Misty, à en juger par sa taille. Puis quelque chose d'autre attira l'attention de Josie. Elle pointa du doigt l'objet qui se trouvait à côté du canapé.

— Noah, qu'est-ce que c'est que ça ?

4

Le transat pour bébé, d'une teinte grise douce agrémentée de pois pastel verts et jaunes, était renversé sur le côté. Le mobile, qui aurait dû être suspendu au support en forme de U au-dessus du siège, avait été arraché, ses adorables animaux du zoo tristes et éparpillés sur le sol. À côté du transat se trouvaient un petit éléphant en peluche et une couverture verte froissée, juste assez grande pour emmailloter un nouveau-né.

— Il y avait un bébé ? Elle a eu un bébé ? Est-ce qu'il est...

— Pas de bébé en vue, répondit rapidement Noah.

Cela n'apaisa pas l'horrible sentiment d'anxiété qui s'installait dans l'estomac de Josie.

— Je ne savais même pas qu'elle était enceinte.

Noah acquiesça.

— La voisine a mentionné que Misty pouvait accoucher à tout moment. Ce qu'on a trouvé dans la salle de bains du haut nous laisse penser qu'elle a accouché chez elle. Mais il n'y a aucune trace du bébé. On a trouvé un chien enfermé au sous-sol, il aboyait à tout va. La voisine a dit qu'elle s'en occuperait jusqu'à ce que les choses se calment.

— Quand est-ce qu'elle a accouché ?

— On ne sait pas, mais je pense que c'était au cours des dernières vingt-quatre heures, quarante-huit heures peut-être. La voisine affirme avoir vu Misty il y a quatre jours et qu'elle était presque à terme.

— Vous pensez qu'elle était seule au moment de l'accouchement ?

— Je ne crois pas. Suivez-moi.

Josie suivit Noah à l'étage. Ils passèrent devant une pièce que Misty avait visiblement aménagée comme une chambre de bébé. Josie y jeta un œil : les murs étaient jaunes, avec des animaux qui dansaient. La commode, la table à langer et le berceau semblaient tout neufs. Si Misty avait vraiment accouché dans les dernières quarante-huit heures, elle n'avait pas eu l'occasion d'utiliser quoi que ce soit.

Noah la conduisit jusqu'à la chambre parentale. L'odeur frappa tout de suite Josie : une atmosphère de sueur rance mêlée à une étrange fragrance sucrée qu'elle n'arrivait pas à identifier, et une légère senteur cuivrée, celle du sang. La chambre était en pagaille. Le très grand lit, niché dans un cadre en acajou sculpté avec soin, était jonché de serviettes et de draps froissés, le dessus-de-lit roulé en boule sur le sol. Des serviettes, des gants de toilette et des draps enchevêtrés, presque tous couverts de sang séché, formaient un chemin jusqu'à une salle de bains attenante.

— On a déjà examiné cette pièce, vous pouvez vous déplacer librement, lui dit Noah.

Josie entra dans la salle de bains.

— Elle a accouché ici.

— Oui.

Josie ne connaissait pas grand-chose à l'accouchement, mais elle comprenait que Misty avait dû avoir de l'aide.

— Où est son téléphone ? demanda Josie.

— On ne l'a pas trouvé.

— Est-ce que la vieille voisine a vu quelqu'un entrer ou

sortir ? Vous avez commencé par interroger les voisins les plus proches d'elle, non ?

— Oui. C'est moi qui l'ai fait.

— Est-ce qu'ils ont vu quelqu'un ? Avec un bébé, peut-être ? Des véhicules inhabituels ?

— Personne n'a rien vu, dit Noah.

— Il faut lancer une alerte Amber tout de suite.

— Sur quels fondements ?

— La situation répond aux critères. L'alerte Amber est là pour informer la communauté de la disparition ou de l'enlèvement d'un enfant de moins de dix-huit ans qui est donc en danger. Si on ne trouve pas un nourrisson et qu'il n'est pas avec sa mère, on doit traiter cette affaire comme un enlèvement. Je ne prends aucun risque, pas avec un nourrisson.

— Patronne, on ne connaît même pas le sexe.

— Alors, renseignez-vous. Envoyez quelqu'un parler à son gynécologue. Et sa meilleure amie ? Celle qui nous a appelés à propos de la disparition de Misty, la dernière fois ?

— Je l'ai déjà appelée, répondit Noah. J'ai trouvé une carte de rendez-vous chez une gynécologue locale sur le frigo, j'ai envoyé Gretchen à son cabinet pour voir ce qu'elle peut trouver.

— Bien.

Gretchen Palmer était l'inspectrice désignée du service. Josie l'avait engagée peu après avoir été nommée à la direction de police, ayant besoin de quelqu'un pour la remplacer. Gretchen approchait la quarantaine et avait travaillé comme inspectrice à Philadelphie durant la plus grande partie de sa carrière. Elle était expérimentée, n'avait pas froid aux yeux, et constituait un véritable atout pour son équipe.

Noah fronça les sourcils.

— Nous n'avons ni photo, ni véhicule, ni témoin.

— Je sais, ce n'est pas grand-chose, dit Josie. Essayons au moins d'apprendre quel est le sexe de l'enfant le plus rapidement possible avant d'envoyer l'alerte. Qu'en est-il du père ?

— D'après la voisine, Misty ne parlait de lui à personne.

— Donc on est peut-être face à une affaire domestique et le père a le bébé, dit Josie. Il faut qu'on sache de qui il s'agit. On doit aussi déterminer qui l'a aidée à accoucher et si elle avait prévu un accouchement à domicile.

— Patronne ? Lieutenant Fraley ? appela une voix d'en bas, qu'elle reconnaissait être celle de l'agent en garde devant la maison. Il y a quelqu'un pour vous.

5

Sous le grand porche de Misty, une femme d'une vingtaine d'années faisait les cent pas, les bras enroulés autour d'elle-même. Elle portait un jean bleu foncé, soigneusement retroussé, avec une paire de spartiates et un pull noir par-dessus un t-shirt blanc.

Sa peau avait la teinte orange profonde d'un autobronzant, contrastant avec ses cheveux d'ébène qui ondulaient le long de son dos. Quand elle vit Josie et Noah, elle se précipita vers eux les bras ouverts comme si elle allait enlacer l'un ou l'autre, puis s'arrêta brusquement, repliant ses bras autour d'elle-même à la place.

— Je peux vous aider ? demanda Noah en retirant sa charlotte.

Pendant un instant, les yeux de la femme furent attirés par les boucles brunes de Noah. Josie devait admettre qu'elles étaient encore plus savamment ébouriffées maintenant qu'il avait retiré la charlotte.

— Madame ? demanda Josie.

Avec un sourire timide, elle lança un bref regard à Josie.

— Je m'appelle Brittney. Le lieutenant Fraley m'a appelée. Je suis la meilleure amie de Misty. Est-ce qu'elle... elle va bien ?

Noah retira ses gants en latex et tendit une main à Brittney qu'elle serra.

— C'est moi, dit-il. Mlle Derossi est en vie, mais gravement blessée. Elle est à l'hôpital actuellement. Nous n'avons pas encore de nouvelles de son état, mais une voisine l'a retrouvée inconsciente.

L'une des mains de Brittney s'envola vers sa bouche.

— Mon Dieu. Le bébé va bien ?

Noah regarda Josie.

— Brittney, reprit Josie, le bébé a disparu.

Brittney eut le souffle coupé.

— Quoi ? Comment ça, « disparu » ? Elle a accouché ?

— Vous savez si elle attendait un garçon ou une fille ? demanda Josie.

— Un garçon. Mon Dieu, il est où ?

Josie ignora la question pour poser la sienne.

— Quand avez-vous vu ou parlé à Misty pour la dernière fois ?

Brittney posa la main sur sa poitrine.

— Je ne sais pas, il y a quatre ou cinq jours, quelque chose comme ça ? Je voyage pour le travail alors je n'étais pas dans le coin. Je lui avais dit que je serais de retour pour son accouchement. Je lui ai envoyé plusieurs messages hier et avant-hier, mais je n'ai pas eu de réponse. Je ne me suis pas posé plus de questions que ça. Quand elle est fatiguée ou qu'elle ne se sent pas bien, elle peut mettre une éternité à répondre.

— Pour quand son accouchement était-il prévu ? demanda Josie.

— Demain. Je suis rentrée aujourd'hui.

— Qu'est-ce que vous faites dans la vie ? poursuivit Noah.

— Je suis commerciale pour une entreprise pharmaceutique. Attendez... Quand est-ce qu'elle a accouché ?

— À voir l'état de la salle de bains, au cours des dernières vingt-quatre ou quarante-huit heures.

Brittney perdit toutes ses couleurs.

— La salle de bains ?

— Elle a accouché ici, dit Josie. Brittney, est-ce que vous savez si... Est-ce qu'elle avait prévu une sage-femme ?

Devant eux, Brittney se remit à faire les cent pas.

— Non, non. Elle comptait aller à l'hôpital. Je ne comprends pas. Elle ne m'a pas appelée. Qui était là ?

— On espérait que vous pourriez nous éclairer là-dessus, dit Noah.

— Brittney, reprit Josie, est-ce que Misty vous a dit qui est le père du bébé ?

— Non, c'était un grand mystère. Elle ne voulait même pas me le dire à moi. Personne ne savait. Elle disait qu'elle me le dirait peut-être après la naissance du bébé.

— Pourquoi garder ce secret ?

Brittney haussa les épaules.

— Je ne sais pas. Je lui ai dit que ça n'avait pas d'importance. Enfin... pour moi. C'était un sujet très sensible. Elle a fait une grossesse extra-utérine à l'âge de vingt ans et ça a failli détruire ses organes internes. J'étais surprise d'apprendre qu'elle était enceinte, car les docteurs lui avaient dit que ce ne serait pas possible. Quand elle l'a appris, c'était un miracle. Je l'embêtais en lui disant que je voulais absolument savoir quel homme l'avait enfin mise enceinte, mais elle ne voulait pas le dire. Elle se contentait de répéter qu'elle avait des choses à régler avant de commencer à en parler autour d'elle.

— Comme quoi ? demanda Josie.

— Aucune idée. C'était bizarre, vous voyez ? Elle ne voulait même pas se confier à moi, je vous dis. On est amies depuis la maternelle. Au début, j'insistais, mais, au bout d'un moment, elle a commencé à se fâcher à chaque fois que j'abordais le sujet, alors j'ai arrêté.

Josie fronça les sourcils.

— Est-ce qu'il est possible que sa grossesse soit le résultat d'un rapport non consenti ?

Brittney s'arrêta et fixa Josie.

— Quoi ? Un viol, vous voulez dire ?

— Oui. Est-ce qu'elle vous l'aurait dit ?

— Je ne sais pas. Il lui arrivait d'avoir des problèmes avec des clients à son travail. Vous savez qu'elle travaillait au *Foxy Tails* ?

— Oui, répondit Noah.

— Eh bien, il y avait toujours des gars obsédés par Misty, là-bas. Elle est vraiment douée dans ce qu'elle fait. Les mecs venaient plusieurs soirs de suite pour la regarder danser. Elle avait beaucoup d'habitués qui payaient pour des danses privées.

— Elle a eu des relations avec plusieurs de ces hommes, non ? souligna Josie, ignorant le regard de Noah.

Brittney acquiesça.

— Misty aimait enchaîner les conquêtes. Enfin, il y a un gars avec qui c'était vraiment sérieux. Ray Quinn. C'était un flic. Oh, s'interrompit Brittney avec un sourire embarrassé, je suppose que vous le saviez déjà.

Josie se rendit compte que Brittney n'avait aucune idée de qui elle était. Elles ne s'étaient jamais rencontrées mais Josie était souvent apparue à la télévision au cours des dix-huit derniers mois. C'est l'une des choses qu'elle détestait dans son nouveau poste. Cependant, avec ses longs cheveux noirs dissimulés sous la charlotte qu'elle avait enfilée avant d'entrer sur la scène de crime, Brittney ne l'avait probablement pas reconnue.

— On connaissait Ray, dit Josie.

Elle sentit le regard de Noah la transpercer mais l'ignora encore une fois.

— Eh bien, elle prenait cette relation au sérieux. Ils allaient se marier. Elle voulait vraiment se ranger et répétait qu'il était le genre d'homme avec qui on avait envie de fonder une famille.

On peut dire que c'était l'amour de sa vie. Son âme sœur, vous voyez ?

Josie sentit comme un léger coup de couteau juste sous son diaphragme. Pendant un bref moment, l'air resta coincé dans sa gorge sans qu'elle puisse le faire sortir. Elle voyait très bien. Elle voyait très bien, parce que Ray avait été l'amour de sa vie. Son « âme sœur ». Misty n'avait été qu'un rapide détour dans son parcours amoureux. Ils n'avaient été ensemble que pendant un an, après la fin du mariage de Josie et Ray, et Ray n'avait jamais signé les papiers du divorce. Ou plutôt, il avait refusé de les signer. En plus de cela, Josie savait, des aveux de Misty elle-même, que cette dernière avait également eu une liaison avec le meilleur ami de Ray pendant cette période.

Noah intervint avant qu'elle ne puisse souligner ce fait.

— Est-ce qu'elle a fréquenté quelqu'un après la mort de Ray ?

Brittney fit non de la tête.

— Pas que je sache. En tout cas, rien de sérieux.

Josie posa une main sur sa hanche.

— Il faut qu'on sache avec qui elle couchait après la mort de Ray.

Brittney fixa Josie, deux cercles roses se dessinant sur ses joues orangées.

— Eh bien, je peux en mentionner quelques-uns...

— Quelques-uns ? répéta Noah un peu trop fort.

— Eh bien, oui, elle... Il y avait... Misty n'a pas eu de petit ami sérieux à part Ray, mais elle a toujours eu des hommes, vous voyez ?

— Elle avait des hommes, comment ça ?

Brittney haussa les épaules.

— C'est-à-dire que beaucoup d'hommes s'intéressaient à elle. Elle aime l'attention. Elle avait pitié de certains d'entre eux, alors elle avait des aventures. Elle obsédait beaucoup d'hommes, mais ce n'était jamais rien de sérieux pour elle. Il faut savoir que Misty ne considérait pas une relation comme monogame à moins d'être mariée. C'est pourquoi elle avait prévu d'arrêter de travailler et de voir tous les autres après avoir épousé Ray.

— Mais elle couchait avec des hommes mariés, répondit Josie. Est-ce qu'il est possible que le père du bébé soit marié, d'où le fait qu'elle craigne qu'on la juge ?

Elle haussa de nouveau les épaules.

— Eh bien, j'imagine, mais je pense qu'elle me l'aurait dit. J'étais au courant pour la plupart des gars mariés avec qui elle couchait, donc ça n'aurait pas été une grande surprise si l'un d'entre eux se trouvait être le père. Si c'était ça, elle me l'aurait dit.

Noah leva les yeux vers le ciel, et Josie pouvait voir qu'il faisait les calculs dans sa tête.

— Elle a dû tomber enceinte vers le mois de décembre, sûrement la première ou la deuxième semaine. Vous n'avez pas remarqué un comportement étrange ? Si elle était contrariée ou renfermée ?

Brittney se toucha le menton pensivement.

— Non. Au contraire, c'était une période où elle avait l'air heureuse. Je me souviens m'être dit que c'était bizarre, parce que c'était pendant la période des fêtes. Le premier Noël sans Ray et tout ça. Je pensais qu'elle serait déprimée. Enfin, je ne l'ai pas vraiment vue parce que j'étais en formation pour mon travail, mais on s'envoyait des messages et on s'appelait régulièrement. Mais je me souviens avoir été soulagée qu'elle ne soit pas suicidaire. Parce qu'au lycée, on l'avait vio...

Brittney s'arrêta brusquement.

— On l'a agressée quand vous étiez au lycée ? insista Josie.

Brittney baissa la tête.

— Je ne devrais rien dire. Ce n'est pas à moi de le faire. Elle ne voulait jamais en parler. Elle me l'a dit, mais ça s'est arrêté là. Mais elle était dans un état lamentable. Pendant plusieurs mois.

— Est-ce qu'elle l'a signalé ? demanda Josie.

— Non, non. C'était un garçon qu'elle fréquentait, et elle disait que ce serait sa parole contre la sienne. Elle pensait que personne ne la prendrait au sérieux. Elle a arrêté de le voir après ça, bien entendu. Mais elle était mal pendant un certain temps. Elle n'était pas comme ça quand elle est tombée enceinte. Elle était heureuse de la nouvelle.

— Mais elle ne mentionnait jamais le père, dit Noah.

Ce n'était pas une question.

Brittney haussa les épaules.

— Je pense qu'elle aurait fini par le faire, après avoir réglé ce qui devait l'être.

— On va avoir besoin des noms, lui dit Josie, de tous les hommes qu'elle voyait. Tous les hommes qu'elle a fréquentés depuis la mort de Ray, et même ceux qu'elle fréquentait avant cela.

Noah sortit un bloc-notes et y inscrivit les noms au fur et à mesure que Brittney les énonçait. Josie reconnut certains d'entre eux.

— Envoyez quelqu'un vérifier leurs alibis pour les dernières quarante-huit heures, ordonna Josie à Noah.

Il acquiesça et se tourna vers Brittney.

— Quelqu'un d'autre ? Quelque chose d'autre auquel vous pensez et qui pourrait être important ? Vous parliez des clients du *Foxy Tails*. Est-ce que l'un d'entre eux aurait pu faire une fixette sur Misty au point de s'en prendre à elle ?

— Je ne sais pas. Tout est possible. C'est sûr qu'au fil des années, elle a eu droit à quelques harceleurs. Mais aucun n'est devenu violent. Vous devriez parler à Butch, son patron. Il pourra vous en dire plus.

— Bien sûr, dit Noah.

— Dernière chose, ajouta Josie. Vous avez dit que Misty attendait un garçon. Est-ce qu'elle avait choisi un prénom ?

Brittney esquissa un sourire.

— Oui. Victor Raymond. C'est mignon, non ?

6

Depuis le porche, Josie regarda Brittney s'éloigner au volant de sa vieille Toyota Camry pour se rendre à l'hôpital au chevet de Misty. Le prénom la dérangeait. Évidemment, le « Raymond » la blessait, mais elle n'avait connu qu'un seul Victor dans sa vie, et il était pourri jusqu'à l'os. En réalité, Victor Quinn battait régulièrement sa femme pendant que son petit garçon se cachait sous la table de la cuisine ou derrière le canapé. Ray lui avait souvent dit que tout le sang qu'il voyait au travail ne soutenait toujours pas la comparaison avec ce qu'il avait vu dans sa propre maison avant ses treize ans.

Misty avait-elle vraiment donné le prénom du père de Ray à son bébé ? Ce n'était pas la première fois que Josie avait le sentiment que Misty s'était en quelque sorte approprié sa vie et elle le vivait très mal.

— Patronne ?

Elle détourna le regard des feux arrière de Brittney et vit Noah la fixer en fronçant les sourcils. Josie soupira.

— Oui ?

— Vous voulez que je lance l'alerte Amber maintenant ?

— Oui. Tout de suite.

— Vous croyez que ça va servir à quelque chose ? Avec si peu d'informations ? demanda-t-il.

— Il y a toujours une chance qu'en lançant l'alerte, quelqu'un remarque qu'un ami ou un membre de la famille a un nouveau-né avec lui et nous contacte. On ne peut pas prendre de risque. L'alerte Amber est notre priorité. Quand on en aura fini ici, on ira au *Foxy Tails* pour parler au patron. Vous avez le numéro de portable de Misty ?

Noah feuilleta son bloc-notes et le lui montra. Elle composa le numéro sur son téléphone, mais tomba directement sur la messagerie vocale.

— Appelez le commissariat pour faire la demande de mandats, dit Josie à Noah. On retrouvera où le téléphone a émis son dernier signal, et on verra si on peut trianguler sa position. Mais bon, si je kidnappais un bébé, je ne garderais pas le téléphone du parent sur moi.

— Vous partez du principe qu'on a affaire à quelqu'un d'intelligent, répondit Noah.

— Écoutez, je veux que quelqu'un passe en revue les effets personnels de Misty. Voyez si vous pouvez trouver quelque chose d'utile. Mais essayons de ne rien abîmer. Si le service doit payer pour remplacer ses meubles, ça va coûter cher.

Noah acquiesça et commença à se diriger vers l'entrée de la maison. Une Chevrolet Cruze noire s'arrêta dans l'allée de Misty. L'inspectrice Gretchen Palmer en sortit et les salua de la main en s'approchant. Elle était vêtue de ce qui avait l'air d'être son uniforme : un pantalon noir, un polo blanc portant l'inscription « Police de Denton », et une veste noire qui n'avait plus l'air toute jeune. C'était une veste en cuir pour homme qui avait été portée et usée au fil des années. Josie était persuadée qu'il y avait une histoire derrière, mais ça ne la regardait pas.

— Patronne, dit Gretchen en s'adressant à Josie en atteignant le haut des marches du porche, son carnet déjà à la main.

Elle tira une paire de lunettes de l'intérieur de sa veste, les enfila et passa une main dans ses cheveux bruns courts et hérissés, tout en lisant ses notes.

— J'ai vu la gynéco. Derossi n'avait pas prévu un accouchement à domicile. Sa grossesse devait arriver à son terme demain, elle attendait un garçon, et ils allaient la déclencher la semaine prochaine si le travail ne commençait pas d'ici là. Elle a loupé un rendez-vous hier. Elle s'est rapprochée d'eux à environ deux mois de grossesse. Tout était parfait. Pas de complications. Le bébé était en parfaite santé. Elle n'a jamais mentionné le père, et il n'y avait rien dans son dossier. J'en ai profité pour faire un saut aux urgences. Mlle Derossi a le crâne fracturé et une hémorragie cérébrale. Ils vont sûrement devoir l'opérer. Il lui manque également une dent, elle a un poignet cassé et de gros hématomes sur les avant-bras et la gorge. On dirait qu'on a essayé de l'étrangler, qu'elle s'est débattue et que notre coupable l'a assommée pour pouvoir s'enfuir.

— Bon sang, réagit Josie. On doit retrouver le bébé. Vous avez autre chose ?

Gretchen tourna une page de son carnet.

— Ils pensent que le traumatisme crânien date des dernières heures. Les médecins ont également dit qu'elle avait probablement accouché hier ; elle saigne encore beaucoup et il y a des déchirures. La personne qui était avec elle ne l'a pas recousue. Ils vont le faire maintenant à l'hôpital, et ils ont déjà prévu une consultation gynécologique.

Josie grimaça.

— C'est courant ? Est-ce que les sages-femmes ont généralement recours à des points de suture si les femmes... se déchirent lors d'un accouchement à domicile ?

Gretchen la regarda par-dessus ses lunettes de vue.

— Oui, la plupart des sages-femmes, tant que la déchirure n'est pas trop compliquée ou profonde.

— Donc on peut raisonnablement supposer que la personne qui était ici avec elle hier et qui l'a aidée à accoucher n'est pas formée professionnellement et que le rétablissement de Misty n'était pas sa priorité. Si c'est la même personne, elle a attendu toute une journée avant d'enlever le bébé.

— Étrange, non ?

— Pourquoi prendre le bébé de force après tout ça ? Pourquoi ne pas simplement attendre que la maman s'endorme pour partir avec en douce ? pensa Josie à voix haute.

— Vous pensez qu'il y avait quelqu'un d'autre.

— Oui. Quelqu'un l'a aidée à accoucher et quelqu'un d'autre a enlevé le bébé. Je ne pense pas qu'il s'agisse d'une seule et même personne.

— Est-ce qu'il aurait emmené la sage-femme avec lui ?

Josie hocha la tête.

— Je ne sais pas. On n'est même pas sûrs qu'il s'agisse d'une sage-femme. Peut-être que cette personne collaborait avec celle qui a enlevé le bébé, ou peut-être qu'elle est également en danger. Dans les deux cas, on n'a pas assez de preuves pour faire une déduction logique. Mais par mesure de précaution, mieux vaut vérifier toutes les sages-femmes formées à Denton. Il ne doit pas y en avoir tant que ça.

Gretchen griffonna sur son bloc-notes.

— Autre chose ? demanda Josie.

— Oui. Les tests effectués pendant la grossesse de Misty n'ont révélé aucun problème. D'après un examen sommaire de Misty elle-même, il ne semble pas y avoir eu de complications lors de l'accouchement. On est donc à la recherche d'un bébé en bonne santé. Tant que la personne qui l'a enlevé prend soin de lui, il devrait aller bien.

Josie hocha la tête. Ce n'était pas vraiment ce qu'elle appelait « aller bien ».

7

La fouille de la maison de Misty ne révéla pas grand-chose, si ce n'est la présence d'un bureau ancien orné avec plusieurs tiroirs verrouillés de chaque côté, sans clé. Noah suggéra de forcer les serrures mais, à en juger par son apparence, faire réparer le bureau lorsque Misty se rétablirait coûterait plus cher que le budget essence mensuel du service. Au lieu de cela, Josie demanda à l'un de ses agents d'appeler un serrurier pour voir s'il était possible d'ouvrir les tiroirs sans faire trop de dégâts. En tant que cheffe, l'une des principales responsabilités de Josie était de maintenir le département à flot. Elle n'avait plus le luxe de se lancer dans une affaire dans le seul but de la résoudre ; chaque décision devait être évaluée en fonction des contraintes budgétaires du service.

L'un des officiers supérieurs de Josie avait réussi à accéder à l'ordinateur portable de Misty, mais même son historique ne contenait que peu d'informations utiles ou de pistes concernant un suspect. Ils pouvaient voir les sites qu'elle visitait souvent : sa banque et sa boîte mail, avec lesquels on ne pouvait rien faire sans mot de passe, Amazon, Babies R Us, et un site qui s'appelait « Votre grossesse jour après jour ». Mais rien de tout cela ne leur permit de localiser le bébé.

Josie espérait que les empreintes relevées chez Misty donneraient quelque chose, bien que cela prenne également du temps, car ils devaient utiliser les services de la police d'État pour toutes les recherches d'empreintes digitales. Cela prenait souvent quelques jours, mais Josie pensait pouvoir les convaincre d'accélérer les choses, surtout avec une vie aussi fragile en jeu.

Travailler aux côtés de ses agents sur la scène de crime procura à Josie une petite montée d'adrénaline, comme si elle redevenait une simple inspectrice, loin du bureau et de ses interminables tâches administratives. Ça lui manquait tellement !

Josie fut tirée de ses pensées par le bourdonnement et la sonnerie des téléphones portables autour d'elle. La police d'État avait dû accepter l'alerte Amber, ce qui soulagea Josie. C'étaient eux qui étaient chargés d'examiner toutes les demandes d'alerte Amber et de les diffuser une fois acceptées. Maintenant, l'équipe de Josie n'avait plus qu'à attendre.

Elle et Noah sortirent de la maison et ôtèrent leurs combinaisons. Ils avaient fait leur possible chez Misty, recueilli autant d'informations qu'ils le pouvaient sans avoir recours aux types de tests qu'on attendrait d'un laboratoire.

— Je vais vous accompagner au *Foxy Tails*, dit-elle à Noah.

Celui-ci se figea et la fixa.

— Vous êtes sûre ?

La dernière fois qu'elle était allée au club, c'était la nuit où elle avait surpris Ray avec Misty. Au sein de la police, tout le monde était au courant, et Josie avait dit vouloir ne plus jamais y remettre les pieds. Mais l'excitation d'être de retour sur le terrain et la perspective de l'accueil froid de Luke qui l'attendait à la maison suffisaient à la persuader du contraire. En plus, Ray n'était plus là depuis un moment et le bébé de Misty avait disparu. Josie devait mettre son ressentiment envers elle de côté. Le travail l'attendait.

— Oui, répondit-elle, je suis sûre.

— Patronne, appela l'un des agents de patrouille.

Noah avait commencé à l'appeler « patronne » quand elle avait été nommée cheffe de police. Au départ, c'était pour plaisanter mais, finalement, c'était comme ça que tout le monde l'appelait. C'était toujours mieux que « cheffe ». Personne ne pourrait remplacer son prédécesseur.

Josie et Noah se tournèrent vers la rue que l'agent de patrouille pointait du doigt. Sous le ciel qui s'assombrissait lentement en cette fin de journée, une limousine noire était garée le long du trottoir.

— Dites donc, dit Noah, on ne voit pas ça tous les jours.

À l'arrière, l'une des vitres teintées s'abaissa et laissa apparaître le visage de la maire de Denton, Tara Charleston. Son sourcil était fortement arqué.

— Cheffe Quinn, l'appela-t-elle. Je peux vous parler ?

Josie regarda Noah. Il haussa les épaules. Elle soupira, retira ses couvre-chaussures et se dirigea vers la limousine. La porte s'ouvrit à son approche ; elle grimpa à l'intérieur en la refermant derrière elle. À l'arrière, la maire était seule, assise sur l'un des longs sièges en cuir taupe, vêtue d'une robe de soirée bleu foncé avec des perles assorties, ses cheveux bruns soigneusement relevés en un élégant chignon banane.

— Oh merde, dit Josie.

Elle essaya d'aplatir ses propres cheveux, devenus électriques à cause de sa charlotte. Elle devait avoir l'air d'avoir mis ses doigts dans une prise.

Tara fronça les sourcils.

— Vous avez oublié, je me trompe ?

— Le dîner de charité. Tara, je suis désolée, dit Josie.

— Vous avez acheté une robe, au moins ? demanda Tara.

— Oui, bien sûr. Je...

Elle s'interrompit, pensant à la robe noire moulante accrochée au dos de la porte de sa salle de bains, à la façon dont elle avait réfléchi pendant des mois au style de robe que la première femme cheffe de police de la ville devait porter pour sa première soirée caritative, une soirée organisée par la maire pour financer la maison des femmes qu'elle avait toujours voulu construire. Josie détestait les événements guindés où il fallait se mettre sur son trente-et-un. Elle n'avait même pas apprécié son bal de fin d'année. Mais elle estimait que la maison des femmes que la maire proposait était une nécessité pour leur ville. Elle représenterait une précieuse ressource pour les femmes de Denton. De plus, c'était le genre d'événements que les chefs de police soutenaient et auxquels ils assistaient. Distraitement, elle se demanda si Luke l'attendait à la maison, déjà en costume, ou s'il avait tout bonnement oublié.

— Cheffe Quinn, vous savez combien cet événement caritatif compte pour moi. L'organisation m'a pris des mois. Avez-vous la moindre idée de la difficulté que j'ai eue à réunir Eric Dunn et Peter Rowland dans la même pièce ? Les promesses que j'ai dû faire ? Ne serait-ce qu'un modeste don de l'un d'eux pourrait faire la différence entre la construction de cette maison des femmes et l'abandon complet du projet.

— Je sais, répondit Josie, je suis désolée.

Peter Rowland avait grandi à Denton et était maintenant milliardaire. Il avait fait fortune en développant des systèmes de sécurité et de surveillance de pointe qu'il avait vendus dans le monde entier à des entreprises de renom, notamment des casinos. Il vivait à New York, mais Josie savait qu'il possédait toujours une maison à Denton. Eric Dunn était un magnat des casinos. Cela faisait des mois qu'il essayait de conclure un accord pour la construction d'un casino sur un terrain inutilisé juste à l'intérieur des limites de Denton. Grâce à ses précédentes conversations avec Tara, Josie savait que Rowland souhaitait négocier un contrat avec Dunn pour que son système de sécurité soit installé dans son futur casino à Denton et dans tous les autres établissements qu'il ouvrirait à l'avenir. Pour Josie, ouvrir un casino à Denton était une très mauvaise idée, mais elle savait que Tara n'était intéressée que par l'argent de Dunn. C'est ce que faisaient les politiciens : ils se servaient des gens. Josie n'avait pas réussi à cerner l'objectif derrière l'invitation de Tara, qui avait presque insisté pour qu'elle vienne au gala, mais elle était soulagée de s'en être extirpée.

— J'ai acheté une robe, insista-t-elle auprès de Tara. J'avais vraiment l'intention de venir...

Elle montra l'extérieur et la grande maison victorienne de Misty désormais sombre et silencieuse, où les officiers rangeaient maintenant leur matériel et les éléments de preuve.

— ... mais la situation est critique.

— Je sais, dit Tara en ouvrant son sac à main pour en sortir un téléphone portable qu'elle agita devant Josie. J'ai reçu l'alerte Amber et j'ai appelé le commissariat pour savoir où vous en étiez. C'est sa maison ?

L'espace d'un instant, Josie se contenta de la fixer. La façon dont Tara avait prononcé « sa » ressemblait à la manière dont Josie prononçait ce mot depuis qu'elle avait découvert la liaison de Ray. Elle le disait comme n'importe quelle femme le dirait en parlant de la maîtresse de son mari, comme s'il y avait quelque chose de sale dans sa bouche qu'elle avait hâte de recracher.

Tara remit son téléphone dans sa pochette et regarda par la fenêtre.

— Je savais qu'elle habitait ce quartier, mais c'est la première fois que j'y mets les pieds.

— On parle bien de Misty Derossi ? demanda Josie.

Tara acquiesça, son regard toujours fixé sur la maison de Misty, pendant que Josie attendait qu'elle continue. Lorsqu'elle reprit la parole, elle parla tout bas.

— Mon mari a eu une liaison avec elle.

— Navrée de l'apprendre, répondit Josie sans être vraiment surprise.

Elle ne pouvait s'empêcher de se demander si Misty couchait avec le mari de Tara quand elle était fiancée à Ray. Ce n'était pas impossible.

— Il pense être le père du bébé, dit Tara en croisant le regard de Josie.

Josie ne dit rien, et Tara poursuivit.

— Mais je n'en suis pas si sûre.

— Qu'est-ce qui vous fait penser le contraire ?

Le regard de Tara se détourna de nouveau de Josie. Elle avait l'air épuisée.

— Peu de gens le savent, mais mon mari et moi ne pouvons pas avoir d'enfants. C'est moi, pas lui. On s'est toujours dit qu'on adopterait, ou du moins qu'on deviendrait famille d'accueil, quelque chose comme ça. Mais la vie a fini par nous rattraper. On avait tous les deux notre carrière... J'ai découvert sa liaison en novembre dernier.

— Misty serait tombée enceinte au cours des deux premières semaines de décembre, souligna Josie.

— Oui. Eh bien, mon mari dit qu'ils... se sont vus une dernière fois après leur rupture. Fin novembre, début décembre. Je lui ai dit que les dates ne collaient pas forcément, mais il n'a pas voulu me croire. Pour être honnête, je pense qu'il veut que ce soit son bébé. Il avait bon espoir de l'élever, en coparentalité avec elle, tout en étant marié avec moi.

À ce moment, Tara rit avec sarcasme et leva les yeux au ciel.

— Les hommes peuvent être idiots parfois. Quoi qu'il en soit, il a fini par la confronter. Je vous laisse imaginer sa surprise quand il a appris qu'il n'était pas le seul avec qui elle couchait.

Josie détecta dans l'expression de Tara une légère satisfaction.

— Il a cessé de la voir après ça ?

— Oui, au bout d'un moment. Au début, il disait qu'il exigerait un test de paternité mais, avec le temps, il a abandonné cette idée. On a commencé une thérapie de couple. Vous pouvez certainement imaginer la tension que cette histoire a installée dans notre mariage.

Josie avait très envie de demander à Tara pourquoi elle n'était pas simplement partie, mais elle se retint. Tara était ambitieuse et Josie savait que son mari, un chirurgien respecté, était bon pour l'image qu'elle aimait renvoyer. L'image d'un couple influent prêt, disposé et apte à diriger la ville de Denton. Le scandale ne jouerait pas en sa faveur si elle souhaitait être réélue. Un divorce non plus.

— Pourquoi êtes-vous venue ? demanda Josie.

— J'imagine que votre premier champ d'enquête sera l'identité du père du bébé.

Josie resta muette. Elle n'était pas sûre d'apprécier la tournure que prenait cette conversation.

— Je voulais prendre les devants. Vous faire gagner du temps en vous prévenant que le nom de mon mari sera sûrement sur la liste des pères potentiels.

— Merci pour votre franchise, répondit Josie. Où est votre mari, d'ailleurs ?

Tara sourit.

— Il est à l'hôpital. Il a été appelé en urgence pour une opération il y a quelques heures.

Cela ne l'innocentait pas pour autant, étant donné qu'ils n'avaient aucune idée de l'heure précise à laquelle Misty avait été attaquée, mais Josie comprit ce que Tara essayait d'insinuer.

— Si votre mari a un alibi, pourquoi vous me dites tout ça ?

— Parce que j'espérais que, s'il n'était pas considéré comme un suspect, il ne serait pas nécessaire de rendre publique sa liaison avec Misty Derossi.

— Vous êtes consciente que mon service va devoir vérifier son alibi ?

— Oui, bien sûr. Je vous demande juste de faire preuve de... discrétion.

— Je peux rester discrète tant qu'il n'y a rien de criminel.

Tara s'irrita. Elle s'attendait à une complaisance totale, mais Josie n'allait pas céder. Un bébé était porté disparu et elle s'était donné pour mission de le retrouver, peu importent les obstacles qu'elle allait devoir affronter ou les personnes qu'elle allait froisser.

Lentement, Tara plongea sa main dans son sac pour en sortir un miroir de poche qu'elle ouvrit pour vérifier son eye-liner.

— On n'en a jamais discuté, mais vous êtes toujours considérée comme cheffe intérimaire, vous savez.

— Qu'est-ce que ça veut dire ?

Les yeux toujours rivés sur le petit miroir, Tara passa un ongle sous l'un d'eux.

— Ça veut dire que mon premier choix pour le poste de chef de police de cette ville ne serait certainement pas quelqu'un ayant un passé comme le vôtre. Toutes ces histoires de l'année dernière, sans parler de l'accusation de recours excessif à la force.

— Ce n'était qu'une allégation, fit remarquer Josie. De la part d'un toxicomane qui a fait une overdose deux mois après ma prise de poste. Vous le savez pertinemment.

Tara referma le miroir et plongea ses yeux perçants dans ceux de Josie.

— Et *vous* savez pertinemment que vous avez conservé votre poste parce que je l'ai permis. Ce que j'aurais dû faire après la mort du chef Harris, c'est trouver un candidat ayant une expérience suffisante et un dossier irréprochable.

Josie faillit laisser échapper un « alors virez-moi », mais s'arrêta à temps. Prendre la direction de la police de la ville n'avait jamais été son souhait, et le travail de terrain que son équipe avait la chance de faire lui manquait, mais ce n'était pas le moment de déclarer la guerre à la maire. Elle devait retrouver le bébé de Misty.

— Mon équipe m'est fidèle, se contenta-t-elle de dire. Ils me connaissent et ils ont confiance en moi, et c'est en grande partie parce que c'est le chef Harris qui m'a choisie pour prendre la relève. Il m'a choisie parce que je suis irréprochable et que je fais mon travail. Je ferai preuve d'autant de discrétion que possible, madame Charleston, mais si je découvre que votre mari est impliqué dans quoi que ce soit d'illégal, adieu la discrétion.

Tara la fusilla du regard, instaurant une tension palpable dans l'atmosphère autour d'elles.

Josie afficha un sourire forcé et saisit la poignée de la porte.

— Eh bien, je suis ravie d'avoir eu cette conversation, dit-elle. Je reviendrai vers vous.

8

— Qu'est-ce qu'elle vous voulait ? demanda Noah sur la route vers le *Foxy Tails*.

— Vous pouvez ajouter le nom du mari de Charleston sur la liste des pères potentiels, lui dit Josie.

Noah siffla doucement.

— Purée. Est-ce qu'il y a quelqu'un avec qui elle n'a pas couché ?

Josie détestait cette vieille mentalité à deux poids, deux mesures où l'homme libéré était viril, mais la femme libérée était une salope. Elle se fichait royalement du nombre d'hommes avec qui Misty avait couché. C'était son penchant pour les hommes mariés qui lui hérissait le poil.

— Vous, dit-elle posément, plus comme une question qu'une affirmation.

Surpris, il détacha ses yeux de la route.

— Ouais, dit-il, une personne en moins à disculper.

— En parlant de ça... marmonna Josie.

Elle sortit son téléphone pour envoyer un message à Gretchen lui demandant d'aller rendre visite au mari de la maire afin de vérifier son histoire.

Noah ralentit. Il la regarda à nouveau, le front plissé d'inquiétude.

— Vous êtes sûre de vous ?

Josie lui lança un regard qui signifiait : « Ne me posez plus la question. » Noah garda le silence pendant le reste du trajet.

Le *Foxy Tails* se trouvait en périphérie de Denton, le long d'une route de montagne sinueuse, à plusieurs kilomètres du centre-ville, mais tout de même considérée comme faisant partie de Denton. Les automobilistes l'auraient facilement manqué sans l'immense enseigne néon rose au bord de la route qui annonçait : « Danseuses en live du *Foxy Tails*. » Le bâtiment en lui-même était trapu et peu attrayant, ses murs en parpaings gris terne surmontés d'un toit noir et plat. Une double porte violette en était la seule touche de couleur. Il était presque l'heure du dîner lorsque Noah et Josie se garèrent sur le parking dont la moitié des places étaient déjà occupées.

À l'intérieur, la fête battait son plein. Josie sentait les basses lui traverser le corps et lui donner l'impression d'être portée par la musique. Des femmes nues en string et talons hauts se frayaient un chemin entre les tables dispersées dans la pièce obscure, servaient des boissons et attiraient les clients vers les salles du fond, où Josie savait que les filles faisaient des *lap dances* privées. Une scène s'avançait au milieu de la salle, au centre de laquelle une femme pâle aux seins minuscules et aux hanches généreuses se trémoussait contre une barre. Certains clients étaient rassemblés autour de la scène, verre dans une main et billets dans l'autre. D'autres se tenaient à l'écart sur les petites tables, leurs yeux voraces rivés sur les serveuses. L'endroit avait l'odeur d'un mélange de cigarette, de bière éventée et de désir.

Derrière le bar se tenait une femme qui ressemblait étrangement à Misty Derossi : mince, blonde et un bronzage parfait. Elle portait une chemise *crop top* à carreaux et un short en jean découpé, ce qui lui donnait l'air d'être un peu trop habillée comparée aux autres femmes présentes. Elle sourit à Noah jusqu'à ce qu'elle aperçoive Josie derrière lui.

— On vient voir Butch, dit Noah en criant pour se faire entendre et en montrant son badge.

La femme fronça les sourcils en s'apprêtant à répondre.

— Et avant de nous dire qu'il n'est pas là, intervint Josie, c'est à propos de Misty.

La femme porta une main à sa bouche.

— Est-ce qu'elle va bien ?

— Non, répondit Josie d'un ton monotone, on a vraiment besoin de s'entretenir avec Butch.

— Le bébé ?

— Disparu. Est-ce que vous pouvez nous conduire à Butch maintenant, s'il vous plaît ?

— Mon Dieu, c'était ça, l'alerte Amber ? C'était pour le bébé de Misty ?

— Butch. Tout de suite.

Le visage de la femme donnait l'impression qu'elle souhaitait poser plus de questions, mais qu'elle n'osait pas. Elle jeta un regard à Noah, qui sourit poliment. Apparemment, la parole de Josie ne lui suffisait pas.

— Une seconde, lui dit-elle.

Quelques minutes plus tard, on les conduisait dans un long couloir aux murs peints en noir et au tapis rose vif usé. Ils s'arrêtèrent devant une porte noire, visible uniquement grâce à sa poignée dorée ; la femme frappa. La porte s'ouvrit, la serveuse fit entrer Josie et Noah et referma la porte derrière eux. Le bureau était spacieux, avec des murs lambrissés, une moquette marron terne, et un grand bureau en merisier en forme de L. Butch McConnell se trouvait derrière le bureau, et sur le mur derrière lui étaient fixés plusieurs écrans plats sur lesquels étaient diffusées en direct les activités des différentes parties du club. Des câbles s'échappaient d'une petite boîte de dérivation fixée au mur sous les écrans. Sur le devant de la boîte, en petites lettres dorées, Josie arriva à distinguer les mots « Rowland Industries ».

Josie quitta le système de vidéosurveillance des yeux pour regarder Butch qui se leva pour leur serrer la main. L'homme était d'une stature imposante, atteignant facilement le mètre quatre-vingt-dix. Il portait un t-shirt noir ras-du-cou sous une veste de costume noire. Josie remarqua ses bourrelets qui dépassaient de sa veste. Il ressemblait à une montagne de guimauves. Même la peau de son visage pendait comme celle d'un basset hound qui bave. Il devait avoir la quarantaine, ses cheveux peignés en arrière dévoilant une calvitie prononcée sur le dessus de sa tête pendant qu'il se penchait en avant pour leur faire signe de s'asseoir, ce que Noah fit. Josie resta debout.

— Que puis-je faire pour vous ? demanda Butch avec la sollicitude aisée d'un homme qui s'attend à avoir des ennuis, mais qui espère qu'un arrangement pourra être trouvé s'il fait bonne figure.

— On vient pour parler d'une de vos danseuses, déclara Josie. Misty Derossi.

Butch sourit, mais son sourire ne parvint pas à atteindre ses yeux.

— Misty a démissionné. Elle est tombée enceinte. Ça fait plusieurs mois maintenant qu'elle a arrêté.

— Elle n'est pas en congé maternité ? demanda Noah.

Butch éclata de rire.

— On n'a pas de congé mat' ici, très cher. Je lui ai dit que si elle arrivait à garder sa forme physique, elle pourrait probablement reprendre son poste quand elle serait prête, mais je ne peux pas exactement maintenir le poste vacant. Je ne vais pas la laisser danser si son corps est gâché par la grossesse.

Charmant, pensa Josie.

— Combien de temps Misty a-t-elle travaillé pour vous ?

Butch haussa les épaules.

— Je ne sais pas. Quatre, cinq ans ? Quand sa grossesse a

commencé à se voir, j'ai dû lui en toucher deux mots. Elle avait beaucoup de gars qui venaient régulièrement pour des danses privées, et elle voulait continuer et ne faire que ça, mais ce n'était pas possible. Je ne peux pas avoir une danseuse enceinte qui se dandine dans mon club. Je lui ai proposé de travailler derrière le bar pendant encore quelques semaines, mais elle s'est contentée de démissionner.

— Est-ce qu'elle vous a déjà parlé de sa grossesse ? demanda Josie.

— Nan. Elle me l'a juste annoncée.

— Elle n'a jamais mentionné le père ?

Butch fit non de la tête.

— Pas à moi. Vous pouvez parler aux autres filles. Peut-être qu'elle leur a dit quelque chose.

— Vous et Misty... Votre relation était strictement professionnelle ? intervint Noah.

Butch sourit d'un air entendu.

— Vous voulez savoir s'il s'est passé quelque chose entre elle et moi ? Non. Pas avec Misty. J'essaie de ne pas me lancer dans des relations avec mes filles. Ça complique les choses. On m'accuse de faire du favoritisme. Ça peut mal tourner.

— Il nous faut une liste de ses clients réguliers, dit Noah.

Butch secoua la tête. Il n'avait toujours pas demandé ce qui était arrivé à Misty ou la raison de leur visite. Josie se disait que la serveuse avait dû lui répéter ce qu'elle lui avait dit mais, quand même, elle s'attendait à plus de curiosité de sa part. Est-ce qu'il savait quelque chose ou est-ce que c'était un vrai connard ?

— Pas possible, rétorqua-t-il, ce serait porter atteinte à leur vie privée.

Josie avança d'un pas et posa sa main sur son bureau.

— Si vous ne nous donnez pas une liste, nous vous arrêterons pour entrave à la justice.

Une véritable surprise traversa son visage. Josie réalisa qu'il avait l'habitude de donner des ordres aux femmes, pas d'en recevoir de leur part.

— Est-ce que j'ai besoin d'un avocat ? demanda-t-il.

Josie posa son autre main sur le bureau et se pencha vers lui, le clouant sur place avec son regard.

— Je ne sais pas. À vous de me le dire.

Elle laissa un moment passer. Elle vit qu'il ne répondait pas et continua.

— Où étiez-vous ce matin ?

Il se tourna vers Noah comme s'il cherchait un soutien.

— Pardon ? demanda-t-il, l'air confus pour la première fois depuis le début de l'entretien. Qu'est-ce qui se passe ?

— Répondez à la question, dit Noah.

— J'étais... j'étais chez moi. Et je suis venu ici. Je...

— Et hier ? Vous étiez où ?

— Pareil. Je... je... Non, attendez, j'ai fait du sport hier. Je suis allé à la salle de sport hier, avant de venir ici.

Josie avait du mal à le croire, mais ne le mentionna pas devant Butch.

— Vous arrivez au travail à quelle heure, d'habitude ?

— Entre 13 et 14 heures, dit Butch. C'est la même chose tous les jours. En général, je fais la fermeture.

— Vous n'avez personne pour gérer la maison quand vous êtes absent ? demanda Noah.

Butch secoua la tête.

— Vous déconnez ? Vous savez ce que ça me coûterait, de payer un manager ?

— Vous ne prenez jamais de vacances ?

— Ça m'arrive. Je demande généralement à la plus ancienne de prendre le relais pour la semaine.

— Vous allez à quelle salle ? s'enquit Noah en sortant son bloc-notes pour y écrire la réponse de Butch.

— Vous gardez les enregistrements vidéo pendant combien de temps ? demanda Josie en désignant le mur d'écrans.

— Six mois, répondit-il.

— Vraiment ? demanda Noah. La plupart des endroits ne les gardent qu'une semaine, tout au plus.

Butch haussa les épaules.

— Ouais, mon ancien système ne conservait les enregistrements que pendant soixante-douze heures. J'ai fait installer celui-ci l'année dernière, il conserve tout pendant six mois. Ça a été utile en mai, quand un type a essayé de me traîner en justice en prétendant être tombé au bar en glissant. Les images ont montré qu'il n'était pas tombé une seule fois pendant son passage ici.

— On va vous demander de nous montrer les images des dernières soixante-douze heures, dit Josie. En fait, si vous avez des images des derniers mois où Misty travaillait, on aimerait les consulter également.

— Pas possible. Il vous faut un mandat, non ?

Josie jeta un regard à Noah qui sortit son téléphone pour envoyer un SMS. Gretchen aurait le mandat dans l'heure.

Josie ignora la question de Butch.

— Quand votre serveuse est venue vous dire qu'on était là, qu'est-ce qu'elle vous a dit ?

— Elle a dit qu'il était arrivé quelque chose à Misty, que le bébé était porté disparu et que la police voulait s'entretenir avec moi.

— Pourtant, vous n'avez pas demandé ce qui s'était passé. Alors, pourquoi ne pas nous le dire ?

Comprenant où elle voulait en venir, Noah enchaîna avec une question dans la même veine.

— Puisque vous n'êtes même pas un peu curieux, vous devez savoir quelque chose ?

Butch se redressa sur sa chaise et leva les deux mains.

— Non, non, non. Je vois bien ce que vous essayez de faire. Il s'est passé quelque chose de grave et vous voulez me faire porter le chapeau. Je n'ai rien à voir avec tout ce qui se passe en dehors de ce club. Ça fait des mois que je n'ai pas vu Misty.

— Alors, pourquoi vous n'avez pas posé de questions ?

— Je peux vous prouver où j'étais, continua-t-il. Je peux vous le prouver. Je vais vous montrer les vidéos et vous pourrez voir que j'étais presque tout le temps ici ces deux derniers jours.

— Quand Misty a disparu l'année dernière, vous étiez assez inquiet pour envoyer une de vos filles chez elle pour voir si elle était là-bas, mais, aujourd'hui, vous n'avez aucune question sur ce qui lui est arrivé ? Pourquoi ? demanda Josie.

Elle le fixa intensément jusqu'à ce qu'il baisse les mains.

— Écoutez, commença-t-il, je me suis juste dit... Je ne sais pas. Que quelqu'un a dû la frapper violemment.

— Son état ne vous intéresse pas ?

On pouvait lire l'agacement dans ses yeux.

— Écoutez, ma petite dame, il faut me comprendre. Misty était une employée, d'accord ? Ce n'est pas comme si on était meilleurs amis. L'année dernière, j'ai envoyé une de mes filles parce qu'on m'a dit que c'était la chose à faire, mais j'ai un business à faire tourner. Vous êtes au courant du nombre de filles qui entrent et sortent d'ici sans arrêt ? De la tonne de problèmes qu'elles amènent avec elles ? Je n'ai pas le temps de m'impliquer personnellement avec chacune d'entre elles. Je suis navré d'apprendre que ça a mal tourné pour Misty, mais ça devait arriver.

— Comment ça ? demanda Noah.

Butch se renfonça dans son fauteuil en soupirant et se frotta le visage avec une main.

— Qu'est-ce que vous croyez ? Comme je l'ai dit, toutes ces filles aiment les problèmes. Misty ne faisait pas exception. Certaines de mes filles savent comment remettre ces tocards à leur place, dit-il en pointant les écrans du doigt.

Sur plusieurs d'entre eux, Josie aperçut les fesses nues des danseuses et des serveuses qui se déplaçaient dans le club.

— Ces types... Certains d'entre eux viennent juste pour voir des nichons, vous voyez ? Boire une bière, se détendre. Certains profitent d'une petite danse privée et voilà. Ils rentrent chez eux, reprennent leur vie normale, sans soucis. Mais il y en a beaucoup qui viennent là de façon régulière, et ils commencent à apprécier une fille en particulier. Ils oublient qu'ils paient, vous voyez ? Ils commencent à penser que c'est plus que des nichons. Ils deviennent obsédés. J'ai pu voir beaucoup de filles exploiter le filon. Elles obtiennent toutes sortes de faveurs de la part de ces types. De l'argent aussi. Elles en profitent autant qu'elles peuvent. Puis, un jour, le mec dépasse les bornes et je dois le virer. Ce n'est pas de gaîté de cœur, parce que c'est un client qui paie, mais je dois maintenir certaines règles, vous voyez ?

— Est-ce que Misty exploitait les mecs qui faisaient une fixette sur elle ?

Butch ne quittait pas Noah des yeux, comme si c'était lui qui posait les questions. Josie s'en moquait : peu importe s'il faisait comme si Noah posait les questions, tant qu'il y répondait.

— Non, répondit Butch, pas vraiment. Enfin, peut-être. Misty ne manipulait jamais un homme intentionnellement. Les hommes venaient, payaient pour une danse privée et se confiaient à elle, et elle écoutait. Elle se souvenait de tout ce qu'ils racontaient pour qu'à leur prochaine visite elle puisse leur demander « Comment va ta mère ? » ou « Tu as réglé cette histoire avec ton supérieur ? ». C'était une bonne danseuse, mais, surtout, elle donnait toujours l'impression de s'intéresser sincèrement à ses clients. L'instant d'après, ils croient être amoureux d'elle.

— Est-ce que l'un d'entre eux a déjà tenté de dépasser les limites ? demanda Noah.

— C'est ça, le truc, répondit Butch, il n'y avait pas de

limites. Misty avait des histoires avec eux. Ça lui plaisait. Ce n'était pas avec tous les mecs qui pensaient être amoureux d'elle, mais c'était le cas avec beaucoup. Parfois, ça durait des mois. C'était comme une aventure pour elle. Elle aimait l'attention et la nouveauté ; c'est ce que les autres filles disaient toujours. « Oh, Misty, tu aimes le goût du risque », dit-il en levant la voix d'une octave pour imiter une voix féminine. Mes autres danseuses ne veulent pas être embêtées une fois leur service terminé. Elles ne veulent même pas regarder un autre homme. Elles se rhabillent et rentrent chez elle. C'est un rôle. Vous voyez ce que je veux dire ? Ça fait partie du spectacle.

— Je comprends, dit Noah.

— Pour Misty, c'était différent. Je pense qu'elle appréciait voir ces hommes se battre pour avoir son attention, qu'ils lui proposent des rendez-vous galants ou des voyages, qu'ils lui achètent des fleurs et qu'ils l'emmènent faire les magasins. Les autres lui demandaient pourquoi elle fréquentait tous ces porcs, et elle disait que ceux qu'elle choisissait n'étaient pas des porcs. Elle les trouvait gentils.

— Est-ce qu'elle s'est déjà éprise de l'un de ces hommes ? demanda Josie.

— Non, répondit Butch. Elle les aimait bien, elle les « appréciait », comme elle disait toujours. Parfois, elle disait qu'elle tenait à eux, mais elle n'était jamais amoureuse. Jusqu'au flic. C'était le seul qui l'intéressait vraiment. Tout a changé quand elle l'a rencontré.

Butch ne sembla pas remarquer la vague d'émotions sur le visage de Josie.

— Elle a arrêté avec tous les autres après sa rencontre avec le flic, continua-t-il. C'était du sérieux.

— Sa meilleure amie a dit qu'il y avait des problèmes avec certains de ces hommes, fit remarquer Josie, changeant rapidement de sujet.

Butch hocha la tête.

— Eh bien, quand elle a tout arrêté, certains ne l'ont pas très bien pris. Pendant plusieurs semaines, ça m'arrivait de devoir virer un gars ou de la raccompagner à sa voiture. En général, le véritable problème n'était pas les hommes, mais leurs femmes. Je lui ai dit de ne pas trop s'approcher des hommes mariés, mais elle disait que ce n'était pas une question de mariage, mais de « connexion ». Mais leurs femmes... Qu'est-ce qu'elles pouvaient être vicieuses. Plus folles que douze mecs que vous pourriez croiser ici réunis. Vous voulez parler de harceleurs ? Un jour, il y en a une qui a vandalisé sa voiture.

— Vraiment ? dit Josie.

— Ouais, répondit Butch. Une fois, la femme de quelqu'un a débarqué ici en la menaçant de la poignarder. Quelques-unes s'en sont prises à elle. Vous voyez, « connexion » ou non, ce n'était qu'une question de temps avant que quelqu'un ne craque et s'acharne sur elle. Ça me fait mal de dire ça, mais c'est la vérité.

— Une idée de qui ça pourrait être ? demanda Noah.

— Du tout. Comme je vous l'ai dit, elle a arrêté de travailler pour moi il y a trois ou quatre mois. Je ne sais pas avec qui elle fricotait ni ce qu'elle faisait.

— Et les autres filles qui travaillaient avec elle ? Est-ce qu'elles en sauraient plus ? demanda Josie.

Butch haussa les épaules.

— J'imagine.

— On va devoir les interroger, dit Noah.

— Maintenant ?

— Oui, maintenant, répondit Josie.

Butch se retourna lentement dans son fauteuil pour regarder les écrans.

— Ce n'est vraiment pas bon pour les affaires d'avoir une bande de flics qui traîne dans les parages et qui parle à mes filles.

— On va utiliser une de vos salles privées, dit Noah. On sera discrets.

Butch ne se retourna pas, mais Josie le vit hocher la tête à contrecœur.

9

NBC 10 – Philadelphie, Pennsylvanie
2 décembre 2016

La mort de l'adolescent est jugée accidentelle

*Le Bureau du médecin légiste de Philadelphie confirme
la noyade accidentelle du jeune joggeur. Il y a trois
semaines, Mark Conlen, un élève de 16 ans du lycée
Central de Philadelphie, a été porté disparu après ne pas
être rentré chez lui un après-midi après son jogging sur
le sentier longeant le fleuve Schuylkill. Une semaine
plus tard, son corps a été remonté du fleuve par l'unité
marine de la police de Philadelphie, qui avait reçu
plusieurs signalements faisant état de la présence d'un
corps dans la rivière.*
*La police estime que Conlen a fait une chute en courant,
s'est cogné la tête et est tombé dans la rivière. L'autopsie
n'a révélé aucune preuve de crime ou de problèmes de
santé sous-jacents. Bien que Conlen ait été libéré sous*

caution pour une série de vols à main armée dans le centre-ville, la police ne pense pas qu'il ait été pris pour cible ou que sa mort soit le résultat d'un homicide. Les détails des funérailles seront communiqués plus tard cette semaine.

10

Les filles de Butch n'avaient pas grand-chose à offrir en termes de nouvelles pistes. Josie et Noah passèrent une heure à les interroger à tour de rôle et à attendre que Gretchen se présente avec le mandat pour les images de vidéosurveillance. Toutes confirmèrent les propos de Brittney et Butch : Misty était une femme discrète, elle refusait de révéler l'identité du père du bébé, elle sortait régulièrement avec ses clients, Ray avait été l'amour de sa vie et seule sa grossesse semblait l'aider à surmonter la douleur que lui avait infligée la mort de Ray.

Une bouffée d'air frais accompagna l'arrivée de Gretchen dans le club. Josie la regarda entrer depuis le bar avec soulagement. Parler de Ray était toujours difficile, mais entendre les filles le décrire encore et encore comme l'âme sœur de Misty était insoutenable. Noah sortit du couloir menant au bureau de Butch, referma son bloc-notes et fit non de la tête. Lui et Gretchen arrivèrent au bar en même temps.

— C'était la dernière danseuse, dit-il, et elle n'avait rien de nouveau à apporter. On est dans une impasse.

— Bon, on a ajouté au moins deux noms à la liste des examants de Misty, souligna Josie. Mais on doit encore regarder les images.

— Je vous suis, dit Gretchen en montrant le mandat.

Dix minutes plus tard, ils se tenaient derrière Butch qui lança les images des dernières soixante-douze heures. Il les fit défiler en accéléré, faisant des pauses pour leur montrer à quelle heure il était arrivé chaque jour et qu'ils puissent la noter. Il enchaîna avec les images des deux derniers mois de travail de Misty.

— Il n'y a pas de caméras dans les salles privées, leur dit Butch. Mais j'ai des caméras dans le couloir, donc vous pouvez voir qui entre et sort, et combien de temps ils restent.

— Alors commençons par la dernière soirée de travail de Misty et remontons, dit Noah. Si vous pouvez nous indiquer qui sont les clients réguliers, ça nous aiderait.

Butch passa la plupart des séquences en accéléré, les danseuses guidant les hommes dans le couloir vers différentes portes, avant de les ramener à l'étage principal quelques minutes plus tard. Il ralentit quand Misty embaucha, et ils la regardèrent amener ses clients dans l'une des salles privées. Josie remarqua que le ventre parfait de Misty laissait deviner un début de grossesse. Elle avait beaucoup moins de clients que les autres filles.

— Je croyais que Misty rapportait beaucoup d'argent, dit Josie.

— C'était le cas jusqu'à ce que sa grossesse commence à se voir. Ça en a fait flipper plus d'un. C'est pour ça que j'ai dû lui demander de partir.

Ils passèrent en revue sa dernière semaine de travail. Butch pointa deux clients réguliers déjà présents sur la liste de Noah des pères potentiels. Le mari de la maire ne faisait pas partie des hommes filmés cette semaine-là. Ils remontèrent dans le temps en accéléré jusqu'à ce qu'un policier en uniforme apparaisse à l'écran, marchant derrière Misty. Butch arrêta l'avance rapide pour laisser la vidéo passer à une vitesse normale. Il pointa l'écran du doigt.

— Ce gars est venu quelques fois. Pas pour une danse, il voulait juste lui parler.

Josie eut le souffle coupé.

— Vous pouvez... vous pouvez revenir en arrière ? demanda-t-elle en espérant qu'on ne discerne pas un tremblement dans sa voix.

— Pas la peine, répondit Butch, vous le verrez mieux quand ils vont ressortir.

Il accéléra la vidéo et Josie constata que quatorze minutes et vingt-sept secondes s'étaient écoulées.

À l'écran, Misty sortit de la salle privée sans se retourner. Luke la suivit, sa casquette de policier dans les mains et la tête baissée.

— Vous devriez l'interroger, dit Butch, si vous pouvez trouver de qui il s'agit. Il sait peut-être quelque chose. Il a l'air d'un flic.

Josie sentit le regard de Noah sur elle. Elle serra les dents, priant pour qu'il regarde ailleurs. Au moins, Gretchen ne la fixait pas. Elle fit signe à Butch de poursuivre.

— Vous avez dit qu'il était venu combien de fois ?

Butch haussa les épaules.

— Je ne sais pas, deux fois ? En tout cas, il est venu un mois avant ça. Vous le verrez sur les images. Il se faisait remarquer avec cet uniforme. On n'aime pas les uniformes, ici, ça rend les clients nerveux.

Josie laissa échapper un soupir alors que la vidéo reprenait en accéléré. Elle ne pouvait se résoudre à dire quelque chose. Du coin de l'œil, elle vit Noah se tourner vers elle et sentit son corps se tendre.

— Et vous dites qu'il n'a jamais payé pour une danse ? demanda Gretchen, imperturbable.

— Ouais, répondit Butch. Il disait qu'il avait des choses à

régler avec elle. Normalement, je n'autorise pas ce genre de truc. Le temps, c'est de l'argent, vous voyez ? Elle est là-dedans avec lui pendant quinze, vingt minutes, c'est de la perte de recettes. Mais j'ai laissé passer parce qu'il était de la police.

— Et vous n'avez pas demandé à Misty pourquoi un agent venait lui parler sur son lieu de travail ? ajouta Noah.

— Ben si. Elle m'a dit que c'était pour des raisons personnelles.

Gretchen haussa un sourcil.

— Et vous en êtes resté là ?

— Elle ne voulait rien me dire de plus. Elle a dit que ça n'avait rien à voir avec un crime et que ça n'affecterait pas le club. Qu'ils réglaient quelque chose et qu'une fois que ce serait fait, il ne reviendrait plus.

Josie sentit une vague de chaleur monter de son cou vers son visage. Elle eut du mal à rester en place devant la suite des images et lorsque Luke apparut pour la deuxième fois, un peu plus d'un mois avant la première fois. C'était la même scène ; ils sortirent sans se regarder et se séparèrent au bout du couloir sans un mot. Josie sortit son téléphone portable pour y jeter un œil. Elle n'avait ni textos ni appels en absence, mais elle tapota ostensiblement sur l'écran.

— Excusez-moi, je dois passer un coup de fil, dit-elle.

Dehors, elle respira l'air frais et pur. La nuit était tombée pendant qu'ils étaient à l'intérieur et, sous la lueur jaune terne des lampadaires du parking, les papillons de nuit voltigeaient et plongeaient. Josie s'appuya contre la voiture de Noah et regarda une nouvelle fois son téléphone. Elle et Luke, leurs visages collés l'un à l'autre, souriant joyeusement à l'appareil photo, lui renvoyèrent son regard. Ils avaient été si heureux. Au début. Même si elle était techniquement mariée à Ray, ils avaient été insouciants et fous l'un de l'autre. Puis était venue l'horreur de l'affaire des jeunes disparues et Luke s'était fait tirer dessus. Les choses avaient-elles commencé à se gâter à partir de là ? Elle n'en était pas sûre. Puis Brady Conway avait tiré une balle dans la tête de sa femme et avait retourné l'arme contre lui, et Luke était devenu une personne totalement différente.

Couchait-il avec Misty Derossi ? Aurait-elle vraiment pu perdre deux hommes à cause de cette femme ? Était-ce la raison pour laquelle il était si tendu, pourquoi il se fermait dès qu'elle mentionnait leur mariage ? Puis une autre pensée, encore plus horrifiante, lui vint à l'esprit. Était-il possible que Luke soit le père du bébé de Misty ?

— Non, dit Josie à voix haute.

Ce n'était pas possible. Impossible. Elle tenta de se remémorer le mois de décembre, mais ne se souvint pas de grand-chose, si ce n'est qu'ils étaient heureux. Pas vrai ?

S'il n'avait pas de liaison avec Misty, pourquoi était-il allé la voir au club de strip-tease ? Pourquoi ne l'avait-il pas dit à Josie ? Qu'est-ce qu'ils pouvaient bien avoir à faire ensemble ? Son doigt était hésitant au-dessus de l'icône du téléphone. Elle devrait l'appeler. Mais non, elle voulait le regarder droit dans les yeux quand elle lui poserait la question, et y lire la vérité.

— Patronne ?

Noah s'approcha lentement d'elle, les deux mains enfoncées dans ses poches, une expression de douleur sur le visage. Josie soupira.

— Ne commencez pas.

— Je suis sûre que Luke n'était pas là pour... Il n'a pas l'air d'être ce type de gars.

— Tous les gars sont ce type de gars.

Noah fit un pas en avant.

— Non, pas tous, dit-il avec fermeté.

Un moment de silence s'ensuivit.

— Ce que je veux dire, c'est que vous devriez lui accorder le bénéfice du doute, ajouta Noah.

Elle se secoua et se détacha de la voiture.

— Il faut que j'aille lui parler, dit-elle. Pour savoir pourquoi il était là et ce qu'il manigançait avec Misty. Je dois au moins savoir si ce qu'il sait peut nous aider à retrouver le bébé.

Noah lui tendit ses clés.

— Je vais rentrer au poste avec Gretchen. On se retrouve là-bas plus tard ?

Josie les prit.

— Merci. Une fois que vous avez terminé avec les images...

— Je m'occuperai des alibis des hommes de la liste, termina-t-il.

11

Luke vivait dans une vieille longère située à vingt-sept kilomètres de Denton, le long d'une route considérée comme rurale. Le propriétaire d'origine avait divisé sa ferme en parcelles et les avait vendues une par une. Quelques acheteurs avaient construit des maisons, mais les voisins les plus proches de Luke se trouvaient encore à presque un kilomètre à la ronde.

Josie et Luke passaient presque tout leur temps chez elle. En réalité, il avait emménagé chez Josie pendant une courte période pendant sa convalescence de ses blessures par balle l'année précédente. Josie pensait que cela deviendrait permanent et commençait tout juste à se faire à l'idée quand Brady avait tué sa femme avant de se suicider et qu'il s'était retiré dans sa propre maison. Chaque fois qu'ils se disputaient, il disparaissait chez lui et y restait quelques jours jusqu'à ce qu'il se calme. En arrivant dans sa longue allée de gravier, elle réalisa qu'elle n'était pas allée chez lui depuis près de six mois.

Les phares de sa voiture balayèrent la façade de la maison, révélant le pick-up de Luke. Un peu plus loin, elle remarqua la lumière qui brillait aux fenêtres du rez-de-chaussée. Josie se gara, sortit de la voiture, et se tint dans l'obscurité en écoutant les grillons et les cigales chanter dans les champs. Elle ressentit un malaise familier, fit un pas vers la maison et essaya de comprendre ce qui avait provoqué cette sensation. Quelque chose n'allait pas. Elle porta la main à sa taille, caressant son arme de service, et fut soulagée d'avoir pensé à l'emporter lorsqu'elle avait quitté la maison pour rejoindre Noah. Évidemment, après ce qui lui était arrivé presque deux ans auparavant, elle n'irait probablement plus jamais nulle part sans elle.

Elle fit un pas de plus vers la maison, puis elle comprit. La lumière du porche n'était pas allumée. Elle fonctionnait grâce à un détecteur de mouvements qui aurait dû la déclencher dès qu'elle s'était engagée dans l'allée. Des morceaux de verre craquèrent sous ses pieds. Elle baissa les yeux et découvrit des éclats scintillant dans une mare de sang qui s'étendait de l'endroit où Josie se tenait jusqu'à la porte d'entrée. Elle s'arrêta pour tenter d'entendre, par-dessus les battements intenses de son cœur, tout mouvement à l'intérieur ou à l'extérieur de la maison. Rien. Gardant son arme dans une main, elle utilisa l'autre pour composer le numéro de Noah. Il répondit à la troisième sonnerie.

— Je suis chez Luke, chuchota-t-elle. Il y a du sang sous le porche. Envoyez des renforts.

— N'entrez pas, dit Noah. Attendez les ren...

Mais Josie avait déjà raccroché. Elle rangea son téléphone et tint son arme à hauteur de poitrine en entrant silencieusement dans la maison. Si Luke était blessé ou mourant, elle n'allait pas attendre quinze ou vingt minutes pour que les renforts arrivent. Cela faisait une éternité qu'elle n'avait pas inspecté un bâtiment, mais son instinct reprit le dessus et son corps entra en mode automatique. Son inquiétude pour Luke rivalisait avec sa préoccupation plus pragmatique de sécuriser une scène de crime. Pour l'instant, elle devait être la cheffe de police Quinn, pas la future Mme Creighton.

Elle suivit les traces de sang de la porte jusqu'à la cuisine, où une grande éclaboussure s'étalait sur les placards peints en blanc. Des flaques de sang s'étaient accumulées sur le carrelage. Elle examina les placards, les murs, et même le plafond à la recherche d'impacts de balles, juste pour être sûre, mais l'éclaboussure laissait plutôt soupçonner une blessure à l'arme blanche. À en juger par les traces sur le sol, la victime – *faites que ce ne soit pas Luke*, pensa Josie – avait d'abord été poignardée dans la cuisine, y était restée étendue pendant un certain temps avant d'être traînée à l'extérieur sous le porche.

Luke rangeait son arme de service dans un coffre-fort situé dans l'armoire de sa chambre, aux côtés de son fusil de chasse et de son fusil à pompe. Il lui aurait donc été inutile s'il avait été pris par surprise, mais il aurait eu largement le temps de réagir si des visiteurs inopportuns s'étaient frayé un chemin jusqu'à son entrée. À moins qu'on n'ait attendu chez lui qu'il rentre, ce qui expliquerait la lumière du porche cassée. Il fermait toujours la porte à clé, mais il était assez facile de pénétrer dans sa maison par l'une des fenêtres latérales.

Son arme à la main et toujours à l'affût des bruits de la maison, elle se déplaça furtivement à travers le reste du rez-de-chaussée. À chaque fois qu'elle pénétrait dans une pièce, elle craignait de le trouver au sol, se vidant de son sang, mais il n'était pas là. Il n'y avait pas de sang sur les escaliers, mais elle monta quand même au premier étage, utilisant sa manche pour allumer les lumières de chaque pièce au fur et à mesure qu'elle avançait. La chambre d'amis était vide, tout comme la chambre qu'il utilisait comme salle de sport. Elle vérifia la salle de bains et se dirigea vers la chambre principale, également vide. Dans son armoire, le coffre-fort était bien verrouillé.

Alors qu'elle balayait la pièce du regard pour la deuxième fois, ses yeux se posèrent sur la table de nuit à droite du lit. Son côté du lit. Même si elle ne dormait plus ici depuis longtemps. La lampe était la même, mais il y avait un roman écorné qu'elle n'avait jamais vu auparavant à côté d'une bouteille d'eau à moitié pleine.

— Enfoiré, marmonna-t-elle en s'affaissant contre le chambranle de la porte.

La maison était vide. Luke avait disparu. À en juger par le sang dans la cuisine, où qu'il soit, il n'y était pas allé de son plein gré. Cela devait être en lien avec ce qui s'était passé chez Misty ce jour-là ; Misty et Luke s'étaient vus en secret et maintenant, des mois plus tard, ils avaient tous les deux des ennuis, la coïncidence était trop grande pour en être une. Bon sang, dans quoi Luke s'était-il embarqué ?

Quelques heures plus tôt, elle pensait tout savoir de lui. Elle n'avait jamais pensé qu'il était du genre à avoir des secrets. Avec Luke, il n'y avait pas de faux-semblants. Peut-être avait-elle été tellement préoccupée par le fait qu'il découvre les cadavres dans son placard qu'elle n'avait jamais pensé qu'il puisse avoir les siens. Le plus grand secret qu'il lui avait jamais caché était qu'il avait été fiancé à une femme qui travaillait pour la police scientifique de l'État. Elle se demandait maintenant si c'était la seule chose qu'il lui avait cachée. Qui avait dormi dans son lit, à ses côtés ? Comment avait-elle pu être aussi aveugle ? Elle secoua la tête, essayant de se débarrasser de cette dernière question. Cela n'avait pas d'importance pour le moment. Ses problèmes de couple devaient attendre. Pour l'instant, elle avait son deuxième cas de disparition de la journée, et il s'agissait de l'homme qu'elle aimait.

Elle essaya de calmer ses pensées en retournant à la cuisine. Évitant soigneusement le sang, elle remit son arme dans son étui et sortit son portable. Elle composa le numéro de Luke et, depuis le salon, les notes étouffées de « Mine Would Be You » de Blake Shelton émanèrent de son téléphone. Elle se souvint de la première fois qu'il lui avait fait écouter cette chanson ; c'était sûrement la plus romantique qu'elle ait jamais entendue, et le son de celle-ci fit naître une légère douleur dans sa poitrine.

Elle trouva le téléphone sur la table basse, jeté au milieu du bazar : ses clés de voiture, la télécommande de la télé, une pile de courrier. Elle avait envie de parcourir son contenu pour voir s'il y avait des messages ou des appels de Misty, ou de tout autre numéro qu'elle ne reconnaissait pas, mais elle se trouvait sur une scène de crime. Elle devait d'abord attendre que son équipe d'intervention criminelle vienne examiner la maison.

Elle retourna dans la cuisine et examina les taches de sang, tentant de déterminer si une personne pouvait être toujours en vie après avoir perdu autant de sang.. Un message de Noah fit vibrer son téléphone. Il arrivait dans cinq minutes. Bien. Elle ne voulait pas être seule plus longtemps.

Un bruit de choc à l'arrière de la maison la fit sursauter ; elle courut jusqu'à la porte de derrière pour regarder dehors et vit une silhouette courir dans l'obscurité en direction de la grange à l'extrémité de la propriété de Luke.

La porte claqua derrière elle alors qu'elle se précipitait dehors.

12

En bas des marches de derrière, Josie enjamba un tas d'outils de jardinage éparpillés sur le sol et se lança à la poursuite de l'individu. Heureusement pour elle, la lune était pleine et brillante de ce côté de la maison et ses yeux s'adaptèrent en quelques secondes. Ses pieds filaient au-dessus de l'herbe, à peine en contact avec le sol. Elle cria : « Police, arrêtez-vous ! » mais la silhouette ne ralentit pas. En se rapprochant, Josie constata qu'il s'agissait d'une femme. Ses longs cheveux dorés scintillaient de temps à autre à la lumière de la lune. Elle était menue et pieds nus. Josie la rattrapa rapidement et la plaqua au sol. Ensemble, elles roulèrent dans l'herbe avant de s'arrêter. Rapidement, Josie poussa la femme sur le ventre et s'assit sur elle.

— Je vous ai dit de vous arrêter, souffla Josie.

Elle maintint les mains de la femme derrière son dos et réalisa qu'elle n'avait pas de menottes. Cela faisait bien un an qu'elle n'avait pas poursuivi un suspect, et cela se voyait.

Sous elle, la femme resta immobile, mais Josie pouvait sentir sa poitrine se soulever alors qu'elle essayait de reprendre son souffle.

— Comment vous vous appelez ? demanda Josie.

La femme ne dit rien.

— J'ai dit : « Comment vous vous appelez ? »

Un autre moment de silence s'écoula pendant que Josie palpait la femme. Pas d'armes. Josie poussa un soupir de frustration.

— Très bien. Ne me dites rien. Vous êtes en état d'arrestation.

— Je... je ne sais pas, dit la voix rauque de la femme.

— Quoi ?

— Je ne me souviens plus.

— Vous ne vous souvenez plus de votre nom ?

— Je ne me souviens plus de rien. Je me suis juste réveillée ici. Je ne sais pas où je suis. J'ai entendu quelqu'un dans la maison. Il y avait du sang. Je me suis enfuie.

Josie fixa l'arrière de la tête de la femme un instant, se demandant si elle disait la vérité.

— Qu'est-ce que vous insinuez ?

— Je ne sais pas. S'il vous plaît. J'ai vraiment peur.

Josie se leva et tira la femme par l'un de ses bras. Elle était petite, une vingtaine d'années selon Josie, avec un visage en forme de cœur. Elle portait un pantalon de survêtement et un t-shirt que Josie reconnut comme appartenant à Luke. Josie espérait que le clair de lune ne trahissait pas la douleur intense qui pouvait se lire dans ses yeux.

— Réveillée où ? demanda-t-elle.

La femme pointa la maison du doigt.

— Là-bas, répondit-elle.

— J'ai vérifié dans la maison, dit Josie. Vous n'y étiez pas.

— J'étais derrière. Il faisait sombre. Je ne... je ne comprends pas ce qui se passe.

— Comment vous saviez qu'il y avait du sang dans la maison si vous étiez dehors ?

Au clair de lune, Josie put voir les sourcils de la femme se froncer au-dessus de ses grands yeux sombres.

— Quoi ?

Josie répéta la question.

— Je... j'allais essayer d'ouvrir la porte, j'ai regardé à l'intérieur et j'ai vu du sang. J'ai cru voir quelqu'un dans la cuisine, alors je me suis enfuie.

Josie la fixa. Elle aurait bien pu voir une bonne partie des éclaboussures de sang par la porte de derrière. Mais ça n'expliquait pas pourquoi elle était pieds nus et portait les vêtements de Luke.

— Vous étiez à l'intérieur, dit Josie. Qui êtes-vous ? Qu'est-ce que vous faites ici ?

— Je ne sais pas. Je vous jure que je ne sais pas. Je ne me souviens pas. Je ne sais pas où je suis ni même à qui est cette maison.

La femme l'implora des yeux.

— Et Misty Derossi ? Vous vous souvenez d'elle ?

— Qui ?

Cette femme ne lui était d'aucune aide. Sans un mot, Josie la retourna et la poussa vers la maison, tandis que les sirènes retentissaient au loin.

— Qu'est-ce qui se passe ? demanda la femme, sa voix faible étouffée par le bruit des sirènes. Vous pouvez me dire ce qui se passe ? Je suis où ? Est-ce que quelqu'un est blessé ?

Josie l'ignora. Lorsqu'elles atteignirent la maison, les sirènes s'arrêtèrent, mais les gyrophares rouge et bleu des véhicules d'urgence éclairaient la nuit. Josie escorta la femme autour de la maison jusqu'à l'avant, où Noah garait sa Ford Escape, qu'il lui avait ramenée. Elle poussa la femme vers lui, et il la rattrapa habilement.

— Menottez-la, dit Josie.

Il obéit, lui passa les menottes et la fit monter à l'arrière d'une voiture de patrouille tandis que Josie marchait de long en large devant la maison de Luke. Quelques-uns de ses agents s'approchèrent ; elle leur donna des instructions pour sécuriser et examiner la scène. Ils se mirent au travail, et Josie continua à faire les cent pas jusqu'à ce que Noah s'approche.

— Qu'est-ce qui s'est passé ? demanda-t-il.

Elle lui raconta ce qu'elle avait découvert.

— Je ne sais pas à qui appartient le sang, donc analysez-le dès que possible. Ce n'est pas long. Vous devriez pouvoir le faire ce soir. Luke est A négatif. Je n'ai aucune idée de qui est cette femme, et elle prétend ne pas se souvenir de qui elle est ni de comment elle s'est retrouvée ici. Relevez ses empreintes. Voyez si vous trouvez quelque chose. Emmenez-la à l'hôpital et faites-la examiner. Faites un scanner de sa tête ou quelque chose comme ça. Ne la relâchez pas. Elle est notre seul lien avec Luke pour l'instant. Quelqu'un d'autre était ici. Je ne sais pas si c'était elle, Misty ou une autre personne. Il était « ce type de gars », apparemment.

Josie s'arrêta de parler pour inspirer une grande bouffée d'air. Au même moment, Noah l'attrapa par le coude et la dirigea vers la Ford.

— Qu'est-ce que vous faites ?

— Montez, dit-il.

— Pardon ?

Josie le dévisagea.

— Patronne, dit-il en reconnaissant son autorité, mais en gardant un ton ferme. Montez dans la voiture.

Elle se dirigea vers le côté passager et monta. Noah s'installa à côté d'elle, mais ne fit pas démarrer le véhicule.

— Ça devient trop personnel, dit-il.

Josie se raidit.

— Ça va. Je vais bien. Je...

— Luke est votre fiancé. Il est porté disparu. Il y a du sang dans sa maison et vous avez trouvé une femme étrange qui fuyait la scène. Osez me dire que tout va bien.

Josie le foudroya du regard tout en refoulant l'hystérie qui montait en elle – très, très loin.

— Je suis votre supérieure, lui rappela-t-elle.

— Vous êtes vraiment en train de me dire que vous êtes dénuée de tout sentiment personnel concernant cette situation ?

— Mon mari est mort dans mes bras il y a presque deux ans en plein milieu d'une affaire. J'ai géré la situation, et j'ai toujours su gérer depuis. Quelles que soient vos inquiétudes, vous feriez mieux de les ranger et de vous y remettre. On a du boulot.

Elle sortit de la voiture sans ajouter un mot.

13

La femme mystère n'avait aucune pièce d'identité sur elle et l'équipe de Josie n'avait rien trouvé dans la maison qui soit lié à elle. Josie attendait impatiemment pendant que Gretchen essayait de l'interroger à l'arrière de la voiture de police. Josie et Noah se tenaient sous le porche et observaient les deux femmes parler.

— J'aurais dû vous laisser le faire, marmonna Josie. Elle aurait peut-être été plus coopérative face à un homme.

— Patronne, dit Noah. Si elle a perdu la mémoire, elle a perdu la mémoire. Ça peut être une commotion cérébrale, un traumatisme, une amnésie, même ?

— Ce n'est pas une amnésie, dit Josie. Elle fait semblant.

— Qu'est-ce qui vous fait dire ça ?

— Je le sais, c'est tout.

— Vous êtes sûre que ce n'est pas parce qu'elle porte un t-shirt de Luke ?

Rien ne lui échappait, bon sang. Josie lui lança un regard glacial, mais il s'éloignait déjà, faisant semblant de consulter l'agent posté à la porte d'entrée de chez Luke. Puis il disparut à l'intérieur.

Josie posa les mains sur ses hanches et lâcha un long soupir. Elle observa Gretchen sortir de la voiture de police, prendre des notes dans son carnet, puis se diriger vers elle.

— Je n'ai rien, patronne, annonça Gretchen. Elle s'en tient à son histoire.

— Vous pensez que c'est du bluff ? demanda Josie.

— Je l'ignore. Elle sait en quelle année nous sommes, quel mois, qui est notre président. Elle peut additionner et soustraire. Je lui ai posé des questions de *pop culture* au hasard auxquelles elle a répondu correctement, mais elle prétend ne pas se souvenir de qui elle est, d'où elle vient ni savoir où elle se trouve actuellement. Aucun signe de blessure physique. Je sais que certaines personnes peuvent vivre une fugue dissociative quand un événement traumatisant leur fait perdre la mémoire, mais il y a quelque chose qui cloche.

— Je suis d'accord, répondit Josie.

Gretchen se retourna vers la voiture de patrouille dans laquelle l'inconnue était assise sur la banquette arrière et regardait droit devant elle.

— Je vais l'emmener à l'hôpital. Je vais demander qu'on l'examine et la ramener au poste pour l'interroger.

Elles regardèrent toutes les deux dans sa direction ; elle leva ses mains menottées pour mettre ses cheveux derrière ses oreilles, d'un côté puis de l'autre, avant de se détendre de nouveau dans le siège.

— Elle est trop calme, dit Josie.

— Le choc ? suggéra Gretchen.

— Non, répondit Josie. J'ai vu des gens en état de choc. Quand je l'ai plaquée au sol, elle respirait fort, mais c'était à cause de l'effort qu'elle avait fourni pour s'enfuir. Son cœur ne palpitait pas, elle ne tremblait pas, ne pleurait pas. Même maintenant, regardez-la. Si je me réveillais sur les lieux d'un crime sans aucun souvenir de qui je suis ou de comment je suis arrivée là, je serais sacrément chamboulée.

— Le problème, c'est : comment prouver qu'elle fait semblant ?

— Je ne sais pas, dit Josie. Mais la première étape, c'est de demander à un médecin de confirmer qu'elle n'a absolument rien.

Noah revint avec le téléphone de Luke dans les mains.

— Il a été examiné. Vous voulez y jeter un œil ?

Josie essaya de ne pas lui arracher le téléphone des mains avec trop d'empressement. Sous les yeux attentifs de Noah et de Gretchen, elle parcourut rapidement les appels et les SMS.

— Rien, marmonna-t-elle.

Il y avait des appels et des messages destinés à elle, à sa sœur et à ses parents, à trois collègues dont elle reconnaissait les noms, y compris celui de Brady Conway. Ils s'étaient envoyé des messages le soir où Luke était allé regarder un match chez lui et qu'il était tombé sur le carnage. Elle n'avait pas réalisé que Luke avait conservé les messages. Elle se demanda à quelle fréquence il les regardait, à essayer de concilier la normalité des SMS avec ce qu'il avait trouvé quand il était arrivé chez Brady. Elle rendit le téléphone à Noah qui lui fit signe de le garder.

— On n'en a pas besoin. Il n'y a rien d'intéressant. Gardez-le, et vous pourrez lui rendre quand on le trouvera.

Noah. Toujours optimiste.

Josie ne manqua pas le regard qu'échangèrent Noah et Gretchen. Noah se racla la gorge.

— Euh, patronne...

Il s'interrompit. Les yeux de Josie passèrent de lui à Gretchen, et vice versa.

— Quoi ? dit-elle d'un ton agacé.

— Habituellement, lorsqu'on enquête sur un crime, on commence par les personnes les plus proches de la victime.

— Et j'en fais partie, dit Josie, comprenant leur malaise.

— On est conscients que Luke est votre fiancé, mais, euh, si vous savez quoi que ce soit, ça nous serait utile, dit Noah.

Elle soupira.

— Je ne sais rien. Je ne sais pas ce qu'il mijotait ou ce qui se passait pour qu'il finisse comme ça. Je ne savais même pas qu'il allait au *Foxy Tails* pour voir Misty. Il a commencé à être froid et distant depuis le décès des Conway. Je croyais que c'était à cause du meurtre-suicide. Quoi qu'il ait fait, il ne m'a rien dit.

— Vous avez fait le tour de la maison, dit Gretchen. Est-ce qu'il manquait quelque chose ? Ou quelque chose n'était pas à sa place ?

En d'autres termes, s'agissait-il d'une violation de domicile ? D'un cambriolage ?

— Non, répondit Josie. Pas de ce que j'ai pu voir.

La seule chose inhabituelle dans la maison était le fait que quelqu'un avait dormi dans le lit de Luke. Personne ne s'aventurait aussi loin dans la campagne pour cambrioler quelqu'un qui n'avait rien qui vaille très cher. Luke avait quelques armes, mais le coffre-fort était intact, et il ne laissait pas de grosses sommes d'argent traîner. La seule chose de valeur qu'il possédait était un petit bateau de pêche qu'il gardait dans sa grange, mais le voler ne valait pas le coup. Non, l'intrus n'était pas venu cambrioler la propriété. Il était venu pour faire du mal. Les éclaboussures de sang le montraient bien.

Mais qui s'était attaqué à Luke ? Voulaient-ils s'en prendre à l'inconnue et Luke se serait battu pour la défendre ? Pourquoi ? Qui était-elle ?

— Et sa sœur ? demanda Noah.

Josie cligna des yeux pour essayer de se concentrer sur lui.

— Quoi ?

— Sa sœur. Est-ce qu'elle pourrait savoir ce qui se passait ? S'il s'était retrouvé dans une histoire ?

— Ça m'étonnerait, dit Josie. Elle vit à quelques heures d'ici et ils ne se voient pas beaucoup. Je vais l'appeler. Je dois le faire, de toute façon, pour lui dire...

Elle s'interrompit, déglutissant avec difficulté à cause de la boule dans sa gorge.

— Vous avez appelé la légiste ?

— Il n'y a pas de corps, dit Noah. Elle ne viendra pas tant qu'il n'y a pas de corps.

Il leva la main quand Josie s'apprêta à parler.

— Mais je lui ai envoyé quelques photos des éclaboussures de sang. Elle a dit qu'il était peu probable qu'une personne perdant une telle quantité de sang puisse survivre sans transfusion.

Il s'arrêta là, mais Josie entendit tout de même les mots dans sa tête. *Je suis désolé, patronne.*

14

Josie s'appuya contre sa Ford Escape et colla son téléphone contre son oreille. Il sonna trois fois avant que Carrieann Creighton ne décroche.

— Josie ?

Elle plongea dans le vif du sujet.

— Carrieann, quelque chose est arrivé à Luke.

Josie entendit son souffle se couper.

— Est-ce qu'il... est-ce qu'il est en vie ?

— Je ne sais pas, répondit-elle avec honnêteté.

Elle réussit tant bien que mal à ne pas s'effondrer lorsqu'elle expliqua à Carrieann ce qu'elle avait découvert en arrivant chez Luke, s'arrêtant juste avant de mentionner l'inconnue. Le verbaliser face à sa sœur rendait les choses encore plus difficiles. Presque deux ans auparavant, elles s'étaient réconfortées mutuellement à l'hôpital pendant que Luke se remettait de ses blessures. Cela avait semblé être le pire scénario possible : il avait pris deux balles dans la poitrine, et il s'accrochait à peine à la vie après l'opération. Mais ça, ne pas savoir où il se trouvait, à quel point il était blessé, ou même s'il était toujours en vie, c'était cent fois pire.

— Je suis désolée, conclut Josie.

— J'arrive, répondit Carrieann, la voix chargée d'émotion. Je peux être là demain matin.

Josie ne discuta pas.

— Carrieann, quand est-ce que tu as parlé à Luke pour la dernière fois ?

Un silence bref.

— Je ne sais pas, il y a quelques semaines ? Tu sais comment est Luke au téléphone. C'est dur de lui faire décrocher deux phrases. Il dit toujours que ça va, que tu vas bien, que tout va bien. Il ne m'appelle jamais. C'est toujours moi qui l'appelle.

Josie savait que c'était la vérité.

— Quand tu lui as parlé, est-ce qu'il avait l'air... bizarre ?

— Non, répondit Carrieann. Il était comme d'habitude. Je sais que tu disais qu'il était assez déprimé depuis la mort de son ami, mais je n'ai jamais vu de différence. Pourquoi tu me poses ces questions, Josie ?

— J'essaie de comprendre ce qui s'est passé. Dans quoi il était... dans quoi il était mêlé.

— Mêlé ?

— Il s'est passé quelque chose, Carrieann. Je ne pense pas que ce soit un hasard. On en parlera quand tu seras là, d'accord ?

— À plus, répondit Carrieann avant de raccrocher.

Josie appela ensuite le chef de Luke pour le tenir au courant de ce qui s'était passé. Il lui rapporta que Luke était devenu beaucoup plus réservé depuis le meurtre-suicide de Brady, mais que rien ne lui avait fait penser qu'il se passait autre chose. Il promit de parler aux autres membres de l'unité pour voir s'ils avaient des informations utiles et de fournir toute l'aide qu'ils pourraient à l'enquête. Josie raccrocha avec encore plus de frustration après ces deux appels.

Quand il devint évident qu'elle n'avait plus rien à faire chez Luke, Josie laissa son équipe sur place examiner la scène et conduisit à travers la ville. Elle laissa sa radio allumée et écouta les conversations pour noyer ses pensées et être la première à entendre si quelqu'un signalait quoi que ce soit par rapport à l'alerte Amber. Elle commença par s'engager sur la route de campagne où vivait Luke, parcourut des kilomètres dans chaque direction, son véhicule avançant lentement tandis qu'elle scrutait les deux côtés de la chaussée. Elle ne savait pas à quoi elle s'attendait ou ce qu'elle espérait trouver, mais il n'y avait rien. Elle ne voulait simplement pas rentrer chez elle. À chaque heure qui passait, Josie luttait contre un sentiment insidieux de désespoir. Elle avait parcouru presque toutes les rues de Denton et ses yeux commençaient à brûler de fatigue.

Elle pouvait entendre la voix de Noah dans sa tête. *Rentrez chez vous, patronne. Reposez-vous.*

Elle rentrait chez elle, à contrecœur, lorsque son téléphone sonna. C'était Gretchen.

— Patronne, le labo m'a appelée. Le groupe du sang retrouvé dans la cuisine est O négatif. Donc, pas Luke.

Le soulagement que ressentit Josie fut si immédiat et si intense qu'elle en fut étourdie.

— Si ce n'est ni le sien ni celui de notre inconnue, alors il y avait quelqu'un d'autre dans la maison, dit-elle en se ressaisissant.

Elle espérait que le sang appartenait à la personne qui avait attaqué Luke ; cette personne s'était probablement déjà vidée de tout son sang et Luke se serait échappé. À moins qu'il ne soit mort lui aussi. Non, il ne fallait pas penser à ça.

— Demandez au labo de faire un test ADN et on comparera les résultats avec la base de données de l'État.

— Entendu, dit Gretchen, que Josie entendit griffonner dans son bloc-notes.

— Vous êtes toujours à l'hôpital avec notre femme mystère ?

— Oui, ils doivent l'emmener faire un scanner. Ils ont dû

appeler le neurochirurgien de garde pour une consultation. Ça va prendre un moment. Patronne, elle a des... cicatrices.

— De quel genre ?

— Sur son dos. De brûlures.

— Récentes ?

— Non. Je ne suis pas experte mais, de ce que j'ai pu voir auparavant, je dirais qu'elles proviennent d'un lisseur ou d'un fer à boucler.

Josie grimaça.

— Vous pensez à des violences conjugales ?

— C'est possible. Elles ne sont pas importantes, mais il y en a deux, et l'une d'entre elles a l'air plus vieille que l'autre, ce qui suggère que ce n'était pas un accident. Je me suis dit que vous aimeriez le savoir.

— Merci, soupira Josie. Appelez Hummel pour qu'il vous remplace. Il peut la surveiller cette nuit. J'ai besoin de vous en forme demain matin.

Elle remercia Gretchen et raccrocha, se dirigeant vers chez elle avec plus de détermination. En se garant dans son allée, elle aperçut une lumière provenant de la fenêtre du salon. Pressée d'entrer, elle oublia presque de mettre son frein à main. Luke était-il là ? Était-il là depuis le début ?

Mais son salon était vide. Elle resta plantée dans l'entrée, les yeux rivés sur la pile d'invitations de mariage posées à côté d'un vase rempli de fleurs des champs à floraison tardive. Elle adorait les fleurs des champs. Il avait dû sortir pour les cueillir, puis les avait laissées pour elle, quelque chose qu'il n'avait pas fait depuis longtemps. Sur une table d'appoint, elle trouva un mot écrit de la main de Luke :

Excuse-moi. Je t'aime. P. S. Ce sont mes trois préférées.

À côté du mot se trouvaient trois modèles d'invitations de mariage qu'il avait sélectionnés parmi la pile sur la table basse.

Il avait nettoyé derrière lui et laissé la lumière pour elle. Elle aurait été prête à parier que, si elle allait dans la cuisine, elle verrait toutes les assiettes lavées et soigneusement empilées sur l'égouttoir. Toutes les chaises seraient rangées sous la table à manger. C'était l'une des choses qu'elle avait toujours appréciées chez lui, du moins jusqu'au meurtre-suicide de Brady, quand il avait arrêté de le faire. Quand il avait arrêté d'être lui-même.

Elle serra la note dans sa main et s'effondra sur son canapé, les yeux fermés pour tenter de lutter contre la vague d'émotions qui menaçait de la submerger. Il avait rendu visite à Misty au club de strip-tease dans le dos de Josie. À plusieurs reprises. Il y avait une autre femme chez lui. Avec ses vêtements. Dans son lit. Pourtant, après avoir été si froid envers elle cet après-midi-là, il était allé chercher des fleurs pour Josie et avait choisi les invitations de mariage qu'elle essayait de lui faire regarder depuis des semaines. Qu'est-ce qui se passait ?

———

Elle n'avait même pas conscience de s'être endormie avant qu'un coup à sa porte ne la réveille en sursaut. Elle se leva du canapé en regardant vers la télévision en dessous de laquelle le décodeur indiquait qu'il était presque 7 heures. La lumière du jour se faufilait à travers les stores. Elle se frotta les yeux et se dirigea vers la porte d'entrée en consultant son portable en chemin. Il était à cinq pour cent et elle n'avait aucune nouvelle de son équipe. Avec un lourd soupir, elle ouvrit la porte.

15

MARDI

Carrieann Creighton se tenait sur le pas de la porte de chez Josie, la dominant de toute sa hauteur et une expression de douleur sur le visage. Josie prit un moment pour chasser sa fatigue et ouvrit les bras.

— Je suis tellement contente que tu sois là, Carrieann.

L'étreinte de Carrieann était longue et ferme.

— Entre, lui dit Josie en l'accompagnant jusqu'à la cuisine.

— Je suis d'abord allée chez Luke, dit Carrieann en s'effondrant sur une chaise à la table de la cuisine.

Josie alluma la machine à café.

— Je suis désolée. Je peux dire à quelqu'un d'aller tout remettre en ordre.

Carrieann fit non de la tête.

— Non, non. Je peux m'en occuper. Je ne savais juste pas si... si je dérangeais des preuves.

— Tout a été analysé. Tu ne peux rien déranger. Mais tu es la bienvenue ici. Tu le sais.

Carrieann lui décocha un sourire crispé.

— Peut-être. Je ne sais pas si je peux rester seule dans cette maison actuellement. Est-ce qu'il y a du nouveau ?

— Rien, répondit Josie. Mon équipe est en train d'analyser les preuves mais, honnêtement, on n'a pas beaucoup de pistes.

— Aucune ?

L'image de l'inconnue lui traversa l'esprit et son estomac se noua.

— Eh bien, il y avait une femme.

Elle fit un résumé de sa rencontre avec la fille amnésique et la décrivit. Carrieann secoua la tête lentement.

— Ça ne me dit rien.

— Tu connaissais les ex-copines de Luke, non ?

— Oui, les copines sérieuses. La liste n'est pas longue.

— Tu pourrais peut-être venir au poste aujourd'hui pour voir si tu la reconnais, suggéra Josie. Du moins, si on n'envoie pas sa photo à la presse.

— Tu penses que c'est une ancienne copine ?

Josie soupira.

— Je ne sais pas quoi penser, Carrieann. Cette femme dormait clairement dans son lit et... elle portait ses vêtements.

Les sourcils froncés, le regard de Carrieann tomba sur la table. Elle resserra sa chemise autour d'elle.

— Ça ne lui ressemble pas du tout. Luke n'est pas quelqu'un d'infidèle. Je le pense vraiment. Je ne dis pas ça juste parce que je suis sa sœur.

Josie commençait à avoir la migraine.

— Qu'est-ce que ça pourrait être d'autre ?

Elle haussa les épaules.

— Je ne sais pas, mais je crains que ça ne plaise à aucune de nous deux.

———

Trois comprimés d'ibuprofène, deux cafés et une douche plus tard, Josie avait toujours la migraine, mais son portable était chargé et son esprit légèrement plus clair. Carrieann s'était retirée dans la chambre d'amis de Josie, celle qu'elle gardait normalement pour les séjours de sa grand-mère Lisette, et on pouvait l'entendre ronfler jusqu'en bas. Dans la cuisine, Josie appela Noah.

— Vous êtes où ? demanda-t-elle.

— À votre avis ? Ils viennent de ramener la fille de l'hôpital.

— Qu'est-ce qu'ils ont dit ?

— D'après le neurologue, ses scanners sont bons. Elle a des traces d'anciennes fractures orbitales mais, à part ça, elle est en bonne santé.

— Des fractures orbitales ? répéta Josie. Le genre qu'on a quand on se fait frapper au visage ?

— Oui, j'imagine. Selon le docteur, quelqu'un lui a cassé l'orbite à un moment donné.

— On dirait qu'on a affaire à une histoire de violences conjugales. Qu'est-ce que le docteur a dit à propos de son amnésie ?

— Qu'il s'agissait d'une fugue dissociative.

— Vous voulez dire qu'elle a vécu quelque chose de traumatisant et qu'elle a perdu la mémoire ? demanda Josie en pensant à sa conversation avec Gretchen.

Elle entendit le soupir de Noah.

— En gros, c'est ça, oui. J'ai pris le temps de parler avec le médecin au téléphone. D'après lui, ça tient la route. En général, ces personnes ont l'air normales, elles ne se souviennent juste pas de leur passé ou de leur identité.

— Oh, rien que ça ? aboya Josie. Luke a disparu, et cette femme pourrait détenir de précieuses informations. Soit elle cache quelque chose, soit ce qu'elle a vu l'a mise dans cet... état de fugue. Vous avez pris ses empreintes ?

— C'est la première chose qu'on a faite, dit Noah. La police d'État nous a rapidement transmis les résultats. Elle n'apparaît pas dans l'AFIS.

L'AFIS était le système automatisé d'identification d'empreintes digitales, une base de données nationale à la disposition des forces de l'ordre qui leur permettait de comparer les empreintes digitales trouvées sur les scènes de crime avec celles de toute personne figurant dans le système.

— Est-ce que le neurologue a parlé d'une façon de la faire revenir à elle ?

— Il n'y a pas vraiment de solution. Il nous recommande de l'envoyer vers un psychologue ou un hypnotiseur si on est vraiment pressés.

— Bon sang, dit Josie. On n'a pas le temps. Et Misty ?

— Elle est toujours inconsciente. Œdème cérébral. Les médecins vont l'opérer aujourd'hui pour essayer de diminuer la pression intracrânienne. On va devoir attendre que ce soit fait pour l'interroger.

— Continuez à suivre son état, dit Josie. J'arrive. Gardez notre inconnue dans la salle d'interrogatoire jusqu'à mon arrivée. Carrieann est là ; elle viendra plus tard pour voir si elle la reconnaît. Renvoyez Gretchen chez Luke pour qu'elle inspecte la propriété à la lumière du jour. Je sais que l'équipe a vérifié la grange, mais je veux qu'elle soit fouillée de nouveau. Je veux qu'on examine tout le périmètre une nouvelle fois. Il doit bien y avoir quelque chose qui peut nous dire qui est cette femme ou qui s'en est pris à Luke.

— Ça marche, dit Noah.

16

Au poste, Josie passa cinq minutes à observer la femme mystère sur les caméras de surveillance alors qu'elle restait immobile et seule dans la salle d'interrogatoire, une tasse de café intacte sur la table devant elle. Josie commençait à se demander si elle était entrée dans un état modifié de conscience quand enfin elle regarda autour d'elle, replaça ses cheveux derrière ses oreilles et laissa échapper une longue expiration. Elle portait toujours les vêtements de Luke, et Josie n'aimait pas la sensation que ça lui procurait.

La porte de son bureau était ouverte, et quelqu'un avait laissé un tas de courrier sur son bureau. Elle parcourut les lettres sans vraiment les voir. Elle ne cessait de penser à Luke ; elle se demandait s'il était en vie, et ce qu'il avait bien pu faire pour se retrouver dans cette situation.

— Patronne ?

Noah entra avec une tasse de café fumant dans une main et son bloc-notes dans l'autre. Il lui tendit le café.

— Je me suis dit que vous en auriez besoin.

— Merci.

Elle y trempa ses lèvres en restant debout tandis que Noah consultait une liste de noms inscrits sur son bloc-notes.

— J'ai ce que je pense être une liste assez complète des hommes que Misty fréquentait, expliqua-t-il. Qui remonte à quand elle est tombée enceinte.

— Donc des pères potentiels, dit Josie.

— Oui.

Ses sourcils se froncèrent pendant qu'il étudiait la liste.

— Il y en a sept.

Josie manqua s'étouffer avec son café.

— Sept ?

— Euh, oui, et vous allez sûrement trouver ça intéressant... Brady Conway est sur la liste.

Josie posa sa tasse de café sur la table.

— L'ami de Luke ?

— Lui-même.

Elle émit un petit sifflement et repensa aux images de Luke au *Foxy Tails* avec Misty. C'était à peu près à l'époque de la mort de Brady Conway. Est-ce que c'était ce que Luke avait à régler avec Misty ? Est-ce qu'il faisait office d'intermédiaire entre elle et son ami ? Brady avait été un policier marié ; s'il était le père du bébé, cela n'aurait certainement pas été une situation idéale, ni pour lui ni pour elle. Josie pria pour que ce soit en effet la raison pour laquelle Luke était allé voir Misty deux fois au *Foxy Tails* avant la mort de Brady. Mais pourquoi ne lui en avait-il pas parlé ?

— Patronne ? la relança Noah.

Même si Brady était le père, ça n'expliquait pas ce qui était arrivé à Misty et à son bébé, ou à Luke. Et qu'est-ce que cette fille venait faire là-dedans ?

— Je réfléchis, dit Josie à Noah. Le lien avec le meurtre-suicide des Conway est très intéressant, mais Brady est mort, donc il a un alibi. On ne trouvera pas le bébé de Misty sans trouver la personne qui était chez elle hier.

Noah lui décocha un sourire ironique.

— Oui, eh bien, si les alibis sont éliminatoires, on peut disculper la plupart des autres gars. Il y en a cinq qui ont un alibi pour les dernières soixante-douze heures, un qu'on n'a pas encore localisé, et le mari de la maire.

Josie leva un sourcil.

— Le mari de la maire n'a pas d'alibi ?

Noah secoua la tête.

— Sa femme est son alibi. Il était à l'hôpital hier et avant-hier, mais il y a de longs moments qu'il ne peut pas expliquer. Enfin, il dit qu'il était chez eux avec elle et elle l'a confirmé.

— Donc il aurait pu attaquer Misty et prendre le bébé mais, s'il a le bébé, il est où ?

Noah haussa les épaules.

— Pas difficile de cacher un bébé dans un manoir.

— Je n'imagine pas Tara Charleston être impliquée là-dedans. Elle aime le pouvoir que son statut lui donne. Elle ne ferait rien intentionnellement qui puisse mettre ça en péril.

— Peut-être qu'elle est rentrée chez elle, qu'elle a trouvé le bébé et qu'elle ne savait pas quoi faire. Alors, au lieu d'appeler la police, elle se retrouve avec ce bébé.

Ça n'était pas complètement invraisemblable. Les couples se couvraient tout le temps. Josie aurait pensé que Tara était plus intelligente que ça mais, d'un autre côté, elle était restée avec son mari en sachant qu'il était potentiellement celui qui avait mis Misty enceinte.

— Elle nous laissera jeter un coup d'œil mais, si elle cache un bébé chez elle, elle s'en débarrassera à la minute où elle apprend qu'on débarque, commenta Josie.

— Est-ce que j'envoie quelques agents dans le quartier pour un cambriolage ? demanda Noah.

Josie sourit.

— Ils pourraient peut-être poursuivre le suspect jusqu'à la propriété de la maire.

— C'est comme si c'était fait.

— Et les empreintes relevées chez Misty ? Ça a donné quelque chose ?

— Pas pour l'instant. J'ai demandé à la police d'État d'accélérer les choses, mais vous savez bien que ça peut prendre quarante-huit heures.

— C'est des conneries. Ils ont analysé les empreintes de notre inconnue hier soir, dit Josie.

— Oui, parce que c'était lié à la disparition de Luke.

— Rappelez-les. Dites-leur que les affaires sont liées. Je le fais, si vous voulez.

Noah secoua la tête.

— Non, je vais m'en occuper.

— Merci. Suivez aussi de près le mari de la maire et voyez si vous pouvez localiser le dernier père potentiel de la liste. Je vais réessayer de parler à notre inconnue.

La porte de la salle d'interrogatoire claqua derrière Josie, et la tête de la jeune fille se releva avec surprise. Ses grands yeux de biche marron s'écarquillèrent lorsque Josie s'approcha. Une main s'enroula derrière son oreille pour y coincer davantage de ses cheveux blonds. Josie plaça son téléphone affichant une photo de Luke sur la table. Elle le poussa jusqu'à ce qu'il soit juste sous le nez de la femme.

L'inconnue l'observa, le regard vide.

— C'est qui ?

Josie la fixa.

— À vous de me le dire.

La fille releva les yeux et, l'espace d'un instant, Josie crut percevoir une lueur d'authenticité, quelque chose de vrai. De l'agacement, peut-être.

— Je ne le connais pas, déclara l'inconnue.

Josie tendit le bras et tapota l'écran du téléphone.

— C'est le policier de chez qui vous vous enfuyiez hier, quand je vous ai trouvée.

L'inconnue ne dit rien.

— Le nom de ce policier est Luke Creighton, mais vous le savez déjà, je me trompe ?

— Non, non, je ne me souviens pas...

— Qu'est-ce que vous avez vu dans cette maison, la nuit dernière ?

— Je vous l'ai dit, je ne me souviens pas.

— Pourquoi vous étiez là-bas ?

— Je ne sais pas, je vous l'ai dit. Enfin, pas à vous, mais à l'autre inspectrice.

Josie posa une main sur sa hanche.

— Je sais ce que vous avez dit à l'inspectrice Palmer. Maintenant, je vous pose la question : qui a enlevé Luke ?

— Enlevé ? Qu'est-ce que vous voulez dire ?

L'écran était devenu noir. Josie reprit le téléphone et afficha à nouveau la photo, cette fois en zoomant sur le visage souriant de Luke. Elle la montra à l'inconnue.

— Il est évident que vous le connaissez, vous portez son t-shirt. Pourquoi vous étiez là-bas hier soir ?

L'inconnue étendit les mains sur la table, paumes vers le haut – un geste de frustration.

— Je ne sais pas ! Je ne me souviens de rien. Je ne me souviens pas pourquoi j'étais là-bas, ni de quelqu'un qui s'appelle Luke. Si je savais quelque chose, je vous le dirais. Je le jure.

— Qu'est-ce que vous avez vu ?

— Je vous l'ai dit. Je... me suis réveillée et j'étais dehors, sur le perron. Il faisait nuit. Je me suis approchée de la porte de derrière et j'ai aperçu du sang sur les murs, alors je me suis enfuie. Je ne me souviens de rien d'autre.

— Comment vous avez atterri là ?

L'inconnue leva les yeux au ciel.

— Je ne sais pas combien de fois je vais devoir le répéter. Je ne me souviens pas !

— Comment vous vous appelez ?

— Je ne sais pas.

— D'où viennent vos brûlures dans le dos ?

Son expression changea légèrement. Un léger resserrement de la mâchoire.

— Quoi ?

— Mon inspectrice m'a dit qu'on avait trouvé des marques de brûlures sur votre dos quand on vous a examinée à l'hôpital. D'où elles viennent ?

— Je... je ne sais pas. Enfin, je ne me souviens pas.

Josie l'examina en silence pendant un long moment. Puis elle ouvrit l'appareil photo sur son téléphone et le tint devant elle.

— Souriez, dit-elle à l'inconnue.

Les yeux de la femme s'écarquillèrent mais, cette fois, ce n'était pas pour feindre l'innocence, c'était de peur.

— Qu'est-ce que vous faites ? demanda-t-elle.

— Je vous prends en photo. On va l'envoyer aux médias. Quelqu'un devrait savoir qui vous êtes.

La femme sursauta et jeta ses mains devant son visage juste au moment où Josie prenait la photo. Floue.

— Arrêtez ! cria-t-elle.

Josie réprima un sourire de satisfaction.

— Pourquoi ? Vous voulez sûrement savoir qui vous êtes et d'où vous venez ?

Elle leva son téléphone une nouvelle fois.

— Ne bougez pas.

La femme garda les mains devant son visage.

— S'il vous plaît, dit-elle, arrêtez.

— Pourquoi ?

— Je... je pense que je suis en danger.

— Ah bon ? Pourquoi ça ?

Elle ramena ses mèches blondes devant son visage et se détourna de Josie.

— Eh bien, j'étais dans cette maison, et il est évident qu'il s'y est passé quelque chose de grave. Le sang... J'ai vu le sang. Je m'en souviens. Maintenant, vous voulez savoir qui a enlevé ce... ce gars, Luke, ce qui veut dire qu'il est porté disparu. Je ne sais pas ce qui se passe, mais on dirait bien que je suis impliquée, sinon je ne serais pas là. Et si vous montrez cette photo aux infos et que la personne qui l'a enlevé s'en prend à moi ?

Josie plissa les yeux.

— Vous êtes en garde à vue.

La femme se tourna de nouveau vers Josie, ses yeux bruns la regardant entre ses doigts.

— Ouais, et le type qui s'est fait kidnapper était un policier, non ? Ça l'a aidé, peut-être ?

Josie tenait toujours le téléphone en l'air comme une arme.

— S'il vous plaît, continua-t-elle, avant que vous ne diffusiez ma photo partout à la télé et sur internet, donnez-moi un jour de plus pour essayer de me souvenir. Je n'ai même pas encore dormi. Peut-être que si je me repose un peu...

Josie rangea son téléphone, posa ses deux paumes sur la table et se pencha vers la femme.

— Je vous protégerai, dit-elle. Je ne sais pas à quoi vous essayez d'échapper, mais je peux vous en protéger. Si vous me dites maintenant ce que c'est, je peux vous aider.

— Je ne me souviens de rien, insista-t-elle.

— Vous comprenez que ce que vous cachez ou fuyez pourrait causer la mort de Luke, s'il n'est pas déjà mort ? Je dois le trouver. Tout de suite.

L'inconnue resta silencieuse, se mordillant la lèvre inférieure.

— Et Misty Derossi ?

— Qui ?

— Elle est en soins intensifs à l'hôpital Denton Memorial. Quelqu'un a enlevé son nourrisson hier. Vous savez quelque chose à ce sujet ?

Les yeux de la femme s'écarquillèrent radicalement. Josie

eut la sensation que l'inconnue simulait le choc et la consternation dans son expression.

— C'est horrible, dit-elle. Mais non, je ne sais rien là-dessus, ou sur elle. Je n'ai jamais entendu parler d'elle. Je vous le dis, je ne me souviens de rien.

— Dites-moi ce que vous savez. Je vous protégerai et on retrouvera Luke, s'il est encore en vie.

Un long moment s'écoula. Josie entendait les bruits des agents qui allaient et venaient dans le couloir. Elle continua de fixer la femme jusqu'à ce qu'elle détourne le regard.

— Je suis désolée, dit-elle. Je ne me souviens de rien. Mais donnez-moi une journée, s'il vous plaît. Laissez-moi dormir. Je veux aider.

Josie ne la croyait pas une seconde et elle devait lutter contre son irrépressible envie de traverser la pièce et de la secouer afin d'extirper les réponses de sa bouche. Il était évident qu'elle était en danger. Ce qui signifiait que le lieu le plus sûr pour elle était sous la garde de Josie.

— Vous avez quatre heures. Vous pouvez dormir en détention. Si vous ne vous souvenez de rien d'ici là, je transmettrai votre photo aux médias.

— Merci.

Elle allait devoir se débrouiller seule pour retrouver Luke.

18

Noah l'attendait à l'extérieur de la salle d'interrogatoire.

— Eh bien, c'était productif, dit-il avec un sourire en coin.

Josie ravala une réponse piquante et préféra lui envoyer directement un message, ce qui fit sonner son portable. Il le regarda.

— Je croyais que vous n'aviez pas eu sa photo, dit-il.

Josie sourit.

— Elle était tellement occupée à jouer la comédie qu'elle ne m'a pas vue la prendre. Envoyez-la à WYEP. Je veux qu'elle passe aux infos dans l'heure.

— Vous ne vouliez pas lui donner quatre heures ?

— On n'a pas quatre heures. Mettez-la en détention. Assurez-vous qu'elle soit à l'aise. Diffusez sa photo aux infos et sur les réseaux sociaux. On dira qu'on l'a trouvée sur le lieu d'un crime et qu'on essaie de déterminer son identité.

— Et si elle est victime de violences conjugales ? Si le type qui l'a déjà tabassée vient la chercher ?

— Je peux l'aider, insista Josie. Je peux la protéger mais, pour l'instant, elle est mon seul lien avec Luke. Elle sait quelque chose. Elle est ma seule chance de le retrouver, s'il est encore en vie. Si elle ne peut pas ou ne veut pas me dire qui elle est, je dois utiliser tous les moyens possibles pour le découvrir. Je n'ai pas le choix.

Noah sembla vouloir la contredire, mais il déglutit avant de répondre.

— D'accord. J'appelle WYEP.

— Ensuite, allez au *Foxy Tails* pour montrer sa photo, voyez si quelqu'un la reconnaît.

— Vous pensez qu'elle connaissait Misty ? demanda Noah.

— Je ne sais pas. Ce que je sais, c'est que Misty a été presque battue à mort hier et que son nourrisson a été enlevé. Quelques heures plus tard, on trouve des images de Luke rendant visite à Misty au *Foxy Tails* parce qu'il avait des choses à régler avec elle. Ensuite, il disparaît après s'être clairement débattu, et cette femme est chez lui. Ça fait beaucoup trop de coïncidences. Diffusez immédiatement cette photo, d'accord ? Voyons si notre inconnue aime qu'on lui mente.

— Compris, patronne. Au fait, on n'a pas réussi à retrouver le téléphone de Misty, ni par GPS ni par triangulation.

— Donc celui qui l'a pris l'a probablement détruit. C'est une impasse. Et les sages-femmes ? J'aimerais toujours savoir si des sages-femmes de la ville ont été portées disparues.

— Gretchen était dessus, répondit-il. Elle n'a rien trouvé d'anormal.

— Bon, tant mieux. On en est où avec le serrurier et le bureau de Misty ? C'est sûrement une impasse, mais j'aimerais savoir s'il y a quelque chose d'utile dedans.

— Gretchen a fait venir un serrurier hier, mais il avait besoin d'un outil particulier pour ouvrir ce bureau. Vous saviez qu'il avait été importé d'Angleterre ? Il a presque deux cents ans. Bref, le serrurier a dit qu'il n'avait pas le bon outil, mais qu'il avait un ami dans une ville pas loin d'ici qui l'avait.

— Putain de meuble d'époque, murmura Josie.

— Vous n'avez qu'un mot à dire et on force la serrure pour l'ouvrir nous-mêmes.

— Non. Ce bureau doit valoir des milliers de dollars. Je ne paierai pas pour ça. Tout ce qu'on obtiendra de ces documents, c'est une meilleure idée de l'identité du père du bébé, et je suis assez confiante quant à la liste des pères potentiels qu'on a déjà établie. Faites-moi savoir quand vous l'aurez ouvert, d'accord ?

— Bien sûr.

Noah disparut dans le couloir, déjà au téléphone. Le portable de Josie sonna ; c'était Gretchen.

— Vous avez du nouveau ? répondit-elle sans préambule.

— Je suis allée chez Luke comme vous l'avez demandé, répondit Gretchen d'une voix tendue. J'ai inspecté les alentours. La cour, la grange, le périmètre.

La bouche de Josie s'assécha.

— Qu'est-ce que vous avez trouvé ? demanda-t-elle.

Gretchen n'aurait pas appelé si elle n'avait rien trouvé.

— On a un corps ici, patronne. Derrière la grange. Enterré. On dirait qu'il est là depuis un moment.

— Donc ce n'est pas Luke, bafouilla Josie.

— Je ne pense pas, non. J'ai appelé la légiste. Elle est en route. Vous nous rejoignez ?

Josie regarda autour d'elle. Elle remarqua que trois de ses agents étaient appuyés contre leurs bureaux, les yeux rivés sur la télé fixée au mur. Trinity Payne était de nouveau à l'écran et couvrait le deuxième jour du procès d'Aaron King sur la chaîne nationale. Comme tout le monde dans le pays, l'équipe de Josie était captivée par le procès de King. Pourquoi s'en étonner ? Il n'y avait aucune piste à suivre dans l'affaire de la disparition du bébé de Misty Derossi. Aucune piste à suivre dans la disparition de Luke. L'inconnue n'était pas coopérative.

— Je suis là dans vingt minutes, dit Josie avant de raccrocher.

Elle appela l'un des agents qui regardaient les informations et lui demanda d'envoyer immédiatement une équipe d'intervention criminelle chez Luke. Elle retrouva Noah pour l'informer des dernières nouvelles. Il promit de la rejoindre plus tard, une fois qu'il se serait occupé de l'inconnue et qu'il aurait suivi les quelques pistes que Josie lui avait demandé d'explorer. Josie se dirigea vers la maison de Luke ; les vingt-sept kilomètres qui la séparaient de la maison faisaient partie des plus longs de sa vie.

———

La docteure Anya Feist, âgée d'une quarantaine d'années, occupait le poste de médecin légiste de la ville de Denton depuis plus de dix ans. Elle était intelligente, efficace et réfléchie. Josie l'avait toujours beaucoup appréciée. Elle conservait une apparence jeune et pleine de vitalité, mais l'affaire des jeunes disparues lui avait donné un coup de vieux. Au cours des dix-huit derniers mois, Josie avait vu ses cheveux blonds mi-longs devenir presque argentés et les kilos s'envoler de son mètre soixante-dix, jusqu'à ce que les gens commencent à lui demander si elle était malade. « Non, répondait-elle toujours. C'est juste le stress lié au travail. »

Josie la trouva à quatre pattes derrière la grange de Luke en train de fouiller la terre meuble avec des gants. Elle avait déjà mis en place une grille rectangulaire avec des piquets métalliques et de la ficelle. Gretchen se tenait en dehors de la zone et capturait la scène avec l'un des appareils photo du service. Près des genoux d'Anya, au centre du quadrillage, une jambe habillée d'un pantalon marron émergeait de la terre, le pied chaussé d'un mocassin noir couvert de boue. Josie ressentit une petite vague de soulagement. Ce n'étaient pas les chaussures de Luke. Il n'avait qu'une paire de Richelieu dans laquelle il avait mis beaucoup trop d'argent, et il ne la portait qu'aux mariages et aux enterrements, et cette chaussure n'y ressemblait pas.

Anya arrêta de fouiller la terre et se tourna vers Josie.

— Cheffe Quinn, dit-elle.

— Docteure Feist, répondit Josie en s'arrêtant à l'extérieur de la zone balisée.

Gretchen fit un signe de tête à Josie. Elle arrêta brièvement de prendre des photos et utilisa l'appareil pour indiquer un endroit derrière elle, en bordure de la propriété de Luke, et qui donnait sur un petit bosquet.

— Il y a une pente ici, fit-elle remarquer. Il faut monter ce petit talus pour entrer dans les bois. On a eu beaucoup de pluie la semaine dernière. Je pense que ça a emporté pas mal de terre et de boue. Je n'aurais jamais repéré le bout de sa chaussure qui dépassait sans ça. On dirait qu'il n'a pas été enterré très profondément.

Anya utilisa le dos de son poignet pour repousser une mèche rebelle de son front.

— Il faut que j'aille chercher le reste de mon matériel dans mon camion. On va avoir besoin d'une ambulance pour le transporter jusqu'à la morgue une fois que je l'aurai déterré.

— Tout ce que vous voulez, dit Josie. Vous pensez qu'il est là depuis combien de temps ?

— Aucune idée. Je ne peux pas donner une estimation comme ça. Je vais devoir le mettre sur la table pour l'examiner de plus près. Mais à en juger par l'état de ses vêtements, ça ne fait pas très longtemps. S'il était resté des années, son pantalon et ses chaussures seraient un peu plus abîmés.

— On parle de combien de temps ? demanda Josie. Des jours ? Des semaines ?

Anya enleva un peu de terre du bas du pantalon.

— Quatre à six mois. Peut-être moins. Mais vous savez comment c'est. Je ne peux pas donner de réponse définitive avant d'avoir examiné le corps.

— Je comprends. Je vais vous apporter le reste de votre matériel.

— Un instant, dit Anya.

Elle se pencha sur la jambe et repoussa doucement la terre loin du haut de la cuisse en petits mouvements réguliers. Ses doigts cherchaient quelque chose le long de la jambe. Alors qu'Anya écartait davantage la terre et que ses doigts disparaissaient dans la couture du tissu, Josie réalisa qu'elle cherchait la poche de l'homme.

— Allez, murmura Anya entre ses dents tout en tirant doucement sur quelque chose à l'intérieur de la poche.

Un instant plus tard, sa main réapparut avec un portefeuille d'homme entre les doigts.

— Inspectrice Palmer...

Gretchen s'approcha, se pencha au-dessus de la ficelle et prit plusieurs photos du portefeuille. Elle laissa l'appareil photo pendre à son cou et enfila sa propre paire de gants avant de saisir le portefeuille que lui tendait Anya. Josie contourna la zone délimitée pour rejoindre Gretchen et observa par-dessus son épaule pendant que celle-ci ouvrait le portefeuille pour en examiner le contenu. Elle sortit un permis de conduire du New Jersey et lut le nom à voix haute.

— Mickey Kavolis.

Elle le tendit pour que Josie puisse prendre une photo avec son portable.

— Il avait quarante-sept ans et vivait à Atlantic City, poursuivit Gretchen.

L'homme sur le permis de conduire faisait bien ses quarante-sept ans, voire plus. Ses cheveux poivre et sel étaient épais sur les côtés, clairsemés sur le dessus de sa tête et au niveau des tempes. Ses yeux marron étaient enfoncés et regardaient au-delà d'un nez qui semblait avoir été cassé tellement de fois qu'il était aplati pour de bon. Sa peau olive était marquée de cicatrices d'acné. La photo ressemblait plus à une photo d'identité judiciaire qu'à une photo de permis de conduire. Josie n'avait aucun doute sur le fait qu'il apparaîtrait avec un casier judiciaire quand ils chercheraient son nom dans leurs différentes bases de données.

— Atlantic City ? répéta Josie. Qu'est-ce qu'il fait ici ? Et pourquoi est-il enterré sur la propriété de Luke ?

19

ABC 7NY – Newark, New Jersey
7 janvier 2017

Un homme décède après une chute d'un balcon

David Hammons, un homme de 20 ans de Newark, est décédé à la suite d'une chute de son balcon situé au 11ᵉ étage d'un immeuble de Mt. Prospect Avenue. La police s'est rendue sur les lieux peu après 21 heures. Il vivait seul et était seul dans son appartement au moment où il est tombé. Les autorités pensent qu'il était sorti sur son balcon pour fumer une cigarette quand l'accident s'est produit.
Hammons avait récemment été licencié de son poste dans un centre communautaire voisin en raison d'accusations de maltraitance envers des enfants. Cependant, la police n'a rien trouvé qui ferait croire à un suicide.
Selon la police, l'enquête préliminaire a permis d'écarter l'hypothèse d'un acte criminel ou de problèmes mécaniques et structurels.

20

La morgue se situait au sous-sol du Denton Memorial, un vieux bâtiment en briques perché sur une colline surplombant la majeure partie de la ville. Les chambres des patients offraient une vue imprenable, mais la morgue elle-même était dépourvue de fenêtres et morne, imprégnée d'une odeur persistante. À l'origine, les murs du long couloir étaient blancs, mais ils n'avaient pas été repeints depuis si longtemps qu'ils étaient désormais d'un gris terne, et le carrelage était devenu jaunâtre. C'était également l'endroit le plus silencieux de l'hôpital, voire de la ville. Chaque fois qu'elle se rendait à la morgue, Josie avait l'impression de marcher sur le plateau d'un film d'horreur ; aujourd'hui, elle avait l'impression d'en être le personnage principal. Son esprit était assailli de questions. Qui était Mickey Kavolis ? Luke l'avait-il enterré là-bas ? Luke l'avait-il *tué* ? Elle essaya de calmer la tempête qui faisait rage dans sa tête. Elle avait besoin de plus d'informations. Elle devait aborder cette affaire comme l'enquêtrice expérimentée qu'elle était.

La docteure Feist régnait en maître sur cette partie du bâtiment. Elle avait engagé un assistant à temps partiel à la suite de l'affaire des jeunes disparues. Il avait une vingtaine d'années, était petit et trapu avec un torse en forme de tonneau et un bouc bien taillé. Josie se tenait dans un coin de la salle d'autopsie pendant qu'il aidait la docteure Feist à porter le sac mortuaire contenant Mickey Kavolis du brancard de l'ambulance jusqu'à la table en acier inoxydable.

Il se déplaça dans la pièce en silence en aidant la docteure Feist à retirer le sac et à préparer son poste de travail pendant qu'elle enlevait sa veste, révélant une blouse bleu clair, et qu'elle ajustait une charlotte sur ses cheveux blond argenté. Elle passa un certain temps devant l'un des éviers à se laver les mains.

— Vous êtes certaine de vouloir rester ? dit-elle en jetant un regard à Josie.

Josie sourit.

— Voyons jusqu'où je tiens.

Elle n'avait pas eu à assister à beaucoup d'autopsies, et ce n'était pas ce qu'elle préférait.

— Vous pouvez vous asseoir sur la chaise dans le coin. Ne m'interrompez pas. Attendez la fin pour poser vos questions. Vous connaissez le protocole.

Josie s'installa sur la chaise indiquée par Anya et sortit son téléphone pour envoyer un message à Noah : *Vous êtes où ?*

Je suis en route, répondit-il instantanément.

Elle l'avait appelé pendant que la docteure Feist et l'équipe d'intervention criminelle déterraient le corps de Mickey Kavolis. Il était au *Foxy Tails* pour montrer la photo de l'inconnue aux danseuses. Personne ne l'avait reconnue. Josie lui avait demandé de rechercher le nom de Mickey Kavolis et les informations pertinentes dans la base de données de la police avant de la retrouver à la morgue.

Josie regarda la docteure Feist enclencher son enregistreur numérique et commencer à énoncer ses découvertes d'une voix forte et claire. Ils connaissaient son nom, son adresse et sa date de naissance grâce à son permis de conduire. Un simple coup d'œil au visage partiellement décomposé de l'homme suffit à leur indiquer qu'il était mort d'une blessure par arme à feu à la tête. Josie espérait que la docteure Feist trouverait une balle ou un autre indice qui leur dirait qui avait tué Mickey Kavolis et comment son cadavre avait fini enterré derrière la grange de Luke.

Elle savait qu'elle ne devrait pas faire de suppositions, mais la propriété de Luke se trouvait au milieu de nulle part. Les chances pour que quelqu'un d'autre que lui ait enterré un homme là-bas étaient minces, voire inexistantes. Chaque heure qui passait ne faisait que renforcer le sentiment de fatalité qui s'emparait d'elle. Elle fit glisser son doigt sur son téléphone pour le déverrouiller et envoyer un autre message à Noah ; le visage de Luke apparut une fois de plus en fond d'écran.

Dans quel pétrin tu t'es foutu ? lui demanda-t-elle en silence.

Un léger tapotement attira l'attention de Josie. À travers la petite fenêtre carrée située sur le haut de la porte, elle aperçut le visage de Noah. Soulagée de ne plus être seule avec son anxiété et sa peur pour Luke, elle glissa son téléphone dans sa poche et, avec un signe de tête vers la docteure Feist qui venait de prendre son scalpel, Josie quitta la pièce.

Noah recula lorsqu'elle ouvrit la porte. Il couvrit son nez d'une main.

— Mon Dieu, l'odeur...

Josie plissa le nez, s'assurant que la porte de la salle d'autopsie était bien fermée.

— Je sais, dit-elle. C'est assez terrible. Alors, du nouveau ?

Noah jeta un œil à la porte une fois de plus avant de répondre :

— Suivez-moi. Il faut que je prenne l'air.

Ils se dirigèrent vers la sortie la plus proche, qui donnait sur un parking réservé au personnel derrière l'hôpital. Deux conteneurs étaient disposés à côté des portes et, pourtant, l'odeur était toujours plus agréable que celle qui émanait du corps de Mickey Kavolis.

Josie laissa son pied entre la porte et le chambranle pour la maintenir légèrement ouverte. Elle savait que les portes se verrouilleraient une fois fermées, et elle n'avait pas envie de faire tout le tour du bâtiment pour y retourner.

— Dites-moi, dit-elle.

— Mickey Kavolis travaillait pour Eric Dunn.

— Comment ça, il travaillait pour Eric Dunn ? À quel titre ?

— Sécurité privée.

— Quoi ? Dans ses casinos ?

— Non, comme garde du corps… entre autres.

Ça ne plaisait pas à Josie.

— C'est-à-dire ?

Noah haussa les épaules.

— Difficile à dire. J'ai parlé à quelqu'un de la police d'Atlantic City. Ils l'ont arrêté plusieurs fois au cours des trois dernières années. Trois agressions et un vol.

— Purée.

— Ouais. Il s'en est toujours sorti. Il n'y a jamais eu de procès. L'avocat de Dunn est intervenu, l'a libéré sous caution, puis les témoins ont disparu.

— Kavolis avait des antécédents judiciaires ? demanda Josie.

— Oui, il a pris douze ans. Il a battu un homme à mort quand il avait vingt-deux ans.

— Donc c'était l'homme de main de Dunn. Qu'est-ce qu'il faisait ici ? Je sais que Dunn est en discussion avec le conseil municipal pour faire construire son casino, mais quelle était la mission de Kavolis ? Personne n'a besoin d'être intimidé dans cette histoire.

— Sauf peut-être les membres du conseil qui ne veulent pas du casino ? suggéra Noah.

Josie fronça les sourcils.

— On n'a reçu aucune déclaration d'incident criminel de leur part.

— Est-ce qu'ils le signaleraient si ce type de gars faisait pression sur eux ?

Josie soupira.

— J'imagine que non. Comment avez-vous découvert qu'il travaillait pour Dunn ?

— Il y a deux mois, on a saisi un véhicule abandonné sur l'une des routes secondaires derrière l'université. C'était une voiture de location récupérée par Kavolis à Philadelphie, et devinez quelle carte de crédit il a utilisée ?

— Celle d'Eric Dunn.

Noah acquiesça.

— C'était une carte d'entreprise enregistrée au nom de Dunn Hotel and Gaming.

— Personne n'a signalé la disparition de Mickey Kavolis, fit remarquer Josie. Du moins, pas ici.

— À Atlantic City non plus.

Josie esquissa un sourire.

— Vous avez déjà appelé Dunn, je me trompe ?

— J'ai appelé le service des ressources humaines en prétendant travailler pour une entreprise de sécurité privée où Kavolis avait déposé un CV.

Josie dut retenir un fou rire. Les hommes comme Kavolis n'avaient pas de CV. Ils n'en avaient pas besoin. Leurs compétences étaient très demandées dans les milieux appropriés.

— Ils m'ont dit qu'il avait démissionné au mois de mai, poursuivit-il.

— « Démissionné », hein ? On peut dire ça comme ça. Ça fait quatre mois. Vous m'avez dit avoir récupéré sa voiture de location il y a deux mois, donc en juillet. Quand est-ce qu'il l'a louée ?

— En mai. L'agence de location a continué à débiter le compte de l'entreprise de Dunn. Ils ont fait quelques tentatives timides pour contacter Dunn et essayer de récupérer la voiture, mais ça n'a rien donné.

— Et Dunn a laissé les frais s'accumuler ?

— Jusqu'à ce qu'on les appelle et qu'ils envoient quelqu'un pour la récupérer à la fourrière, ouais.

— Ils ont payé les frais ?

Noah acquiesça.

— Sans poser de questions.

— Vous pouvez trouver quand Eric Dunn était là cette année ? Pour voir si Kavolis était avec lui ?

— Oui, je vais voir ça.

— Il séjourne à l'hôtel Eudora, dit Josie. La maire m'a dit qu'il y séjournait à chaque fois qu'il venait à Denton. Je pense qu'il est toujours en ville, c'était son invité à la soirée de bienfaisance d'hier soir.

Noah leva un sourcil.

— Est-ce qu'on va lui parler ?

— Non, pas tout de suite. Il me faut plus d'informations.

— Quel genre d'informations ?

— Le genre que seule Trinity Payne peut fournir.

21

Le palais de justice du comté d'Alcott était l'élément central d'une petite ville appelée Bellewood, située à une soixantaine de kilomètres au sud de Denton. Josie roulait à vive allure, s'accrochant à son volant pour se concentrer sur les routes de montagne sinueuses plutôt que sur le sort de Luke, s'il était toujours en vie. Le palais de justice était assailli par des camionnettes et des reporters indépendants qui couvraient le procès d'Aaron King. Ils déambulaient, le visage penché sur leurs téléphones portables, tels des zombies bien habillés et parfaitement coiffés. Josie trouva Trinity Payne adossée à la camionnette d'une chaîne de télévision avec une énorme antenne parabolique sur le toit, ses doigts tapotant frénétiquement l'écran de son téléphone. Quand Josie commença à s'approcher, Trinity leva la main droite pour lui signifier qu'elle terminait sa conversation et parla sans la regarder :

— Dites-lui que j'obtiendrai l'info, d'accord ?

— Je lui dirai, répondit Josie, à condition que vous me disiez de qui vous parlez.

Trinity leva les yeux, un sourire radieux au visage. Comme toujours, Josie était déconcertée par leur ressemblance. Presque indépendamment de sa volonté, sa main droite remonta pour coller ses cheveux noirs sur la longue cicatrice irrégulière qui descendait de son oreille droite jusqu'à sa mâchoire. Trinity secoua ses propres mèches noires et brillantes, ses yeux bleus étincelant :

— Cheffe Quinn, dit-elle. Vous êtes ici pour demander de l'aide concernant votre inconnue ? Je l'ai vue aux infos. Elle est jolie. Où est-ce que vous l'avez trouvée ?

— Je ne peux pas révéler l'information pour le moment, dit Josie en lui souriant en retour. Je suis venue pour autre chose, en fait. Pour quelqu'un d'autre.

Trinity leva un sourcil parfaitement épilé.

— Votre fiancé qui a disparu, ou le bébé de la strip-teaseuse ?

— Rien ne vous échappe, remarqua Josie. Vous ne vous occupez même plus des affaires locales.

— J'entends des choses. On ne sait jamais ce qui peut inté-resser l'audience nationale. Alors, c'est lequel des deux ?

— Vous savez quelque chose sur l'un ou l'autre ?

— Je suis navrée de vous apprendre que non.

— Alors ce n'est ni l'un ni l'autre. J'ai besoin que vous me disiez tout ce que vous savez à propos d'Eric Dunn. Je sais que la chaîne vous a fait voyager sur la côte Est cette année. J'ai vu le reportage que vous avez fait sur les casinos qui font faillite à Atlantic City. Pratiquement tous, sauf le sien.

Trinity rangea son téléphone dans sa poche et posa une main manucurée sur sa hanche, examinant attentivement Josie de la tête aux pieds. Josie savait très bien qu'elle n'obtiendrait rien sans lui donner quelque chose en retour. Trinity avait été une alliée fidèle depuis le début de l'affaire des jeunes dispa-rues, mais son ambition ne connaissait plus de limites mainte-nant qu'elle était sur la scène nationale.

— Il faudra m'inviter à déjeuner pour ça, dit Trinity.

— C'est tout ? Un déjeuner ?

Trinity sourit de toutes ses dents.

— Je vous dirai tout ce que je sais. Ensuite, vous me direz pourquoi vous voulez savoir tout ça. S'il y a un dossier, je le veux.

Josie leva les yeux au ciel.

— Alors allons-y.

— Je veux aller chez *Harry's Grill*.

— C'est cher.

— Ça en vaudra la peine.

— Vous avez intérêt à savoir quelque chose que Google ne peut pas me dire.

Trinity marcha à côté de Josie en riant.

— J'en sais toujours plus que Google, ma chère.

———

Harry's Grill, l'un des rares restaurants haut de gamme du comté, se trouvait au premier étage d'un vieil hôtel qui en comptait six et qui dominait la rue principale de Bellewood. Ce n'était qu'à quelques pas du palais de justice. La clientèle locale ne suffisait pas à le faire vivre, à cause de ses tarifs exorbitants, mais le flux constant de personnes allant et venant du palais de justice du comté assurait sa pérennité. Alors que les deux femmes marchaient, les talons Jimmy Choo de dix centimètres de Trinity claquaient sur le trottoir à un rythme régulier. Elle sortit son téléphone pour envoyer des messages à toute vitesse sur le chemin vers le restaurant, où elles furent installées en quelques minutes par une hôtesse habillée de façon plus élégante que Josie à son bal de fin d'année.

Trinity posa son téléphone sur la table et lança à Josie un regard pénétrant :

— Avant que je ne dise quoi que ce soit, il faut que vous sachiez dans quoi vous vous engagez avec Eric Dunn.

— C'est-à-dire ?

— C'est-à-dire que les personnes qui se mettent en travers de son chemin ont tendance à disparaître.

Compte tenu de ce qu'elle savait sur Mickey Kavolis, Josie n'était pas surprise, mais elle garda le silence. La serveuse arriva avec des verres d'eau, se présenta et prit leur commande de boissons. Trinity commanda un verre de vin blanc. Josie prit un café. Une fois qu'elles furent de nouveau seules, Trinity se pencha en avant.

— C'est à propos du casino que Dunn essaie de faire construire à Denton ?

— J'aimerais bien, dit Josie.

Trinity sourit et prit une gorgée de son verre d'eau.

— Ça a l'air croustillant.

— Vous d'abord.

Trinity haussa les épaules et posa son verre sur la table, son index faisant lentement des cercles sur le bord.

— Eric Dunn a vingt-quatre ans. Il vient d'une famille fortunée. Ils sont tellement riches que ses parents ne l'ont pas eu tous seuls.

— Qu'est-ce que vous voulez dire ?

— M. Dunn était super vieux, sa femme avait la vingtaine et ne voulait pas gâcher son corps, donc ils ont fait appel à une mère porteuse.

— Le père avait d'autres enfants ?

— Non. Eric est son premier et unique enfant. Son père a été marié plusieurs fois avant ça, mais il n'a jamais eu d'enfants. Sa quatrième femme a réussi à le convaincre que c'était maintenant ou jamais, et qu'il n'y avait rien de mal à recourir à des méthodes « non conventionnelles » pour concevoir un héritier.

— Comment vous savez tout ça ?

— Eh bien, je l'ai appris dans un article du magazine *People* d'il y a deux ans, quand le succès d'Eric Dunn était en première page. Mais tout le reste, je le sais parce que j'ai travaillé sur un reportage à son sujet, mais mes producteurs ne voulaient pas le diffuser.

Josie sourit à son tour.

— Vos producteurs ne diffusent pas beaucoup de vos reportages.

Trinity leva les yeux au ciel.

— Ils ne veulent pas diffuser ceux qu'ils estiment trop controversés. Du moins, pas maintenant. Quand j'aurai plus d'expérience et de crédibilité, j'aurai carte blanche.

La serveuse apparut avec leurs boissons et prit leur commande : une soupe pour Josie et une entrée et un plat principal onéreux avec trois accompagnements pour Trinity. Josie avait oublié tout ce que la frêle Trinity pouvait manger en un seul repas.

— Donc, Dunn a hérité des entreprises de son père, relança Josie dans l'espoir que Trinity ne s'écarte pas du sujet.

Trinity haussa les épaules.

— Oui, et il a fait des merveilles. C'est le plus jeune magnat des casinos aujourd'hui. À ses vingt ans, son père avait deux casinos, un à Atlantic City et un à Philadelphie. Et maintenant ? Ils construisent des casinos en Californie, dans le Colorado, en Louisiane, à Vegas. Où vous voulez. Partout dans le pays. Eric n'a pas fait d'études. À la place, il a repris l'entreprise familiale après l'AVC de son père. Il est doué. Vraiment doué. Mais il n'a pas autant de... scrupules que son père.

— Est-ce que son cher père est toujours parmi nous ? demanda Josie.

— Non. M. Dunn est décédé quand Eric avait vingt-deux ans. Il n'a jamais été le même après son AVC. Il faut dire qu'il approchait les quatre-vingt-dix ans.

— Pourquoi vous dites qu'Eric n'a pas autant de scrupules que son père ?

— Dans ses activités de construction, il veut gagner du temps en rognant sur toutes les dépenses, en faisant appel à des travailleurs non syndiqués et en ne les payant pas une fois le travail effectué. Il soudoie des gens pour ne pas avoir à obtenir les permis nécessaires, et on dit que les personnes qui ne cèdent pas ont de malheureux accidents.

Le sang de Josie se glaça. Il était évident que Luke était impliqué dans quelque chose en lien avec Eric Dunn. Dunn l'avait-il fait disparaître ? Était-il déjà trop tard ? Elle refoula l'émotion qui montait en elle et fronça les sourcils, se recentrant sur la conversation.

— C'est un mafieux ?

Trinity secoua la tête en prenant une généreuse gorgée de vin.

— Non, je ne pense pas. Mais il dirige son entreprise avec la même impitoyabilité qu'un parrain. Il s'entoure de brutes qu'il paie et qui font tout ce qu'il demande. Il se moque de qui il blesse ou trahit. Il a toujours réussi à se sortir de situations difficiles. Enfin, jusqu'à récemment.

Josie prit son temps pour verser le sucre et la crème dans son café et remua lentement.

— Que s'est-il passé récemment ?

— Ils faisaient construire à Philadelphie, enfin, ils devaient détruire des bâtiments existants. J'ai entendu dire que Dunn avait soudoyé un tas d'employés municipaux pour éviter les inspections nécessaires et qu'il avait embauché des types qui travaillaient pour pas cher pour la démolition. Ils ne savaient pas vraiment ce qu'ils faisaient. Ils ont détruit deux autres bâtiments par accident quand ils ont appuyé sur le bouton.

— Ah.

— Il y avait des gens à l'intérieur. Un des bâtiments était un immeuble d'habitation avec un café au rez-de-chaussée. Neuf personnes ont été tuées dans cet effondrement. Heureusement pour Dunn, l'autre bâtiment était en train d'être traité pour des punaises de lit, donc seulement trois personnes sont mortes.

— Mon Dieu.

Trinity prit une gorgée de vin et acquiesça. Ses joues étaient roses.

— Oui, vraiment l'horreur. Je n'arrive pas à croire que vous n'ayez pas vu ça aux infos l'année dernière. C'était partout.

Josie se souvenait vaguement d'en avoir entendu parler dans une émission de nuit, mais elle n'avait pas fait attention aux détails. Et puis le nom d'Eric Dunn ne lui parlait pas à l'époque. Josie sortit son téléphone et rechercha son nom sur Google pour mettre un visage dessus. La plupart des photos qu'elle trouva le montraient debout devant un nouveau bâtiment, en train de couper un ruban avec une paire de ciseaux surdimensionnée. Il faisait un peu plus vieux que vingt-quatre ans, il avait une chevelure brune bien fournie, des yeux noisette un peu trop rapprochés et un long nez droit et légèrement crochu. Il était de taille et de corpulence moyennes. Rien de remarquable. Il lui disait quelque chose, mais Josie ne se souvenait pas l'avoir déjà rencontré.

— J'ai du mal à imaginer que Dunn s'inquiète des poursuites civiles, dit Josie à Trinity. Enfin, il avait sûrement une assurance, ou suffisamment de capital pour couvrir tout ça.

— Oui, bien sûr, confirma Trinity. Il a déjà été impliqué dans ce genre de scandales par le passé, mais jamais à une telle échelle. L'année dernière, ce n'était assurément pas la première fois qu'un décès survenait sur l'un de ses chantiers. Dans le passé, soit les témoins disparaissaient ou se rétractaient, soit Dunn payait discrètement les familles avant que ça n'aille en justice. Ça allait très bien aux familles de prendre l'argent et de passer à autre chose.

— Mais pas cette fois-ci ?

— Cette fois-ci, il pourrait avoir une responsabilité pénale. Bien entendu, ses avocats affirment qu'il n'a rien à voir avec l'embauche des travailleurs ou avec quoi que ce soit sur le chantier. Ils nient toute allégation de pots-de-vin. Mais deux des fonctionnaires municipaux se sont déjà suicidés, et trois des ouvriers qui travaillaient sur l'équipement lourd étaient sous l'empire de la drogue. Le procureur tente de trouver quelque chose sur Dunn qui pourrait le faire incarcérer. Les familles ne veulent pas de son argent.

— Et les employés ?

— Oh, ils ont déjà été mis en examen pour homicide involontaire et pour un tas d'autres choses. Ils vont tomber, c'est sûr. Mais comme je l'ai dit, ce n'est pas assez pour le procureur. C'est trop gros pour que Dunn puisse s'en sortir par la force ou l'argent.

— Mais ce type peut se payer tous les avocats qu'il veut, objecta Josie.

— C'est sûr. Mais j'ai entendu dire qu'il y avait des preuves directes qu'il avait personnellement supervisé cette démolition.

— Quel genre de preuves ? demanda Josie tout en continuant à parcourir les résultats de sa recherche.

Une photo de Dunn entrant dans l'un de ses casinos avec une femme blonde à son bras attira son attention. Elle toucha l'écran pour l'agrandir, mais elle ne pouvait voir que l'arrière de la tête de la femme. Dunn s'était tourné et avait fait signe à la caméra, mais sa compagne regardait droit devant elle.

— Des enregistrements. Personne ne sait exactement s'il s'agit d'enregistrements audio ou vidéo, mais c'est soit l'un soit les deux.

— Et où est-ce que ces rumeurs circulent exactement ?

— Dans son entourage. J'ai parlé à pas mal de gens. Personne n'a accepté de témoigner, mais c'est l'histoire qui revenait toujours.

Josie retourna à la page de recherche et trouva deux autres photos de Dunn avec une petite femme blonde, mais elle ne pouvait voir son visage sur aucune d'entre elles.

— Machin l'a entendu de machin qui l'a entendu de machin... Vous savez que ce n'est pas fiable.

— Oui, mais il n'y a pas de fumée sans feu. Écoutez, Eric

Dunn n'est pas quelqu'un de bien. Les personnes qui travaillent pour lui ne sont pas des gens bien.

— Est-ce qu'il a déjà été accusé de violences conjugales ? demanda Josie.

— Pas officiellement. Il y a eu des rumeurs, mais rien n'a jamais fait l'objet d'un rapport de police.

— Est-ce qu'il a une petite amie ?

Trinity haussa un sourcil.

— Pourquoi ? Vous êtes intéressée ? Je sais que Luke a disparu, mais j'aurais pensé que vous seriez un peu plus optimiste.

— Ce n'est pas drôle, dit Josie.

— Excusez-moi, répondit Trinity. C'était de mauvais goût. Dunn a une petite amie, en effet. Kim quelque chose.

Josie afficha la photo de leur témoin mystère qu'elle avait prise plus tôt.

— C'est elle ?

— Votre inconnue ? Je ne sais pas. Je ne l'ai jamais rencontrée. Je sais juste qu'il fréquente une Kim depuis environ un an. Il n'a jamais été du genre monogame ; elle a marqué les esprits de ses employés parce que ça fait un moment qu'ils la voient.

— Vous n'avez pas de nom de famille ?

— Non. Ce n'était pas elle, le sujet. C'était lui.

Josie retourna sur la page de recherche et tapa « petite amie Eric Dunn ». Les images chargèrent lentement. Sur beaucoup d'entre elles, il était avec des femmes que Josie supposait être d'anciennes petites amies. La plupart étaient des mannequins bien plus grandes que Dunn.

— Vous pouvez me trouver un nom de famille ? demanda Josie alors que l'entrée de Trinity arrivait.

Trinity attaqua les champignons farcis au crabe brûlants et fit signe à Josie d'en prendre un peu, ce qu'elle déclina d'un geste de la main.

— Dites-moi pourquoi vous êtes si intéressée par Eric Dunn, répliqua Trinity.

Josie évalua ses options. Trinity l'avait déjà grillée auparavant, en utilisant dans un journal télé quelque chose que Josie lui avait dit officieusement, ce qui avait conduit Josie à être suspendue. Cependant, c'était avant l'affaire des jeunes disparues, avant que Trinity ne soit de nouveau acceptée dans le monde de l'actualité nationale. Sa crédibilité autrefois brisée était désormais rétablie. Mais pouvait-elle lui faire confiance dans cette affaire ? Cela dit, même sans rien dire à Trinity, il n'y avait aucune garantie que la mort de Mickey Kavolis ou l'emplacement où son corps avait été retrouvé resteraient secrets.

— On a déterré le corps d'un agent de sécurité de Dunn sur la propriété de Luke. Une balle dans la tête.

Les yeux de Trinity s'écarquillèrent.

— Sérieusement ? dit-elle en manquant s'étouffer avec ce qu'elle avait dans la bouche.

Elle posa toutes les questions que Josie avait posées à son équipe : comment ils savaient qu'il travaillait pour Dunn, où ils avaient trouvé la voiture de location, si Dunn ou quelqu'un d'autre avait signalé la disparition de Kavolis et quel était le lien entre Luke et Dunn. Josie y répondit du mieux qu'elle put, en divulguant le moins d'informations possible.

Trinity utilisa son index pour essuyer le dernier morceau de chair de crabe au fromage dans son assiette vide et le lécha juste au moment où le plat principal arriva. Josie n'avait pas très faim ; sa main trembla lorsqu'elle souleva sa cuillère pour remuer sa soupe.

— Vous pensez que Dunn détient Luke ? demanda Trinity.

— Vous ne connaissez pas vraiment Luke, dit Josie. Il ne baigne pas dans tous ces trucs... illégaux.

— C'est un agent de police, d'accord. Il y a des flics corrompus. Vous l'avez oublié ?

Josie se raidit.

— Pas Luke, dit-elle, même si son esprit divaguait vers le lit défait de Luke et la table de chevet de son côté du lit. Il n'était pas... il n'est pas corrompu. Mais il était impliqué dans quelque chose. Je ne sais pas quoi, mais quelque chose.

— Ça ne vaut sûrement pas grand-chose, mais je suis désolée.

Trinity ne s'était jamais montrée aussi sympa.

— Merci.

— Qu'est-ce que vous allez faire ?

Josie repoussa son assiette qu'elle n'avait pas touchée.

— Le ramener à la maison.

22

Josie reçut un appel de Carrieann sur la route vers le commissariat. Elle n'avait pas reconnu la femme qu'ils avaient en détention et se dirigeait maintenant vers la maison de Luke pour essayer de remettre de l'ordre. Josie ne put se résoudre à lui annoncer au téléphone qu'ils avaient trouvé un cadavre sur la propriété ; elle se contenta de lui dire que son équipe continuerait à travailler là-bas pour rechercher des indices qui pourraient les aider à retrouver Luke. « Mais ils seront à l'extérieur, sûrement près de la grange, ajouta Josie. Ne fais pas attention à eux. On se retrouve chez moi plus tard. »

Peu de temps après, Gretchen appela Josie pour l'informer qu'elle et l'équipe d'intervention avaient terminé chez Luke et qu'ils s'apprêtaient à retourner au poste. Aucun autre corps ou preuve supplémentaire n'avait été trouvé. Si Kavolis avait eu un téléphone portable, il n'était pas enterré avec lui et il n'y avait aucune trace de lui sur la propriété de Luke. La légiste avait cependant trouvé un projectile de calibre .45 dans le cerveau du macchabée. Josie ne savait pas si elle devait être soulagée ou plus perdue encore : Luke ne possédait pas de pistolet de calibre .45.

Josie lui demanda de commencer à consulter les registres fonciers du comté pour voir si Dunn ou sa société y possédaient des biens immobiliers. Si Luke était encore en vie, et elle n'était pas prête à envisager le contraire, les complices de Dunn le détenaient peut-être quelque part à proximité. C'était peu probable, mais c'était une piste qu'elle ne pouvait pas ignorer.

Alors que Josie franchissait les portes du commissariat, Dan Lamay, son sergent adjoint administratif, émergea de derrière la cloison qui séparait le hall d'entrée du reste du bâtiment. Lamay était un homme corpulent qui approchait l'âge de la retraite et qui aurait très probablement eu besoin d'une prothèse de genou. Josie l'avait gardé à la réception parce qu'elle savait que sa femme se battait contre le cancer et qu'il avait une fille à l'université.

— Patronne, on a des... soucis, dit-il.

C'est à ce moment que Josie remarqua un éclat de bleu dans sa vision périphérique. Elle tourna la tête juste à temps pour voir Tara Charleston s'approcher d'elle, un doigt pointé sur sa poitrine. Elle portait un élégant tailleur bleu marine et des talons assortis qui claquaient à chacun de ses pas. *Exactement comme ceux de Trinity*, pensa brièvement Josie. Le doigt de Tara était maintenant devant son visage, et ses joues pâles étaient rouges de colère.

— Comment *osez*-vous ? lança-t-elle à Josie.

Josie se planta devant elle, les bras croisés sur sa poitrine, faisant de son mieux pour avoir l'air de s'ennuyer.

— Pardon, madame la maire. Auriez-vous un souci dont vous aimeriez parler ?

Pendant une fraction de seconde, Josie crut que la femme allait la gifler. Elle ne bougea pas d'un pouce ; elle ne se laisserait pas intimider par Tara Charleston, pas dans son propre commissariat. Tara sembla s'en rendre compte et se ressaisit, posa ses mains sur ses hanches et lui lança un regard furieux.

— D'abord, vous envoyez vos agents sur le lieu de travail de mon mari pour l'interroger alors que je vous ai spécifiquement demandé de ne pas le faire. Ensuite, vous envoyez des policiers armés chez moi sous prétexte que vous cherchez un cambrioleur ? Vous avez perdu la tête ? Qu'est-ce que vous cherchez à prouver ?

Josie jeta un regard perçant à la maire.

— Premièrement, vous ne m'avez pas interdit de faire quoi que ce soit. Vous m'avez demandé d'être discrète, ce que j'ai fait. Vous comprenez bien qu'un bébé a disparu, non ? J'ai la responsabilité de retrouver cet enfant et de le ramener à sa mère, si elle survit. Deuxièmement, l'envoi des agents chez vous était justifié. On a reçu un appel d'un voisin.

— Vraiment ? Quel voisin ?

— Je ne peux pas divulguer cette information.

Les joues de Tara rougirent davantage.

— Je suis la maire de cette ville, dit-elle d'une voix tremblante de colère.

— Et j'ai deux affaires de disparition sur les bras, rétorqua Josie. Je n'ai pas le temps pour... ce que vous êtes en train de faire.

Sur ce, elle contourna Tara et se dirigea vers Lamay, qui avait assisté à tout l'échange et affichait une expression faisant penser qu'il avait avalé quelque chose d'acide. Josie entendit Tara derrière elle.

— Vous feriez mieux de faire attention à vous.

Josie se retourna.

— Qu'est-ce que vous voulez dire par là, madame la maire ?

— Vous savez très bien ce que je veux dire.

— Que vous comptez me virer et me remplacer par quelqu'un qui fera tout ce que vous lui demanderez ? Bonne chance !

Tara pointa de nouveau le visage de Josie du doigt.

— Je vous ai dit...

Josie l'interrompit, s'approchant d'elle de telle sorte qu'elle dut baisser son bras et reculer d'un pas pour ne pas être bousculée.

— Et je vous ai dit que j'avais du travail. Tant que vous et votre mari n'êtes pas impliqués dans quelque chose de criminel, il n'y a pas de problème entre nous. Maintenant, si vous voulez bien m'excuser, j'ai un témoin à interroger.

Elle laissa Tara en plan et bouche bée, et passa devant Lamay en lui demandant de la suivre au passage avant de s'engouffrer dans les bureaux situés derrière la cloison du hall d'entrée. Le téléphone de Josie émit un petit son qui annonçait un message.

— Patronne, dit Lamay en l'accompagnant dans les escaliers jusqu'à son bureau, situé à l'étage.

Le message venait de Trinity.

J'ai le nom de famille. La petite amie d'Eric Dunn s'appelle Kim Conway. C'est tout ce que j'ai trouvé.

— Conway ? murmura Josie.

— Patronne, répéta Lamay alors qu'ils atteignaient le seuil de son bureau.

Elle fixait toujours le message. Ça ne pouvait pas être une coïncidence, mais elle ne se souvenait pas que Brady ou sa femme ait un jour mentionné des frères et sœurs. Brady avait grandi à Denton, s'était engagé dans la police, était passé par Érié puis Philadelphie avant d'être muté de nouveau dans la région de Denton. Il avait ensuite déménagé à Bowersville, une petite ville plus calme et plus rurale. Josie savait tout ça parce qu'elle l'avait entendu sur WYEP après sa mort : le garçon du pays devenu mari violent ; le policier devenu meurtrier. Josie était allée à l'enterrement avec Luke deux semaines après toute cette affaire, avait rencontré la mère de Brady en pleurs, sa grand-mère et plusieurs autres membres de sa famille, mais elle n'avait pas rencontré de sœur. Elle n'avait certainement pas rencontré une femme blonde nommée Kim.

— Il faut que je parle à notre inconnue, déclara Josie à Lamay en rangeant enfin son téléphone dans sa poche. Et la prochaine fois que la maire attend à l'accueil pour m'attaquer, envoyez-moi un message pour me prévenir, d'accord ?

Il fit une grimace.

— Je suis navré. Elle est arrivée seulement quelques minutes avant vous. Il y a autre chose.

Josie lutta contre le soupir qui menaçait de sortir.

— Autre chose que la maire tapie dans l'ombre ?

— Eh bien, c'est au sujet de notre inconnue. Elle n'est plus là.

23

Josie fixa Lamay sans comprendre.

— Qu'est-ce que vous avez dit ?

— J'ai dit qu'elle n'était plus là.

Josie se précipita en bas de l'escalier jusqu'à la zone de détention au rez-de-chaussée du commissariat. Elle était vide. Seul un agent était assis au bureau et regardait un programme qui couvrait le procès d'Aaron King sur son ordinateur.

— Putain de merde, dit Josie. Qu'est-ce qui s'est passé ?

Lamay l'avait suivie tant bien que mal et arriva juste après elle.

— Désolé, patronne. Un marshal est venu la chercher il y a environ une demi-heure. Il a dit qu'elle faisait partie du Witsec.

— Le programme de protection des témoins ?

Il acquiesça.

— Il avait une pièce d'identité. Un badge.

Depuis son entrée dans la police, Josie n'avait jamais vu de marshal arriver sans prévenir pour un transfert de garde. Mais Lamay y travaillait déjà des années avant l'arrivée de Josie.

— Sergent Lamay, avez-vous déjà vu le badge d'un marshal ?

Lamay se redressa légèrement.

— Non, mais pourquoi est-ce que j'aurais dû douter de ce qu'il avançait ? Il est venu pour la fille, il avait une pièce d'identité. Ça avait l'air aussi authentique que tout ce que j'ai pu voir.

Josie se pinça l'arête du nez. Un mal de tête commençait à marteler son front.

— Est-ce qu'il a dit qui elle était ? Est-ce qu'il l'a appelée par son prénom ?

— Non, mais il avait une photo d'elle. Il n'a pas voulu me dire qui elle était. Il m'a dit qu'il s'agissait d'une affaire très sensible et qu'avec sa photo dans les médias, il devait la remettre en détention provisoire le plus rapidement possible. Il a dit que sa vie était en danger.

Sans blague, pensa-t-elle.

— Vous avez appelé les marshals pour confirmer auprès d'eux que c'était un échange de garde autorisé ?

— Euh... non...

— Vous lui avez fait signer les formulaires de transfert ?

— Oui, bien sûr, dit Lamay avec un air quelque peu soulagé. Je vais vous montrer.

Elle le suivit jusqu'au hall d'entrée en envoyant un message à Noah.

J'ai besoin de vous à l'accueil tout de suite.

Un gros tas de paperasse chancelait sur le bord du bureau de Lamay. Sur le dessus se trouvait le formulaire de transfert de garde qu'ils utilisaient généralement lorsqu'ils transféraient des personnes en garde à vue à un autre organisme de maintien de l'ordre. L'homme l'avait rempli et signé, mais son écriture était complètement et intentionnellement illisible.

— Appelez l'US Marshal Service, ordonna Josie, surprise par le calme dans sa voix.

Sa seule piste pour retrouver Luke venait de lui passer sous le nez, très probablement à cause de l'un des bras droits d'Eric Dunn.

— Voyez s'ils confirment ce transfert. Je veux voir les images de vidéosurveillance. Si ce type était ici, il apparaîtra sur nos caméras.

Noah arriva, et Josie fut soudainement soulagée en le voyant. Elle lui fit signe de s'approcher ; ils se rendirent ensemble dans la salle de vidéosurveillance juste à côté du hall, dans ce qui était autrefois un placard à balais.

— Qu'est-ce qui se passe ?

— La fille sans nom, elle n'est plus là. Je pense savoir qui c'est, mais elle n'est plus là.

— Comment ? demanda Noah.

— Un homme qui prétend être un marshal est venu il y a environ trente minutes et l'a emmenée. Il a dit à Lamay qu'elle était dans le programme Witsec.

Noah passa une main dans sa chevelure dense.

— Putain de merde, dit-il. Vous avez quelque chose sur le gars ?

— Sa signature est illisible. Je vais essayer de le retrouver sur la vidéo.

Elle s'assit au petit bureau et commença à chercher les images du hall.

— Mais ce n'est pas tout, ajouta-t-elle avant de lui raconter sa discussion avec Trinity.

— Donc vous pensez que notre fille est Kim Conway, la petite amie de Dunn ? La sœur de Brady Conway ?

Josie acquiesça, les yeux toujours rivés sur l'écran alors qu'elle faisait rapidement défiler les images. Le facteur, un livreur UPS, deux femmes, un homme que Josie savait être un membre d'une association citoyenne, un autre homme de la société historique et quelques autres femmes. Ils passèrent tous un peu de temps à discuter avec Lamay avant de partir. Certains s'arrêtèrent pour accrocher des tracts sur le tableau d'affichage communautaire à côté de la porte d'entrée. En faire une liste l'aida à calmer son anxiété.

— Vous étiez où ? demanda Noah.

— Je suis allée dans les locaux de la police d'État. J'ai essayé de les convaincre d'accélérer l'analyse des empreintes qu'on a trouvées chez Misty.

Josie continua de parcourir les images à la recherche d'un homme en costume plutôt qu'en uniforme bleu de marshal. Elle se disait que, s'il s'agissait vraiment d'un marshal venu pour placer un témoin sous protection, il aurait fait en sorte de ne pas attirer l'attention avec un uniforme. Et si c'était quelqu'un qui se faisait passer pour un marshal, il y avait des chances qu'il n'ait pas pu mettre la main sur un vrai uniforme. À l'écran, quelques personnes de plus entrèrent et sortirent du hall, habillées de façon trop négligée pour se faire passer pour des marshals.

— Ils ont envoyé le résultat des analyses des empreintes ?

— Euh, oui, répondit Noah. Enfin, certaines d'entre elles sont encore inconnues, mais...

Au son de sa voix, Josie sut qu'il avait trouvé quelque chose. Son doigt se leva de la souris, mettant la vidéo en pause. Elle se retourna pour lui faire face.

— Quoi ?

Ont-ils trouvé les empreintes de Luke partout dans la maison de Misty ? se demanda-t-elle. *Avaient-ils une liaison ? Est-ce qu'il a couché à la fois avec notre témoin mystère et Misty Derossi ?*

— Les empreintes de l'inconnue ont été trouvées chez Misty. Dans la chambre, la salle de bains, la cuisine, et la pièce où l'attaque a eu lieu.

— Vous êtes sûr ?

— J'ai fait analyser les empreintes deux fois. Elle y était.

Josie se remit à examiner les images, son doigt collé à la souris pour accélérer.

— Allez, murmura-t-elle.

Sous le bureau, sa jambe bougeait à la vitesse d'une mitrailleuse. À l'écran, il y eut un long moment de calme avant qu'un de ses agents ne remplace Lamay pour sa pause matinale. Il revint quinze minutes plus tard avec une tasse de café à la main. Elle ne put s'empêcher de se demander ce qui se serait passé si le marshal était arrivé quand le remplaçant de Lamay était de service. Aurait-il davantage questionné le marshal ? C'était une question pour un autre jour. Pour l'instant, elle devait trouver ce type. Son doigt appuya plus fort sur le bouton de la souris, comme si cela pouvait accélérer la vidéo.

— Qu'est-ce que l'inconnue foutait chez Misty ? demanda-t-elle à Noah.

— Peut-être qu'elles étaient amies ? suggéra Noah.

— Vous avez toujours le numéro de la meilleure amie ? Brittney ? Envoyez-lui une photo de notre fille pour voir si elle la reconnaît. J'imagine qu'elle aurait appelé si elle l'avait reconnue aux infos, mais on ne sait jamais.

Noah se percha sur le bord du bureau, sortit son téléphone et envoya un message.

— Je l'ai ! s'exclama Josie.

Les images accélérées avaient fini par montrer un homme costaud, chauve, vêtu d'un costume gris charbon entrer dans le commissariat. Josie remit la vidéo à vitesse normale tandis qu'elle et Noah le regardaient approcher du comptoir et parler longuement à Lamay. Il y avait trois caméras dans le hall : une au plafond, une derrière le bureau de l'accueil, juste au-dessus du niveau des épaules, destinée à capturer les visages des gens, et une au-dessus des portes de sortie. L'homme gardait la tête inclinée de manière que la caméra au-dessus des portes et celle derrière le bureau de l'accueil ne le filment que de profil.

— Il fait exprès d'éviter les caméras, dit Josie.

Noah se pencha par-dessus elle et cliqua sur quelque chose à gauche de l'écran.

— Vous avez vérifié toutes les caméras ?

Il rejoua la rencontre depuis les trois caméras, mais l'homme avait réussi à toutes les éviter du regard.

— Merde, dit Noah en revenant à la vue aérienne du hall. Vous n'allez jamais obtenir une photo avec cette vidéo. Il est bon.

— Trop bon. Un marshal n'aurait aucune raison d'éviter les caméras. Fait chier.

Elle fit avancer rapidement les images. Un peu plus de discussion entre l'homme et Lamay. Lamay examinait les pièces d'identité qu'il présentait, passait un appel que Josie devina être à la salle de détention, lui faisait remplir le formulaire de transfert, puis passait un autre appel. Pendant dix longues minutes, l'homme réussissait à garder son visage hors de la portée des trois caméras pendant qu'il consultait le tableau en liège près de l'entrée. Ensuite, un autre agent émergeait de derrière la cloison, suivi de près par l'inconnue. Josie observa l'agent faire signe à l'homme. Soudain, à l'écran, la jeune fille cessa de marcher, tout son corps se raidissant.

— Elle le reconnaît, dit Josie. Elle le connaît.

Noah plissa les yeux sur l'écran.

— Comment vous le savez ?

Josie rembobina les images.

— Regardez.

— Donc elle mentait quand elle disait ne se souvenir de rien, dit-il.

— Vous pensiez qu'elle disait la vérité ?

— J'avais des doutes, mais je pensais plutôt qu'elle était sincère.

Josie leva les yeux au ciel.

Le téléphone de Noah émit un petit son ; il regarda l'écran.

— Brittney dit qu'elle n'a jamais vu la femme de la photo auparavant.

À l'écran, l'agent laissa l'inconnue avec l'homme. Josie et

Noah vérifièrent de nouveau les images des trois caméras mais, une fois de plus, l'homme avait pris soin de maintenir son visage de profil par rapport aux caméras du hall. L'inconnue restait figée sur place. Après un bref échange tendu, l'homme saisissait son avant-bras – sans ménagement – et la tirait vers la porte. Elle levait les yeux au plafond, tendait le cou et cherchait jusqu'à ce qu'elle trouve l'objectif de la caméra. Puis elle y plongeait les yeux et murmurait deux mots : « Aidez-moi. »

24

— J'ai dit à cette femme que je la protégerais, fulmina Josie d'une voix tremblante de colère et de frustration.

— Patronne, ce n'est pas votre...

Elle se leva brusquement de son siège ; Noah recula d'un pas devant le doigt de Josie pointé sur lui.

— Épargnez-moi vos grands discours. Ce n'était pas un marshal. Soit c'est le type qui l'a battue au point de lui briser les os, soit il la conduit jusqu'à ce type.

Elle arpenta la pièce de long en large, sa colère gonflant comme un ballon à l'intérieur d'elle, la poussant dans ses derniers retranchements. Noah la regardait faire les cent pas comme un animal sauvage en cage.

— C'était mon seul lien avec Luke, dit-elle. Et maintenant, plus rien.

Noah fixa l'écran où Josie avait arrêté les images sur le visage de l'inconnue.

— Pourquoi elle n'a rien dit, elle n'a pas crié, résisté ? Quelque chose ? Elle était dans un commissariat.

— Vous n'avez pas travaillé sur beaucoup d'affaires de violences conjugales, je me trompe ?

Il croisa son regard.

— Qu'est-ce que vous voulez dire ?

Josie fit un geste vers l'écran, où les yeux terrorisés de l'inconnue les regardaient.

— Pourquoi toutes les personnes victimes de violences conjugales ne vont-elles pas voir la police ? Elles ont trop peur. Ces gars-là ont une emprise psychologique sur leurs victimes et, la plupart du temps, le système les laisse tomber quand elles commencent à parler.

Noah haussa un sourcil et répéta :

— Elle était dans un commissariat.

— Exactement. Il sait où elle se trouve. Admettons qu'elle ait crié, qu'elle ait fait une scène et que Lamay ait arrêté ce type. Qu'est-ce qui se passe ensuite ? Il est libéré sous caution dans quelques semaines et il est encore plus énervé parce qu'elle a parlé aux flics.

— Donc il valait mieux qu'elle parte avec lui ?

Josie acquiesça. La pièce semblait soudainement trop étroite, l'air, trop lourd.

— Vous ne comprenez pas ce que c'est de vivre avec quelqu'un comme ça. Quelqu'un qui vous fait du mal. Quelqu'un qui trouve tous les moyens pour vous faire du mal même quand les autres essaient d'aider.

— Et vous, si ?

Elle ignora la question. Elle ne parlerait pas de ça avec Noah. Pas aujourd'hui, sans doute jamais.

— Il faut que je trouve cette femme.

Il soutint son regard pendant un long moment, comme s'il attendait qu'elle développe. Il finit par prendre la parole.

— Récupérons les images de l'extérieur. On pourra peut-être voir le type de véhicule dans lequel ils sont partis.

Josie prit une grande inspiration pour se reconcentrer. La seule chose qu'elle avait envie de faire était tout foutre en l'air autour d'elle, tout détruire sur son passage, mais rien de tout ça n'aiderait à ramener Luke ou ne changerait le fait qu'elle avait remis l'inconnue entre les mains de celui qui lui voulait du mal. Elle s'assit pour chercher les images de l'extérieur et envoya Noah effectuer une recherche pour trouver toutes les Kim Conway du New Jersey et de Pennsylvanie.

Ils avaient des caméras extérieures tout autour du bâtiment. L'homme qui avait pris leur témoin était entré par l'avant, donc Josie commença par cette caméra. La vue s'étendait sur environ un demi-pâté de maisons dans chaque direction et englobait le petit parking des visiteurs devant le bâtiment. Mais l'homme ne s'était pas garé là. Il était entré dans le champ de la caméra à pied et avait quitté le commissariat en maintenant fermement le bras de l'inconnue, la traînant avec lui. Ils avaient marché sur le trottoir et étaient sortis du cadre.

— On ne peut pas tracer son véhicule, déplora Josie en essayant de ne pas laisser transparaître le désespoir dans sa voix. Il a garé sa voiture hors de portée des caméras. On ne sait même pas ce qu'il conduisait.

Elle regarda autour d'elle, se souvenant soudainement qu'elle était seule dans la pièce, puis se dirigea vers le bureau de l'accueil où Lamay raccrochait le téléphone. Il essuya la sueur de son front avec sa manche. Son visage était pâle ; il refusait de la regarder.

— Je suis désolé, patronne, marmonna-t-il. J'ai fait une erreur. L'US Marshal Service n'a envoyé personne récupérer l'inconnue. Je n'arrive pas à croire que j'ai... Je suis vraiment désolé, patronne.

— À partir de maintenant, vous passez par moi pour tous les transferts de nos services à des services extérieurs. Sans exception. Vous m'appelez chez moi s'il le faut. Compris, Lamay ?

Il hocha la tête.

— On discutera des mesures disciplinaires plus tard. Pour le moment, j'ai besoin que vous envoyiez deux ou trois unités patrouiller dans la ville à la recherche de ce type. Prévenez également la police d'État. Ils seront partants pour aider comme c'est en lien avec la disparition de Luke.

Il acquiesça de nouveau, toujours incapable de la regarder.

Josie le laissa à ses affaires et se dirigea vers son bureau. Noah y était déjà.

— Où est Gretchen ? demanda-t-elle.

— Je l'ai mise sur Kavolis puisque vous aviez besoin de moi ici. Je n'ai trouvé aucune trace de lui en tant que client de l'hôtel Eudora lors de la visite de Dunn en mai mais, si les chambres étaient réservées au nom de Dunn, il ne serait pas dans les registres. Gretchen va montrer la photo de son permis de conduire à quelques membres du personnel pour voir si quelqu'un se souvient de lui.

— Super, dit Josie. Quelque chose sur Kim Conway ?

— Il y a huit Kimberly Conway en Pennsylvanie, mais aucune d'elles n'a moins de trente-huit ans, ça ne colle pas avec notre inconnue. Il y a neuf Kimberly Conway dans le New Jersey. L'une d'entre elles vit à Margate, pas loin d'Atlantic City, et elle a vingt-deux ans.

— Un casier judiciaire ?

— Non.

— Un compte Facebook ?

— Je n'ai rien trouvé.

— Une photo de permis ?

Noah fronça les sourcils.

— Je ne peux pas voir les photos de permis du New Jersey, seulement les registres.

— Merde, j'avais oublié, dit-elle en s'installant sur sa chaise. Le lien avec le meurtre-suicide des Conway me chiffonne.

— Il y a un lien ?

— Je ne sais pas. Vous ne trouvez pas que ça fait trop de coïncidences ? Le meilleur ami de Luke était un Conway. Il y a de grandes chances que l'inconnue soit Kim Conway, la petite amie d'Eric Dunn dont on vient de trouver le corps du sbire sur la propriété de Luke. Ce n'est pas difficile de faire le lien.

— Disons que le point commun est Eric Dunn.

— Non, le point commun est l'inconnue. Elle était sur les deux scènes de crime.

— D'accord, eh bien, si l'inconnue est la petite amie d'Eric Dunn, pourquoi il ne vient pas nous le dire ?

— Parce que si elle disparaît avec un marshal et qu'on pense qu'elle est un témoin protégé, on ne saura jamais et on ne remarquera même pas qu'il l'a fait tuer et qu'il s'est débarrassé du corps.

— Pourquoi il tuerait sa propre petite amie ?

— Aucune idée.

— Vous êtes prête à rendre visite à Eric Dunn ?

— Pas sans la confirmation que l'inconnue est bien sa petite amie. Vous pouvez me trouver le numéro de téléphone de la mère de Brady Conway ?

— Pas de problème.

Josie pensait au regard de la jeune fille à la caméra et à son appel à l'aide silencieux. La culpabilité la rongeait. La fille avait peut-être menti au sujet de son amnésie, mais elle avait essayé de dire à Josie qu'elle était en danger. Les brûlures sur son dos et les anciennes fractures faciales constituaient des preuves objectives, et Josie les avait ignorées ; en diffusant sa photo aussi rapidement, elle avait mis sa vie en danger. Et si elle avait attendu quelques heures, comme la jeune fille l'avait demandé ?

— Ne doutez pas de vous, dit Noah.

Elle esquissa un sourire triste.

— Vous pouvez lire dans mes pensées, maintenant ?

Il lui sourit en retour.

— Je m'améliore, plaisanta-t-il. Ce que je veux dire, c'est qu'elle était la seule piste qu'on avait pour localiser Luke. Vous deviez chercher à en savoir autant que possible sur elle, et le plus vite possible. Vous avez bien fait de diffuser sa photo.

Comment auriez-vous pu savoir que quelqu'un était assez désespéré pour se faire passer pour un marshal ?

Josie fit rouler un stylo sur la surface de son bureau. *Et si je l'avais déjà perdu ?* se demanda-t-elle, mais elle ne dit rien à Noah. Pourtant, il poursuivit :

— On va trouver Luke. Je vais chercher le numéro de Mme Conway.

Noah se retourna pour partir, et Josie sentit aussitôt la panique monter en elle. Être seule lui était devenu insupportable. Tant de questions dévastatrices sans réponse lui passaient par la tête...

— Attendez, l'appela-t-elle.

Il s'arrêta sur le seuil.

— Qu'est-ce qu'il y a ?

Elle le fit revenir dans la pièce. Il attendit, affichant un sourire en coin incertain. Quelques secondes de silence s'écoulèrent. Assez longtemps pour que Josie entende le son étouffé d'une chaîne d'information qui couvrait encore le procès d'Aaron King, diffusée soit depuis un téléphone, soit depuis l'un des ordinateurs. La voix de Trinity Payne s'infiltra sous la porte : « Aujourd'hui, l'accusation a l'intention de présenter des preuves ADN liant King à sa dernière victime... »

— Patronne ? dit Noah.

Elle ne pouvait pas lui dire qu'elle ne voulait pas rester seule. Elle était sa supérieure. Ils avaient une affaire à résoudre. Des gens avaient disparu : son fiancé, un tout petit bébé, et une femme battue. Elle fit un signe vers l'entrée.

— Vous pouvez leur demander de couper ces satanées infos sur le procès d'Aaron King, s'il vous plaît ?

— Ça marche, répondit-il avant de partir.

CBS Boston
27 mars 2017

Une jeune fille retrouvée morte dans une maison à l'atmosphère saturée de monoxyde de carbone

Annie Lannan, une jeune fille de 19 ans de Plymouth, a été retrouvée morte à son domicile hier, visiblement intoxiquée au monoxyde de carbone. La mère de Lannan est rentrée chez elle après avoir travaillé toute la nuit dans un hôpital local et a découvert sa fille inconsciente dans son lit.
La police et les services médicaux d'urgence sont arrivés sur les lieux, mais n'ont pas pu réanimer Lannan. Les pompiers ont relevé des niveaux extrêmement élevés de monoxyde de carbone dans la maison à ce moment-là. Les enquêteurs cherchent toujours à déterminer la provenance du gaz. Cependant, ils encouragent les résidents à installer des détecteurs de monoxyde de carbone chez eux.

Il fallut seulement vingt-cinq minutes à Noah pour obtenir le numéro de Zora Conway.

— L'indicatif est 212, dit Josie quand Noah lui tendit le numéro. C'est New York, non ?

— Ouais.

— Je croyais que la mère de Brady habitait ici.

— On dirait que non, dit Noah.

— Vous êtes sûr que c'est le bon numéro ?

— Combien de Zora Conway pensez-vous qu'il y a à New York ? Je me souviens avoir entendu son nom aux infos après le drame. C'est le bon numéro.

Sans dire un mot, Josie prit le téléphone et composa le numéro. Noah se rassit dans la chaise en face de son bureau. Le téléphone sonna quatre fois. Au moment où Josie était persuadée de tomber sur la messagerie vocale, quelqu'un décrocha.

— Allô ? fit une voix féminine nasillarde.

— Madame Conway ?

— Qui est à l'appareil ?

Une pointe de suspicion, mais aucune confirmation qu'il s'agissait bien de Zora Conway.

— Ici Josie Quinn, directrice de la police de Denton. J'essaie de joindre Zora Conway.

Un long silence.

— J'ai déjà parlé à la police au sujet de mon fils. Je vous l'ai dit, il n'a jamais été violent. Je ne sais pas pourquoi il a fait ce qu'il a fait. Je n'ai rien de plus à dire.

— Madame Conway, je n'appelle pas au sujet de votre fils, mais de votre fille.

Une nouvelle fois, la femme se tut. Josie continua.

— Votre fille, Kim, tenta-t-elle.

Rien.

— J'ai juste quelques questions à son sujet. Je pense qu'elle...

— Ma fille est morte, dit-elle sèchement.

Il y eut ensuite un bruit sec et, quelques secondes plus tard, la tonalité bourdonna dans l'oreille de Josie.

Elle en éloigna le combiné et le regarda, perplexe. Puis elle essaya de rappeler. À quatre reprises, le téléphone sonna et sonna jusqu'à ce qu'elle tombe sur la messagerie. C'était une impasse.

— C'était quoi, ça ? demanda Noah.

— Elle a dit que sa fille était morte, et elle m'a raccroché au nez. Elle ne décroche plus.

— On fait quoi maintenant ?

Josie se remémora les obsèques. Elles avaient eu lieu à Denton car Bowersville n'avait pas de funérarium et le reste de la famille Conway venait de Denton, y compris la grand-mère de Brady, que Josie se souvenait d'avoir vue ce jour-là.

— Il faut que j'aille à Rockview, annonça-t-elle.

— Pour voir votre grand-mère ? demanda Noah, déconcerté.

— Non, pour voir celle de Brady Conway.

Rockview Ridge était la seule et unique maison de retraite respectable de Denton. Elle se situait sur une colline jonchée de rochers aux portes de la ville. Lisette Matson, la grand-mère de Josie, y résidait depuis plusieurs années. Lisette avait un peu plus de quatre-vingts ans, était toujours très vive d'esprit et se liait d'amitié avec tous les autres résidents suffisamment lucides pour tenir une conversation. Josie se doutait que cela incluait Hattie Conway, la grand-mère de Brady.

— C'est elle, là-bas, avec le pull bleu, déclara Lisette.

Elle désigna la femme que Josie avait rencontrée aux obsèques des Conway et qui était actuellement installée dans la cafétéria de Rockview, un magazine grand ouvert sur la table devant elle. Elle tournait les pages lentement et se penchait pour examiner de près ce qui se trouvait sur chacune d'entre elles à travers les épais verres de ses lunettes. Comme la plupart des résidents de Rockview, ses cheveux étaient courts et blancs, à moitié crêpés, à moitié bouclés, puis fixés avec de la laque pour en maintenir la forme.

— Tu nous présentes ? demanda Josie. Je ne suis pas sûre qu'elle se souvienne de moi.

À côté d'elle, Lisette poussa un long soupir, son expression mêlant résignation et agacement.

— Tu aurais pu m'appeler quand Luke a disparu. Tu aurais dû m'appeler.

— Je suis désolée, mamie, dit Josie.

— Non, tu ne l'es pas.

— Si, je suis vraiment désolée. J'ai merdé. J'aurais dû t'appeler tout de suite, mais j'avais du travail. Je...

Lisette leva une main de son déambulateur.

— Je sais, je sais. Ton travail est très important. Tu sais que je comprends. Peut-être plus que n'importe qui. Mais Josie, ce garçon est mon futur petit-fils par alliance. Tu aurais dû me le dire toi-même.

Josie ouvrit la bouche pour présenter davantage d'excuses et quelques explications, mais Lisette poursuivit.

— Pas la peine d'en parler maintenant. Je sais que tu es chamboulée. Tu n'es pas obligée de me donner tous les détails. Simplement, à l'avenir, quand quelqu'un qui est censé faire partie de la famille disparaît, passe-moi un coup de fil.

Soudainement et sans réfléchir, Josie se pencha vers sa grand-mère. Lisette glissa une main sur les épaules de Josie et la serra dans ses bras. Elle caressa ses longs cheveux noirs de sa main arthritique.

— Ça va aller, chuchota-t-elle à l'oreille de Josie. Sois patiente. Tu le trouveras, et il ira bien.

Josie retint les larmes qui menaçaient de couler. Elle se sentait mal de ne pas avoir appelé Lisette immédiatement, mais ça avait été trop dur. Lisette était tout ce qui lui restait. Le seul membre vivant de sa famille. Raconter à Lisette tout ce qu'elle savait sur la disparition de Luke aurait rendu la chose encore plus réelle. Trop réelle. Maintenant que Ray était parti, Lisette était la seule personne avec qui Josie était prête à baisser sa garde. Elle savait qu'elle perdrait son calme en parlant de Luke à Lisette, et elle n'était pas sûre de le retrouver. Pour l'instant, elle avait besoin de tout le sang-froid et de toute la concentration qu'elle pouvait rassembler. Plus tard, quand tout serait terminé, elle ferait face aux émotions complexes qu'elle peinait à contenir.

— Merci, dit-elle à Lisette.

Lisette la lâcha et prit le visage de Josie entre ses mains. Elle sourit.

— Allez, tu as du travail.

Il s'avéra que Hattie Conway se souvenait bien de Josie.

— Vous êtes la première femme à diriger la police, dit-elle avec fierté. Comment vous oublier, et votre grand-mère ne cesse de vanter vos mérites.

Josie jeta un coup d'œil à Lisette qui leva les yeux au ciel, comme pour dire que Hattie exagérait.

— Madame Conway, commença Josie. Je suis vraiment navrée de vous déranger, mais il se passe des choses à Denton. Plusieurs personnes ont disparu, je pense que votre petite-fille est impliquée.

— Ma petite-fille ?

— Oui, vous avez bien une petite-fille ?

— Ma petite-fille, c'était Eva, la femme de Brady.

— Oui, mais Brady avait une sœur, non ?

Le visage profondément ridé de Hattie se plissa, comme si elle avait mangé quelque chose d'amer.

— Ah, oui, il en a une. Enfin, il en avait une. Mais ce n'est pas ma petite-fille.

— Ah bon ?

Hattie secoua vigoureusement la tête.

— Voyez-vous, Zora a épousé mon fils, Emmett. Ils ont eu Brady peu de temps après leur mariage. Emmett voulait avoir plus d'enfants, alors ils ont essayé, encore et encore, mais Zora n'arrivait pas à tomber enceinte. Ça a eu un effet dévastateur sur leur mariage. Mon garçon a toujours voulu une grande famille. Il voulait beaucoup d'enfants. Je sais qu'ils se sont fortement disputés à ce sujet. Il a commencé à boire, à sortir dans les bars. Parfois, Zora partait avec Brady, à New York. Je ne pense même pas qu'elle y avait de la famille. Je ne sais pas ce qu'il y avait pour elle là-bas, mais elle y retournait toujours. Un jour, elle a annoncé qu'elle était enfin enceinte. Tout allait bien pendant un certain temps. Ils avaient l'air de remettre leur mariage sur de bons rails. Puis on a appris qu'Emmett avait un cancer des testicules. Il s'est avéré qu'il n'aurait pas pu mettre Zora enceinte. Elle disait que le bébé était le sien, mais il ne la croyait pas. Il est mort avant la naissance.

— Je suis désolée, dit Josie.

Hattie hocha la tête.

— Ça a été très dur. Je savais que Zora mentait. Elle a accouché d'une petite fille qui ne ressemblait en rien à Emmett. Rien du tout. On le savait tous, mais elle a insisté pour lui donner le nom de Conway. Une véritable honte.

— Le bébé... Zora l'a appelé Kim ?

— Oui, Kim, c'est ça. Elle cherchait les conflits. C'est aussi pour ça que je savais qu'elle n'était pas une vraie Conway. Elle a commencé à avoir des problèmes de comportement très tôt. Dès que Brady a terminé le lycée, Zora a déménagé avec elle à New York. Sûrement pour être avec l'amant qu'elle avait là-bas, j'imagine.

— Est-ce que Kim est toujours en vie ?

Hattie haussa les épaules.

— Pour autant que je sache.

— Vous savez si Zora et Kim ont eu une quelconque dispute ?

— Ça, j'en suis sûre.

— C'est Zora qui vous l'a dit ?

— Elle n'a pas eu à le faire. Comme je le disais, cette fille était un petit démon. J'imagine que c'est ce qu'a obtenu Zora en trompant son mari et en ayant un enfant avec un autre homme.

— Est-ce que Brady parlait parfois de Kim ? Est-ce qu'ils avaient une relation ?

— Je sais qu'il essayait de rester en contact avec elle et de la surveiller mais, la plupart du temps, elle faisait ce que font les grues de son genre. Il n'avait pas de nouvelles pendant des mois. Je sais qu'il voulait veiller sur elle parce que c'était sa demi-sœur, mais je lui disais que c'était une perte de temps.

Josie sortit son téléphone et afficha la photo qu'elle avait prise de l'inconnue, celle qui était passée aux informations locales. Elle tourna l'écran vers Hattie.

— C'est elle ?

Hattie prit le téléphone des mains de Josie et approcha l'écran si près de son visage qu'il était presque contre ses lunettes.

— C'est bien elle, oui.

Josie rangea son téléphone. Elle jeta un coup d'œil à Lisette avant de se tourner de nouveau vers Hattie.

— Madame Conway, vous y voyez bien ?

Hattie rit.

— Je suis sûre que c'est elle, dit-elle. C'est bien Kimberly.

28

Dans le hall d'entrée de Rockview, Gretchen patientait, appuyée contre le bureau de l'accueil dans son éternelle veste en cuir. Elle ressemblait davantage à une motarde qu'à une inspectrice de police. L'idée de l'instauration d'un code vestimentaire pour ses responsables d'enquêtes traversa rapidement l'esprit de Josie. Elle chassa cette pensée parce que ça n'avait pas d'importance. Seule l'affaire comptait.

— Du nouveau ? demanda Josie.

Elle passa devant Gretchen avant de sortir par l'entrée principale. Gretchen la suivit.

— Kavolis était à Denton en mai. Le concierge de l'Eudora n'a pas été d'une grande aide, mais les agents d'entretien l'ont confirmé. Autre chose, je ne trouve aucune preuve que Dunn ou sa société possède des terres dans le comté d'Alcott. Désolée, patronne.

La sensation du froid de septembre sur le visage de Josie était agréable. Elle s'arrêta devant la porte de sa voiture et fixa Gretchen.

— Vous êtes venue ici pour me dire ça ?

Gretchen plissa les yeux face au soleil.

— Je suis venue voir si vous teniez le coup.

— Si je tiens le coup ? C'est Noah qui vous envoie ?

— Le lieutenant Fraley ? Non. Je suis venue de ma propre initiative.

Josie ouvrit sa portière, mais ne monta pas dans la voiture.

— Vous voulez me dire quelque chose ?

Gretchen hésita, une grimace se dessinant sur son visage.

— C'est juste que, vous savez, ça fait longtemps que je fais ce métier.

— Plus longtemps que moi, j'en suis consciente, dit Josie. Vous avez un problème avec la façon dont je dirige mon service ?

— Non, pas du tout. Ce n'est pas le sujet.

— Crachez le morceau, inspectrice Palmer, dit Josie. J'ai du travail.

— C'est ça, le truc. La plupart des services ne laissent pas leurs agents enquêter sur leurs propres affaires.

Josie referma la porte de sa voiture et fit un pas vers Gretchen, les bras croisés sur la poitrine.

— Je n'ai pas d'affaire.

— Votre fiancé est porté disparu.

— Oui, c'est son affaire, pas la mienne.

Gretchen lui décocha un sourire empreint d'une pointe de sarcasme.

— Vous jouez sur les mots, patronne.

— Vous pensez que je ne fais pas du bon boulot ?

— Je n'ai pas dit ça. Je pense que le stress de la disparition d'un proche et de la gestion de deux enquêtes majeures peut être éprouvant, c'est tout. Je vous dis simplement qu'on peut gérer. Vous avez une excellente équipe qui ne vous décevra pas.

Josie sentit son agencement s'atténuer légèrement.

— Vous devriez dormir, ajouta Gretchen.

— Ça va, vraiment, répondit Josie. Vous parlez d'expérience ?

Le visage de Gretchen s'assombrit ; elle resserra inconsciemment les pans de sa veste autour d'elle. Sans répondre à la question de Josie, elle poursuivit.

— Votre belle-sœur... Pardon, votre future belle-sœur est en ville. Je l'ai croisée chez Luke. Vous pourriez passer du temps ensemble.

Josie pensa aux longues heures atroces passées avec Carrieann dans la salle d'attente de l'unité de soins intensifs de l'hôpital Geisinger presque deux ans plus tôt. Elle n'avait aucune envie de revivre cette période de sa vie. Il fallait qu'elle continue d'avancer. Avancer était la seule chose qui lui permettait d'éviter la crise de nerfs.

Elle ouvrit une fois de plus sa portière.

— Il faut que j'y aille, dit-elle à Gretchen.

Gretchen se contenta d'acquiescer.

— Je vais donner un coup de main pour rechercher l'inconnue.

— Kimberly Conway, corrigea Josie. J'ai eu la confirmation d'un membre de la famille que c'était son nom. Vous pouvez faire passer le mot ?

— Bien sûr. Vous allez où ?

— J'ai quelque chose à faire, dit Josie.

Elle ne laissa pas à Gretchen l'opportunité de poser plus de questions. À la place, elle monta dans la voiture, la démarra rapidement et s'éloigna tout en observant Gretchen rétrécir dans le rétroviseur.

Josie était presque arrivée à Bowersville quand elle reçut un appel de Noah.

— Du nouveau ? demanda-t-elle.

— Il y a eu un accident, dit-il d'une voix tendue en lui donnant une adresse. Vous devez voir ça. On a besoin de vous ici tout de suite.

29

Josie arriva sur le lieu de l'accident quinze minutes plus tard. Ses agents de patrouille avaient déjà bouclé la zone et une foule de curieux se tenait tout autour, tendait le cou et prenait des photos du carnage avec leurs téléphones. La rue avait deux voies dans chaque direction. D'un côté se trouvait une rangée d'immeubles d'habitation, de l'autre, un accotement en terre. La rue contournait une partie densément boisée du parc de Denton, un espace vert entre le campus et la rue principale de Denton où les résidents promenaient leurs chiens, couraient et organisaient des événements communautaires. Dans le parc se trouvaient une grande aire de jeux, un kiosque et un petit étang. La rue perpendiculaire la plus proche était une route résidentielle à une seule voie située un peu plus loin.

Au milieu de la voie en direction du nord, un Ford Bronco broyé gisait sur le côté conducteur, des débris de verre et de métal éparpillés tout autour. Ses agents dressaient une tente pliante autour de l'avant du véhicule, ce qui signifiait qu'il y avait eu un décès. En s'approchant, Josie vit du sang s'accumuler là où la vitre du conducteur touchait le bitume.

À quelques mètres de là, l'avant d'un petit pick-up rouge s'était encastré dans le côté passager d'une Toyota Corolla.

— Patronne, dit Noah en courant pour la rejoindre depuis l'endroit où il interrogeait les badauds.

Un Klaxon retentit derrière eux ; Josie se retourna et aperçut la voiture d'Anya Feist franchir la barrière de police.

— Vous m'expliquez ce qui s'est passé ici ? demanda Josie à Noah.

Elle observa la docteure Feist se garer près de la tente et descendre de sa voiture pour parler avec l'un des deux policiers sur les lieux. L'agent fit un geste en direction de la partie désormais recouverte du Bronco, et la docteure s'en rapprocha.

Noah montra les appartements du doigt.

— Un gars sur son balcon a dit qu'il a entendu un grand *boum*, comme un coup de feu. Ensuite, le conducteur du Bronco a perdu le contrôle de son véhicule, qui a percuté une voiture garée et a fait plusieurs tonneaux sur la voie nord. Le pick-up rouge essayait d'éviter le Bronco et a fini par entrer en collision avec la Corolla. Ensuite, le témoin a rapporté qu'une femme blonde est sortie du côté passager du Bronco et a pris la fuite à pied dans le parc.

— Conway. Il y a une équipe qui la cherche ?

— Deux.

Josie vit la docteure Feist disparaître dans la tente.

— Le pick-up et la Corolla... Il y a des morts ?

Noah secoua la tête.

— Non, seulement des blessures légères.

Une vague de soulagement la traversa. Peu importe ce qui se passait avec Kim Conway, Josie ne voulait pas que des passants innocents en meurent.

— Le conducteur du Bronco, c'est le gars qui est venu chercher Kim au poste ?

— On suppose que oui.

— Vous n'êtes pas sûrs ?

— Cheffe Quinn ! cria la docteure.

Josie se dirigea vers la tente, à la recherche de Feist.

— Cheffe ?

C'est alors que Josie remarqua la jambe de la docteure dépassant du côté passager du Bronco, qui était désormais orienté vers le sommet de la tente. En regardant de près à travers le pare-brise étoilé, on pouvait apercevoir la moitié supérieure du corps de la médecin qui pendait par la fenêtre du siège passager et qui s'approchait du conducteur.

— Mais qu'est-ce que vous faites ? dit Josie.

— J'essaie d'observer cet homme in situ. On lui a foutu une balle dans la tête.

Les jambes de la docteure Feist s'agitaient dans tous les sens. Josie entendit un grognement étouffé lorsque la docteure dégagea son buste de la cabine du véhicule. Elle s'assit sur la porte et tendit quelque chose avec une main gantée. Josie regarda Noah, qui lui tendit une paire de gants. Elle les enfila et prit ce que la docteure lui tendait. Un autre permis de conduire du New Jersey. Celui-ci appartenait à Denny Twitch, et la photo montrait un homme au large cou et au crâne rasé : leur faux marshal.

Josie sourit à la docteure Feist.

— Si vous pouviez débarquer sur toutes nos scènes de crime à partir de maintenant et faire apparaître des papiers d'identité par magie, ce serait génial.

La docteure Feist sourit en retour et utilisa son avant-bras pour écarter une mèche de cheveux rebelle de son front.

— Rien de magique. Toujours vérifier les poches. Au fait, il y a aussi un pistolet là-dedans. Je vais juste prendre quelques photos, puis vous pourrez le faire transporter jusqu'à mon cabinet pour une autopsie complète, mais je peux déjà vous dire qu'il a été tué par une balle à bout portant dans le lobe temporal droit.

Elle se pencha de nouveau à l'intérieur du véhicule. Josie se tourna vers Noah et lui tendit le permis de conduire pour qu'il puisse en prendre une photo.

— Je vais vérifier ses antécédents, dit-il, et voir s'il travaillait pour Eric Dunn.

— Parfait, dit Josie. Et le véhicule ?

— C'est son véhicule personnel, répondit Noah. Il est enregistré à son nom.

Elle jeta un nouveau coup d'œil au Bronco et soupira.

— C'est un modèle assez ancien, non ?

Noah fit une grimace.

— Oui, il n'y a pas de GPS.

— Un téléphone ?

— Une fois que la docteure Feist aura terminé, on verra si on arrive à le trouver.

— Donc pas la peine de rendre visite à Eric Dunn tout de suite. Pas avant d'avoir confirmé que Twitch travaillait pour lui et d'avoir trouvé quelque chose sur son téléphone. Et puis on doit retrouver Conway.

— Est-ce que je préviens les médias ?

Josie secoua la tête.

— Non. Évitez les médias, d'accord ? Si quelqu'un de chez Dunn est déterminé à la retrouver au point d'envoyer un faux marshal, je veux que la situation reste aussi discrète que possible, tant pour elle que pour les efforts de recherche. Je ne veux même pas qu'ils soient certains qu'elle a disparu.

— WYEP la présente toujours comme « l'inconnue », fit remarquer Noah.

— Alors appelez-les, dites-leur qu'elle a été identifiée et que nous nous efforçons de la ramener à sa famille. Insistez sur la nécessité de préserver sa vie privée. Dites-leur qu'on ne divulgue pas son nom pour le moment. Remerciez les téléspectateurs et tout ça. Tournez-le de manière positive. Je ne veux pas qu'ils aient l'impression qu'il y a anguille sous roche.

— Ça marche, dit Noah.

Josie fit lentement le tour des débris, le verre brisé craquant sous ses pieds. Elle s'interrogea sur la peur que Kim Conway devait éprouver pour oser tirer sur un homme en plein visage alors qu'il était au volant de la voiture dans laquelle elle se trouvait. Les mots de Trinity résonnaient dans sa tête. « Eric Dunn n'est pas quelqu'un de bien. »

— Noah, appela-t-elle.

Il s'était éclipsé dans une voiture de patrouille pour utiliser l'ordinateur à bord. Il en sortit.

— Oui, patronne ?

— J'aimerais qu'on fasse intervenir une brigade canine pour rechercher Conway. Voyez si le shérif peut nous en envoyer une. Il y a de grandes chances qu'elle soit blessée à cause de l'accident. Je ne veux pas qu'elle erre comme ça si elle a besoin de soins médicaux.

Il acquiesça et remonta dans la voiture de patrouille, son téléphone déjà collé à l'oreille. Josie se détourna du Ford Bronco accidenté et étudia la lisière de la forêt. Elle se demanda jusqu'où Kim Conway pourrait aller à pied. Ou bien se cacherait-elle jusqu'à ce que les patrouilles arrêtent les recherches dans le parc ? Josie savait qu'elle avait assez de personnes pour la chercher, qu'elle devrait retourner au commissariat ou chez elle pour dormir, comme Gretchen l'avait suggéré, ou même à Bowersville, où elle se rendait initialement quand elle avait reçu l'appel de Noah. Mais, à la place, elle se dirigea vers la zone arborée et disparut dans les bois.

Josie marcha dans le parc urbain de Denton et les bois qui l'entouraient jusqu'à ce que ses pieds lui fassent mal et que le soleil disparaisse derrière l'horizon. Il faudrait encore attendre deux heures avant que l'unité canine du shérif n'arrive. Plusieurs agents s'étaient dispersés dans le parc tandis que des voitures de patrouille sillonnaient les rues de la ville, à la recherche du moindre signe de Kim Conway. D'autres agents faisaient du porte-à-porte dans les rues avoisinantes pour demander aux résidents s'ils avaient vu ou entendu quelque chose. Après avoir trébuché sur une branche d'arbre et s'être tordu la cheville, Josie commença à utiliser la torche de son téléphone. Elle parcourut la forêt en boitant et braqua le faisceau lumineux sur le sol, les troncs d'arbres, et même les branches basses qui semblaient particulièrement faciles à escalader.

Où était-elle passée, bon sang ?

Le craquement d'une branche figea Josie sur place. Elle fit volte-face en brandissant son téléphone ; la lumière dansa frénétiquement sur les troncs d'arbres jusqu'à ce qu'elle aperçoive un bout de veste bleue de policier dans son champ de vision. Elle se rapprocha et vit Noah qui se frottait doucement le front.

— Je n'avais même pas vu cette branche, marmonna-t-il.

— Vous m'avez fait peur, dit Josie. Qu'est-ce qu'il y a ? Vous avez trouvé quelque chose ?

Il s'approcha et secoua la tête. Elle pouvait voir une grosse bosse rouge se former à l'endroit où la branche l'avait touché.

— Non, rien.

Josie soupira, lui tourna le dos et avança en boitillant, éclairant le chemin grâce au flash de son téléphone.

— Un rapport sur la situation, alors ?

— Vous boitez, fit remarquer Noah.

— Quel est le rapport ?

Il ignora sa question et lui fit un bilan sur leur double enquête.

— On a retrouvé le dernier père potentiel de la liste des amants de Misty. Il est en prison depuis trois mois pour une affaire de drogue, donc il a un alibi. J'essaie toujours d'établir un lien entre Denny Twitch et Eric Dunn. On dit que Dunn est toujours à l'Eudora. Il a des réunions cette semaine avec certains membres du conseil pour discuter de ses projets de casino. Gretchen est à l'hôpital avec la docteure Feist pour l'autopsie. Elle m'a dit qu'elles avaient trouvé un téléphone, mais qu'il était endommagé. Elle va le faire réparer près de l'université pour voir si on peut en tirer quelque chose. Le serrurier va emprunter l'outil dont il a besoin pour ouvrir le bureau de Misty sans l'endommager. Il le récupère et ira rejoindre Gretchen chez Misty demain matin. Oh, et Misty a apparemment bien supporté l'opération, mais elle est encore sous sédatifs. Son chirurgien a dit qu'on pourrait lui parler au plus tôt demain. Et puis je pense que vous devriez rentrer chez vous pour vous reposer.

Josie s'arrêta et posa ses mains sur ses hanches. Sa cheville lui faisait mal. Elle avait envie d'être dans son lit pour pouvoir la poser sur un tas de coussins avec de la glace. Un verre de vin pourrait aussi la soulager. Mais cela voudrait dire s'arrêter, et

Luke, le bébé de Misty et maintenant Kim Conway étaient tous les trois portés disparus et vraisemblablement en danger. Josie n'était même pas sûre de savoir pourquoi. Comment pouvait-elle s'arrêter ? Luke avait besoin d'elle. Le bébé de Misty, tout petit et sans défense, avait besoin d'elle. Elle prit une grande inspiration et continua de marcher. Elle entendit les pas de Noah derrière elle.

— Patronne.

— Je ne peux pas, Noah. Impossible.

Elle sentit sa main saisir doucement son coude, l'arrêtant dans son élan. La lueur du faisceau de la lampe torche lui permettait de voir son visage. Si sérieux, si préoccupé. Elle faillit éclater de rire.

— Je vais bien, mentit-elle.

— Vous êtes fatiguée, vous boitez, et je parie que vous êtes affamée. On mettra des gars sur chaque piste toute la nuit si ça peut vous aider à dormir. Mais vous ne serez d'aucune utilité si vous ne vous reposez pas. Allez vous prendre une pizza, rentrez chez vous et parlez à Carrieann. Elle est restée seule toute la journée.

Josie avait presque oublié sa future belle-sœur.

— Je pense qu'on devrait regarder la maison des Conway, dit-elle à Noah.

Il leva un sourcil.

— Vous pensez que c'est là-bas que Kim irait ? C'est une sacrée marche en partant d'ici. Ça lui prendrait plusieurs jours à pied.

— Je pense qu'on devrait vérifier.

— Je vais appeler à Bowersville et leur demander d'envoyer une voiture, dit-il.

— D'accord, super. Voyez aussi si on peut s'y rendre demain. J'aimerais y jeter un œil, même si Conway n'y est pas.

— Il y a quelque chose que vous ne me dites pas ?

Josie avait voulu visiter la maison des Conway après le

drame, mais Luke l'en avait empêchée. Il disait que ça ne servait à rien. Elle avait proposé d'envoyer son équipe d'intervention criminelle au service de police de Bowersville, cette nuit-là, mais leur chef avait déclaré que ce n'était pas nécessaire. « Ce qui s'est passé ici est assez évident, lui avait-il dit. Inutile de gaspiller de la main-d'œuvre et de l'argent. » Personnellement, ce n'est pas comme ça que Josie aurait géré la situation, mais la scène de crime était en dehors de son secteur, et elle n'avait pas l'intention d'entrer en conflit avec le chef de police d'une municipalité dont le travail bâclé n'aurait aucune incidence sur sa propre ville. Pourtant, elle n'avait jamais pu se défaire de son agacement face à la facilité avec laquelle le chef de Bowersville avait balayé l'affaire du revers de la main. Mais plus elle en parlait, plus Luke se mettait en colère. Il lui disait : « Tu ne peux rien faire. Ce n'est pas en allant dans cette maison que tu les ramèneras. Crois-moi, tu ne veux pas voir ça. Laisse tomber ! »

Elle avait laissé tomber, sauf quand il semblait plus distant et renfermé et, même dans ces moments-là, elle n'avait fait que suggérer, parfois assez fermement, qu'il suive une thérapie, car il ne s'était manifestement pas remis de ce qui s'était passé ce jour-là.

Maintenant, Josie avait trois disparitions sur les bras, et tout semblait revenir à Brady Conway.

— Il y a un lien, même plusieurs, avec Brady Conway, expliqua Josie à Noah. Brady a eu une liaison avec Misty, il est sur la liste des pères potentiels. Luke allait voir Misty quelques semaines avant le meurtre-suicide des Conway. Kim était la jeune demi-sœur de Brady et, d'après ce que la grand-mère rapporte, Brady était le seul membre de la famille qui était toujours en contact avec Kim.

— Je vois, dit Noah.

Josie se demandait à présent si Brady avait demandé à Luke de veiller sur sa petite sœur pour une raison quelconque. Était-ce pour cela que Kim était chez Luke ? Peut-être, mais ça n'expliquait pas pourquoi elle dormait dans son lit ou portait ses vêtements. Peut-être qu'elle restait chez Luke parce qu'il était l'ami de Brady, mais ça n'expliquait pas l'intimité entre eux. Ça n'expliquait certainement pas pourquoi Luke n'avait rien dit à Josie.

— Il se peut que Luke ait permis à Kim de se cacher d'Eric Dunn. C'est le seul scénario qui semble logique. D'après ce qu'a dit Trinity, Dunn est vraiment impitoyable. De toute évidence, il se fout de respecter la loi : il était prêt à envoyer Denny Twitch se faire passer pour un marshal pour récupérer Kim. Je sais qu'on n'a pas encore la confirmation que Twitch travaillait bien pour Dunn, mais je pense que c'est ce qu'on va trouver.

Noah fronça les sourcils.

— Même si Luke savait que Kim était en danger et qu'il voulait aider la petite sœur de son ami en la cachant, pourquoi ne pas avoir expliqué, à vous ou à quelqu'un d'autre, ce qui se passait ?

Parce que Mickey Kavolis était enterré dans son jardin. Elle ne le dit pas à voix haute. Un scénario commençait à se dessiner dans la tête de Josie, mais elle ne voulait pas l'exposer à Noah tant qu'elle n'en était pas absolument certaine. Elle était convaincue que son passage à la maison des Conway confirmerait sa théorie. Cela n'expliquerait toujours pas pourquoi les empreintes de Kim avaient été retrouvées chez Misty. À part Brady Conway, Josie ne voyait aucun lien entre Kim et Misty. Mais elle devait bien commencer quelque part.

— J'ai ma petite idée, mais j'aimerais voir la maison avant, déclara-t-elle.

Noah ne discuta pas.

— Je vais appeler à Bowersville et leur demander si l'on peut accéder à la maison, mais demain matin, d'accord ?

Elle pensa à Carrieann, seule chez elle. Confrontée à son anxiété. La même anxiété que Josie avait pu maintenir aux limites de sa conscience en restant constamment en mouvement. Luke avait menti à Josie, sur beaucoup de choses, d'ailleurs, et l'avait peut-être même trompée. Mais Carrieann avait toujours été bienveillante envers elle. Elle s'était mouillée pour elle dans des moments critiques. Elle méritait mieux que de faire les cent pas dans la maison de Josie, seule, en s'inquiétant pour son frère. Noah avait raison. Quelques heures de repos et un peu de nourriture ne feraient pas de mal à l'enquête. Elle était cheffe maintenant ; elle devait apprendre à déléguer.

— D'accord, céda-t-elle. Mais seulement pour quelques heures.

31

MERCREDI

Une odeur de bacon flottait dans l'air quand Josie se réveilla. Les rayons du soleil traversaient la fenêtre de sa chambre ; elle comprit tout de suite qu'elle avait dormi plus longtemps que les trois heures qu'elle avait prévues. Beaucoup plus longtemps. Un coup d'œil rapide vers son réveil lui arracha un long gémissement. Il était presque 8 heures. Elle avait dormi six bonnes heures. Elle resta couchée un moment à écouter les bruits provenant de la cuisine. Le tintement des assiettes et des couverts, l'ouverture et la fermeture des tiroirs. Le gargouillis de la cafetière. Pendant une seconde ou deux, dans les limbes du sommeil, elle pensa que c'était Luke. Il était de retour et il s'était levé avant elle pour préparer le petit déjeuner, comme il le faisait toujours quand ils avaient tous les deux une journée de congé. C'était un cuisinier talentueux, intuitif et créatif. Il ne suivait jamais de recette, mais tout ce qu'il préparait était délicieux. Josie était loin d'être une fée du logis ; il avait souvent peu de choses à sa disposition dans sa cuisine mais, d'une manière ou d'une autre, il parvenait toujours à concocter un chef-d'œuvre.

Il lui manquait.

Ses yeux s'ouvrirent brusquement et elle chassa sa fatigue. Alors que le brouillard dans sa tête se dissipait, elle réalisa qu'il n'y avait qu'une seule personne qui pouvait cuisiner dans sa cuisine à ce moment-là : Carrieann. Luke était porté disparu. Ça ne faisait que quelques jours, mais ça semblait être des mois. Mais finalement, ça faisait des mois qu'elle le sentait disparaître. Elle avait même envisagé de mettre fin à leur relation en le voyant s'éloigner de plus en plus, un masque froid et distant remplaçant le visage de l'homme chaleureux et aimant qu'elle avait connu. Aujourd'hui, elle aurait largement préféré sa froideur à son absence. Elle soupira et se leva de son lit. Elle avait du boulot.

Carrieann faisait des œufs brouillés dans une poêle pendant que du bacon grésillait dans une autre à côté. On aurait dit qu'elle n'avait pas dormi ; ses cheveux blonds, gras et ternes, tombaient dans son dos, et des cernes sombres marquaient la peau sous ses yeux. Elles avaient veillé tard, discutant des pistes concernant la disparition de Luke, et avaient descendu une bouteille de vin pendant que Carrieann effectuait ses propres recherches sur Eric Dunn sur internet.

Josie ne remarqua même pas que Noah était assis à la table jusqu'à ce qu'elle soit quasi arrivée près de la cafetière. Elle porta une main à sa poitrine.

— Bon sang, vous m'avez fait peur, dit-elle.

Il sourit et leva une tasse de café fumant dans sa direction en guise de salutation.

— On s'est dit qu'on allait vous laisser dormir un peu plus longtemps.

Josie passa ses mains dans ses cheveux emmêlés pour essayer de les discipliner. Puis elle tira sur l'ourlet de sa chemise de nuit pour couvrir ses cuisses exposées, regrettant de ne pas avoir pensé à enfiler un jogging.

— J'aurais préféré que vous me réveilliez, marmonna-t-elle.

Elle se servit une tasse de café et rejoignit Noah à table.

— Des nouvelles ?

— Gretchen fait examiner le téléphone de Twitch par un spécialiste. Ils pensent pouvoir le remettre en marche. Les chiens du shérif étaient dehors toute la nuit. Ils ont suivi la trace de Kim Conway jusqu'à une cabane dans les arbres du jardin d'une femme. Il y avait du sang séché là-bas, elle s'y est donc cachée à un moment donné. La propriétaire dit n'avoir rien vu. Elle a laissé les adjoints fouiller sa maison. Ils n'ont rien trouvé.

Josie grogna.

— Une putain de cabane dans les arbres. Elle était juste là. Juste sous notre nez.

— Eh bien, elle n'y est pas restée. Ils ont suivi sa trace sur environ deux kilomètres depuis cette maison avant qu'il n'y ait plus rien.

— Ce qui veut dire ? Qu'elle est montée dans une voiture ?

— C'est l'explication la plus probable.

— Si quelqu'un l'a prise en voiture, elle peut être n'importe où à cette heure-ci, déclara Josie.

Cela ne faisait que dix minutes qu'elle était levée, et il n'y avait déjà pas assez de café pour rendre cette journée supportable.

— J'ai appelé la police de Bowersville hier soir, ajouta Noah. Ils ont envoyé une voiture à la maison des Conway hier soir et encore ce matin. Il n'y a aucune trace d'elle là-bas.

Josie prit une longue gorgée de café et grimaça à la sensation de brûlure qui s'étendait de son palais jusqu'au fond de sa gorge. Carrieann déposa une assiette pleine de nourriture devant Josie, puis devant Noah. Elle s'en servit une aussi avant de s'asseoir, mais n'y toucha pas. Seul Noah se lança, la remerciant entre deux bouchées.

— Je veux entrer dans cette maison, dit Josie en mâchant distraitement un morceau de bacon, surprise de constater que son estomac criait famine. Elle prit une fourchetée d'œufs brouillés et l'enfourna du mieux qu'elle put. Carrieann les observait tous les deux, son assiette intacte devant elle.

— On peut aller voir, mais on doit obtenir l'autorisation de la famille pour entrer.

Josie finit son café. Elle commençait à y voir plus clair.

— Parfois, il vaut mieux demander pardon que la permission.

32

Ils prirent les petites routes, conduisant en silence jusqu'au sommet d'une montagne puis descendant dans la petite vallée où la ville se trouvait, avec seulement quelques maisons, plusieurs églises et un modeste centre commercial. Josie était étonnée que la ville survive encore, et qu'il y ait suffisamment de gens pour remplir les quatre églises qui survivaient à chaque catastrophe naturelle et financière menaçant d'anéantir la ville. Bowersville était si tranquille que, avant que Brady Conway ne tue sa femme et se suicide, la ville n'avait pas connu d'homicide depuis plus d'un demi-siècle.

Josie se gara dans l'allée menant à la maison des Conway. Des arbres et des buissons séparaient leur terrain de celui des voisins de chaque côté. Il était possible que leur visite passe inaperçue, en particulier en plein jour, mais Josie était certaine que les commérages allaient déjà bon train après les deux passages de la police de Bowersville pour inspecter la maison.

Ils prirent leur temps pour en faire le tour. Des mois s'étaient écoulés depuis le drame, mais il restait des morceaux déchirés de bande jaune, auparavant attachés aux poteaux du proche, qui flottaient maintenant au vent. Noah essaya d'ouvrir la porte d'entrée, mais elle était verrouillée.

— Essayons derrière, proposa Josie.

Ils firent le tour jusqu'à l'arrière de la maison une seconde fois. En effet, la porte de derrière n'était pas verrouillée. Cela ne surprit pas Josie. Les habitants de Bowersville n'avaient pas l'habitude de verrouiller leurs portes. Ce n'était pas utile. La maison sentait le moisi, mais on percevait également une faible odeur de sang et d'eau de Javel. La porte de derrière donnait sur la cuisine dans laquelle les armoires étaient ouvertes et vides. Des boîtes en carton avec l'inscription « CUISINE » étaient empilées sur la table et le plan de travail.

— Ça fait des mois, dit Noah. La plupart des gens auraient déjà tout nettoyé et vendu.

— Luke m'a dit que les familles étaient en conflit. La mère de Brady a engagé une entreprise pour nettoyer la maison et faire les cartons. La famille d'Eva devait passer et prendre ce qu'elle voulait, mais il y a eu un désaccord et tout s'est arrêté le temps que ce soit réglé.

Noah tapota l'une des boîtes.

— On dirait que ça n'a pas été réglé.

— Apparemment, la famille d'Eva pensait avoir droit à la fois au contenu de la maison et à tout profit de la vente, et elle s'attendait à ce que la mère de Brady paie pour le nettoyage et la préparation des cartons. Mais la mère de Brady voulait tout partager à parts égales.

— J'imagine qu'ils vont se battre là-dessus pendant un moment.

Josie se dirigea vers le salon, suivie de Noah. Elle pouvait voir les endroits où on avait essayé de nettoyer les traces de sang, en vain. Un canapé et deux fauteuils inclinables avaient été poussés contre un mur, la table basse en verre avait été retournée et placée sur le canapé. La télé était posée par terre entre les deux fauteuils, et le meuble télé avait été déplacé de ce côté de la pièce, ses casiers remplis de boîtes dont les étiquettes indiquaient « SALON ».

— Je ne sais pas qui a essayé de nettoyer, mais cette personne ne sait clairement pas comment enlever des taches de sang d'un parquet... ou d'un mur.

Josie approuva d'un signe de tête, en fixant deux taches en forme de flaque sur le sol, à seulement quelques centimètres l'une de l'autre, là où Brady et Eva avaient dû tomber. À moins d'un mètre de la tache la plus proche de la cuisine se trouvaient une succession de fines marques rouge-brun.

— Regardez ça, dit-elle.

Noah s'approcha et se tint à côté d'elle en fixant les marques.

— Bon sang, dit-il.

Josie s'agenouilla et passa la main sur deux lignes épaisses de sang délavé.

— Vous ne trouvez pas qu'on dirait qu'on les a traînés ?

Noah plissa les yeux pour observer la zone qu'elle avait indiquée.

— Je ne sais pas, répondit-il. C'est possible. Ou ce sont peut-être juste des traces que le service de nettoyage a laissées en essayant de les enlever.

Josie se releva et se plaça au centre de la pièce pour étudier de nouveau les flaques de sang. Elle se mit au milieu de celle qui était la plus proche d'elle et imagina que c'était là que Brady s'était tenu, un pistolet pointé sur la tête de sa femme.

— Venez ici, dit-elle. Tenez-vous sur l'autre tache.

Noah s'approcha et se tint dans la deuxième flaque.

— Je suis Brady ou Eva ?

— Je ne sais pas, répondit Josie. Disons que vous êtes Eva. Je tire d'ici.

Elle tendit un bras, l'index pointé droit comme le canon d'une arme. Elle chercha du regard les traces de sang séché sur les murs et le plafond.

— Je n'ai pas vu la scène de crime, dit-elle. Mais Luke a dit qu'on avait tiré sur Eva en plein visage et qu'il manquait l'arrière de la tête de Brady.

— Donc il a tiré sur sa femme, puis il a mis l'arme dans sa bouche et a tiré une seconde fois, conclut Noah.

Il se pencha légèrement vers la gauche pour jeter un œil le long du mur, derrière Josie. Puis il se retourna pour regarder le mur derrière lui.

— On pense à la même chose ?

Josie baissa le bras.

— Si Brady avait tiré sur Eva à bout portant, les éclaboussures auraient été projetées vers l'avant, sur lui, et non sur le mur derrière Eva. Le coup de feu que Brady s'est infligé aurait dû être le seul à provoquer des éclaboussures vers l'arrière.

— Alors pourquoi il y a des éclaboussures sur les deux murs ?

— Bonne question.

— C'est pour ça que vous vouliez voir la maison, déduisit Noah. Vous saviez que quelque chose clochait.

Josie garda le silence et se contenta de se retourner pour étudier de nouveau les traces sur le sol. Elle se souvint que Luke était couvert de sang quand elle l'avait récupéré à l'hôpital. Il avait admis avoir essayé de réanimer son ami. Mais ça n'expliquait pas les traînées de sang. Une fois de plus, sa frustration à l'égard du département de police de Bowersville remonta comme un reflux acide.

Si la scène avait été traitée et analysée correctement, ils se seraient rendu compte que quelque chose ne collait pas. Bon sang, même un simple coup d'œil et quelques neurones auraient dû leur faire comprendre qu'il y avait un problème. Mais faire appel à une équipe d'intervention criminelle coûtait de l'argent. Il y avait les frais de laboratoire, les dépenses liées à l'emprunt d'équipement et de fournitures, sans parler des heures supplémentaires nécessaires au processus. Josie le savait parce que depuis qu'elle dirigeait le service, elle passait plus de temps à se préoccuper des finances que de ses dossiers. Bowersville n'avait pas le budget pour ça. Aussi tragique que cela puisse être, il était plus rapide, plus facile et moins cher de qualifier le drame chez les Conway de meurtre-suicide, de le classer dans la catégorie des violences conjugales et de clore l'affaire rapidement.

— Qu'est-ce qui s'est passé, à votre avis ? demanda Noah.

Josie n'avait pas besoin d'en voir davantage dans le salon. Elle avait une idée assez claire de ce qui s'y était passé et de la raison pour laquelle Luke lui avait menti. Ça lui fit l'effet d'un coup de poignard dans la cage thoracique.

— Je n'en suis pas certaine, mais je pense que Kavolis et Kim Conway étaient ici cette nuit-là, dévoila-t-elle.

— Vous pensez que l'une de ces éclaboussures appartient à Kavolis ? demanda Noah.

Josie lui fit signe de la suivre dans le reste de la maison.

— Si j'ai raison et que Kavolis était ici, alors oui, l'éclaboussure doit être la sienne.

— Qui lui a tiré dessus ?

Elle monta les escaliers jusqu'à l'étage, Noah sur ses talons.

— Je ne sais pas, répondit-elle.

Luke aurait-il pu tirer, tuer un homme et vivre avec cela pendant des mois ? Il n'y avait qu'une seule raison pour laquelle Kavolis aurait été là cette nuit-là : récupérer Kim et la ramener à Eric Dunn.

— Quel type d'arme a utilisé Brady ? demanda Noah.

L'air était encore plus étouffant dans le couloir de l'étage. Josie sentit la sueur perler le long de sa lèvre supérieure.

— Son arme de service, répondit-elle. C'était aux infos.

— C'est donc une autre arme qui a été utilisée pour tirer sur Mickey Kavolis, affirma Noah. Kavolis a été abattu avec un calibre .45, mais Luke ne possède pas de calibre .45, si ?

— Non. Brady en avait peut-être un mais, s'il y avait des

armes à feu dans la maison, j'imagine que la police de Bowers-ville les aurait retirées.

Noah ricana.

— Oui, parce que ce sont clairement des pros de la collecte de preuves. Je pense que Kavolis est arrivé avec le calibre .45 et que quelqu'un l'a abattu avec sa propre arme. Tu penses qu'il est arrivé après le meurtre-suicide, comme Luke ?

Josie eut une pensée qui lui fit froid dans le dos.

— Ou peut-être que ce n'était pas un meurtre-suicide, finale-ment. Si j'ai raison, il n'y a que deux personnes qui connaissent la vérité, et elles ont toutes les deux disparu.

Ils passèrent devant la salle de bains et la chambre princi-pale, où toutes les affaires avaient été mises dans des cartons comme au rez-de-chaussée. Il y avait deux autres pièces qui n'avaient pas été faites. L'une était un bureau avec un tapis de course, et on trouvait dans l'autre un lit simple soigneusement fait avec une couverture grise. Une pile de livres se trouvait sur la table de chevet.

Josie prit un des livres tandis que Noah fouillait le placard. *Ce qui vous attend si vous attendez un enfant.* En dessous, le livre *Grossesse, le guide des copines.* Les trois autres livres étaient également liés à la grossesse.

— Rien là-dedans à part des chaussures de femme, déclara Noah en sortant la tête du placard.

Josie lui tendit le premier livre de la pile.

— Intéressant, dit-il.

— Luke m'a dit il y a longtemps que Brady et Eva avaient décidé de ne pas avoir d'enfants. Il disait qu'ils voulaient voyager partout dans le monde à la place.

Noah examina le livre, puis son regard dériva vers les autres livres de la pile.

— Ils ont peut-être changé d'avis. Peut-être qu'ils essayaient.

— Ces livres sont dans la chambre d'amis, pas dans la chambre principale.

— Alors peut-être que les gens qui sont venus préparer le déménagement les ont déplacés.

— Ou peut-être qu'ils sont à Kim, suggéra Josie.

— Vous pensez que Kim est enceinte ? demanda Noah.

— Je pense qu'elle était enceinte. Le test de grossesse faisait partie du bilan complet qu'elle a fait à l'hôpital. S'il avait été positif, je suis sûre que ça aurait été mentionné.

Noah fronça les sourcils.

— Mais si elle était enceinte quand elle est venue ici il y a quatre mois, qu'est-ce qui est arrivé au bébé ?

Josie s'apprêtait à répondre quand son téléphone sonna. Elle regarda l'écran.

— Oui Gretchen.

— On se rapproche de Dunn.

— Vous avez trouvé un lien entre lui et Twitch ?

— Denny Twitch faisait partie de son service de sécurité. Il a été renvoyé il y a environ trois mois.

— Renvoyé ? dit Josie. C'est le comble.

— Je sais. Ce qui est encore plus intéressant, c'est qu'une des empreintes non identifiées qu'on a relevées dans la maison de Misty Derossi appartient à Denny Twitch.

Les doigts de Josie se resserrèrent autour de son téléphone alors qu'elle descendait les escaliers. Noah la suivit, le cou tendu pour essayer d'entendre ce que Gretchen lui disait.

— Quoi ? s'exclama-t-elle. Comment vous avez eu les empreintes de Twitch aussi rapidement ?

— J'ai fait comme Noah. Je les ai envoyées à la police d'État. Ils les ont traitées tout de suite parce que c'est lié à la disparition de Luke. Il n'y avait pas de correspondance avant parce que Twitch n'a pas de casier.

— On en est où avec le téléphone de Twitch ?

— Je devrais avoir quelque chose bientôt, au moins une liste de numéros.

— Eh bien, même sans le téléphone, je pense qu'on a assez

d'éléments pour rendre visite à Eric Dunn. Est-ce qu'il y a un lien entre Misty et Dunn ? Une chance que ce soit le père du bébé ? demanda Josie.

— J'en doute, dit Gretchen avec hésitation.

Josie et Noah quittèrent la maison des Conway par la porte de derrière. L'air frais était agréable par rapport à l'odeur de renfermé et de moisi qui régnait dans la maison.

— Pourquoi ça ?

— Je viens de voir le serrurier chez Misty. Il a ouvert son bureau. Il faut que vous voyiez ça.

33

Josie et Noah retrouvèrent Gretchen chez Misty. Le tiroir du haut du bureau était ouvert, et Gretchen avait étalé plusieurs documents sur la surface. Elle se balançait d'un pied sur l'autre pendant que Josie les examinait.

— Misty passait par un centre de fertilité ? dit Josie.

Elle prit un formulaire de sortie de Forest Hills, le centre de fertilité de Philadelphie, daté de décembre de l'année précédente.

Par-dessus l'épaule de Josie, Noah émit un petit sifflement.

— Je ne l'ai pas vue venir, celle-là, dit-il.

— Moi non plus, murmura Josie en parcourant la page. Une fécondation in vitro. Pourquoi garder ça secret ?

— Peut-être qu'elle se sentait gênée d'utiliser un donneur de sperme ? dit Noah.

Gretchen tapotait sa cuisse avec ses doigts.

— Non, dit-elle. Ce n'est pas ça.

Josie et Noah la regardèrent tous les deux. Avec une grimace, elle prit un dossier et le tendit à Josie.

— C'est l'identité du donneur de sperme.

— Je croyais que c'était anonyme, dit Noah.

— Oui, la plupart du temps. Mais beaucoup de banques de sperme demandent des photos des donneurs quand ils étaient enfants. Ils ne divulguent pas leurs noms ou leurs adresses ou quoi que ce soit d'autre, mais les photos aident les futures mères à choisir le donneur. Apparemment, beaucoup de mères aiment avoir un donneur qui leur ressemble.

Josie releva les yeux des pages que Gretchen lui avait remises et qui, pour l'instant, avaient l'air de décrire un homme caucasien blond d'une vingtaine d'années. Donneur numéro G8492.

— Comment vous savez tout ça ? demanda-t-elle.

— J'ai appelé la banque de sperme pendant que vous étiez en chemin. Ils ne m'ont pas dit grand-chose sans mandat, mais ils ont pu me communiquer des informations générales. Quand je dis « générales », c'est que ce sont des informations qu'on peut trouver sur leur site, que j'ai consulté après avoir raccroché.

Josie lut le profil. Groupe sanguin : B positif. Pointure : 44. Droitier. Sportif. Étudiant à l'université avec un intérêt pour la justice pénale.

— Qu'est-ce qu'il a de spécial, ce donneur G8492 ? demanda-t-elle.

— Tournez la page.

Une photo du donneur se trouvait au centre de la page suivante. Josie la fixa un long moment avec la sensation d'étouffer. Elle avait l'impression de chuter. Peut-être que c'était le cas car, l'instant d'après, la main de Noah se posait sur le bas de son dos.

— Patronne ? Ça va ? demanda-t-il.

Elle fixait la photo. Elle n'arrivait pas à la quitter des yeux.

— Je ne comprends pas, marmonna-t-elle.

Mais elle comprenait très bien. Josie ne pouvait pas se résoudre à avoir des enfants en sachant qu'elle était porteuse des gènes de sa mère, en sachant qu'elle avait le potentiel de transmettre ce mal à tout enfant qu'elle et Ray pourraient avoir. Et si Josie portait en elle la même tare que sa mère ? Devenir mère le ferait-il ressortir ? Josie ne pouvait pas prendre ce risque. Ray avait toujours défendu l'idée que l'éducation était plus importante que les gènes, mais Josie n'était pas prête à prendre ce risque. Ray n'y voyait pas d'inconvénient, mais il avait plaisanté en disant que, lorsqu'ils seraient vieux, ils pourraient se retrouver avec un enfant qu'ils n'auraient jamais eu à élever. C'est là qu'il avait admis nerveusement à Josie qu'il avait fait un don de sperme pendant ses études. Il l'avait fait pour gagner un peu d'argent. Il l'avait fait sur un coup de tête. Il l'avait fait parce qu'il avait toujours eu une vision exagérée de son importance.

Maintenant, une photo de son défunt mari à l'âge de dix ans la regardait depuis le dossier du donneur. C'était son sourire nerveux. Celui où les coins de sa bouche ne montaient pas tout à fait jusqu'au bout et où il y avait une ride des plus légères au-dessus de son nez. Josie le connaissait bien. Il avait eu le même sourire avant de la demander en mariage ; le même sourire quand il avait réservé un séjour extrêmement cher à Disney World pour leur premier anniversaire de mariage sans en avoir discuté avec elle au préalable. C'était le regard qu'il avait chaque fois qu'il n'était pas tout à fait sûr de ce qu'il faisait, mais qu'il se lançait quand même.

— Oh, Ray, murmura-t-elle.

Ils avaient été tellement stupides. Elle aurait pu lui demander de contacter la banque de sperme pour faire détruire ses échantillons, mais elle ne l'avait qu'à moitié cru sur le moment. Mais il n'avait pas menti, n'avait pas inventé tout ça pour la provoquer ; il l'avait vraiment fait. Il avait donné son sperme et, d'une manière ou d'une autre, Misty l'avait retrouvé. Le petit Victor Raymond Derossi était le fils de Ray.

— Merde alors, dit Noah, lui aussi les yeux rivés sur la photo de Ray. C'est sérieux ?

Josie détacha son regard de la photo pour regarder Noah. Son visage avait pris une teinte grise inquiétante. Elle se tourna vers Gretchen.

— Comment vous saviez que c'était mon mari ?

— Je ne le savais pas. Enfin, j'ai fait le rapprochement. Il me disait quelque chose. Puis j'ai réalisé que c'était le sergent mort pendant l'affaire des jeunes disparues. Sa photo passait tout le temps aux infos. Il y a une photo de lui et de quelques autres agents dans la salle de repos. Et puis, vous avez une photo de vous deux quand vous étiez enfants dans votre bureau. C'était le sergent Quinn, vous êtes la cheffe Quinn. Pas difficile à comprendre. Il était au courant, je me trompe ? Il savait ce qui se passait dans cette ville et il n'a rien dit ? C'est ce qui a été rapporté. Donc je me suis dit, si j'étais Misty, est-ce que je voudrais que les gens sachent que ce flic est le père de mon bébé ? Même si on était fiancés ou amoureux ? Vous ne pensez pas qu'elle ferait face à des représailles dans une ville aussi petite ? Toutes ces victimes ?

Instinctivement, Josie ouvrit la bouche pour défendre Ray, mais elle la referma aussitôt. Il était impossible de défendre ce qu'il avait fait. Ou plutôt ce qu'il n'avait pas fait. Gretchen avait raison. Josie avait eu beau faire en sorte que cette affaire ne soit pas rendue publique, d'éviter que le nom de son défunt mari, dont elle était séparée, soit traîné dans la boue, les gens savaient. Ils savaient et ils parlaient. Il y avait presque une centaine de victimes. Une centaine de familles en quête de justice et d'un exutoire pour leur colère.

— Beaucoup de gens connaissaient Ray, confirma Noah. Les gens se souviennent. Je comprends qu'elle veuille garder ça secret.

— Ça n'explique pas le fait que Kim Conway et Denny Twitch soient venus ici, dit Josie. Qu'est-ce que ça peut faire qu'elle ait eu recours à un donneur de sperme ?

Peu importe qu'il s'agisse de mon défunt mari.

— Ça ne nous aide pas à retrouver le bébé. Qu'est-ce que Conway et Twitch lui voulaient ?

— Peut-être que Conway se cachait ici et que Twitch est venu la chercher, suggéra Noah.

— Pourquoi Misty aurait-elle caché Kim Conway ? dit Josie. Elles ne se connaissaient pas.

— Eh bien, on sait que Misty a eu une aventure avec Brady, le frère aîné de Kim, répondit Noah. Et elles connaissaient toutes les deux Luke.

— Comment ça ? demanda Gretchen.

Noah lui expliqua ce qu'ils avaient découvert à la maison des Conway ainsi que leur théorie selon laquelle Kim et Kavolis étaient présents la nuit du drame ; que Kavolis avait été tué sur place puis déplacé sur la propriété de Luke pour être enterré ; et aussi que Kim Conway pouvait avoir été enceinte à l'époque.

Gretchen leva un sourcil.

— C'est intéressant, mais vous avez raison, rien de tout ça ne nous aide à trouver le bébé ou Luke. Dunn est impliqué jusqu'au cou.

— Mais quel lien entre Dunn et Misty ? demanda Josie.

Elle était toujours troublée par la photo de Ray. Elle s'apprêtait à tourner la page, mais une autre page était coincée derrière. Josie dégagea la feuille en déchirant le coin au passage. L'en-tête était celui de la banque de sperme Atlantic East. Son siège social se trouvait dans une ville située à environ une heure à l'est, entre Denton et Philadelphie.

Elle était datée de six semaines plus tôt, et il y était écrit :

Chère Mme Derossi,

Nous avons le regret de vous informer qu'il a été porté à notre attention que l'échantillon envoyé au centre de fertilité de Forest Hills en décembre de l'année dernière pour votre procédure de fécondation in vitro pourrait ne pas avoir été l'échan-

tillon que vous aviez initialement choisi. Malheureusement, en raison d'une erreur administrative, l'échantillon incorrect a pu être transmis à la clinique en votre nom. Comme vous le savez, vous aviez choisi le donneur G8492. Nous pensons qu'en raison d'une série de problèmes informatiques et de saisie dans notre centre de stockage, l'échantillon du donneur G8491 vous a été transmis à la place. Nous pouvons fournir une copie du profil du donneur G8491 sur demande. L'échantillon du donneur G8491 était significativement plus ancien que l'échantillon que vous aviez choisi. Il était prévu qu'il soit détruit. En raison de l'ancienneté de cet échantillon, il existe une possibilité qu'un enfant né à la suite de l'utilisation de cet échantillon présente des problèmes de santé ou des malformations à la naissance. En raison de ce risque, il a été convenu que nous devions immédiatement porter cette erreur potentielle à votre connaissance. Nous joignons également un chèque pour un remboursement total de nos honoraires. Soyez assurée que nous avons lancé une enquête interne sur cette affaire. Une fois que celle-ci sera conclue, nous vous contacterons immédiatement pour vous informer de nos conclusions. Nous regrettons profondément cet inconvénient.

— « Désolés pour l'inconvénient » ? dit Josie, incrédule.

Elle tendit la lettre à Noah. Gretchen se plaça à côté de lui pour qu'ils puissent la lire tous les deux.

— Je n'ai même pas vu ça, dit Gretchen, le visage crispé. J'ai tout regardé.

— C'était collé au profil, dit Josie. J'ai eu du mal à les décoller.

— Bon sang, dit Noah avant de faire un signe en direction du bureau. Il y a autre chose venant de la banque de sperme ? Ils ont déterminé quel échantillon elle a reçu ?

Josie parcourut les pages restantes sur le bureau. Elle ouvrit les tiroirs un par un et examina tout ce qu'ils contenaient.

— Je ne vois rien, dit-elle.

— Je vais les appeler, dit Gretchen.

— On doit découvrir qui est le donneur G8491, dit Josie. Ils ne vous diront probablement rien sans mandat. Tenez-moi au courant. Je veux toujours rendre visite à Eric Dunn. Tout ça est extrêmement instructif, mais j'ai encore trois personnes disparues, et tout mène à Dunn.

34

L'hôtel Eudora était aussi vieux que Denton. C'était l'un des bâtiments les plus grands et les plus cossus de la ville, haut de douze étages et occupant la moitié d'un pâté de maisons. Les pieds de Josie s'enfoncèrent dans la moquette vert émeraude alors qu'elle et Noah pénétraient dans le hall. L'homme derrière le comptoir avait les cheveux blonds bouclés et un sourire Colgate qui ne semblait jamais fléchir. Son « Comment puis-je vous aider ? » sonnait presque comme une mélodie.

Josie et Noah montrèrent leur badge et demandèrent à parler à Eric Dunn.

— Un moment, dit l'homme d'un ton ferme.

Il prit un téléphone, appuya sur quelques touches et parla sur un ton si feutré que Josie ne put distinguer que quelques mots.

— M. Dunn ne reçoit pas de visiteurs, dit-il après avoir raccroché.

— Je me fiche de ce qu'il reçoit ou ne reçoit pas. Nous sommes ici dans le cadre d'une enquête en cours, et nous devons lui parler, déclara Josie.

Le sourire ne flancha pas. Une fois de plus, l'homme prit le téléphone, composa un numéro et échangea quelques mots avec la personne au bout du fil. Cette fois, il couvrit le combiné de sa main pour parler à Josie.

— M. Dunn veut savoir si vous avez un mandat.

— Nous n'avons pas besoin de mandat pour lui parler, déclara Noah. À moins qu'il ait quelque chose à se reprocher.

Colgate continua de sourire.

— Je prends ça pour un non, dit-il avant de parler de nouveau dans le combiné.

Il raccrocha et s'adressa aux policiers.

— M. Dunn dit que vous pouvez appeler sa secrétaire pour fixer un rendez-vous.

— Et vous avez son numéro ? demanda Josie.

— Je suis désolé, il s'agit d'un renseignement personnel. Je ne peux pas vous le donner.

— Nous sommes ici pour signifier un avis de décès, déclara Josie. Mais si M. Dunn préfère apprendre cette nouvelle aux infos de ce soir comme tout le monde, ça ne nous pose aucun problème.

Pour la première fois, le sourire du réceptionniste se relâcha légèrement.

— Un avis de décès ? Puis-je demander qui est décédé ?

Josie adoucit sa voix pour prendre un ton moqueur.

— Je suis désolée, il s'agit d'un renseignement personnel, je ne peux pas vous le donner.

Elle ne savait pas qu'il était possible de lancer un regard noir tout en arborant un sourire figé mais, d'une manière ou d'une autre, il parvint à le faire en reprenant le combiné. Dix minutes plus tard, Josie et Noah étaient conduits dans la suite penthouse d'Eric Dunn. La pièce principale était recouverte de lambris en bois sombre et ornée de moulures, la moquette était bordeaux et aussi moelleuse que celle du hall. Deux canapés assortis bordeaux encadraient un grand bureau en bois de cerisier avec un plateau en verre qui dominait la pièce. Dunn était assis derrière, une vue panoramique de la ville de Denton s'étalant derrière lui. Josie compta quatre gardes du corps, de grands hommes costauds en pantalon cargo et polo noir ajusté qui se tenaient comme des sentinelles imposantes tout autour de la pièce. Josie ne pouvait s'empêcher de se demander s'ils s'étaient trouvés chez Luke la nuit de sa disparition.

L'un des gardes du corps indiqua les canapés.

— Vous pouvez vous asseoir, dit-il d'une voix grave.

Le portable de Josie émit un son quand elle s'assit. Elle le sortit rapidement et lut le message de Gretchen.

J'ai réussi à allumer le téléphone de Twitch. Cinq appels à l'Eudora au cours de la dernière semaine.

Évidemment, des appels à l'hôtel, mais pas à Dunn spécifiquement. Il aurait pu appeler n'importe qui à l'Eudora, c'est ce que Dunn dirait. Josie glissa son téléphone dans sa poche et regarda Dunn.

Il portait une cravate sur une chemise grise en soie. Les manches de la chemise étaient retroussées, révélant des avant-bras fins et poilus. Ses cheveux bruns étaient ramenés en arrière. Il était encore moins séduisant en personne que sur les photos. Ses joues étaient marquées de cicatrices d'acné. Ses yeux étaient rapprochés au-dessus d'un nez long et droit qui avait l'air d'être de travers. Il avait un air d'incomplétude, comme s'il n'avait besoin que d'un léger ajustement génétique pour être beau. Il avait un regard sombre et intransigeant. Il prit la parole sans préambule.

— Vous avez dix minutes.

Josie songea à quel point il serait satisfaisant de passer les menottes à ses maigres poignets.

— Monsieur Dunn, commença Noah, l'un de vos employés a été tué dans un accident de voiture hier.

Dunn scruta lentement la pièce, regardant ses agents de sécurité.

— C'est intéressant, dit-il. Parce que tous mes employés sont là.

— Denny Twitch, dit Josie.

Dunn tourna son regard pénétrant vers elle.

— Denny ne travaille plus pour moi.

— Pour ce que ça vaut, dit Josie, il vous a appelé ici à l'hôtel cinq fois la semaine dernière.

— Moi ? Je n'ai reçu aucun appel de sa part. Il devait appeler un autre client.

Josie haussa un sourcil.

— Combien de clients pensez-vous que M. Twitch connaissait parmi ceux qui ont séjourné ici la semaine dernière ?

— Comment je le saurais ? Je n'ai aucune idée de ce qu'il faisait. Comme je vous l'ai dit, il ne travaille plus pour moi.

— Quand est-ce qu'il a arrêté ? demanda Noah.

Dunn s'enfonça dans sa chaise et entrecroisa les mains.

— Je ne sais pas. Ça fait un moment. Quelques mois, peut-être ? Je peux demander aux ressources humaines de vous fournir cette information.

— Et Mickey Kavolis ? demanda Josie. On l'a retrouvé mort, une balle dans la tête.

Dunn regarda l'homme à droite de Josie.

— Kavolis ? dit-il, comme si le nom ne lui disait rien.

Du coin de l'œil, Josie vit l'homme acquiescer.

Dunn soupira.

— De toute évidence, il a fait partie du personnel à un moment donné. Il ne travaille plus pour moi non plus. Si vous avez fini de m'annoncer le décès de gens qui ne travaillent plus pour moi, j'ai des réunions auxquelles je dois assister.

— Quand avez-vous vu Twitch pour la dernière fois ? demanda Josie.

— Je ne sais pas. Je ne me souviens pas bien de lui. Comme je l'ai dit, je peux demander aux ressources humaines de vous fournir son dossier.

— Et Kavolis ?

— Aucune idée. Encore une fois, je peux...

— Demander aux ressources humaines de nous fournir son dossier, oui, je sais. Monsieur Dunn, vous pouvez m'expliquer pourquoi on ne cesse de retrouver vos anciens employés tués dans ma ville ?

Pendant une fraction de seconde, son expression ennuyée laissa place à une surprise qui disparut aussitôt.

— Vous avez dit « tués » ? dit-il.

Josie réalisa qu'il voulait en savoir plus sur Twitch. Il avait dû comprendre il y a des mois, quand il avait disparu, que Kavolis avait été tué. Mais en ce qui concernait Twitch, Dunn n'avait aucune idée qu'on lui avait tiré dessus. Et ils lui avaient dit qu'il était mort dans un accident de voiture. Josie ne dit rien. Elle et Noah laissèrent Dunn combler le blanc.

— Vous avez dit qu'il y avait eu un accident de voiture...

— J'ai dit qu'il était mort dans un accident de voiture, répondit Noah. Je n'ai pas dit comment ou ce qui s'est passé avant l'accident. Maintenant, il me semble que ma supérieure vous a posé une question.

Dunn hésita une seconde.

— Je vois, dit-il en réajustant sa cravate. Je ne sais pas pourquoi des gens sont assassinés dans votre ville.

— Pas « des gens », corrigea Josie. Vos anciens employés.

— Je ne sais pas ce que ces gars font après les avoir licenciés. Ce n'est pas mon problème.

— Pourquoi les avoir licenciés ? demanda Josie, même si elle connaissait déjà la réponse.

— Je ne peux pas vous dire ça de tête. Je suis sûr que c'est dans leur dossier.

Josie ne s'était pas attendue à tirer quelque chose de Dunn. Le fait qu'il démente et qu'il se couvre derrière le service des ressources humaines ne la surprenait pas.

— Quand avez-vous parlé à Kim pour la dernière fois ? demanda Josie.

Dunn lui décocha un sourire crispé.

— Kim qui ?

— Kim Conway, votre petite amie, dit Noah.

— Ah, cette Kim-là, dit-il. Je ne sais plus. Ça fait des mois qu'on a rompu.

— Combien de mois ? demanda Josie.

Dunn jeta un œil à la grosse montre en or à son poignet gauche.

— Votre temps est bientôt écoulé, dit-il.

— Quand êtes-vous arrivé à Denton ? demanda Josie, misant sur une autre tactique.

Dunn haussa les épaules.

— Il y a quelques jours. Tara, la maire, m'a demandé de participer à une soirée de bienfaisance.

Josie brandit son téléphone où était affichée la photo de Kim Conway qu'elle avait prise.

— Ça fait deux jours que le visage de Kim Conway est sur toutes les chaînes d'infos locales. On a demandé de l'aide pour l'identifier. Vous ne vous disiez pas qu'il serait utile de nous passer un coup de fil pour nous prévenir que notre inconnue est votre ex-petite amie ?

— Je n'ai pas le temps de regarder vos infos, mademoiselle...

— Quinn, compléta Josie.

— Cheffe Quinn, ajouta Noah.

Le regard de Dunn passa de Noah à Josie.

— Cheffe ? La cheffe de police ?

Josie acquiesça. Le sourire que Dunn lui adressa alors lui fit froid dans le dos. On aurait dit qu'un masque tombait pour révéler quelque chose de laid et dérangeant, comme un amas d'insectes qui se dispersaient pour dévoiler une carcasse éviscérée.

— Denton aime mettre des femmes au pouvoir, hein ? commenta-t-il.

— Quand avez-vous parlé à Kim pour la dernière fois ? répéta Josie.

Il l'ignora et s'adressa à Noah.

— Vous êtes son secrétaire ?

Noah se hérissa.

— Lieutenant Fraley.

— Est-ce que Kim était enceinte ? demanda Josie.

Quelque chose dans le regard sombre de Dunn s'enflamma, mais il le réprima et ne quitta pas Noah des yeux.

— Lieutenant Fraley, dites-moi. Aimez-vous travailler sous les ordres de ces femmes ?

— La cheffe Quinn vous a posé une question, répondit Noah.

— J'aime les femmes qui ont du pouvoir, continua Dunn. Surtout quand elles sont à genoux.

— Quelle est votre relation avec Misty Derossi ? demanda Josie.

Dunn lui accorda un regard.

— Je n'ai jamais entendu parler d'elle. Quel poste elle occupe ? Cheffe adjointe ? Adjointe au maire ?

— Elle est entre la vie et la mort au Denton Memorial, dit Noah. Elle a été agressée en essayant de défendre son nourrisson. Il a été enlevé. Vous ne sauriez rien à ce sujet, par hasard ?

— Je n'ai jamais entendu parler d'elle, donc non.

— On a des raisons de penser que Denny Twitch était impliqué, dit Noah.

— Ce que faisait Denny après avoir quitté mon entreprise n'est pas mon problème, dit Dunn.

— Vous êtes-vous déjà rendu au *Foxy Tails* ? demanda Josie. Le club de strip-tease à Denton ?

Dunn rit.

— Vous pensez que j'ai besoin de me rendre dans des clubs de strip-tease ?

Josie se tourna pour scanner la pièce. Puis elle reposa les yeux sur lui.

— C'est vrai que je vois que vous êtes submergé par le nombre de femmes qui se jettent à vos pieds.

— Vous êtes là, non ? dit-il sans sourciller.

— Avez-vous déjà fait un don à une banque de sperme ? demanda Josie.

Dunn rit de nouveau.

— Ma chère, je n'ai pas besoin de faire don de mon sperme. Il y a un tas de femmes qui sont prêtes à le recevoir. Vous n'avez qu'à demander à votre maire.

Josie doutait fortement que Tara Charleston le laisserait la toucher, mais elle ne dit rien. Elle ne comptait pas rentrer dans son jeu.

— Vous dites que Kavolis ne travaille plus pour vous, mais votre entreprise a continué à payer les charges de la voiture qu'il louait après qu'elle a été saisie par la fourrière.

Dunn fit un geste de la main.

— Et alors ? J'ai des gens qui s'occupent de ce genre de trucs.

— Ah oui ? Qui donc ? demanda Josie.

Dunn jeta un nouveau coup d'œil à sa montre.

— Je crois que votre temps est écoulé.

— Pourquoi vous et Kim Conway avez rompu ? demanda Josie.

— Pourquoi vous ne lui demandez pas ? dit Dunn. Elle n'est pas sous votre garde ?

Josie ne donna pas de réponse. À la place, elle se leva, suivie de Noah. Ensemble, ils se dirigèrent vers la porte que l'un des gardes du corps tenait. Avant de partir, Josie se retourna.

— Depuis votre arrivée, on a eu deux meurtres et deux disparitions, et toutes ces affaires vous impliquent de près ou de loin. Si j'étais vous, je ne contrarierais pas les autorités d'une ville où vous essayez de faire construire un casino, dit-elle.

Le regard de Dunn s'embrasa de nouveau.

— Sage conseil, cheffe. Ce n'est jamais une bonne idée de contrarier ceux qui ont ce que vous voulez le plus, pas vrai ?

Alors que Josie et Noah se dirigeaient vers le véhicule, Noah serrait et desserrait ses poings. Son visage était rouge de colère.

— Ce type mérite une bonne raclée, marmonna-t-il alors qu'ils montaient dans l'Escape de Josie.

Il continua de parler de Dunn et de toutes les choses qu'il aimerait lui faire pendant que Josie essayait d'insérer ses clés dans le contact. Ses mains tremblaient.

— Il a Luke, murmura-t-elle.

— Je sais qu'on ne peut pas vaincre le sexisme par la violence, continua Noah. Mais ça me tente bien d'essayer.

— Il a Luke, répéta-t-elle.

Les clés tombèrent à ses pieds. Elle se pencha maladroitement autour du volant et étira le bras pour tenter de les attraper.

— Qu'est-ce que vous avez dit ? demanda Noah.

Les doigts de Josie fouillèrent la texture rugueuse de son tapis de sol.

— Il a Luke, dit-elle pour la troisième fois. Vous ne l'avez pas entendu ? Il a dit que ce n'était pas une bonne idée de contrarier les gens qui ont ce qu'on veut le plus.

— Il ne savait même pas qui vous étiez, répondit Noah. Vous croyez qu'il sait que vous et Luke étiez ensemble ?

La main de Josie se referma sur ses clés. Elle finit par trouver le contact et démarra le moteur.

— *Êtes* ensemble, le corrigea-t-elle.

Peut-être que leur relation ne survivrait pas à tout ça, surtout s'il avait eu une liaison avec Kim Conway ces derniers mois, mais elle s'occuperait de ça quand elle retrouverait Luke. En vie. Avec un peu de chance.

— Je suis désolé, patronne, dit Noah.

— Il sait beaucoup de choses, ajouta Josie. Mais il est trop malin pour faire savoir à la police qu'il sait quoi que ce soit. Même si on avait des images qui le montraient faire quelque chose d'illégal, il nierait. C'est plus facile pour lui de nier, nier, nier, puis envoyer une équipe d'avocats s'il est accusé de quelque chose. Eric Dunn n'est pas le genre de personne qui a déjà été tenue responsable de ses actes.

— Qu'est-ce qu'on fait ? demanda Noah.

— On doit le surveiller de près, dit Josie. Pour le suivre partout où il va. On peut prendre quelques agents de la patrouille en renfort. Peut-être Gretchen. Je peux la remplacer dans quelques heures.

— Patronne, je ne suis pas sûre que ce soit une bonne...

— Il a Luke, et on n'a rien. On le suit, on trouve Luke.

— Vous pensez vraiment qu'il va nous mener à Luke ? Comme ça ? Il sera trop prudent pour ça. Il a des gens pour faire le sale boulot. Des gens dont il peut ensuite dire qu'ils ne travaillent plus pour lui.

— Alors on les suit aussi, dit Josie.

— On n'a pas les ressources pour ça, souligna Noah. On a toujours un bébé disparu, la victime d'un accident disparue, et tout le reste de la merde habituelle qui se passe dans cette ville.

— Alors on demande de l'aide à la police d'État. Vous savez

qu'elle acceptera. Appelez-les, voyez ce qu'ils peuvent faire. On doit le trouver. Dunn le tuera.

— On ne sait même pas combien de personnes travaillent pour lui, fit remarquer Noah.

— Peut-être que Gretchen le sait. Elle a interrogé le personnel de l'Eudora quand elle enquêtait sur Kavolis. Elle arrive.

Ils ne dirent rien pendant quelques instants. Puis Noah brisa le silence.

— Vous pensez qu'il a le bébé de Misty ?

Josie ferma les yeux un instant. L'idée d'un tout petit bébé à la merci de quelqu'un comme Dunn lui donnait la chair de poule. Elle ne pouvait s'empêcher de repenser à la photo de Ray sur la fiche du donneur de la banque de sperme. Elle rouvrit les yeux et regarda Noah.

— Je ne sais pas. Je ne vois pas pourquoi il voudrait le bébé de Misty. Il n'y a aucun lien entre Misty et Dunn.

— À part Conway et Twitch.

Voilà ce qui ne collait pas. Josie supposait que Dunn avait envoyé Kavolis chercher Kim chez son frère, et que les choses avaient mal tourné. Luke s'était retrouvé là-dedans. Mais rien de tout cela n'expliquait pourquoi les empreintes digitales de Kim ou de Twitch avaient été retrouvées chez Misty, ni pourquoi l'un d'entre eux, que ce soit Kim, Twitch ou Dunn, voudrait le bébé de Misty.

— Il faut qu'on sache qui était le donneur, dit Josie. Celui dont l'échantillon a été confondu avec celui de Ray. Quand Gretchen sera là, on verra si ça a donné quelque chose avec la banque de sperme.

36

Dix minutes plus tard, Gretchen se glissa à l'arrière de l'Escape de Josie, laissant également entrer une bouffée d'air frais. Noah relata leur rencontre avec Eric Dunn ; Gretchen ricana :

— Charmant...

— Qu'avez-vous tiré du téléphone ? demanda Josie.

— Pas grand-chose. C'est un portable prépayé. Comme je vous l'ai dit, il a appelé l'hôtel cinq fois au cours des sept derniers jours. L'historique des appels ne remonte qu'à une semaine. Les trois autres numéros qu'il a appelés étaient également prépayés. Je peux retracer les fournisseurs, mais je n'obtiendrai pas de noms ni d'autres informations permettant d'identifier leurs propriétaires.

Noah se tourna vers Gretchen.

— Si on connaît les fournisseurs, on peut demander aux opérateurs de les localiser à quelques mètres près.

— Seulement si le GPS est activé, dit Josie. Sinon, il faudrait utiliser la triangulation. Si ces gars sont malins, ils n'auront pas activé le GPS.

— La triangulation nous donnerait quand même leur emplacement à quelques kilomètres près, fit remarquer Noah.

— Et on trouverait encore des hommes de Dunn, dit Gretchen. Comment on peut être sûrs qu'il n'appelait pas l'équipe de sbires dans le penthouse de Dunn ?

— Parce que, dit Josie, comme Dunn tenait tant à le souligner, Twitch ne travaillait plus pour lui.

— Ce qui est bidon, dit Noah.

— Twitch faisait partie d'une autre équipe. L'équipe qui a pris le bébé et qui a agressé Luke. Si on réfléchit bien : si quelque chose tourne mal, Dunn peut toujours dire qu'il n'est au courant de rien, que ce que ces gars font après avoir quitté sa société n'est pas « son problème ».

— Quelque chose a mal tourné, dit Gretchen. Sinon, Twitch n'aurait pas eu besoin d'appeler l'hôtel, si ?

Josie sentit une vague de nervosité grandir dans son ventre.

— Peut-être pas. Peut-être que c'est comme ça qu'il faisait ses rapports. Dunn paie sûrement le concierge pour mentir si on lui demande à quelle chambre les appels étaient destinés. Même si on peut prouver que les appels allaient au penthouse, Dunn peut simplement inventer quelque chose : Twitch suppliait qu'il lui rende son poste, quelque chose de ce genre. On ne peut pas prouver le contenu des conversations, même si on peut prouver qu'elles ont eu lieu. Je pense que ça vaut le coup d'essayer de localiser les autres téléphones.

— Envoyez-moi les numéros, dit Noah à Gretchen. J'appellerai le central pour leur demander de les localiser. Si ça ne fonctionne pas, je ferai la demande de mandats pour que les opérateurs nous donnent leur position approximative.

Gretchen pencha la tête sur son téléphone et commença à taper. Le téléphone de Noah vibra trois fois de suite.

— Combien de personnes travaillent pour Dunn ? demanda Josie.

— Une équipe de quatre, répondit Gretchen. C'est tout ce que le personnel de l'hôtel a vu. S'il y a une autre équipe, elle n'est pas sur place, comme vous l'avez dit.

— Et la banque de sperme ? demanda Josie. Ça a donné quelque chose ?

Gretchen rangea son téléphone et sortit son carnet de la poche de sa veste. Elle feuilleta quelques pages.

— Non, dit-elle.

Noah rit et fit un geste en direction de son carnet.

— Vous aviez besoin de vos notes pour vous en souvenir ? Qu'est-ce qu'il y a d'écrit ?

Gretchen, de bonne composition, sourit sans relever sa pique.

— C'est écrit que j'ai parlé à une femme nommée Diana Sweeney, agente d'accueil et d'information, et qu'elle m'a dit qu'elle ne pouvait me donner aucune information, ni sur l'enquête concernant l'erreur ni sur l'autre donneur. Je lui ai dit que j'allais obtenir un mandat, et elle a répondu que leur service juridique mettrait sept à dix jours ouvrables pour traiter notre demande.

— Attendez une minute, dit Josie. Comment vous avez dit qu'elle s'appelait ?

— Diana Sweeney, répéta Gretchen.

— Vous la connaissez ? demanda Noah.

— Possible, répondit Josie. Noah, retournez au poste. Occupez-vous des téléphones. Ensuite, allez voir Misty pour savoir si elle est en état de nous parler. Puis vérifiez s'il y a eu des progrès dans la recherche de Conway, et faites en sorte que quelqu'un tourne avec la photo de Twitch dans les hôtels et motels pour voir si quelqu'un se souvient s'il y a séjourné pendant son passage en ville, au cas où on n'obtiendrait rien avec les téléphones. Gretchen, surveillez Dunn jusqu'à ce que je revienne.

Gretchen remit son carnet dans sa poche et commença à sortir du véhicule.

— Ça marche, patronne.

Noah regarda Josie.

— Vous allez où ?
— Parler à Diana Sweeney.

Josie arriva à la banque de sperme Atlantic East peu après l'heure du déjeuner. Elle occupait le deuxième étage d'un immeuble de bureaux en briques et en verre de six étages. La porte était solide et peu accueillante. Josie se demanda brièvement si elle était verrouillée mais, lorsqu'elle la poussa, elle s'ouvrit pour révéler un petit espace d'accueil avec des chaises en vinyle noir le long des murs.

Quelques tables basses avaient été dispersées avec des magazines empilés dessus. *Field and Stream*, *Sports Illustrated*, et *Motorcycle Racing*. C'était une salle d'attente conçue pour les hommes. Josie imaginait qu'ils gardaient les magazines pour adultes pour le moment du prélèvement.

Une fenêtre avait été découpée dans l'un des murs. Josie s'approcha et jeta un coup d'œil à travers. On voyait un grand *open space* divisé en plusieurs box. Elle toqua sur la vitre. Un instant plus tard, une femme apparut et ouvrit la baie vitrée.

— Je peux vous aider ?

Josie montra son badge.

— Je suis ici pour parler à Diana Sweeney.

La femme fronça les sourcils. On aurait dit qu'elle voulait

poser des questions, mais elle décida finalement de s'abstenir et demanda à Josie de s'asseoir avant de refermer la fenêtre. Josie venait à peine de s'installer dans l'une des chaises quand une autre femme entra. Elle avait la quarantaine, une bonne corpulence, des cheveux bruns attachés en chignon et des mèches grises qui commençaient à apparaître au niveau des tempes. Une paire de lunettes reposait sur son nez ; elle regarda par-dessus en souriant à Josie.

— Josie Quinn ?

Josie se leva et tendit une main mais, à la place, la femme l'enlaça et la serra fort dans ses bras.

— Mademoiselle Sweeney, dit Josie quand elle fut libérée.

Diana Sweeney sourit.

— Je suis ravie d'enfin vous rencontrer. Venez.

Josie la suivit jusqu'à la porte et passa devant un labyrinthe de box jusqu'à son minuscule poste de travail. Il était juste assez grand pour accueillir le bureau de Diana et une chaise pour les visiteurs. Diana ôta un dossier et son sac à main du siège et offrit la place à Josie. Autour d'elles s'élevaient le doux murmure des voix féminines et le claquement régulier des doigts qui tapaient sur les claviers. Les murs intérieurs du box de Diana étaient garnis de photos de Diana et de diverses personnes que Josie supposait être des membres de sa famille et des amis. Josie reconnut la photo de Diana et sa sœur. C'était celle que Diana lui avait envoyée six mois plus tôt.

Diana la vit fixer la photo ; elle passa un doigt sur le visage de sa sœur.

— Ça faisait treize ans qu'elle avait disparu quand vous l'avez retrouvée.

Josie le savait grâce à la lettre que Diana avait envoyée avec la photo.

— Je ne l'ai pas vraiment retrouvée, dit Josie. C'était une équipe du FBI.

Diana se tourna vers Josie, un sourire béat sur le visage. Des larmes brillaient dans ses yeux.

— Seulement parce que vous leur avez indiqué où chercher. Grâce à vous, toutes ces familles ont des réponses, tout comme nous. Elles peuvent enfin faire leur deuil.

Josie était habituée à ce genre de louanges, pourtant, elle était toujours gênée par la haute estime dans laquelle on la tenait depuis qu'elle avait démasqué non pas un, mais deux tueurs en série qui opéraient à Denton depuis des décennies. Elle se félicitait d'avoir permis à tant de familles de tourner la page, mais il était difficile de se sentir héroïque quand tant de vies avaient été perdues.

— Merci pour votre lettre, dit Josie. Ça m'a beaucoup touchée. J'ai la même photo accrochée dans mon bureau.

Diana essuya la larme qui commençait à glisser sur sa joue. Elle prit un moment pour se ressaisir en inspirant profondément et en expirant lentement.

— Qu'est-ce que je peux faire pour vous ? demanda-t-elle.

— Ma collègue vous a appelée plus tôt dans la journée, dit Josie. L'inspectrice Gretchen Palmer. C'était à propos d'une erreur d'échantillon.

Diana acquiesça.

— Je me souviens. Elle voulait connaître les résultats de l'enquête interne et avoir plus d'informations sur l'autre donneur.

— Oui. Misty Derossi, la femme qui a reçu, euh, le don, a été attaquée chez elle. Son nouveau-né a été enlevé.

Diana chercha une brochure derrière une pile de dossiers sur son bureau.

— C'est horrible. Vous savez que je compatis, surtout compte tenu de l'enlèvement, mais vous pensez vraiment que ça a un rapport avec l'histoire du donneur de Mme Derossi ?

— On ne sait pas, répondit Josie. Mais on doit explorer toutes les pistes. La vie d'un bébé est en jeu.

Diana décolla un Post-it du bloc sur son bureau et le colla sur la brochure. Elle prit un stylo.

— Cheffe Quinn, j'aimerais beaucoup vous aider, et je le ferais si je pouvais, croyez-moi, mais je ne peux pas violer nos règles de confidentialité. Je pourrais perdre mon emploi.

Elle griffonna quelque chose sur le Post-it, plia la brochure et la tendit à Josie.

— Mais tout ce que vous devez savoir sur nos politiques et nos procédures est dans cette brochure. Comme je l'ai suggéré à l'inspectrice Palmer, si vous soumettez des mandats à notre service juridique, je suis sûre qu'ils pourront fournir toutes les informations dont vous avez besoin.

— Ça pourrait prendre des jours, dit Josie.

Diana tendit son bras et tapota la brochure du doigt. Elle lança un sourire complice à Josie. Sa voix était compatissante, mais ferme.

— Je suis vraiment navrée, cheffe Quinn. C'est le mieux que je puisse faire.

Josie dit au revoir à Diana et partit. Dans sa voiture, elle ouvrit la brochure et lut la note griffonnée :

Donnez-moi un jour ou deux. Les dossiers que vous cherchez sont protégés par un mot de passe et je n'y ai pas accès. Je vais devoir trouver une bonne excuse pour les consulter. Mais je vais faire ce que je peux.

En dessous se trouvait le numéro de téléphone portable de Diana Sweeney. Josie composa le numéro sur son téléphone et envoya un message :

La brochure a été très utile. Merci.

La réponse fut presque instantanée :

Avec plaisir. À bientôt.

WBAL-TV 11 – Baltimore, Maryland
13 juin 2017

Une adolescente tuée dans un accident de bateau

*Une jeune femme de 18 ans a été retrouvée morte après
que son bateau de pêche a chaviré dans les eaux agitées
de la rivière Potomac lundi soir. La police a identifié
Erin Appleby, de Guilford, un quartier de Baltimore. Un
porte-parole de la police du département des ressources
naturelles du Maryland a affirmé que les vents avaient
atteint les 64 km/h ce jour-là. « Nous pensons que
Mlle Appleby était en train de regagner le quai, a déclaré
le porte-parole. Mais elle n'y est, de toute évidence,
jamais arrivée. » Le corps d'Appleby a été repêché après
que le propriétaire d'un bateau à moteur qui passait par
là a repéré son bateau retourné. Les autorités rapportent
qu'il s'agit du huitième accident de bateau mortel de
l'année.*

Sur le chemin vers le commissariat, les mots de Dunn passaient en boucle dans la tête de Josie. « Ce n'est jamais une bonne idée de contrarier ceux qui ont ce que vous voulez le plus, pas vrai ? » Elle ne pouvait s'empêcher d'espérer qu'il avait dit ça parce que Luke était toujours en vie. Elle se demandait ce qu'ils lui voulaient. Elle était partie du principe que les hommes de Dunn étaient allés chez Luke pour Kim, alors pourquoi avoir emmené Luke, et quel était l'intérêt de le garder en vie ? À moins que Dunn l'ait déjà tué et qu'il ait jeté son corps à un endroit où on ne le retrouverait jamais ? Se moquait-il simplement de Josie ?

Josie se dirigea à l'étage du commissariat où se trouvait son bureau, ses pensées toujours en train de tourbillonner. Elle pouvait entendre la voix de Trinity Payne provenant de la télévision accrochée au mur avant même de s'engager dans la pièce principale : « Demain, les armes que la police pense qu'Aaron King a utilisées pour commettre ses crimes seront présentées aux jurés, y compris la machette dont il s'est servi pour agresser un policier la nuit de son arrestation. » Même Noah était perché sur le bord d'un bureau et fixait l'écran avec intensité. Josie se racla la gorge ; tout le monde dans la pièce se bouscula, essayant soudainement d'avoir l'air occupé. Noah saisit la télécommande sur son bureau et éteignit rapidement la télévision.

— Désolé, patronne, marmonna-t-il.

Elle indiqua son bureau, et il la suivit à l'intérieur.

— Misty était réveillée tout à l'heure, mais très désorientée, lui annonça-t-il. Je suis allé la voir. Les médecins disent qu'elle n'est pas en état d'être interrogée pour l'instant, et ils ont raison. Elle a réagi à son prénom, mais elle n'a répondu à aucune de mes questions. Le chirurgien dit que, dans le cas d'un traumatisme crânien, ce n'est pas inhabituel qu'au début, le patient ne se souvienne pas très bien de ce qui s'est passé. On pourra y retourner demain. Pour réessayer. Il n'y a pas de nouvelles pistes pour le bébé ou Conway. Aucun membre du personnel de l'Eudora ne se souvient avoir vu Denny Twitch avec Dunn en début d'année.

Josie se laissa tomber dans sa chaise.

— Et Gretchen ?

— Rien. Dunn s'est rendu à quelques réunions. Ses quatre sbires le suivent partout. Ils ne le quittent jamais.

— Le central a tenté de localiser les téléphones ?

— Oui, mais ça n'a rien donné. J'attends les résultats de la triangulation. Je reviens vers vous dès que j'ai du nouveau.

— On doit réagir dès qu'on a les coordonnées. Luke est peut-être toujours en vie.

Noah ouvrit la bouche pour parler et hésita. Elle savait ce qu'il allait dire : qu'elle devrait se préparer à l'éventualité qu'il ne l'était pas. Pourquoi Dunn garderait-il Luke en vie ? Noah était sûrement en train de réfléchir à la façon la plus délicate de le lui dire. Le téléphone sur son bureau sonna ; elle le saisit.

— Quinn, lança-t-elle.

C'était le sergent Lamay.

— La maire est ici. Elle a quelques... amis avec elle. Elle dit qu'elle veut juste parler.

— Des amis ? demanda Josie.

— Des messieurs. Trois, pour être exact. Est-ce que je vous les envoie ?

— Non, dit Josie. Installez-les dans la salle de conférences. J'arrive tout de suite.

— Qu'est-ce qu'ils veulent ? demanda Noah en descendant les marches jusqu'au rez-de-chaussée.

— Aucune idée, répondit Josie.

Tara attendait devant la salle de conférences dans un tailleur noir avec des talons assortis et un maquillage parfait. Ses cheveux, lisses et brillants, retombaient sur ses épaules. Au vu de son expression renfrognée, Josie ne pouvait que supposer qu'elle avait réuni quelques membres du conseil municipal pour demander la démission de Josie de son poste de cheffe.

— C'est quoi, ce bordel ? lui glissa Noah, assez bas pour que seule Josie l'entende.

Elle ne le regarda pas.

— Madame la maire, dit froidement Josie, l'estomac noué.

— Cheffe Quinn, répondit Tara avec sévérité.

Josie alla droit au but.

— Qu'est-ce qui vous amène ?

Tara scruta Noah du regard. Puis elle esquissa un sourire crispé.

— Vous êtes au courant de… l'intérêt de mon mari pour le bébé de Mlle Derossi.

On peut dire ça comme ça, pensa Josie.

— Oui, je suis au courant.

— Eh bien, il a suggéré d'offrir une récompense à la personne qui le ramènera sain et sauf.

— C'est une très bonne idée, répondit Josie. Mais comme vous devez le savoir, on ne s'occupe pas de ça au commissariat de police. Peut-être que l'un des groupes de surveillance communautaires peut coordonner ça.

— Je sais bien que ce n'est pas vous qui vous en occupez, dit

Tara d'un ton agacé. Je ne vous demande pas de rassembler ou de conserver l'argent de la récompense. Par courtoisie envers vous, je voulais vous prévenir de ce qu'on avait l'intention de faire. On espère que la récompense permettra d'avoir de nouvelles pistes, que votre service devra traiter.

— J'espère que vous avez raison, dit Josie. On sera prêts à exploiter toutes les pistes qui nous seront soumises. Je vous suis reconnaissante de me faire part de vos intentions.

— Ce n'est pas un conflit d'intérêts ? intervint Noah, qui ignora le regard noir que lui lança Tara. Vous êtes la maire. Est-ce qu'on devra par la suite s'attendre à ce que vous offriez une récompense pour chaque personne portée disparue de la ville ?

L'expression glaciale de Tara s'adoucit légèrement. Elle croisa les bras sur sa poitrine.

— Eh bien, oui, c'est exactement ce que j'ai dit. Mais mon mari a suggéré qu'on demande de l'aide auprès de la communauté. Des personnes qui auraient un intérêt à aider Misty, ou qui font beaucoup de dons caritatifs.

Josie se retint de lever les yeux au ciel. Tara était friande de tout transformer en *meet and greet*. Elle aurait pu faire tout ça au téléphone, à l'abri des regards, mais ça ne lui aurait pas valu assez d'attention ou de reconnaissance pour avoir sauvé la situation si la récompense avait l'effet escompté. Même si l'idée venait de son mari, et ce parce qu'il avait eu une aventure avec Misty, Tara jubilerait si le bébé était retrouvé sain et sauf grâce à un tuyau reçu d'un citoyen motivé par la récompense. Josie voyait déjà le tableau : la maire remettant un chèque géant à un informateur, heureux et héroïque, lors d'une conférence de presse, Misty faisant rebondir son bébé sur ses genoux en arrière-plan. Il n'y aurait pas de meilleure publicité pour la réélection de Tara. Putain de politiciens.

— Qui avez-vous convaincu de donner de l'argent ?

Comme une animatrice d'émission télé, Tara fit un geste

théâtral en direction de la salle de conférences. Noah passa devant elle et ouvrit la porte.

Josie reconnut tout de suite Butch, l'ancien patron de Misty. À ses côtés se tenait un homme d'une cinquantaine d'années aux cheveux gris dans un costume sans cravate. Il s'agissait de Jack Coleman, le père d'Isabelle Coleman, l'adolescente qui avait été portée disparue presque deux ans plus tôt. Cette disparition avait déclenché une enquête qui avait fini par déchirer la ville et par coûter la vie de Ray, le mari de Josie. C'est Misty qui avait retrouvé Isabelle, et Josie se souvenait à quel point les Coleman avaient été reconnaissants qu'elle ait protégé leur fille. Tara présenta le troisième homme comme étant Peter Rowland. Il se leva et leur serra la main. Josie s'attendait à ce que la légende locale soit quelqu'un de plus âgé, mais Rowland semblait n'avoir que la quarantaine, tout au plus. Il avait des cheveux bruns épais, coiffés en arrière de manière soignée, un long nez droit au bout crochu et des yeux noisette très rapprochés. Elle s'attendait également à ce qu'il porte un costume, mais il était habillé de façon décontractée avec un jean et une chemise.

Josie et Noah prirent place à la table ; Tara resta debout, comme si elle faisait une présentation.

— Merci à tous d'être ici, dit-elle. Je pense qu'avec les personnes présentes dans cette pièce, nous avons rassemblé assez d'argent pour donner à cette enquête le coup de pouce dont elle a besoin.

Elle se tourna vers Butch.

— Monsieur McConnell, vous avez dit que vous pouviez offrir 5 000 dollars, c'est ça ?

Les joues de basset de Butch s'affaissèrent.

— Oui, c'est ça, marmonna-t-il.

Josie haussa un sourcil.

— C'est très généreux, Butch, de consacrer cet argent à une

ancienne employée. Je ne me rendais pas compte que c'était si important pour vous.

— Ouais mais bon, mes filles disent que c'est la chose à faire.

Tara fit un signe en direction de Jack Coleman.

— Les Coleman ont généreusement accepté de donner 10 000 dollars.

Coleman acquiesça.

— Et je ferai un don égal à ces deux contributions combinées, dit Rowland avant de se retourner vers Josie et Noah avec un sourire. Vous avez donc 30 000 dollars à offrir en récompense du retour sain et sauf du bébé de Misty.

Josie regarda autour de la table.

— C'est très généreux, je suis certaine que Mlle Derossi appréciera le geste. Toute aide est la bienvenue.

Ils discutèrent pendant encore quelques minutes pour mettre au point les termes spécifiques à utiliser dans tous les communiqués de presse, puis Tara fit sortir les trois hommes de la pièce. Elle leur demanda de l'attendre dans le hall et suggéra qu'ils déjeunent avec un membre de l'association civique qui serait en mesure de collecter leurs parts respectives de la récompense. Josie essaya de ne pas rire devant l'expression d'horreur qui traversa le visage de Butch. L'association civique n'avait jamais été la meilleure amie du club de strip-tease. Josie ne pouvait pas imaginer un repas plus gênant.

Une fois à l'abri des oreilles indiscrètes, Tara s'adressa à Josie.

— Cheffe Quinn, je m'attends à ce que cette récompense génère de nombreux appels pour vous fournir des renseignements sur l'affaire. Je n'aimerais pas que la générosité de nos citoyens ait été vaine.

— On ne peut pas contrôler les informations qui nous parviennent, dit Noah à côté de Josie.

— Noah, le réprimanda Josie.

Mais Tara ne lui accorda pas un regard. Ses yeux ne quittèrent pas Josie.

— Inutile de vous rappeler ce qui est en jeu, dit-elle.

Des vies étaient en jeu, mais Josie savait que ce n'était pas ce dont elle parlait. Elle parlait du poste de Josie et du fait que sa performance dans son travail avait un effet direct sur la réputation de Tara.

— Comment vous avez convaincu Rowland de contribuer ? demanda Josie.

Tara se redressa et croisa les bras sur sa poitrine, ce qui lui donnait l'air d'être à la fois sur la défensive et satisfaite.

— Je lui ai dit que la maison des femmes serait officiellement nommée « maison des femmes Polly Rowland ». Vous savez, en hommage à sa fille.

Josie et Noah hochèrent la tête d'un même mouvement. Ils connaissaient l'histoire. La femme et la petite fille de douze ans de Rowland avaient été tuées par un conducteur ivre à New York un an plus tôt. Rowland avait quitté la ville pour passer plusieurs mois dans sa maison isolée à Denton.

— Donc vous avez votre financement pour la maison des femmes, dit Josie. Et l'argent de la récompense ?

— Il était ravi à l'idée que la maison des femmes porte le nom de Polly. À tel point que quand j'ai suggéré qu'il contribue à la récompense pour le bébé Derossi, il a accepté volontiers. Comme je l'ai dit, je n'aimerais pas voir une telle générosité rester sans effet, surtout lorsqu'on essaie de faire des choses positives pour cette ville.

Josie sentit que Noah était sur le point d'ouvrir de nouveau la bouche pour protester et lui donna un coup de coude. Essayer de discuter ne ferait qu'irriter Tara. Josie regrettait que ces personnes bien intentionnées donnent leur argent pour des tuyaux qui ne viendraient jamais, mais ce n'était pas une conversation qu'elle voulait avoir avec Tara à ce stade.

En supposant qu'Eric Dunn ait le bébé de Misty, il ne le

livrerait pas. Elle doutait qu'un membre de son entourage le trahisse et prenne le risque de susciter sa colère pour seulement 30 000 dollars. Mais ce n'était pas à elle de dire aux gens quoi faire avec leur argent. Les récompenses permettaient souvent d'obtenir des informations importantes, elle ne pouvait pas le nier. S'il y avait ne serait-ce qu'une infime chance qu'une personne impliquée dans les combines de Dunn se manifeste pour la récompense, alors ça valait la peine d'essayer. Elle priait simplement pour que le bébé soit toujours en vie.

Josie se força à sourire pour faire plaisir à Tara.

— On fera de notre mieux.

Un support à gobelets chancelant avec deux cafés brûlants dans les mains, Josie traversa rapidement le parking de l'Eudora, scrutant les rangées de voitures à la recherche de la Chevy Cruze de service de Gretchen. Il était à peine 6 heures ; le soleil n'était pas encore levé. Elle repéra la voiture et lui fit signe. Elle approcha du côté passager et entendit les portes se déverrouiller. Une fois à l'intérieur, elle tendit un café à Gretchen, prit l'autre et jeta le support à l'arrière.

— Merci, dit Gretchen.

Josie but une gorgée de son café.

— Pas de quoi. Ça fait longtemps que vous êtes là ?

— Ça fait environ une heure. Noah est rentré pour se reposer un peu.

— Vous avez dormi ? demanda Josie.

— Quelques heures. Et vous ?

— Pas vraiment, avoua Josie.

Elle était rentrée chez elle uniquement parce qu'elle savait que Carrieann était seule là-bas. Elles avaient discuté davantage d'Eric Dunn. Carrieann avait passé une bonne partie de la journée sur internet à lire tout ce qui avait été écrit sur le jeune magnat des casinos. À l'arrivée de Josie, elle marchait de long en large dans la cuisine tel un métronome. Ni l'une ni l'autre n'avait réussi à dormir, bien qu'elles aient essayé.

— Vous avez des nouvelles du commissariat ? demanda Gretchen. Est-ce que les opérateurs ont appelé par rapport à la triangulation ?

— Non. Lamay est dessus. Il m'appelle dès qu'il a des nouvelles.

— Des informations depuis que la presse a eu vent de la récompense ?

Josie soupira.

— Non, et je ne pense pas qu'il y en aura.

Elle ne dit pas ce qu'elle pensait vraiment, à savoir que Dunn avait peut-être déjà tué le bébé de Misty Derossi. Cette pensée fit naître une douleur intense dans son estomac, comme si le café qu'elle venait de boire bouillait en elle. Elle posa son gobelet sur le tableau de bord. Gretchen et Josie regardèrent en direction de l'entrée principale de l'Eudora en silence pendant quelques minutes.

— Noah m'a dit que la maire nous mettait vraiment la pression, dit Gretchen.

Josie rit.

— On peut dire ça. Mais ça ne change rien. On fera le même boulot avec ou sans cette pression. Avec ou sans la récompense. Je pense toujours que le meilleur moyen de retrouver le bébé et Luke, c'est de traquer les téléphones correspondant aux numéros sur le portable de Twitch et de continuer à surveiller Eric Dunn.

Gretchen posa son café dans le porte-gobelet en continuant de fixer l'entrée de l'Eudora.

— Je suis d'accord. Je vous préviens s'il fait quoi que ce soit.

— Merci. Je vais à l'hôpital pour voir si Misty est prête à répondre à nos questions.

Josie arriva au Denton Memorial bien avant l'heure des visites. Noah lui avait donné le numéro de la chambre de Misty, au quatrième étage. Josie présenta son badge au poste des infirmières et fut rapidement conduite vers Misty. Elle était installée dans son lit, un bras en écharpe, la tête enveloppée de gaze blanche et le visage sévèrement meurtri. Josie remarqua qu'un côté de sa bouche s'affaissait légèrement.

— Pas trop longtemps, chuchota l'infirmière. Elle a subi un traumatisme crânien important et une intervention chirurgicale très invasive. Elle est sous morphine. Elle a besoin de repos pour se rétablir.

Une chaise avait été installée à côté du lit de Misty pour les visiteurs. Une fine couverture blanche d'hôpital était roulée en boule sur l'assise. Elle savait que Brittney avait veillé au chevet de Misty. Son amie était probablement rentrée chez elle pour se reposer. Josie écarta la couverture et s'assit en se penchant en avant. Elle observa la respiration régulière de Misty pendant un moment. Puis elle examina le moniteur au-dessus de son lit qui suivait son rythme cardiaque, sa tension artérielle, sa respiration et le taux d'oxygène dans son sang.

Sa main sur celle de Misty, Josie prononça son nom plusieurs fois jusqu'à ce que les yeux de Misty s'entrouvrent. Deux petites fentes sur son visage gonflé et violet fixèrent Josie sans expression. Elle ouvrit la bouche pour parler, mais seul un son rauque en sortit.

Josie se leva pour se rapprocher d'elle.

— C'est Josie Quinn.

— Jo…

Misty ne parvint pas à poursuivre. Un filet de bave serpentait depuis le coin de sa bouche. Josie voyait l'espace le long de sa gencive supérieure, là où sa dent avait été arrachée.

— Misty, dit Josie, je dois savoir ce qui vous est arrivé. Qu'est-ce qui s'est passé chez vous ? Est-ce que vous pouvez me le dire ? Est-ce que vous vous en souvenez ?

Les yeux de Misty quittèrent Josie et fouillèrent la chambre, pour finalement se poser sur son ventre. Sa main valide se pressa contre celui-ci. Josie vit la terreur envahir son visage.

— Mon bébé, dit-elle. Il est… il est où ?

Josie serra sa main, souhaitant avoir de meilleures nouvelles à donner à cette femme en si piteux état.

— On le cherche. Je fais tout ce que je peux pour le retrouver, mais j'ai besoin de votre aide. Je dois savoir ce qui s'est passé avant la naissance de Victor. Qui était avec vous ?

Le regard de Misty retrouva le sien. Une larme s'échappa de l'un de ses yeux.

— Un homme l'a emmené. J'ai essayé de… j'ai essayé de l'en empêcher. J'ai essayé… Est-ce que mon bébé va bien ? Il est où ?

L'estomac de Josie brûlait.

— On le cherche, répéta-t-elle.

Elle sortit son téléphone et afficha une photo du permis de Denny Twitch. Elle le tint près du visage de Misty.

— Est-ce que c'est lui ?

Misty hocha légèrement la tête. De la salive coula encore

sur son menton. Josie chercha une boîte de mouchoirs et en utilisa un pour tamponner doucement le visage de Misty.

— Vous le connaissez ? demanda Josie.

— Non, répondit Misty. Il est arrivé par... derrière.

— Il n'y avait pas de signe d'effraction sur la porte de derrière. Est-ce qu'elle était ouverte ?

Un autre léger hochement de tête. Des larmes coulèrent de nouveau de ses yeux.

— Mon bébé. Où est mon bébé ?

Josie ne répondit pas. À la place, elle afficha une photo de Kim Conway et la montra à Misty.

— Et elle ? Vous la connaissez ? Est-ce qu'elle était là ?

Les paupières de Misty papillonnèrent, et Josie sut qu'elle ne pourrait pas rester éveillée encore très longtemps.

— Kim, dit Misty. La sœur de Brady. L'amie de Luke.

Une secousse traversa Josie, comme un choc électrique.

— Elle connaissait Luke ? Comment elle connaissait Luke ?

— Elle était là.

— Où ? Chez vous ?

Misty hocha la tête pour confirmer.

— Le bébé est arrivé. Elle m'a aidée...

— Elle est venue chez vous, a dit qu'elle était une amie de Luke et...

— Qu'elle devait rester.

— Qu'elle avait besoin d'un endroit où rester ?

— Oui.

— Puis le bébé est arrivé. Pourquoi vous n'êtes pas allée à l'hôpital ?

Les paupières de Misty s'abaissèrent.

— Misty, poursuivit Josie. Restez avec moi. Vous étiez chez vous avec Kim quand vous avez perdu les eaux. Pourquoi elle ne vous a pas emmenée à l'hôpital ? Pourquoi vous n'avez pas appelé les urgences ? Où était Kim quand l'homme a emmené le bébé ? Misty !

Mais sa respiration commençait à s'apaiser et Josie comprit qu'elle était retombée dans un sommeil induit par la morphine. Elle observa Misty encore un moment, tamponnant occasionnellement la salive qui s'écoulait de ses lèvres. Lorsque l'infirmière entra pour vérifier sa perfusion, Josie s'en alla. Elle pourrait toujours envoyer Noah ici plus tard ou y retourner elle-même, mais elle doutait que Misty puisse leur dire quelque chose d'utile qu'ils n'avaient pas déjà reconstitué. À part peut-être la raison pour laquelle elle avait accouché chez elle avec l'aide de Kim et où était celle-ci quand Denny Twitch s'était introduit chez elle pour enlever le bébé. Un tas d'autres questions se bousculaient dans la tête de Josie. Pourquoi Kim était-elle allée chez Misty au départ ? Luke l'avait-il envoyée là-bas ? Que cherchait Kim ? Était-elle là quand Twitch avait agressé Misty et, si oui, avait-elle essayé de l'arrêter ? Ou s'était-elle enfuie parce qu'elle savait de quoi il était capable ?

De retour au poste, Josie passa sa matinée à tenter de venir à bout du tas de paperasse dont elle devait s'occuper en tant que cheffe. Cela ne l'aida en rien à chasser les questions qui tournaient en boucle dans sa tête. Cela ne parvint pas non plus à apaiser la douleur oppressante dans sa poitrine, laquelle était, elle en était certaine, un sanglot attendant simplement l'occasion d'éclater. Chaque seconde apportait de nouvelles visions de ce que Dunn avait pu faire à Luke. Son esprit imaginait son corps sans vie dans tellement de scénarios différents qu'elle commençait à avoir la nausée. Elle mit les documents de côté et appela de nouveau les fournisseurs des téléphones portables pour essayer de leur faire comprendre que des vies étaient en jeu. Vingt minutes plus tard, Noah la rejoignit derrière son bureau, et, côte à côte, ils examinèrent des cartes sur l'ordinateur portable de Josie.

Noah dessina du doigt sur l'écran le triangle formé par les trois tours de téléphonie que les opérateurs leur avaient indiquées, celles qui détectaient un signal provenant de deux des téléphones auxquels étaient rattachés les numéros appelés par Denny Twitch.

— Ici. C'est notre zone.

Il s'agissait d'une bande de terre au sud de Denton, en dehors du comté d'Alcott. S'ils voulaient effectuer une recherche, Josie devrait contacter la police locale.

— Elle fait quelle superficie ? demanda Josie.

— Environ vingt kilomètres carrés.

Josie sentit son estomac se nouer.

— Vingt kilomètres carrés ? Je pensais qu'ils pouvaient restreindre à deux ou trois kilomètres carrés.

— C'est une zone rurale. Les tours ne sont pas aussi proches les unes des autres que dans les villes. Mais le fait que cette zone soit majoritairement constituée de terres agricoles ou domaines de chasse va potentiellement nous aider.

— Comment ça ?

Il passa ses doigts sur la surface rectangulaire du pavé tactile avec agilité ; il balaya et cliqua jusqu'à obtenir une carte Google affichant les images satellite de la région. Une moitié ressemblait à une série de carrés irréguliers verts et marron, traversés par de minces lignes formées par les routes. L'autre moitié était densément boisée et indiquée à l'écran comme des domaines de chasse de l'État. En zoomant, Josie put voir qu'il avait raison. La plupart des carrés verts en dehors de la réserve de chasse étaient des champs de maïs et d'autres cultures. Il y avait peu de structures artificielles, et celles qui existaient ressortaient en blanc ou en gris, contrastant fortement avec les tons terreux du terrain inhabité. Dans le bas de la zone se trouvait le point le plus au nord d'une ville appelée Fairfield. Josie pouvait voir les toits de plusieurs bâtiments regroupés en rangs serrés.

— Je ne pense pas qu'ils cacheraient quelqu'un dans une zone habitée, dit-elle. On recherche un endroit isolé. Là où les gens ne poseront pas de questions. Fairfield n'est pas si grande.

Des voyous comme Twitch qui font des allers-retours dans la ville attireraient beaucoup l'attention.

— Vous ne pensez pas que faire des allers-retours dans un endroit isolé attirerait encore plus l'attention ? demanda Noah.

— Si c'est assez isolé, il n'y aura personne pour les voir venir et repartir, donc non, je ne pense pas qu'ils seraient plus remarqués qu'en ville.

Ils fixèrent l'écran. Josie tendit le bras et amena la petite flèche du curseur sur deux bâtiments seuls au milieu de plusieurs champs. L'un d'eux était assez grand, en forme de L, avec un toit pointu.

— On dirait une sorte de ferme, dit-elle. Il y a une maison et là, derrière, une grande grange.

— On dirait du matériel, dit Noah. C'est isolé mais, si la ferme est toujours en activité, ça m'étonnerait que les hommes de Dunn y soient installés.

— Il faut qu'on appelle le shérif de ce comté, déclara Josie. De toute façon, on doit travailler avec eux. Ils pourront peut-être nous dire si la ferme est toujours en activité.

Noah nota les noms des routes de campagne les plus proches de la ferme.

— OK, continuez. Faites un plan plus large.

Josie cliqua sur le bouton dédié et la carte changea pour offrir une vue plus étendue de la région. Ils identifièrent deux autres structures qui semblaient être à des kilomètres de tout autre bâtiment ou zone habitée. L'une était à l'extrémité ouest de la zone qu'ils avaient délimitée et ressemblait à une usine quelconque. Étant donné le bon état de la route qui y menait et les véhicules garés à proximité, ils supposèrent qu'elle était encore en activité. Ils l'ajoutèrent tout de même à la liste des choses à vérifier avec les forces de l'ordre locales. La deuxième structure était au nord, plus proche de Denton, et ressemblait à une église. Les images satellite ne montraient aucun véhicule à proximité, et le terrain qui l'entourait était envahi par la végétation et bordé d'arbres sur trois côtés.

— Je pense que c'est ça, dit-elle.

— Une église ?

— Elle a l'air abandonnée. Allons jeter un œil.

42

Si le comté d'Alcott comptait une grande ville et assez de villes de taille moyenne pour occuper les forces de l'ordre toute l'année, le comté de Lenore était principalement rural. Lorsque Josie appela le bureau du shérif pour demander de l'aide aux policiers locaux, ils sautèrent tout de suite sur l'occasion. Il ne fallut que quelques minutes pour découvrir que la ferme et l'usine que Josie et Noah avaient repérées sur la carte satellite étaient bel et bien en activité. Le bureau du shérif promit d'envoyer des agents sur place pour y jeter un œil, mais Josie ne pensait pas qu'ils trouveraient quoi que ce soit.

L'église, elle, était abandonnée depuis près de dix ans. C'était une église catholique, et le terrain était toujours la propriété de l'archidiocèse, qui l'avait laissé sans surveillance pendant plusieurs années. Un des adjoints du shérif, M. Phillips, expliqua que la région était tellement isolée qu'il n'y avait pas lieu de craindre que des sans-abri ou des toxicomanes s'installent dans la vieille structure.

— Vous avez plus de chances d'y trouver un ours ou un cerf que des gens...

C'est l'endroit idéal pour séquestrer quelqu'un, pensa Josie.

Sa peau fourmillait d'espoir que Luke soit encore en vie.

Une heure plus tard, une équipe de policiers de Denton et de shérifs adjoints de Lenore avait été réunie sur le bas-côté d'une route à deux voies, à environ deux kilomètres de la vieille église. Pour la première fois depuis longtemps, Josie enfila un gilet pare-balles, ce qui lui procura une montée d'adrénaline. Ça lui manquait. C'était le travail de police pour lequel elle avait vécu depuis le moment où elle avait prêté serment. Elle vérifia son arme, essayant de rester concentrée sur la prépara-tion de l'assaut de l'église pour ne pas trop penser à ce qu'ils pourraient trouver. Ou à ce qu'ils pourraient ne pas trouver. Son cœur s'arrêta puis reprit de plus belle, les battements soudainement trop rapides. Elle implora son corps de se calmer.

— J'ai des hommes dans les arbres des trois côtés, déclara l'adjoint Phillips.

Il avait une cinquantaine d'années, des cheveux courts grisonnants, une bedaine et des yeux bruns sérieux. Il avait embrassé la cause de Josie ; en moins d'une heure, il avait constitué une équipe compétente et dévouée. Josie l'avait immé-diatement catalogué comme étant un ancien militaire.

— Vous avez vu du mouvement ? demanda-t-elle.

— Rien. C'est très calme. Il y a un véhicule garé à l'arrière de l'église.

— Combien d'entrées ? demanda Noah.

— Trois portes à l'avant et une à l'arrière.

Phillips sortit une feuille de papier sur laquelle il avait réalisé un croquis. Il indiqua la forme rectangulaire sur la page.

— Les trois portes à l'avant mènent à un vestibule. On pense qu'il y a un placard à balais d'un côté et une salle de bains de l'autre. Il y a d'autres portes pour entrer là où les messes avaient lieu. On suppose qu'il y a encore des bancs et des choses du genre dans le sanctuaire.

Il avait dessiné deux ensembles de lignes pour représenter les bancs et les allées et un carré à l'avant.

— Ça, c'est l'autel, dit-il. Il y a une grande zone ouverte devant, le transept, et deux portes de chaque côté qui mènent à la sacristie. La porte de derrière est du côté est de la sacristie. Il y a des confessionnaux à mi-chemin entre le vestibule et le transept.

— Entrons discrètement, dit Josie. On vérifie d'abord l'avant. Placez des équipes ici et ici, dit-elle en indiquant l'arrière de l'église. Qu'elles se tiennent prêtes.

Phillips acquiesça.

— Pour l'évacuation.

Ils formèrent des équipes de trois personnes pour chaque entrée. Comme c'était en dehors de son secteur d'exercice, la police de Denton ne formait qu'une seule des équipes. Elle prit la porte centrale à l'avant de l'église, Josie en tête, Noah juste derrière elle et l'un de leurs agents de patrouille les plus compétents à l'arrière. Ils communiquèrent par des gestes et se déplacèrent en silence vers l'avant de l'édifice, puis dans les escaliers. Josie tenait son arme, dirigée vers le bas, dans une main et poussa la porte grinçante avec l'autre.

L'avant de l'église fut fouillé et sécurisé. Ils franchirent la deuxième série de portes menant à la salle de culte principale. Les équipes situées de part et d'autre de celle de Josie se déplaçaient plus rapidement dans les allées latérales, vérifiant les confessionnaux pendant que Josie, Noah et l'autre officier de Denton gardaient un œil sur l'autel et la porte de la sacristie. En descendant l'allée centrale, Josie aperçut une paire de jambes habillées d'un jean sur le sol, près de l'autel. À en juger par la taille et le style des baskets, les jambes appartenaient à un homme. Son cœur se mit à battre la chamade. Noah lui cria quelque chose, mais elle courait déjà dans l'allée vers les jambes étendues. *Pas Luke*, lui dit une voix dans sa tête. *S'il vous plaît, faites que ce ne soit pas Luke.*

En contournant les bancs, elle s'aperçut qu'il y avait deux silhouettes recroquevillées. Son cerveau noyé par l'adrénaline ne comprit pas tout de suite ce qu'elle avait devant elle. Lorsque ses mains touchèrent le premier corps, elle fut transportée dans la cellule froide au sommet de la montagne où Ray était mort.

— Non, non, non.

C'était sa voix. Elle le disait.

— Pas encore.

Derrière elle, on criait ; les autres la rattrapaient, mais elle n'entendait pas ce qu'ils disaient. Elle n'entendait rien à part le bruit de son propre cœur qui battait à tout rompre et de ses propres murmures.

— Non, non, non.

Elle retourna le corps. Ce n'était pas Luke. Josie prit une profonde inspiration et retint son souffle. Elle craignait de regarder le deuxième corps, mais savait qu'elle devait le faire.

Ce n'était pas Luke.

Elle expira. Derrière elle, une main se glissa sous son bras droit et la releva doucement.

— Patronne, dit Noah.

Elle était consciente du martèlement de pas tout autour d'eux, des ordres criés et des « RAS » hurlés à chaque pièce qui était vérifiée. Noah la guida jusqu'à un banc à proximité. Elle s'assit.

— Patronne, répéta-t-il.

Le regard de Josie se porta de nouveau sur les hommes morts. Tous deux portaient un jean et un t-shirt noir basique, des bottes et un holster d'épaule. L'un d'eux avait encore son arme en place, celle de l'autre était à quelques mètres de lui, comme si quelqu'un l'avait écartée d'un coup de pied après lui avoir tiré dessus.

— Il n'est pas là, dit Josie. On arrive trop tard.

Noah fronça les sourcils. Il la regarda avec une expression pleine de pitié.

— Je suis désolé, patronne.

L'un des shérifs adjoints sortit d'une pièce à côté de l'autel.

— Cheffe, cria-t-il. Il n'y a personne d'autre ici, mais on a trouvé quelque chose dans la sacristie que vous devriez venir voir.

Josie alla le rejoindre, les jambes engourdies, Noah derrière elle. Elle suivit l'adjoint dans la petite pièce où le prêtre se préparait habituellement pour la messe. Il ne restait aucun habit de cérémonie de l'époque où l'église avait accueilli des fidèles. Il n'y avait qu'une vieille chaise en vinyle et quelques bancs en bois le long du mur. Ça, et un berceau blanc en bois avec des animaux du zoo dansant sur le tour de lit. Josie s'approcha avec une telle appréhension qu'elle crut suffoquer. Mais le berceau était vide, à l'exception d'une couverture jaune inutilisée, toujours dans son emballage d'origine scellé, dans un coin. Elle fouilla de nouveau la pièce des yeux.

— Il n'y a rien d'autre, dit-elle.

Noah et l'adjoint la fixèrent. Elle regarda une nouvelle fois le berceau.

— On dirait qu'il n'a même pas été utilisé.

— Ils ont dû les emmener ailleurs, dit Noah. Luke et le bébé.

— Mais pourquoi les hommes de Dunn sont morts ?

— Peut-être que Dunn pensait qu'ils ne faisaient pas le boulot ? suggéra Noah.

Josie secoua la tête et retourna à l'autel. Rien n'avait de sens. Pourquoi les hommes étaient-ils morts ? Qui les avait tués ? Où était Luke ? Avait-il été là ? Elle balaya le transept du regard. Pour la première fois, elle remarqua une chaise pliante dans un coin, une chaise en vinyle renversée, des bouteilles d'eau éparpillées – la plupart vides, mais une encore pleine –, un hamburger par terre, et un marteau. Sous la première rangée de bancs se trouvaient plusieurs emballages de fast-food, des gobelets en polystyrène et des mégots.

Phillips fit lentement le tour du transept, ses yeux balayant le sol.

— Quelqu'un était retenu ici, dit-il en pointant quelque chose du doigt.

Josie s'approcha et remarqua les liens de serrage sectionnés sur le sol, certains recouverts de sang séché.

Elle regarda en direction du marteau et réprima un frisson. Elle ne voulait pas penser à ce qu'ils avaient fait avec.

— On dirait qu'ils étaient là depuis quelques jours, dit-elle en poussant un étui en carton de frites McDonald's vide du bout du pied.

— Regardez ça, dit Phillips en indiquant le sol derrière la chaise renversée.

Une basket blanche avec un logo Nike bleu foncé était abandonnée sur le sol. Le dessus était éclaboussé de taches brun-rouge que Josie identifia comme étant du sang. Elle aspira une bouffée d'air et tourna le dos à Phillips pour qu'il ne voie pas les larmes qui coulaient de ses yeux.

— C'est la sienne. C'est la basket de Luke, murmura-t-elle en essuyant ses larmes.

— Comment vous le savez ? dit Phillips.

— C'est du 45, non ?

Elle l'entendit étouffer un grognement lorsqu'il s'accroupit pour examiner la chaussure de plus près. Il ne pouvait pas la bouger. La scène devait encore être examinée. Des photos devaient être prises avant qu'ils ne puissent déplacer quoi que ce soit.

— Oui, taille 45, confirma Phillips en se relevant.

— C'est sa basket, chuchota Josie.

— Je suis sûr qu'on peut en tirer de l'ADN, dit Phillips. Pour confirmer. Il faudra peut-être attendre un peu pour avoir les résultats.

Elle se frotta les tempes ; elle sentait à nouveau la migraine monter.

— Je sais. Les labos sont lents. La police d'État pourrait peut-être faire accélérer les choses, étant donné que ça pourrait appartenir à l'un des leurs. En attendant, il faut qu'on identifie ces hommes. J'imagine qu'ils sont d'Atlantic City ou des environs.

Phillips acquiesça.

— On a une équipe d'intervention criminelle. Je m'y mets. Je vous tiendrai au courant de ce qu'on trouve.

43

Ils restèrent sur les lieux pendant quelques heures, à observer l'équipe d'intervention criminelle du bureau du shérif de Lenore travailler avec enthousiasme, une attitude que Josie ne voyait généralement que chez les novices. Elle les observa attentivement, listant tous leurs mouvements dans sa tête afin d'éloigner ses pensées de la basket pleine de sang de Luke, des liens de serrage et du marteau. La question « est-il toujours en vie ? » tournait en boucle dans le fond de sa tête, comme un murmure incessant. La peur ne cessait de monter en elle, tel un tissu lourd qui tentait de l'étouffer, l'entraînant vers le fond et l'empêchant de respirer. Elle devait être forte, concentrée.

Phillips signala que le véhicule derrière l'église était enregistré au nom d'un homme du New Jersey nommé Buck Romeo. Son corps était dans le coffre, lardé de deux coups de couteau à la poitrine. Josie se demanda si c'était l'homme que Luke avait poignardé quand ils étaient venus le chercher.

Une fois tous les corps photographiés, examinés par la légiste et chargés dans les ambulances, Josie, Noah et leurs agents remercièrent les adjoints et prirent congé. Noah et Josie conduisirent ensemble dans une Ford Edge de fonction. Noah était silencieux. Josie savait qu'il était en colère ; elle pouvait le sentir émaner de lui comme des vagues de chaleur, mais son esprit était trop encombré et épuisé pour chercher à le faire parler. Ce ne fut pas nécessaire : vingt minutes plus tard, il brisa le silence de lui-même.

— Vous avez enfreint le protocole, dit-il. Vous avez rompu le rang et êtes partie devant. Vous auriez pu vous faire tuer.

Elle faillit dire « Et alors ? » ; elle avait des idées noires. Puis il reprit.

— Vous auriez pu causer la mort de quelqu'un.

Elle regarda par la fenêtre, observa les routes de campagne se transformer en zones plus peuplées à mesure qu'ils approchaient de Denton.

— Je suis désolée, finit-elle par lâcher.

— Vous êtes trop impliquée, ajouta-t-il. Votre perte de contrôle ne profite à personne. Il faut que vous l'entendiez.

— Qu'est-ce que vous allez faire ?

Il émit un bruit de frustration du fond de sa gorge.

— La vraie question, c'est qu'est-ce que *vous* allez faire ?

Il ne la dénoncerait pas. Noah ne la trahirait jamais et ne donnerait pas à la maire ce qu'elle voulait. Il était trop loyal, ils avaient traversé trop d'épreuves ensemble. Mais Josie savait qu'il avait raison. Elle était concernée au premier chef, et ses liens avec les deux affaires faisaient d'elle un fardeau. Elle avait maîtrisé ses émotions jusqu'à ce qu'elle soit perturbée par la vision de ces jambes près de l'autel. Josie secoua la tête pour essayer de se débarrasser de ce souvenir et de rester calme.

— Je vais ramener le bébé de Misty et Luke à la maison, dit-elle doucement.

— Patronne...

— Je sais, je sais. Plus les heures passent, plus les chances qu'on les retrouve en vie s'amenuisent. Je ne peux pas contrôler ça, mais je ne peux pas non plus arrêter de chercher. Vous le savez.

— Ce que je sais, c'est que vous devez prendre un peu de recul.

Josie le fixa. Il conduisait avec une main sur le volant en tapotant à un rythme régulier sur sa cuisse avec l'autre.

— Pour faire quoi ? demanda-t-elle. Rester chez moi à attendre et m'inquiéter ? Je ne peux pas. Ça m'est physiquement impossible.

— Je sais, répondit Noah. Ce n'est pas ce que je dis. Simplement, la prochaine fois, peut-être qu'il ne vaudrait mieux pas que vous soyez la première à entrer.

Josie ne répondit pas. À cet instant, son téléphone bipa. Elle ouvrit un message de l'adjoint Phillips :

J'ai trouvé des papiers d'identité sur vos hommes.

Suivaient des photos de deux permis de conduire du New Jersey. Un homme venait d'Atlantic City ; l'autre, d'Absecon, que Josie savait être près d'Atlantic City après avoir étudié une carte du New Jersey à la suite de la découverte du corps de Kavolis chez Luke. La dernière photo était celle d'une boîte d'allumettes portant la mention « Oasis Grande Casino Resort » accompagnée d'un autre message de Phillips :

J'imagine que ces gars travaillaient bien pour Dunn.

Josie répondit :

Merci. On confirmera. Merci de votre aide.

Elle envoya un message à Gretchen pour lui demander où se trouvaient Dunn et son équipe de sécurité.

— On fait quoi ? demanda Noah.

— On va rendre visite à Eric Dunn.

— Patronne, je ne pense pas que ce soit...

La réponse de Gretchen arriva en quelques secondes.

— Je ne vous ai pas demandé votre avis, dit Josie. Il est aux Flats. Allons-y.

44

Les Flats étaient une zone située à l'extrême sud de Denton. C'était une étendue de terre aride entre l'autoroute et l'embranchement voisin du fleuve Susquehanna, avec une seule route pour y accéder, inondée plusieurs fois par an. Pendant des décennies, des promoteurs avaient tenté de construire dans la région, mais leurs projets étaient presque toujours abandonnés après la troisième ou quatrième inondation de la route d'accès. Une boîte de nuit avait vivoté quelques mois puis, quelques années plus tard, elle avait été transformée en cinéma, qui n'avait tenu qu'un peu plus longtemps. Puis quelqu'un avait eu la merveilleuse idée de construire des appartements de luxe sur ce terrain. L'immeuble de six étages, à moitié construit, se dressait comme une commode sans tiroirs en face de l'ancien cinéma.

Bien que le casino ne soit pas encore une affaire conclue, Eric Dunn avait déjà obtenu des permis pour commencer la construction d'un hôtel sur le site ; des engins et des matériaux avaient été stockés à côté de l'immeuble d'habitation. Josie aperçut une pelleteuse et une excavatrice, ainsi qu'un grand camion à plateau équipé d'un chariot télescopique dans sa benne pour soulever les ouvriers et le matériel du sol jusqu'aux étages intermédiaires du bâtiment. Une grue avait commencé à entreposer de l'équipement dans les étages supérieurs. Depuis le sol, Josie voyait que plusieurs palettes de bois, de poutrelles d'acier, de tuyauterie métallique HVAC et quelques climatiseurs avaient également été déplacées au dernier étage. Elle ne vit cependant aucun ouvrier et se demanda si Dunn avait du mal à trouver des entrepreneurs qui acceptaient de travailler pour lui après le fiasco de l'effondrement des immeubles à Philadelphie. Ou peut-être que ses antécédents en matière de sites dangereux et de refus de paiement de ses ouvriers le rattrapaient enfin.

Dunn et ses quatre hommes se tenaient autour d'un GMC Yukon noir garé à côté du bâtiment. Dunn leva les yeux, puis pointa du doigt divers équipements tout en parlant de manière animée, sans que Josie et Noah puissent entendre ce qu'il disait. Ils se garèrent à plusieurs mètres du Yukon et descendirent. En marchant vers les hommes, Josie sentit les poils de sa nuque se dresser. Pendant un instant, elle se demanda si l'un d'entre eux, ou tous, sortirait une arme. Il y avait quelque chose d'anarchique dans cet endroit inachevé, et Dunn était imprévisible. Par prudence, Josie avait demandé à deux véhicules de patrouille, ainsi qu'à Gretchen, de rester à l'entrée de la route permettant d'accéder aux Flats, au cas où ils auraient besoin de renforts.

Dunn cessa de parler et lui lança un sourire narquois alors qu'ils approchaient ; son regard parcourut son corps de haut en bas, la tripotant des yeux.

— Qu'est-ce que vous faites là ? dit-il. C'est une propriété privée.

Josie montra son badge.

— Je suis la cheffe de la police. Vous êtes dans mon secteur et il faut qu'on parle.

Dunn croisa les bras sur sa poitrine et pointa son menton en direction de Noah.

— Je vais demander à ma secrétaire d'appeler la vôtre, ça vous va ?

— Faites attention, dit Noah.

Dunn rit.

— Et vous, ce que vous pourriez faire, c'est vous retourner, remonter dans votre voiture et partir. Si vous avez quelque chose à me dire, vous pouvez appeler mes avocats.

— Ou vous pouvez arrêter votre baratin, arrêter de vous cacher derrière vos avocats et nous dire où sont le bébé de Misty Derossi et Luke Creighton, répliqua Josie.

Dunn plissa les yeux et la jaugea du regard pendant quelques secondes avant de répondre.

— Vous avez du chien, vous, dit-il avant de se retourner vers Noah. Je parie qu'elle est d'enfer au pieu ?

Du coin de l'œil, Josie pouvait voir Noah virer rouge écarlate. Elle secoua la tête pour lui intimer de ne pas répondre et s'adressa à Dunn.

— Arrêtez de me faire perdre mon temps. Vous voulez rester planté ici toute la journée à voir combien d'idioties vous pouvez trouver à dire ou vous voulez passer aux choses sérieuses ?

Elle crut entendre un des hommes de Dunn laisser échapper un rire étouffé, mais il fut rapidement interrompu. Josie le fixa du regard.

— Qu'est-ce que vous voulez ? dit-il.

— Vous savez très bien ce que je veux. J'ai deux disparitions très médiatisées dans cette ville en ce moment, un bébé et un policier, et toutes les preuves mènent à vous. Alors me voilà. Maintenant, comment on gère ça ?

— Toutes les preuves, hein ? Quelles preuves ? Deux de mes anciens employés retrouvés morts dans votre ville ?

— Plus que ça.

Josie sortit son portable et afficha les photos des permis de conduire des hommes retrouvés dans l'église que l'adjoint Phillips lui avait envoyées.

— Ces gars-là sont morts aussi. Blessures par balle. On les a trouvés planqués dans une église abandonnée près de Fairfield. Je suppose que vous ne les connaissez pas non plus.

Quelque chose dans les yeux de Dunn changea. Josie pouvait jurer y avoir vu une lueur de surprise ou de panique. Ou les deux ? Il se ressaisit rapidement, avala sa salive et leva les yeux du téléphone pour rencontrer les siens.

— Je ne les connais pas. Je ne sais pas pourquoi vous faites une fixette sur moi, mais je n'ai rien à voir avec ces affaires d'enlèvements. J'essaie de faire construire un casino. C'est tout. Peut-être que je devrais parler de vous à Tara.

Josie ignora sa menace.

— Qu'est-ce qui s'est passé ?

Il sourit pour dissimuler l'air perplexe sur son visage.

— C'est votre conseil municipal ; certaines personnes pensent que c'est une mauvaise idée d'avoir un casino...

— Pas avec votre casino. Qu'est-ce qui s'est passé avec le bébé ? Le berceau n'a pas été utilisé, dit Josie. Vos trois sbires n'ont pas été capables de garder un nourrisson en vie pendant plus de quelques heures ?

— Je ne sais pas...

— Et Luke ? Vos hommes sont morts, et il a disparu. Alors, soit vous l'avez fait tuer, soit quelqu'un d'autre a abattu vos hommes et l'a enlevé. C'est lequel de ces deux scénarios ? Qui voudrait ce qui est à vous ?

Dunn garda le silence, un tic au niveau de la joue. Josie continua.

— Peut-être que c'est l'un de vos anciens employés. On peut dire qu'ils sont nombreux à traîner dans le coin ces derniers temps. Peut-être que vous avez vraiment énervé l'un d'eux et qu'il a décidé de saboter vos plans... quels qu'ils soient. Ou est-ce que c'est autre chose ? Peut-être quelqu'un qui a perdu un proche dans l'effondrement des immeubles de Philadelphie ? Vous savez, celui qui a fait tous ces morts ?

Il pointa son doigt sur elle.

— Vous ne savez pas de quoi vous parlez.

— Vraiment ? insista Josie. C'est un peu votre spécialité, faire disparaître des gens. Est-ce qu'on vous rend la pareille ? Ou est-ce que vous avez quelque chose à me dire ? L'endroit où je peux trouver les personnes que je recherche, par exemple.

Dunn brandit un doigt menaçant :

— Tu vas m'écouter maintenant, sale p...

Ses paroles furent englouties par un grognement fort venu d'en haut, suivi de bruits que Josie n'arrivait pas identifier ; quelque chose qui ressemblait à un grondement puis à un cri strident. Noah se jeta sur elle pour la plaquer au sol. Son épaule gauche heurta violemment le sol ; un cri involontaire s'échappa de sa gorge. À travers la poussière, Josie regarda une succession de tuyaux tomber du dernier étage du bâtiment, comme des pailles géantes qui s'éparpillaient dans tous les sens. L'un d'eux frappa le toit du Yukon avec fracas, le brisant presque en deux. Les hommes de Dunn tombèrent un à un, écrasés ou empalés par les tuyaux qui dégringolaient. Il semblait y en avoir un nombre infini. Dunn lui-même resta figé sur place, la bouche grande ouverte ; il fixait le dernier étage du bâtiment et les regardait tomber. Josie repoussa Noah et bondit sur ses pieds. Les mains de Noah attrapèrent sa cheville juste au moment où elle s'apprêtait à se précipiter vers Dunn. Elle tomba de nouveau, atterrit sur Noah et roula sur lui, loin des tuyaux qui tombaient. Un nouveau grognement retentit, puis le plancher du sixième étage, où s'étaient trouvés les tuyaux, ploya, et le bloc massif d'un climatiseur tomba à son tour.

— Non ! cria Josie.

Elle repoussa Noah d'un coup de pied et se mit à ramper vers Dunn, mais il était trop tard. Le climatiseur tomba plus rapidement que les tuyaux, mais ne produisit presque aucun autre son que le craquement des os lorsqu'il atterrit sur Dunn, le renversant et écrasant le bas de son corps.

— Non ! hurla encore Josie.

Debout de nouveau, elle s'approcha de lui et s'agenouilla à ses côtés. Il la fixa, les yeux écarquillés par le choc. L'énorme climatiseur l'avait coincé à partir du bassin. Il l'avait non seulement coincé, réalisa Josie en y regardant de plus près, mais il avait aussi enfoncé le bas de son corps dans le sol. Elle réprima un haut-le-cœur. La main sur son épaule, elle se pencha au-dessus de Dunn.

— Ils sont où ? demanda-t-elle d'un ton sec.

Son air choqué se transforma en une expression de peur et d'imploration. Il cligna des yeux et ouvrit la bouche comme s'il voulait parler, mais rien ne sortit.

Josie entendit des sirènes et se rendit plus ou moins compte de l'approche des gyrophares de la police. Noah était derrière elle.

— Patronne !

— Ils sont où ? cria Josie à Dunn. Bon sang, qu'est-ce que vous avez fait d'eux ? Victor Derossi et Luke Creighton. Ils sont *où* ?

La main de Noah agrippa son épaule.

— Patronne, bougez de là.

Elle essaya de pousser le climatiseur des deux mains, mais c'était comme essayer de déplacer un continent.

— Aidez-moi ! dit-elle par-dessus son épaule avant de s'adresser de nouveau à Dunn. Où sont Luke et le bébé ?

— Patronne, dit Noah. Vous ne pouvez pas l'aider. Allez. On ne sait pas ce qu'il reste là-haut. On dirait que tout l'étage menace de s'effondrer.

— Où sont Luke et le bébé ? cria Josie en se penchant de nouveau au-dessus de Dunn.

Elle le vit partir, comme un filament s'éteignant progressivement à l'intérieur d'une ampoule. La lueur de vie dans ses yeux s'envola, ne laissant plus que des orbes de verre vides.

— Non ! hurla Josie. Ils sont où ?

Noah passa agrippa Josie et la traîna à l'écart. Elle se débattit, agitant les jambes dans l'air. Une palette de bois apparut en haut du bâtiment où le plancher s'était affaissé et formait désormais un V. Elle dégringola de l'immeuble, les planches volant dans tous les sens. Le corps de Josie cessa de lutter. Noah fournit un dernier effort et les projeta tous les deux derrière leur véhicule alors que les planches commençaient à ricocher dans toutes les directions. Ils entendirent plusieurs bruits secs lorsque certaines planches atterrirent sur le capot de la voiture dans laquelle ils étaient arrivés. Derrière eux, les deux voitures de patrouille et Gretchen dans sa Chevy Cruze s'arrêtèrent. Ils sortirent précipitamment de leurs véhicules pour se positionner derrière les portes ouvertes avec leurs armes sorties, comme s'ils étaient en confrontation.

Noah se leva et fit signe en leur direction.

— Repliez-vous, dit-il. Il n'y a plus personne.

Josie laissa Noah l'aider à se relever. Elle observa les dégâts de derrière la voiture, incrédule. Les autres agents rangèrent leurs armes et s'approchèrent.

— Qu'est-ce qui vient de se passer ? demanda Gretchen.

— Ils sont morts, dit Josie d'une voix rauque. Ils sont tous morts.

45

CBS 3 – Philadelphie, Pennsylvanie
Comté de Bucks
23 juillet 2017

Une adolescente meurt dans un accident de camping

*Les autorités affirment qu'une grosse branche est tombée
sur une tente la nuit dernière, tuant une jeune fille de
15 ans qui se trouvait à l'intérieur. Jessie Kanagie, de
Philadelphie, était venue camper avec sa famille le temps
d'un week-end. Les équipes d'urgence ont été appelées
au camping Cherrydale vers 7 h 30, dimanche. Les
pompiers ont coupé la branche et l'ont enlevée, mais ont
découvert Kanagie déjà décédée à l'intérieur de la tente.
« C'est un terrible accident, a déclaré le chef des
pompiers. C'est une tragédie. »
Il n'y a pas eu de tempête dans la région récemment,
mais les autorités pensent qu'une combinaison d'érosion
et de vent a pu provoquer le détachement de la branche
et sa chute sur la tente de la jeune fille. Son frère et son*

père, qui dormaient dans des tentes voisines, affirment qu'ils n'ont rien entendu et qu'ils ne se sont aperçus qu'il y avait eu un accident que lorsqu'ils se sont réveillés et ont trouvé la tente de Kanagie écrasée.
« Nous sommes dévastés, a déclaré son père. Nous étions ici pour une retraite, c'était censé être positif. » La jeune fille faisait face à des accusations d'incendie criminel devant le tribunal pour mineurs et était en liberté sous caution.

46

La docteure Anya Feist secoua la tête en examinant la scène. La zone où les corps se trouvaient avait été bouclée. Après s'être ressaisie, Josie avait agi rapidement. Elle ne voulait pas que ses agents la voient perdre le contrôle, même si c'était précisément ce qu'elle avait envie de faire. Elle ne pouvait pas se le permettre. Elle avait contacté des ingénieurs et entreprises de construction locales pour venir évaluer la situation avant que ses hommes n'interviennent pour examiner la zone et déplacer les corps. Il leur avait fallu environ une heure pour déterminer qu'il n'y avait plus de danger imminent. Il faudrait plus de temps pour comprendre ce qui s'était produit.

Une fois que la police de Denton avait eu l'autorisation de commencer son travail, Josie avait envoyé son équipe d'intervention criminelle et appelé la légiste. La docteure Feist se tenait maintenant à ses côtés et semblait presque aussi perplexe qu'elle.

— Vous ne pouvez plus vous passer de moi ou quoi ? dit la docteure Feist.

— Non, du tout, répondit platement Josie.

La médecin haussa un sourcil.

— Je ne suis pas si désagréable à vivre, vous savez.

Josie savait qu'elle devrait sourire ou faire une blague en retour, mais elle n'arriva pas à se résoudre à le faire. Elle était passée en pilotage automatique, passant des appels et criant des ordres, mais, pendant tout ce temps, ses yeux ne cessaient de dériver vers le carnage. Envolée, sa dernière piste menant à Luke et au bébé de Misty.

Les doigts chauds de la docteure Feist se posèrent sur l'avant-bras de Josie.

— Vous allez bien ?

Josie détourna le regard de la scène, où des ouvriers avaient commencé à soulever les tuyaux et le climatiseur des corps. La docteure Feist affichait une expression préoccupée.

— Ça va, murmura Josie.

— Vous vous êtes cogné la tête ? demanda la docteure Feist.

— Non, ça va.

La docteure posa deux doigts au creux du poignet de Josie.

— Votre pouls est très rapide, nota-t-elle.

Lorsqu'elle pressa le dos de sa main contre le front de Josie, celle-ci s'écarta.

— Docteure, sérieusement, ça va.

La docteure Feist esquissa un faible sourire.

— Physiquement, vous voulez dire.

— Il faut que je passe un coup de fil, dit Josie sèchement.

Elle s'éloigna de la docteure Feist et se fraya un chemin entre les véhicules et le personnel jusqu'à ce qu'elle trouve Noah en train d'examiner un croquis du dernier étage du bâtiment que l'un des ingénieurs avait fait.

— Je prends la voiture de Gretchen, lui dit-elle. Restez ici jusqu'à ce que tout soit bouclé, d'accord ?

Elle commença à s'éloigner avant qu'il ne puisse poser des questions. Les clés de Gretchen étaient sur le contact. Josie fit marche arrière, demi-tour, et s'en alla. Le cimetière où Ray était enterré n'était qu'à quelques minutes en voiture. C'était un petit cimetière, l'un des plus récents de Denton. Josie l'appréciait parce qu'il était bien entretenu, mais ça n'avait pas empêché que l'on vandalise la pierre tombale de Ray.

Elle s'approcha dans la pénombre. Elle pouvait voir des graffitis illisibles sur son nom mais, au moins, la tombe ne sentait pas l'urine, cette fois. Elle ne pouvait pas en vouloir aux vandales, elle avait elle-même encore du mal à digérer la trahison de Ray. Mais elle ne venait pas au cimetière pour l'homme qui n'avait pas agi pendant que des jeunes filles innocentes étaient violées et tuées. Elle venait pour son ami d'enfance, son premier amour de lycée, l'homme qu'elle avait autrefois aimé et épousé. Un homme qu'elle pensait bon et décent. Si seulement il était encore là. Que dirait-il ? Que dirait-il s'il savait que le bébé qu'ils cherchaient aurait pu être le sien ?

Avait-il vraiment déjà ressenti le désir d'avoir des enfants ? Le sujet avait dû être abordé entre lui et Misty, de la même façon qu'il avait été abordé avec Josie, ou Misty n'aurait pas su qu'il avait fait un don de sperme. Josie n'avait pas eu trop le temps de penser à ce que cela représentait pour Misty de mettre au monde un bébé dont le père était déjà mort, en plus d'être un paria dans sa propre ville.

— Je suis désolée, Ray, chuchota Josie en s'agenouillant dans l'herbe devant sa pierre tombale.

Elle fixa son nom et le détesta pour la millième fois, à la fois pour ses actions et parce qu'il l'avait laissée y faire face seule.

La nuit s'installa autour d'elle, et l'air se rafraîchit. Josie resta assise jusqu'à se sentir vide, les événements des derniers jours en boucle dans sa tête. Elle essayait de trouver le moment où tout avait dérapé, ce qu'elle aurait pu faire différemment. Aurait-elle dû adopter une approche plus frontale avec Dunn ? Aurait-elle dû le jeter en prison et laisser ses avocats le faire sortir en un jour juste pour lui faire peur ? Mais au moment où elle y pensait, elle savait que ça n'aurait servi à rien. Dunn n'avait peur de personne. C'était peut-être ce qui l'avait mené à sa perte.

Le faisceau d'une lampe de poche vacilla au loin, au-delà de la tombe de Ray. Josie retira silencieusement son arme de son étui et la tint sur ses genoux. Elle resta parfaitement immobile, en attente. Au début, on aurait dit que la lumière ne se dirigeait pas vers elle, mais elle s'éleva brusquement et Josie entendit un « merde ». C'était une femme. La voix lui était familière.

— Patronne ?

Josie laisse échapper un souffle qu'elle retenait sans s'en rendre compte. Elle rangea son arme et l'appela.

— Par ici, Gretchen.

Le faisceau de lumière se tourna vers elle. Elle se cacha les yeux pour ne pas être éblouie. Gretchen pointa la lampe torche droit vers le haut, éclairant son propre visage.

— Désolée, dit-elle.

Une bouteille apparut devant elle.

— Noah a dit que vous aimiez ça.

C'était du Wild Turkey. Josie saisit la bouteille ; Gretchen s'accroupit et posa la lampe torche entre elles dans l'herbe, pointée vers le haut pour qu'elles puissent se voir mutuellement.

— Comment vous m'avez trouvée ? demanda Josie.

— Noah m'a dit que vous veniez ici de temps en temps.

— Ah bon ?

Josie était surprise ; c'était quelque chose qu'elle ne partageait pas. Même Luke ne savait pas qu'elle venait ici, ou du moins pas à quelle fréquence.

— Il s'inquiète juste pour vous, dit Gretchen comme si elle avait lu dans ses pensées. Comme beaucoup dans l'équipe, vous savez.

— Comment ça ?

Gretchen haussa les épaules.

— Pas dans le sens où ils pensent que vous n'êtes pas

capable. Mais plutôt dans le sens où ils ne veulent pas que quelque chose vous arrive. Ils ont déjà perdu un chef. Ils ne veulent pas que ça recommence. Ils vous respectent. Vous êtes un peu une héroïne dans le coin depuis ce que vous avez fait en haut de cette montagne.

L'index de Josie faisait des ronds sur le bouchon de la bouteille de bourbon. Elle soupira.

— Je n'ai pas l'impression d'être une héroïne, dit-elle. Je n'avais pas cette impression à l'époque, et je ne l'ai pas aujourd'hui.

Il y eut un petit moment de silence que Josie finit par briser.

— Qu'est-ce que vous faites là ?

— Je me suis dit que vous aimeriez savoir que l'évaluation préliminaire des ingénieurs sur le chantier de Dunn indique que ce n'était pas un accident.

La gorge de Josie se noua.

— Vous voulez dire qu'il y avait une personne dans le bâtiment ?

Gretchen acquiesça.

— On dirait que quelqu'un a découpé les poutres pour compromettre l'intégrité du plancher, puis a utilisé un transpalette pour mettre tous les trucs à l'endroit le plus fragile.

— Il y avait un transpalette là-haut ?

— Oui, et les sangles qui maintenaient les tuyaux ensemble ont également été coupées. Ça ne demandait pas beaucoup d'efforts pour commencer à faire tomber les tuyaux en tranchant les sangles et en poussant légèrement. Puis, quand le plancher a commencé à fléchir... eh bien, vous connaissez la suite.

Josie retira le bouchon de la bouteille, la renifla mais ne but pas.

— Donc ils pensent que quelqu'un était là-haut quand on était là-bas ?

— Oui.

Josie se fit une image mentale des Flats. Techniquement,

quelqu'un aurait pu s'y rendre à pied et, si cette personne était venue par l'autoroute et avait descendu la colline derrière les bâtiments, elle aurait très bien pu le faire sans être vue. Elle aurait pu facilement filer en douce en profitant du vacarme sans que personne ne s'en doute. Il n'y avait de caméras nulle part dans le coin. C'était l'endroit parfait pour simuler un accident. Ce qui voulait également dire que l'équipe de Josie n'était pas la seule à suivre Dunn.

— Ça fait deux jours que vous êtes sur Dunn, dit Josie. Vous n'avez pas vu quelqu'un d'autre le surveiller ?

— Non, mais je ne cherchais pas vraiment quelqu'un d'autre.

Josie était parfaitement consciente du nombre de personnes ayant leurs propres raisons de vouloir la mort de Dunn. Mais pourquoi à ce moment-là ? Pourquoi à cet endroit ?

— Le fait que Dunn lésinait sur tout ce qu'il pouvait sur ce chantier n'aide pas non plus, dit Gretchen. Les ingénieurs en ont pour un moment. Ils vous feront un rapport, mais voilà l'essentiel.

— Ce qui ne m'avance pas du tout, dit Josie d'un ton monocorde. Parce que ça ne m'aide pas à trouver Luke ou le bébé de Misty.

Elle prit une bonne gorgée de Wild Turkey et referma la bouteille. Elle lui brûla la gorge et lui réchauffa l'estomac. Elle tendit la bouteille à Gretchen, mais celle-ci refusa.

— Je suis désolée, patronne, dit-elle.

Josie acquiesça et détourna les yeux.

— Inspectrice Palmer, dit-elle. J'aimerais être seule, maintenant.

Gretchen attendit un instant mais, comme Josie gardait le silence, elle se leva et secoua ses jambes raides.

— Vous voulez que je vous laisse ma lampe torche ? demanda-t-elle.

— Non, répondit Josie. Merci.

Gretchen ramassa la lampe.

— Vous savez où me trouver, dit-elle à Josie avant de s'éloigner.

Josie écouta le bruit de ses pas entre les tombes jusqu'à ce qu'il ne reste que le silence de la nuit. Elle prit une nouvelle gorgée brûlante de Wild Turkey avant de se recroqueviller sur le côté. Elle ferma les yeux tout en essayant d'empêcher son imagination de s'emballer avec des images du corps sans vie de Luke, de se retenir de se demander ce que les sbires de Dunn lui avaient fait, à lui et au bébé de Misty. Ça ne fonctionnait pas. Elle était sur le point de descendre la moitié de la bouteille de Wild Turkey quand son téléphone vibra plusieurs fois. Elle le sortit de sa poche et grimaça lorsque la lumière vive de l'écran inonda son champ de vision. C'était Carrieann. Elle avait sûrement entendu parler de la mort prématurée de Dunn aux infos. Elle poussa un long soupir et décrocha. Elle n'entendit rien d'autre que des bruissements.

— Carrieann, l'appela-t-elle plusieurs fois sans obtenir de réponse.

Elle commençait à croire que Carrieann l'avait appelée par accident lorsque sa voix étouffée résonna enfin à l'autre bout du fil.

— Josie, souffla-t-elle. Il y a quelqu'un ici.

Un frisson parcourut le corps de Josie.

— Chez moi ?

— Non, chez Luke. Je suis venue ranger un peu, et je crois qu'il y a quelqu'un dans la maison. Les lumières sont allumées aux deux étages.

— Tu es où actuellement ?

— Je me suis rapprochée de la route. Je suis sur le bas-côté, dans mon fourgon.

Josie courait déjà vers son véhicule.

— Monte dans ton fourgon et pars. J'arrive. J'envoie des renforts.

Carrieann avait raison. Moins d'une demi-heure plus tard, Josie et Noah se tenaient entre les arbres à côté de l'allée de Luke et scrutaient sa maison. Les fenêtres du salon étaient éclairées et, à en juger par la lumière qui sautillait le long du mur visible par Josie, la télévision était également allumée. À l'étage, la lumière brillait depuis les fenêtres de la chambre principale et de la salle de bains.

— Il n'y a pas de voiture dans la cour, dit Noah. À part le pick-up de Luke qui a toujours été là.

— Oui, mais il y a bel et bien quelqu'un, dit Josie.

— Qui ?

— Aucune idée, murmura-t-elle. Mais on va vite le savoir.

Derrière eux, trois autres agents attendaient dans l'obscurité, enfilaient leurs gilets pare-balles et vérifiaient leurs armes. Ils ne pouvaient pas se permettre de trop approcher les véhicules de la maison à cause de l'allée en gravier. Josie ne voulait pas alerter la personne à l'intérieur trop tôt et risquer qu'elle s'échappe par la porte de derrière, ou pire, qu'elle s'attaque à Josie et ses hommes. Un quatrième agent se fraya un chemin vers eux depuis le côté de la propriété.

— J'ai jeté un œil derrière, rapporta-t-il. Il n'y a personne. Pas que je puisse voir. La grange est vide aussi.

— Bien, dit Josie. Enfilez vos gilets. On se divise en trois équipes de deux. Vos équipes inspecteront le rez-de-chaussée, puis je vérifierai l'étage avec le lieutenant Fraley.

Courbés, ils progressèrent en tandem vers la maison, leurs pas silencieux sur l'herbe. Arrivée sous le porche, Josie serra son arme, les joues humidifiées par la sueur. Ils prirent position à côté de la porte d'entrée. Josie donna le signal et la première équipe entra discrètement par la porte d'entrée, qui n'était pas verrouillée. L'autre équipe suivit, et Josie et Noah fermèrent la marche. Les autres agents se déplacèrent rapidement et silencieusement et ne trouvèrent personne au rez-de-chaussée. Mais quelqu'un était bien dans la maison, ou y était peu avant leur arrivée. La télévision du salon diffusait les actualités locales. Une assiette avec un bagel à moitié mangé était posée sur la table de la cuisine, en face des taches de sang. Un couteau à beurre couvert de fromage frais se trouvait dans l'évier.

Dans le silence, Josie entendit le bruit de l'eau qui coulait à l'étage. Elle fit signe à l'équipe une de se placer au niveau de la porte d'entrée et à l'équipe deux de les suivre, elle et Noah, dans les escaliers. Elle pointa le couloir du doigt, et les quatre avancèrent ensemble, vérifiant les pièces au fur et à mesure. Elles étaient toutes sombres et vides. Même la chambre principale, où la lumière était allumée, était vide. La porte de la salle de bains était légèrement entrouverte et laissait échapper de la vapeur.

Josie jeta un œil derrière elle et croisa le regard de Noah. Il lui fit un signe de la main pour lui indiquer qu'elle pouvait avancer. Elle commença à percevoir un bourdonnement dans ses oreilles. Elle avait beau essayer de l'arrêter, l'espoir montait en elle. Était-ce Luke ? Avait-il réussi à s'échapper ? Était-il revenu chez lui pour se laver ? Elle savait que c'était absurde, mais la partie d'elle qui voulait désespérément une fin heureuse à ce scénario ne pouvait s'empêcher de souhaiter le trouver de l'autre côté de la porte. Qui d'autre pourrait-ce bien être ?

Elle sentit la main de Noah sur son épaule et sut qu'il n'y avait plus de temps à perdre. Le mieux était de surprendre la personne pendant qu'elle était encore sous la douche. Josie poussa la porte et entra. Elle sentit Noah la suivre de près, ce qui calma un peu son rythme cardiaque.

La vapeur tourbillonnait autour d'eux. Le seul bruit perceptible était celui de l'eau qui coulait. Josie se demanda s'il y avait vraiment quelqu'un là-dedans. Était-ce une sorte de piège ? Qui aurait pu le mettre en place ? Dunn était mort. Est-ce qu'il aurait mis quelque chose en place avant de mourir ? Mais pourquoi tendre un piège chez Luke, et pour qui ? Pour Josie ? Pour la police ? En représailles de la mort de l'homme que Luke avait sûrement tué le jour où les sbires de Dunn l'avaient enlevé ? Non, décida-t-elle. Ça ne pouvait pas être un piège. Ils avaient vérifié chaque recoin de la maison. Il n'y avait que l'équipe de Josie et la personne qui se trouvait derrière le rideau de douche.

Elle tendit le bras et tira le rideau.

— Police ! hurla-t-elle.

Avec un cri perçant, Kim Conway agrippa le rideau de douche ; elle l'arracha complètement de la tringle et le serra contre son corps dénudé et plein de savon. Une main vola jusqu'à sa poitrine.

— Mon Dieu. Vous m'avez fait peur. Qu'est-ce que vous foutez ici ?

Josie sentit la pression redescendre. Elle ressentit une légère déception de ne pas avoir trouvé Luke.

— La question, c'est plutôt qu'est-ce que *vous* foutez là ? dit-elle en haussant un sourcil. Kim Conway, vous êtes en état d'arrestation pour le meurtre de Denny Twitch.

Josie demanda à une agente de rester avec Kim jusqu'à ce qu'elle soit sèche, habillée et prête à être emmenée au poste. Josie ne supportait pas de la voir si à l'aise chez Luke. Une partie d'elle continuait à essayer d'accorder à Luke le bénéfice du doute ; il protégeait la petite sœur de son meilleur ami d'un monstre. Elle devait se convaincre que ce n'était rien de plus.

La patrouille ramena Kim au commissariat de Denton. Josie était consciente que l'accusation du meurtre de Denny Twitch ne tenait pas vraiment la route. Kim pouvait facilement s'en sortir en plaidant la légitime défense compte tenu des circonstances. Et connaissant la procureure, Josie ne pensait pas qu'elle voudrait perdre son temps ou les précieuses ressources du comté à juger une femme qui serait de toute façon acquittée. Mais Josie avait besoin de quelque chose pour garder Kim en garde à vue jusqu'à ce qu'elle découvre ce qu'elle savait.

Josie était une fois de plus sur le point d'entrer dans la salle d'interrogatoire pour affronter Kim, qui portait encore un jogging de Luke et un t-shirt fantaisie que Josie lui avait offert pour Noël. Elle se rappela la façon dont elle et Luke avaient ri à ce sujet le matin de Noël. Au-dessus de l'image d'une grande truite à la bouche ouverte, il était écrit : « Les hommes aussi ont des sentiments... Je ressens surtout l'envie de pêcher. » C'était parfait pour lui. D'une certaine manière, voir Kim le porter semblait être une plus grande trahison que de découvrir qu'elle dormait dans le lit de Luke.

Josie sursauta à la sensation de la main de Noah sur son épaule.

— Vous voulez que j'aille lui parler ?

Elle esquissa un sourire.

— Non. Je vais le faire.

En poussant la porte de la salle d'interrogatoire, elle réalisa avec un soudain pincement au cœur qu'elle ne souhaitait en aucun cas que Noah s'approche de Kim Conway. Kim lança à Josie un regard renfrogné et croisa les bras sur sa poitrine. Josie remarqua que ses cheveux étaient encore humides ; l'odeur du savon Irish Spring emplissait l'air. Le savon de Luke. Josie envisagea quelques secondes de demander à Gretchen de l'interroger. Mais cela ne ferait que pousser Gretchen à donner raison à Noah ; à penser que c'était devenu trop personnel, que Josie était trop impliquée.

— Si vous voulez me poser des questions sur Denny Twitch, je veux un avocat, dit Kim.

Josie soupira, s'approcha de la table et prit place en face de Kim.

— J'ai déjà appelé l'assistance judiciaire. Mais je ne suis pas là pour parler de Twitch. Je me fiche de Twitch.

À ces mots, le regard de Kim passa furtivement sur le visage de Josie.

— Alors pourquoi vous êtes là ?

— Je veux parler de Luke.

Kim se détendit légèrement.

— Je suis désolée pour ce qui lui est arrivé, murmura-t-elle.

— Et qu'est-ce qui lui est arrivé ?

Kim détourna le regard ; ses yeux parcoururent les murs

derrière Josie, qui s'imaginait qu'elle réfléchissait à ce qu'elle pouvait lui dire sans trop s'incriminer.

Josie tapota la table du bout des doigts pour attirer l'attention de Kim.

— Voilà ce que je sais déjà. Vous avez eu une relation avec Eric Dunn. Il a levé la main sur vous. Peut-être une ou deux fois, peut-être bien plus. De toute évidence, il vous a infligé des brûlures dans le dos et vous a frappée au visage assez fort pour vous casser les os orbitaux.

Les yeux de Kim s'écarquillèrent. Josie continua.

— Je sais que vous avez fini par le quitter. Vous êtes venue à Denton, chez votre frère Brady. Vous étiez enceinte. La nuit de la fusillade, Eric a envoyé Mickey Kavolis vous chercher chez Brady. Kavolis a tué Brady et Eva, et vous ou Luke avez tiré sur Kavolis en légitime défense.

En prononçant l'expression « légitime défense », Josie lui lança un regard insistant. Elle voulait lui faire comprendre qu'elle n'avait aucun intérêt à rouvrir d'anciens dossiers, d'autant plus que cela ne relevait pas de sa compétence. Elle voulait simplement savoir ce que Kim savait. Elle poursuivit.

— Vous et Luke avez emmené le corps de Kavolis chez Luke pour l'enterrer derrière la grange.

Kim laissa échapper un petit cri de surprise.

— Je n'ai pas fini, dit Josie. Luke vous a cachée chez lui quelques mois. Ensuite, vous êtes allée chez Misty Derossi. Misty dit que, pour une raison quelconque, vous l'avez aidée à accoucher. À ma connaissance, vous n'êtes ni sage-femme ni médecin, et Misty avait l'intention d'accoucher à l'hôpital, donc je ne sais pas pourquoi vous avez fait ça ni pourquoi vous étiez là-bas au départ.

Puisque Kim ne proposait pas d'explication, Josie continua.

— Denny Twitch était là à un moment donné. Une fois que Misty a accouché, il l'a frappée presque à mort et a enlevé son bébé. Je sais aussi que vous êtes retournée chez Luke après l'enlèvement du bébé de Misty, et que vous étiez là-bas quand Dunn a envoyé d'autres sbires pour vous chercher. Luke était là quand ils sont arrivés, ou peut-être qu'ils l'attendaient quand il est rentré. Je sais qu'il y a eu une lutte et que Luke en a blessé un. Ensuite, ils l'ont emmené.

Kim ne dit rien, mais se mordit la lèvre inférieure en serrant ses bras un peu plus autour d'elle.

— Voici ce que je ne sais *pas*, dit Josie. Je ne sais pas ce qui est arrivé à *votre* bébé, ou même si vous étiez vraiment enceinte. Je ne sais pas ce que vous faisiez chez Misty Derossi ou ce que vous pourriez bien avoir à faire avec elle ou son bébé. Je ne sais pas pourquoi Dunn a envoyé Twitch là-bas ; est-ce que c'était pour vous ou pour le bébé de Misty, ou les deux ? Je ne sais pas pourquoi Dunn serait intéressé par le bébé ni pourquoi les hommes de Dunn ont enlevé Luke et vous ont laissée quand ils ont débarqué chez lui, à moins que vous ne vous soyez cachée. Et surtout, je ne sais *toujours pas* où est Luke.

L'une des mains de Kim s'éleva pour glisser une mèche de cheveux derrière son oreille.

— Comment vous avez...

— C'est mon travail de découvrir des choses.

— Eric... Est-ce qu'il est vraiment mort ? J'ai vu les infos ce matin mais je... j'ai du mal à y croire.

— Oui, répondit Josie. Je l'ai regardé mourir. Il n'est plus là.

Kim sembla respirer, et son corps s'affaissa dans la chaise. Elle ferma les yeux et murmura des mots que Josie ne put discerner. Une prière ? Des paroles de gratitude ? Elle rouvrit les yeux.

— Il y a un entrepôt à Atlantic City. Je n'y suis jamais allée, mais j'ai entendu les gars en parler. Ils y emmènent des gens. Des gens qu'on ne revoit jamais ensuite. Je ne suis pas sûre de l'endroit exact, mais peut-être que l'un de ses employés vous le dira maintenant qu'il est mort. Vous devriez appeler la police d'Atlantic City. Ils ont peut-être emmené Luke là-bas.

Josie secoua la tête.

— Ils ne l'ont pas emmené là-bas.

— Comment vous le savez ?

— Ils le détenaient non loin d'ici. Mais Luke était déjà parti et les hommes de Dunn, déjà morts quand on est arrivés.

— Donc il n'est pas... Il n'est pas...

— On ne sait pas où il est, dit Josie. Ou s'il est encore en vie. Vous avez eu une relation avec Eric Dunn pendant un moment. J'ai besoin de savoir si vous avez une idée de qui aurait pu lui en vouloir. Qui aurait pu savoir où il retenait Luke et être assez en colère pour tuer ses sbires et peut-être emmener Luke.

Kim frissonna.

— Oh. Je ne sais pas. Eric s'est fait beaucoup d'ennemis. Vous ne savez pas comment il était.

— Je pense avoir une assez bonne idée.

Kim sembla froissée. Une vague d'émotion la submergea ; elle laissa couler quelques larmes.

— Non, dit-elle. Je vous assure que non. Eric n'a pas seulement envoyé Mickey chez Brady pour se venger, mais pour me donner une bonne leçon. J'étais en haut quand il a tiré sur Brady et Eva. Il voulait faire croire à un meurtre-suicide et m'emmener. Eric les a fait assassiner pour que je n'aie plus personne vers qui me tourner, il savait que je ne pourrais pas demander de l'aide à ma mère non plus après ça, car il la tuerait aussi. Luke est arrivé juste au moment où ça s'est passé. Je suis descendue ; je hurlais. Brady et Eva étaient morts. Puis Luke a réussi à arracher le pistolet à Mickey et...

— Alors c'est Luke qui a tué Kavolis, dit Josie.

Elle ne pouvait pas concevoir à quel point cela avait dû être difficile pour lui de porter ça tout seul, surtout après l'avoir dissimulé et être devenu ainsi lui-même un criminel. Kim acquiesça.

— Tout s'est passé très vite. Il n'était pas nécessaire de faire tuer mon frère, mais il l'a fait quand même. Vous comprenez ? C'est le mal incarné.

— C'était le mal incarné. Il n'est plus là maintenant. Pourquoi vous étiez avec lui, d'abord ?

— Je voulais partir presque dès le début de la relation, mais personne n'échappe à Eric Dunn. Les brûlures dans mon dos... Elles viennent d'un fer à friser, tout ça parce qu'il trouvait que je prenais trop de temps à me préparer pour une inauguration où on était conviés. Il m'a brûlée, m'a fait enfiler ma robe et mes chaussures et sourire toute la soirée, alors que j'avais mal à en crever. C'était la première fois qu'il utilisait le fer à friser. Le plancher orbital cassé ? Ce n'est que la partie visible de l'iceberg.

— Je suis navrée, dit Josie.

— J'ai menti au sujet de la grossesse, avoua Kim. Il allait me tuer, vous comprenez.

— Expliquez-moi ça.

Kim balaya de nouveau la pièce des yeux, lesquels tombèrent sur la caméra au-dessus de la porte. Elle se pencha vers la table et baissa d'un ton.

— Un immeuble s'est effondré à Philadelphie l'année dernière.

— Je suis au courant, dit Josie avant de répéter tout ce que Trinity lui avait raconté.

— Bon sang, vous êtes rigoureuse, dit Kim.

Josie ne réagit pas.

— Quel est le rapport entre l'effondrement de l'immeuble et le fait que vous ayez simulé une grossesse ?

— J'avais une vidéo d'Eric soudoyant l'un des gars de la municipalité et une autre d'un de ses contremaîtres lui disant que l'un des hommes engagés pour la démolition était sous l'influence de la drogue. Eric disait qu'il s'en fichait, qu'il fallait quand même le faire intervenir. J'avais l'intention de les utiliser, de les montrer à la police et de voir s'ils pouvaient me mettre dans un programme de protection des témoins ou quelque chose du genre. N'importe quoi pour rester loin de lui. Il ne pourrait pas me faire de mal en prison, si ?

— Qu'est-ce qui est arrivé aux vidéos ?

— Eric les a trouvées et les a supprimées. Il allait me tuer. Me torturer, puis me tuer. Alors je lui ai dit que j'étais enceinte. C'est la seule chose à laquelle j'ai pensé pour gagner un peu de temps. Pour qu'il arrête. Je savais à quel point il aimait l'idée d'avoir un jour un fils. Un enfant biologique. Vous savez qu'il est issu d'un don de sperme ?

— Ses parents sont passés par une mère porteuse, dit Josie. C'est une information publique.

Kim secoua la tête.

— Pas seulement une mère porteuse. Un donneur de sperme. Son père ne pouvait pas avoir d'enfants. La mère d'Eric voulait s'assurer qu'il ne la quitterait pas comme il l'avait fait avec toutes ses autres femmes. Et la meilleure garantie était d'avoir un enfant. Elle l'a convaincu qu'il avait besoin d'un héritier.

— Comment vous savez tout ça ? demanda Josie.

— Eric me l'a dit. Il l'a appris quand il était au lycée ; ça l'a bousillé. Le fait de ne pas savoir qui étaient ses parents biologiques l'a toujours agacé. Sa mère ne lui disait rien à ce sujet. C'était une source d'irritation constante. Donc, quand il a dit qu'il allait me tuer – et je savais qu'il le ferait, cette fois, car je l'avais réellement trahi –, j'ai dit que j'étais enceinte.

— Il voulait le bébé.

Elle approuva.

— Oui. Je pense qu'il m'aurait quand même tuée, mais le bébé, son bébé biologique, était important pour lui.

Josie haussa un sourcil.

— Je n'aurais pas dit que Dunn était du genre attentionné, ou qu'il avait le moindre intérêt pour la parentalité.

— Oh, ce n'était pas le cas. Ça n'allait pas être un papa sensationnel ou quoi que ce soit. Vous devez comprendre que tout ce qui comptait pour Eric, c'était d'acquérir des choses. Il obtenait toujours ce qu'il voulait, et il voulait le bébé parce que c'était le sien. Hors de question que quelqu'un d'autre l'ait.

— Alors, vous êtes allée vous cacher chez votre frère.

Kim hocha la tête.

— Oui. Sa femme n'était pas vraiment fan de moi, alors je leur ai aussi dit que j'étais enceinte. Je leur ai dit, à eux et à Eric, que je n'en étais qu'à deux mois de grossesse, pour que le fait que ça ne se voie pas ne soit pas suspect.

— Mais ils auraient fini par comprendre en voyant que votre ventre ne grossissait pas, fit remarquer Josie.

Kim haussa les épaules.

— Eh bien, oui. Brady et Eva auraient sûrement remarqué. Je crois qu'Eva a commencé à comprendre quand elle a vu que je ne prenais pas de poids alors que ça faisait deux mois que j'étais chez eux. J'avais prévu de simuler une fausse couche ou quelque chose comme ça. Je n'avais pas les idées claires. Je voulais juste m'enfuir. Je me disais que je m'occuperais du problème de cette fausse grossesse plus tard. Puis Kavolis est arrivé et...

Elle ferma les yeux ; un frisson parcourut son corps.

— Je ne voulais pas mettre Brady et Eva en danger. Le problème, c'est qu'Eric ne savait pas que je faisais semblant. Il pensait que j'étais enceinte de deux mois quand je me suis enfuie. C'était en mars. Quand il a envoyé Kavolis me chercher en mai, j'aurais dû être enceinte de quatre mois. Mais Kavolis ne m'a jamais ramenée.

— Donc, dans la tête de Dunn, vous auriez accouché au cours des deux dernières semaines.

— Oui.

Josie n'y comprenait plus rien. Elle se réinstalla au fond de sa chaise.

— Dunn s'attendait à avoir un bébé. Cette fois-ci, il a envoyé Twitch. Twitch vous a retrouvée chez Misty.

— Denny me cherchait, moi et l'enfant.

— Mais il ne vous a pas emmenée. Il a emmené le nouveau-né de Misty. Est-ce qu'il savait que Victor Derossi n'était pas votre enfant ?

Kim détourna le regard.

— Je crois. Enfin, j'ai essayé de lui dire que ce n'était pas le mien, mais il ne me croyait pas. Misty a essayé de lui dire aussi, mais il l'a frappée. Elle a vraiment essayé de se débattre, mais il était trop fort. Je lui ai dit de m'emmener à la place du bébé, mais il a répondu qu'Eric le tuerait s'il ne revenait pas avec un nourrisson. Denny se fichait de savoir à qui il était, du moment qu'il lui en livrait un. Il disait qu'Eric ne ferait pas la différence.

— Il vous a laissée là-bas.

Elle baissa les yeux vers ses genoux.

— Denny et moi... Il y a eu un truc.

— Quel genre de truc ?

Kim rencontra de nouveau le regard de Josie, un sourcil levé.

— On couchait ensemble. Dans le dos d'Eric.

— Est-ce qu'Eric l'a découvert ?

Kim rit jaune.

— Vous voulez rire ? Il nous aurait fait torturer et tuer tous les deux. Non, Eric ne l'a jamais su, et Denny était toujours loyal envers lui, mais j'ai utilisé notre histoire pour le convaincre de me laisser partir. Il m'a dit qu'il dirait à Eric qu'il ne m'avait pas vue, mais que ce n'était qu'un sursis. Il avait aussi peur d'Eric que moi. Il me donnait quelques jours d'avance. J'essayais toujours de trouver un moyen de m'en sortir, de m'éloigner d'Eric et de récupérer le bébé de Misty. C'est pour ça que je suis allée chez Luke.

— Pourquoi vous étiez là-bas ? Chez Misty ? demanda Josie.

Kim leva de nouveau le bras pour replacer des mèches derrière son autre oreille.

— Je peux avoir quelque chose à boire ?

Josie fit un signe à la caméra ; Noah entra quelques instants plus tard avec une bouteille d'eau. Kim prit la bouteille et en but la moitié, tout en examinant Noah. Elle lui sourit gentiment et le remercia. Josie tapota sur la table pour recentrer son attention.

— Pourquoi vous étiez chez Misty ? essaya-t-elle de nouveau.

Kim prit une autre gorgée d'eau. *Elle essaie de gagner du temps*, réalisa Josie.

— Luke voulait que je m'en aille, finit-elle par dire. Il disait que c'était trop stressant et que ça ne pouvait pas durer éternellement. Je devais trouver un moyen de me sortir de tout ça. Un jour, Misty est venue chez lui.

— Elle s'est rendue chez lui ? dit Josie, plus fort qu'elle ne l'aurait souhaité, mais Kim ne sembla pas le remarquer.

— Oui, enfin, je l'ai juste vue de la fenêtre de l'étage. Je ne sais pas de quoi ils ont parlé, mais je l'ai vue arriver et repartir, et elle était enceinte. Alors, j'ai demandé à Luke s'ils couchaient ensemble, et si c'était son bébé, et il a ri en me disant que non. Il a dit qu'il la connaissait à peine.

Josie se sentit légèrement soulagée.

— Il a dit pourquoi elle était venue ?

— Il m'a dit qu'elle voulait parler à sa fiancée de quelque chose, quelque chose en lien avec l'enfant.

Le fait que Ray était le père du bébé, pensa Josie.

— Il a mentionné que ce serait plus facile pour elle de l'entendre directement de lui.

Josie pinça les lèvres. Pour une raison ou une autre, Misty avait voulu que Josie soit au courant qu'il y avait des chances pour que son bébé soit celui de Ray. Luke avait été l'intermédiaire. Elle se demandait s'il y avait quelque chose de plus, mais Misty serait bientôt suffisamment rétablie pour répondre à ses questions.

— Et du coup ? Vous vous êtes dit « tiens, je peux aller chez cette femme enceinte » ?

— Je savais qu'il ne voulait pas que je reste, et j'avais le sentiment que cette nana était seule. Elle avait l'air relativement bouleversée. J'ai dit à Luke que j'étais sage-femme...

— Un mensonge, dit Josie.

Kim baissa la tête.

— Oui, admit-elle. Un mensonge. Il n'aurait jamais accepté sinon. Je lui ai dit qu'il pouvait peut-être lui demander si je pouvais rester chez elle quelques jours jusqu'à ce que je trouve une solution.

— Il s'est dit que c'était une bonne idée ? En sachant que les hommes de Dunn essayaient de vous tuer, il s'est dit qu'il était acceptable de vous envoyer dans la maison d'une femme célibataire sur le point d'accoucher ?

— Eh bien, non, il a trouvé que c'était une très mauvaise idée, dit Kim. Mais il n'y avait aucun lien entre moi et Misty, alors c'était parfait.

— Sauf que ça ne l'était pas, dit Josie. Parce que Denny Twitch vous a trouvée.

Quelque chose clochait dans l'histoire de Kim. Luke n'était pas le genre de personne à mettre sciemment une femme enceinte, ou n'importe quelle femme d'ailleurs, même Misty Derossi, en danger. Mais encore une fois, pensa Josie en jetant un autre coup d'œil au t-shirt qui recouvrait le petit corps de Kim, connaissait-elle vraiment Luke ?

— Je sais, dit Kim. Je ne sais pas comment il a fait. Vraiment. Il est arrivé et, l'instant d'après, le bébé n'était plus là et Misty... J'ai cru qu'elle était morte.

— Vous n'avez pas appelé les secours.

— Je ne pouvais pas. Je ne voulais pas qu'Eric me trouve. Vous ne comprenez pas...

— Je comprends suffisamment, dit froidement Josie.

— Non, répondit Kim avec fermeté.

— Je comprends que vous avez mis Misty en danger à plusieurs reprises. Vous avez prétendu être sage-femme, et vous l'avez mise dans la ligne de mire d'Eric Dunn. Ensuite, quand Twitch l'a frappée, vous l'avez laissée agoniser. Au lieu de suivre Twitch, vous l'avez regardé s'emparer d'un nouveau-né sans défense pour assurer votre liberté. Vous ne connaissez rien en matière d'accouchement, mais vous avez convaincu Misty de vous permettre de l'aider à accoucher chez elle. Est-ce qu'elle vous a demandé d'aller à l'hôpital ?

Kim ne répondit pas.

— C'est le cas, je me trompe ? insista Josie.

Kim répondit d'une voix calme.

— Je ne pouvais pas l'emmener à l'hôpital. Je ne pouvais pas prendre le risque qu'on me retrouve. De toute façon, elle allait bien. Le bébé allait bien.

Le corps de Josie frémit de colère.

— Est-ce que ça vous arrive de dire la vérité ?

Kim écarquilla les yeux. Une expression juvénile feignant l'innocence. Josie se leva.

— Épargnez-moi votre cinéma, dit-elle d'un ton sec. Ça ne marche pas avec moi. Vous avez manipulé tout le monde : votre frère, Luke, Misty. Vous avez menti et dit tout ce que vous pouviez pour les amener à faire ce que vous vouliez.

L'expression innocente disparut du visage de Kim pour laisser place à quelque chose de dur et résolu.

— Pas ce que je voulais, répliqua-t-elle. Ce dont j'avais besoin pour survivre. Ma vie a été en danger à partir du moment où Eric a posé les yeux sur moi. Je ne suis pas fière de ce que j'ai fait, mais je suis toujours en vie.

Josie lui jeta un regard noir.

— Peut-être, mais il y a des chances que vous ayez sacrifié Luke et un bébé. Dites-moi, est-ce que vous aviez l'intention depuis le début de faire passer le bébé de Misty Derossi pour le vôtre ?

Kim resta muette, les bras croisés sur la poitrine, son regard évitant celui de Josie. Au bout d'un moment, Josie reprit.

— Qu'est-ce qui s'est passé après que Twitch a pris le bébé ?

— Je suis retournée voir Luke pour lui demander de l'aide ; on réfléchissait à ce qu'on allait faire quand les hommes d'Eric sont arrivés. Luke m'a dit de me cacher, et c'est ce que j'ai fait. Après ça, la première chose dont je me souviens, c'est de m'être réveillée sur le perron de derrière, ne sachant pas qui j'étais ni comment j'étais arrivée là.

Josie rit.

— Vous vous en tenez à votre histoire d'amnésie ? C'est vraiment nécessaire ?

Kim se hérissa.

— Ce n'est pas une histoire. J'ai été traumatisée. Les médecins disent que l'amnésie vient d'un traumatisme. J'ai échappé à la mort deux fois ce jour-là, chez Misty puis chez Luke. Denny est venu ici au commissariat et s'est fait passer pour un marshal. Vous ne voyez pas à quel point Eric pouvait être sans pitié ?

Ce qui était clair pour Josie, c'était qu'en avouant avoir simulé son amnésie, Kim s'exposerait à encore plus d'accusations, dont l'entrave à la saisine et à l'exercice de la justice, pour n'en citer que quelques-unes. Comme elle l'avouait ouvertement, Kim avait pris toutes les mesures nécessaires pour assurer sa propre survie. En continuant à affirmer qu'elle avait souffert d'amnésie, elle s'assurait une certaine protection. Josie reprit :

— Manifestement, vous saviez que vous étiez en danger quand vous avez vu Twitch dans notre hall. Pourquoi l'avoir suivi ? Vous étiez au commissariat. Pourquoi ne pas avoir dit à quelqu'un ce qui se passait ?

— Je ne voulais pas mettre quelqu'un d'autre en danger, expliqua Kim.

— Dans un commissariat ? C'est le comble.

Josie se demanda si Kim avait toujours été mythomane ou si

elle avait en effet simplement pris l'habitude de mentir pour survivre pendant sa relation avec Eric Dunn.

— Quand vous avez fui après avoir tiré sur Twitch, vous êtes allée où ?

— Je crois qu'il me faut cet avocat maintenant, dit Kim. Si on parle de l'accident.

— Permettez-moi de reformuler, dit Josie. Après l'accident, où êtes-vous allée ?

Kim mit un moment à répondre. Une fois de plus, Josie se demanda si elle réfléchissait à ce qu'elle pouvait dire sans s'embourber davantage dans la situation délicate dans laquelle elle se trouvait. Elle finit par répondre.

— J'ai couru jusqu'à ce que je tombe sur un jardin. Il y avait une femme. Elle m'a aidée à me nettoyer, m'a donné quelque chose à manger, des vêtements, puis elle m'a dit que la police allait revenir et que je devais m'en aller.

— La femme qui a une cabane dans l'arbre de son jardin ?

Kim leva les yeux vers elle.

— Oui, elle. Mais ne la poursuivez pas, s'il vous plaît, elle ne savait pas...

Josie l'interrompit d'un geste de la main.

— Elle ne m'intéresse pas. On ne vous a trouvée chez Luke qu'aujourd'hui. Qu'est-ce que vous avez fait d'autre ?

De nouveau, le regard de Kim dériva vers la table. Josie sentait que la vérité était sur le point d'éclater, mais Kim semblait avoir du mal à la faire sortir.

— Il y avait ce type. Il suivait Denny. Enfin, je ne le savais pas au début. J'ai découvert ça plus tard. Je l'avais déjà vu rôder quand j'étais chez Luke. C'est pour ça que je devais partir. Je savais qu'on m'avait retrouvée.

— L'un des hommes d'Eric ?

— C'est ce que je croyais au début, mais ce n'était finalement pas le cas. Il était bizarre, il ne ressemblait pas au genre de gars qu'Eric engageait habituellement. Et puis il était plus âgé.

— Quel âge ?

Elle haussa les épaules.

— Je ne sais pas, la cinquantaine, peut-être ? Il était mince, de taille moyenne, très discret. Je ne le sentais pas. Je ne me suis rendu compte qu'il suivait Denny que quand je suis partie de la maison de cette dame. Il m'a rattrapée quelques rues plus loin et m'a emmenée.

— Qu'est-ce qu'il conduisait ?

— Je ne sais pas. C'était une berline ou un truc comme ça. Noire, cinq portes. Je n'y connais rien. Elle ressemblait à toutes les autres voitures qu'on voit sur la route.

Josie retint un soupir de frustration.

— Où est-ce qu'il vous a emmenée ?

— Nulle part au début. Puis j'ai commencé à lui parler. Je lui ai raconté tout ce que je vous ai dit sur le fait qu'Eric voulait me tuer. Je lui ai demandé si c'était lui qui l'envoyait, mais il a dit que non, qu'il ne travaillait pas pour Eric et qu'il était censé me livrer à son patron, mais il n'a pas voulu me dire qui c'était.

Il y avait donc une autre personne impliquée. C'était logique, compte tenu de l'horrible mort de Dunn.

— Qu'est-ce qu'il vous voulait ?

— Il cherchait à obtenir davantage d'informations sur l'effondrement du bâtiment à Philadelphie. Il m'a assuré que ces renseignements étaient cruciaux pour son patron et que ce dernier me protégerait si je lui disais tout ce que je savais sur l'accident. Bref, je lui ai fait comprendre que, peu importe où il me conduirait, personne ne serait en sécurité tant qu'Eric serait à mes trousses. Alors on a passé un marché : il « s'occuperait » de lui et je serais libre d'aller où je devais aller pour récupérer les vidéos.

— Les vidéos qu'Eric a détruites ?

— Eh bien, ça, il ne le savait pas.

— Certes. Qu'est-ce que vous voulez dire par « s'occuper » de lui ?

Kim haussa les épaules.

— Je ne sais pas. Je croyais qu'il voulait se débarrasser de lui, quoi.

— Le tuer ?

— Ce n'est pas ce qu'il a dit, et moi non plus. Pour autant que je sache, il allait simplement discuter avec Eric. Pour qu'il me lâche la grappe.

Josie plissa les yeux.

— Je vois.

— Écoutez, vous m'avez demandé la vérité, la voilà.

— Vous alliez suivre cet homme sans avoir la moindre idée de qui il était ou pour qui il travaillait ? Vous n'avez pas demandé qui était son patron ou comment il avait réussi à vous trouver ?

— Il refusait de me dire qui était son patron. Je pensais juste que c'était quelqu'un qui s'était fait avoir dans l'effondrement de l'immeuble. De toute façon, je n'avais pas l'intention d'aller à sa rencontre, j'essayais juste de lui échapper sur le moment.

Tout ce que faisait Kim, elle le faisait sur le moment.

— Qu'est-ce qui s'est passé ensuite ?

— Il m'a déposée chez Luke. J'étais censée le retrouver à un kilomètre de là, au niveau d'un silo de ferme abandonné, aujourd'hui. J'y suis allée à pied, mais je me suis dégonflée quand j'ai vu la voiture. Je n'ai pas pu aller jusqu'au bout. Je ne me sentais pas en sécurité. Alors je suis retournée chez Luke.

— Comment il s'appelait ?

— Il m'a demandé de l'appeler Leo. C'est tout ce que je sais.

— Je vais envoyer mon équipe à sa recherche, déclara Josie. Est-ce que vous avez eu une conversation avec Twitch quand il vous a enlevée ?

— Je ne peux rien vous dire là-dessus. Pas sans avocat.

— Je ne vous demande pas de me dire ce qui s'est passé. Je veux juste savoir si le bébé ou Luke ont été mentionnés pendant que vous étiez avec Denny Twitch.

Les doigts de Kim décollaient l'étiquette de la bouteille d'eau.

— Il ne voulait pas parler de Luke. Je lui en ai parlé, mais Denny a changé de sujet. Tout ce qui l'intéressait, c'était le bébé. Il pensait que j'avais pris le bébé. Il disait qu'il ne l'avait pas.

Un frisson d'excitation parcourut le dos de Josie.

— Il pensait que vous lui aviez pris le bébé ? Quand ? Comment ?

— Oui, il pensait que je l'avais suivi quand il quittait la maison de Misty avec le bébé, et que je l'avais pris dans sa voiture pendant qu'il faisait le plein.

— C'est le cas ?

— Non, dit Kim. Comme je vous l'ai dit, je suis retournée chez Luke.

— Comment vous y êtes allée ?

— En taxi, dit Kim, l'air presque penaud. J'ai utilisé le portable de Misty et je l'ai jeté dans le fleuve après. J'ai demandé au chauffeur de s'arrêter au milieu du pont, et je l'ai lancé dans l'eau.

Ce qui indiquait qu'elle brouillait les pistes non pas pour échapper à Eric Dunn, mais pour échapper à la police. Josie se demanda si elle ne dissimulait pas autre chose mais, pour l'instant, son unique objectif était de retrouver Luke et Victor Derossi, qu'ils soient morts ou en vie.

— D'accord, donc, si Denny n'avait pas le bébé et que vous ne l'aviez pas non plus, qui l'a ?

— Aucune idée.

Pour la première fois de l'après-midi, Josie était absolument certaine qu'elle disait la vérité.

— D'accord, alors qui aurait tenté d'enlever le bébé ? Qui aurait enlevé Luke alors qu'il était sous la surveillance des hommes de Dunn ? Qui aurait pu savoir où il les retenait ?

Kim la regarda avec des yeux tristes.

— Tous ceux qu'il a entubés dans sa vie, c'est-à-dire beaucoup de gens. Mais aucun d'entre eux n'aurait eu le cran de le faire. Si ses hommes sont morts, c'est parce qu'Eric a donné l'ordre de les tuer. Eric avait beaucoup de gars à son service qui lui obéissaient aveuglément. Ils allaient là où il leur disait d'aller, et ils faisaient ce qu'il leur disait de faire. Si Luke et le bébé n'étaient pas là-bas, c'est qu'Eric a donné l'ordre de les tuer aussi.

50

Josie referma la porte de son bureau et s'appuya contre elle en prenant une grande inspiration. Elle devait rester calme. Elle refusait de croire que Luke et le petit Victor Derossi étaient morts ; elle ne le voulait pas, elle ne le pouvait pas. Twitch avait affirmé à Kim qu'il n'avait pas le bébé, mais *quelqu'un* l'avait. Josie ne savait pas si c'était pour le meilleur ou pour le pire. Au moins, les hommes de Dunn étaient préparés, ils avaient un berceau et une couverture. Elle était certaine qu'ils ne savaient pas s'occuper d'un nourrisson, mais ils avaient fait un petit effort, ce qui voulait dire que Dunn n'avait pas eu l'intention de simplement tuer le bébé. Mais s'il était entre les mains de quelqu'un d'autre ? Un frisson parcourut Josie. Elle le chassa en se secouant et alla s'installer derrière son bureau. Kim mentait sur beaucoup de choses, mais Josie ne croyait pas qu'elle détenait des informations qui aideraient à retrouver Victor ou Luke.

On frappa doucement à la porte, et Noah entra. Il la fixa avec ce mélange de pitié et de peine qu'il arborait depuis le début de cette affaire, comme s'il la regardait subir une extraction dentaire.

— Je vais bien, dit-elle d'un ton sec.

Il avança et posa un sac de fast-food en papier au milieu de son bureau.

— On a mis Conway en garde à vue pour le moment. Elle passera ensuite par les procédures administratives une fois qu'on lui aura attribué un avocat commis d'office.

Josie acquiesça. L'odeur de la nourriture lui noua l'estomac. Elle jeta un œil à l'intérieur du sac. Un burger et des frites.

— Vous devez avoir faim, dit-il. Même si ce n'est pas le cas, il faut que vous mangiez.

Elle déballa le burger et en prit une bouchée. Il s'avéra qu'elle avait faim ; en quelques secondes à peine, elle l'avait entièrement dévoré. Un grognement sonore émana de son abdomen alors qu'elle attrapait les frites. Noah s'installa en face de son bureau.

— Vous croyez qu'elle a raison ? demanda-t-il. Que Dunn a fait tuer Luke et le bébé ?

Josie répondit la bouche pleine de frites.

— Il y a quelqu'un d'autre, ça ne fait aucun doute. Le mystérieux Leo dans la voiture noire ? Le bébé qu'on a pris à Twitch ? Les hommes morts dans l'église où ils détenaient Luke ? Ensuite, on tue Dunn et ses gars ? Quelqu'un d'autre est impliqué.

— Je pense aussi. Mais qui ?

— Quelqu'un qui a suffisamment de pouvoir et d'argent pour faire tomber Dunn. Quelqu'un qui a assez de couilles pour ça.

— Quelqu'un qui veut se venger de l'effondrement du bâtiment ?

— Ou quelqu'un qui prévoyait d'utiliser les preuves que Kim avait pour le mettre hors jeu. Envoyez des équipes à la recherche de ce Leo. Commencez chez Luke. Vérifiez le silo.

— Tout de suite.

Rassasiée, Josie s'enfonça dans sa chaise et ferma les yeux. Elle voulait simplement rester assise dans le calme pour apaiser ses pensées mais, l'instant d'après, Noah la secouait pour la réveiller.

— Patronne, dit-il. Vous étiez en train de ronfler.

Josie se redressa et essuya un filet de bave au coin de sa bouche.

— J'ai dormi pendant combien de temps ?

— Juste quelques minutes, dit Noah. Pourquoi vous ne rentrez pas chez vous ? Pour vous reposer un peu. Je ferai en sorte qu'on vous appelle s'il y a du nouveau. Vous n'avez pas arrêté de la journée.

Elle voulait s'opposer de toutes ses forces à sa suggestion, mais ses membres étaient fatigués et lourds. Il était 21 heures passées. Elle n'avait qu'à rentrer chez elle et prendre deux ou trois heures de repos, se raisonna-t-elle, puis se remettre au travail.

— D'accord, dit-elle à Noah. Juste un petit moment.

Josie zigzagua dans les rues de Denton, avec à la fois le désir de retrouver son lit et l'objectif d'éviter Carrieann à tout prix. Elle n'était plus qu'à quelques rues de chez elle quand son téléphone vibra. Elle se gara et le consulta ; Diana Sweeney lui avait envoyé une série de messages et un fichier PDF avec le profil du deuxième donneur, ainsi qu'une photo de celui-ci quand il était jeune. Josie agrandit la photo. Le brouillard d'épuisement qui embrumait son esprit depuis qu'elle avait mangé se dissipa instantanément.

— Putain de merde.

Sans réfléchir, elle opéra un demi-tour et reprit la route.

Dans le sud-est de Denton, un pont enjambait le fleuve Susquehanna, reliant la ville aux montagnes. La maison de Peter Rowland se trouvait sur une colline, de l'autre côté du pont. Tout le monde savait où habitait Rowland, à la fois parce qu'il était une légende locale et parce qu'il était le seul habitant de la ville à posséder un héliport. Josie manqua l'allée de Rowland, délibérément non signalée, à deux reprises. Elle la trouva enfin à sa troisième tentative. L'allée, pavée et parfaitement entretenue, serpentait à travers une végétation dense de chaque côté. Les phares de Josie éclairaient occasionnellement une clairière avec une sculpture. Elle avait l'impression d'être dans *Alice au pays des merveilles*. Elle savait que Rowland était riche, mais elle ne l'avait pas trouvé excentrique lorsqu'ils s'étaient rencontrés, la veille.

À mesure qu'elle approchait de la maison, des lanternes à LED surgissaient du sol de part et d'autre de l'allée, éclairant le chemin. Enfin, une grande percée dans les arbres apparut : c'était l'héliport, avec un petit hélicoptère inutilisé au centre. Au-delà, la vaste demeure de Rowland semblait se déverser du ciel vers le sol, chaque étage s'étendant un peu plus que le précédent. Les murs du rez-de-chaussée étaient presque entièrement en verre. À travers eux, elle pouvait voir deux des pièces éclairées, une bibliothèque et un salon rempli de canapés blancs et d'une méridienne blanche. Peter Rowland était assis dans l'angle d'un des canapés, les jambes croisées, plongé dans un livre. Il leva les yeux lorsque les phares de Josie balayèrent la façade de la maison.

Josie se gara et Rowland vint à sa rencontre à la porte. Il esquissa un sourire incertain.

— Cheffe Quinn, dit-il. Est-ce que tout va bien ?

C'est à ce moment-là que Josie prit conscience de l'imprudence de sa décision impulsive de venir chez lui si tard. Mais elle ne pouvait plus reculer désormais.

— Oui, dit-elle. J'avais juste... Je voulais juste... échanger quelques mots avec vous.

Il s'écarta de son chemin pour lui permettre de passer la porte. Elle gravit un petit escalier ouvert et pénétra dans la pièce où elle l'avait vu lire. De l'intérieur de la maison, les panneaux de verre allant du sol au plafond étaient d'un noir profond, à l'exception de son reflet fantomatique. Rowland s'avança derrière elle et lui indiqua les fenêtres.

— C'est magnifique, le matin, quand on peut voir les arbres. Il y a aussi un petit jardin sur la gauche.

Comme Josie ne fit aucun commentaire, il poursuivit.

— Je peux vous offrir quelque chose ?

Josie se retourna et lui sourit.

— Non, merci.

Il lui indiqua l'un des canapés, où Josie prit place. Une fois qu'il fut assis sur le bord de la méridienne, Josie alla droit au but.

— Quand Tara vous a appelé pour vous demander de verser une récompense pour accélérer les recherches concernant le bébé de Misty Derossi, vous saviez que vous étiez peut-être le père ?

Le sourire courtois que Rowland arborait depuis son arrivée se figea et parut presque douloureux.

— Pardon ? dit-il.

— Saviez-vous que vous étiez peut-être le père de Victor Derossi quand vous avez décidé de contribuer à la récompense ? C'est pour ça que vous avez proposé votre aide ?

Rowland affichait désormais une expression de confusion. Il posa ses coudes sur ses genoux et se pencha en avant.

— Je suis désolé. Je crois que vous me confondez avec quelqu'un d'autre. Je ne suis pas le père de Victor Derossi.

— Mais vous pourriez l'être, dit Josie. Il y a une chance sur deux que vous le soyez. Vous devez déjà le savoir.

— Le savoir ? Je n'ai jamais rencontré Misty Derossi. Comment est-ce que je pourrais être le père de son fils ?

— Je suis au courant pour le don de sperme. J'ai des preuves.

Rowland resta muet pendant un moment. Il se redressa et la regarda avec intensité. On aurait dit qu'il prenait une décision. Finalement, il prit la parole.

— Quand j'étais très jeune, j'ai pris une décision stupide, beaucoup de décisions stupides, à vrai dire, parce que j'étais pauvre et que j'essayais de terminer mes études. J'ai même été sans domicile pendant un certain temps, vous le saviez ?

Josie le savait car presque chaque facette du parcours de Peter Rowland, de la pauvreté au succès phénoménal, faisait partie de la légende urbaine de Denton.

— Oui, répondit-elle. J'en ai entendu parler.

— Eh bien, il y a eu une période pendant ma vingtaine où je cherchais n'importe quel moyen de me faire de l'argent rapidement. Alors oui, j'ai fait un don de sperme. J'ai trouvé un endroit qui rémunérait les dons. Mais c'était il y a très longtemps.

— Votre échantillon existe toujours, souligna Josie.

— Seulement parce que quelqu'un à la banque de sperme a commis une erreur. Mon échantillon était censé être détruit il y a de nombreuses années. La banque de sperme en question ne conserve généralement les échantillons que pendant sept à douze ans. Douze ans, c'est presque du jamais-vu.

— Pourtant, votre échantillon a survécu et a été échangé avec celui que Misty Derossi avait choisi.

— Je sais qu'il n'a pas été détruit. La banque de sperme m'a envoyé une lettre il y a un mois ou deux pour m'en informer. Mon avocat s'est occupé de tout ça. Mais on nous a assuré qu'étant donné l'âge de mon échantillon, il n'y avait aucune chance qu'il soit viable.

— Ce n'est pas ce qu'ils ont dit à Mlle Derossi.

— Je suis navré de l'apprendre. J'imagine que ça a dû la bouleverser, mais je vous dis que Victor Derossi n'est pas mon enfant.

— Alors pourquoi avoir offert 15 000 dollars de récompense pour qu'on le retrouve ? demanda Josie.

Il esquissa un sourire crispé.

— Je vous l'ai dit. Je voulais rendre service à la communauté.

— Vous financez presque à vous seul la maison des femmes de la maire.

Rowland soupira de nouveau.

— Cheffe Quinn, vous avez des enfants ?

Josie secoua la tête.

— J'ai perdu ma fille, Polly, l'année dernière.

— Je suis navrée, dit Josie.

— C'est gentil. On ne peut pas s'imaginer ce que ça fait jusqu'à ce que ça nous arrive. Je ne le souhaite à aucun parent. Quand Tara m'a parlé de la situation de Mlle Derossi, je me suis dit que je devais faire quelque chose. Il se trouvait que j'étais dans le coin. J'ai les fonds nécessaires. C'est aussi simple que ça.

Josie ne le croyait pas une seconde, mais comprit que continuer à lui poser ce type de questions ne mènerait à rien ; elle changea donc de sujet.

— Vous avez une très belle maison, dit-elle.

S'il avait été surpris par le revirement soudain, il n'en laissa rien paraître.

— Merci.

— Je peux utiliser vos toilettes ?

— Bien sûr, dit-il.

Il lui indiqua une salle de bains au rez-de-chaussée. Josie la trouva et tenta de se faire une idée aussi juste que possible de la maison en traversant les couloirs. Chaque pièce était bien meublée, mais semblait n'avoir pas été utilisée depuis des années ; bien que la maison soit propre et richement décorée, elle donnait l'impression d'être vaste et vide. Josie avait le sentiment que, si elle criait, son écho lui reviendrait. Aucun signe n'indiquait que quelqu'un d'autre y résidait ou y séjournait. Bien qu'elle ait pensé à se faufiler dans l'escalier et à jeter un coup d'œil aux deux autres étages, elle décida de ne pas le faire. Lorsqu'elle revint dans le salon, Rowland attendait.

— Ce sera tout, cheffe Quinn ?

— Oui. Je suis désolée de vous avoir dérangé à une heure si tardive.

Elle désigna la pièce d'un geste de la main.

— Vous n'avez pas d'équipe de sécurité ?

Il rit.

— Non, est-ce que je devrais ?

— J'imagine que non. Vous pilotez vous-même votre hélicoptère ?

— Non, j'engage un pilote pour ça.

— Vous connaissez un homme appelé Leo ?

Il laissa échapper un soupir d'impatience.

— Je connais beaucoup d'hommes, cheffe Quinn. Aucun dénommé Leo ne me vient à l'esprit.

Derrière elle, Josie entendit des pas. Elle se retourna pour regarder dans le couloir, mais il n'y avait personne.

— Vous avez des animaux ? demanda-t-elle.

— Non, c'est sûrement Marie, ma gouvernante.

— Elle travaille tard, non ?

— Je lui demande de rester quand je suis en ville. Je sais que je n'en ai pas l'air, mais je peux mettre un sacré désordre quand je le veux.

Il s'approcha d'elle et la guida vers la porte d'entrée.

— Écoutez, dit-il alors qu'elle sortait dans la nuit. J'apprécierais que vous gardiez ces informations pour vous. Victor Derossi est toujours porté disparu, n'est-ce pas ?

— En effet, dit Josie.

— Je ne voudrais pas que les recherches soient... entravées de quelque manière que ce soit. Si la presse a vent de cette histoire de don de sperme, elle va en faire tout un cirque. Il vaut mieux se concentrer sur la recherche du petit Victor, pas vrai ?

— Bien sûr, dit Josie.

Puis il lui ferma la porte au nez.

Josie avait trois appels manqués de Carrieann et deux messages de sa part lui demandant des nouvelles. Josie répondit qu'ils avaient retrouvé Kim Conway chez Luke et qu'ils l'avaient placée en garde à vue, mais qu'elle n'avait pas d'informations pertinentes. Carrieann voulait savoir ce qui allait se passer maintenant qu'Eric Dunn était mort et s'ils pouvaient retrouver Luke ou non. Josie n'avait pas la force de rentrer chez elle et de lui faire face en sachant que la seule chose qu'elle avait à offrir était encore plus de questions sans réponses. Elle répondit à Carrieann qu'elle essayait toujours de trouver Luke, ce qui était en quelque sorte un mensonge puisqu'elle ne savait même pas par où reprendre. Ce qu'elle savait, c'était que Peter Rowland mentait. C'était une trop grande coïncidence qu'il soit le donneur dont l'échantillon avait été confondu avec celui de Ray et qu'il se trouve justement en ville, prêt à offrir une récompense pour le retour sain et sauf de Victor Derossi.

Josie n'était allée chez Noah que quelques fois auparavant, pour le récupérer ou le déposer lorsqu'ils utilisaient les véhicules de service. Elle n'était jamais entrée. Elle se tenait maintenant sur le pas de sa porte, se balançant d'un pied sur l'autre pour se réchauffer. Il vivait dans une petite maison de style ranch, sans aucun ornement. Il n'y avait même pas de paillasson sur le perron. Il était évident qu'il vivait seul. Josie sonna pour la troisième fois. Enfin, la lumière au-dessus de la porte s'alluma. Celle-ci s'ouvrit en grinçant et Noah se tint devant elle, vêtu d'un simple caleçon. Il était manifestement en train de dormir. Ses épais cheveux bruns étaient en pagaille, ses paupières, lourdes de fatigue. Il cligna des yeux.

— Patronne ?

— Désolée de vous déranger aussi tard, dit Josie. Je peux entrer ?

Il s'écarta pour la laisser passer. Elle s'arrêta lorsqu'elle remarqua la cicatrice sur son épaule droite. Même si c'était elle qui lui avait causé cette cicatrice pendant l'affaire des jeunes disparues, elle ne l'avait jamais vue avant. Noah la regarda et frotta ses doigts dessus.

— Ça ne fait pas mal, dit-il.

— Je... je suis... s'étrangla Josie.

Il se mit à rire.

— Je sais, je sais. Vous êtes désolée. Vous n'avez pas besoin de le répéter. Allez, venez dans la cuisine.

Sa maison était meublée avec ce qui semblait être des meubles d'occasion. Tout y était utilitaire. Il avait ce dont il avait besoin, rien de plus : un vieux canapé deux places qui s'affaissait au milieu ; une table basse éraflée sur laquelle ne se trouvait qu'une télécommande ; une télévision sur un petit meuble à trois étagères qui ne contenait qu'un lecteur DVD et ce qui ressemblait à une console de jeux. On aurait dit que sa cuisine n'avait pas été rénovée depuis les années 1970. En son centre étaient disposées une petite table et deux chaises. Il en tira une pour elle, se dirigea vers l'évier et sortit une boîte de café du placard juste au-dessus.

— Je sais que cet endroit n'est pas génial, dit-il. Ma mère me répète toujours d'en faire quelque chose mais, honnêtement, je n'y suis presque jamais.

Josie s'assit à la table et le regarda remplir la verseuse de la cafetière d'eau. C'était à peu près la seule chose moderne dans la maison.

— Je vous fais trop travailler, commenta-t-elle.

Il lui lança un sourire par-dessus son épaule.

— Nan, ça va.

Il versa l'eau à l'arrière de la cafetière et se tourna vers elle, s'appuyant contre le plan de travail. Encore une fois, la cicatrice attira l'attention de Josie. Elle lui rappela celles qui mouchetaient et zébraient le torse de Luke. Certaines provenaient des balles, d'autres, des opérations qui avaient suivi. Elle se demanda si elle pourrait de nouveau y poser ses doigts. Puis elle se demanda si elle en avait vraiment envie ; il lui avait menti et l'avait peut-être trompée.

— Qu'est-ce qui se passe ? demanda Noah.

Elle lui parla des textos de Diana Sweeney et de sa rencontre avec Rowland. Noah siffla doucement.

— Ça, je ne l'ai pas vu venir.

— Moi non plus.

— Qu'est-ce que vous en pensez ?

— Et si la raison pour laquelle on n'a pas trouvé le bébé à l'église, mais seulement un berceau qui n'avait pas l'air d'avoir été utilisé, c'est parce que Rowland a le bébé ?

— Patronne...

— Écoutez-moi deux secondes. Si Misty a été informée de l'erreur, c'est logique de penser que Rowland l'a été aussi, non ?

— Mais ils n'auraient pas porté atteinte à la vie privée de Misty en lui divulguant son identité, et vous avez dit qu'il savait déjà que son échantillon n'avait pas été détruit. Qu'est-ce qu'il ferait d'un bébé ? Ça me paraît farfelu...

Il sortit deux tasses d'un autre placard et y versa le café

bouillant. Il prépara celui de Josie exactement comme elle l'aimait et le lui tendit.

— Mais ça ne peut pas être un hasard, vous ne trouvez pas ? insista-t-elle.

— Quoi ? Qu'il offre une récompense pour un bébé qui pourrait être le sien ? C'est sûr que c'est une drôle de coïncidence, reconnut Noah.

— Ce n'est pas une coïncidence, affirma Josie.

— Patronne, on n'a aucune preuve qui relie Rowland à Misty à part l'erreur d'échantillon, et on sait que la banque de sperme a respecté la confidentialité.

— Ou peut-être pas. J'ai bien réussi à obtenir ses informations.

Noah posa sa propre tasse sur la table et s'installa en face d'elle. Il lui lança un sourire en coin.

— Vous avez fraudé.

— Seulement parce que passer par les canaux officiels aurait pris trop de temps. Diana m'a dit que leur service juridique mettait sept à dix jours pour traiter les mandats. Il est fort possible que tout ce qu'il faudrait à Rowland pour obtenir cette information, c'est un bon avocat, et je sais qu'il peut se le permettre.

Noah passa la main sur son crâne.

— Je pense que c'est un peu tiré par les cheveux. Pourquoi est-ce qu'il offrirait de l'argent pour retrouver un bébé qu'il a ?

— Pour donner l'impression qu'il ne l'a pas, répondit Josie.

— D'accord, donc qu'est-ce que vous insinuez ? Que Rowland a kidnappé le bébé sous le nez de Denny Twitch ?

— Non, dit Josie. Quelqu'un qui travaille pour Rowland. Peut-être ce fameux Leo.

— Donc, dans ce scénario, Rowland découvre que le bébé pourrait être le sien mais, au lieu d'approcher Misty directement, qu'est-ce qu'il fait ? Il envoie un homme ? Pour la surveiller ? Ensuite, le bébé naît, et Twitch se pointe. Au lieu de sauver Misty, il attend que Twitch la tabasse et prenne le bébé. Ensuite, il suit Twitch et kidnappe le bébé. Il garde le bébé et offre une prime pour celui qui le ramènera sain et sauf. Pour quoi faire ? Pourquoi Rowland voudrait à ce point ce bébé, mais essaierait en même temps de le cacher ?

— Je ne sais pas, dit Josie. C'est la partie que je n'arrive pas à comprendre. Il a perdu un enfant l'année dernière, peut-être qu'il voit ça comme une occasion.

— Alors pourquoi le faire illégalement ? Pourquoi tout faire en douce avec des hommes de main ? Pourquoi ne pas juste demander à ses avocats de contacter Misty pour qu'ils puissent régler ça entre eux ?

Josie poussa un soupir de frustration. Noah avait raison. Ça n'avait aucun sens.

— Patronne, vous ne pensez pas que vous faites de Rowland un suspect parce que vous voulez à tout prix que le bébé de Misty soit en vie ?

Elle déglutit en détournant son regard de lui. Elle rapprocha son café et l'entoura de ses deux mains.

— D'accord, dit-elle. Je comprends. Je n'ai pas pu sauver Luke, je n'ai pas pu trouver le bébé de Misty. Ray pourrait être le père du bébé. Ray était mon mari. Je vois ce que vous voulez dire.

— Vraiment ?

Elle croisa de nouveau son regard.

— Oui. Je vous promets, je comprends ce qui vous fait dire ça.

Noah sourit.

— Mais ?

— Mais mon instinct se trompe rarement. Je veux entrer dans la maison de Rowland.

Noah répondit du tac au tac :

— Eh bien, la seule manière d'y parvenir serait de demander à un juge de signer un mandat, justifié par le fait que l'échantillon de sperme de Rowland a été confondu avec celui de Ray, une information que vous n'avez pas obtenue officiellement, je vous rappelle. Et même ça, je ne suis pas sûr que ça fonctionne.

— Noah, et s'il avait ce bébé ?

— Un homme comme Peter Rowland n'aurait aucune raison de kidnapper un bébé, surtout si c'était le sien. Même s'il ne voulait pas que l'histoire du don de sperme se sache, il aurait pu simplement se tourner vers Misty en privé et trouver un compromis avec elle. Je suis sûr qu'il a assez d'argent pour la faire taire.

— Peut-être qu'il craignait qu'elle ne le fasse chanter. Il ne la connaît pas assez pour savoir qu'elle ne le ferait pas. Moi-même, je ne la connais pas assez pour savoir qu'elle ne le ferait pas.

Noah hocha la tête.

— Vous oubliez l'essentiel. Les gens comme Peter Rowland n'ont pas besoin de stratégies de voyou. Ce n'est pas Eric Dunn. Dunn se servait de sa richesse et de son pouvoir comme d'une massue et écrasait tous ceux qui se trouvaient sur son chemin. Rowland est un philanthrope reconnu, un bienfaiteur. Il siège aux conseils d'administration de nombreuses sociétés et institutions caritatives. Il ne fait pas étalage de sa richesse. Le gars est mille fois plus riche et plus prospère que Dunn ne l'aurait jamais été. Vous avez dit vous-même qu'il n'avait même pas de garde du corps. Rowland n'est pas le genre de gars qui engagerait un sbire pour régler ses affaires. Il le ferait devant un tribunal ou avec des contrats, des accords de confidentialité et des indemnités.

Josie ne pouvait pas nier la justesse de l'analyse que faisait Noah de Peter Rowland, compte tenu de ce qu'elle savait de cet homme.

— Écoutez, continua Noah. Vous êtes bouleversée par ce qui s'est passé aux Flats aujourd'hui. Vous n'avez pas dormi. Actuellement, il n'y a rien qui va. La meilleure chose à faire, c'est rentrer chez vous, dormir un peu et reprendre tout ça demain matin.

— Vous me laissez disposer ?

Il rit.

— La dernière fois que je l'ai fait, vous m'avez tiré dessus. Qu'est-ce que vous croyez ?

Josie rougit. Elle ouvrit la bouche pour s'excuser une nouvelle fois, mais décida de la refermer. Noah se pencha au-dessus de la table et toucha sa main délicatement.

— Patronne, commença-t-il, dormez quelques heures, d'accord ? C'est tout ce que je vous demande. Vous pouvez même rester ici, dormir sur mon canapé, et on déterminera demain matin par où commencer.

Josie but une longue gorgée de café et poussa la tasse vers Noah.

— Merci, dit-elle.

Il l'accompagna dans le salon et l'observa s'installer sur le canapé.

— Je vais vous chercher une couverture, lui dit-il.

Elle était déjà en train de s'endormir quand il revint avec la couverture. Il la posa sur elle.

— Noah, marmonna-t-elle au lieutenant sans ouvrir les yeux, Rowland a une gouvernante. On peut peut-être se rapprocher d'elle ?

Elle entendit son petit gloussement et sentit sa main lui serrer l'épaule.

— Demain, patronne. On en parlera demain.

— C'est une perte de temps, déclara Noah.

— Chut ! dit Josie en agitant la main dans sa direction. Je crois voir quelque chose.

Elle scrutait à travers son pare-brise l'entrée de la cour de Rowland. Après avoir dormi quelques heures, Josie et Noah étaient retournés chez Rowland. Ils avaient passé tout l'après-midi assis dans l'Escape de Josie, à quelques mètres de l'allée menant à la maison de Rowland, à attendre que la gouvernante quitte la propriété.

— C'est un cerf, dit Noah.

Effectivement, une biche sortit la tête du feuillage qui entourait l'entrée de l'allée et s'engagea prudemment sur la route. Josie grogna. Au départ, ils avaient attendu que Rowland parte – il conduisait une Mercedes-Benz – pour aller frapper et sonner à la porte de la maison ; faire le tour des lieux pour voir s'ils pouvaient repérer la gouvernante à l'intérieur. Rien. Ensuite, Noah avait remarqué les différentes caméras que Rowland avait installées partout sur la propriété. Ils s'étaient retirés pour surveiller l'allée de loin. Josie était certaine que la femme de ménage finirait par partir, et qu'ils pourraient alors la suivre et l'interroger.

— Est-ce que vous avez vu cette femme, au moins ? demanda Noah.

Josie grommela.

— Évidemment. Je...

Mais elle n'avait pas vu la femme. Elle n'avait en fait vu personne. Mais pourquoi Rowland aurait-il menti ?

— Il a dit qu'elle s'appelait Marie, dit Josie. Pourquoi il me donnerait son nom si elle n'existait pas ?

Noah soupira.

— Pour que vous croyiez vraiment qu'il a une gouvernante qui s'appelle Marie. Ça pourrait être n'importe qui. Peut-être qu'il a une aventure secrète dont il ne veut pas que les gens apprennent l'existence. Ou un animal exotique illégal.

Josie lâcha un rire.

— Un animal exotique ? Comme quoi ?

— Je ne sais pas. Comme l'un de ces petits singes capucins ou quelque chose du genre. Ce mec est riche et bizarre. Ou peut-être qu'il prépare quelque chose et qu'il essayait juste de vous déstabiliser, de se débarrasser de vous.

— Vous pensez qu'il est si diabolique que ça ?

— Ce n'est pas moi qui pense qu'il détient un bébé là-dedans.

Josie grogna. Elle commençait, elle aussi, à penser que c'était une énorme perte de temps. Peut-être qu'elle se raccrochait à n'importe quoi maintenant que Dunn n'était plus là, qu'elle essayait de provoquer un miracle.

— Est-ce que vous avez réfléchi au fait que, s'il avait le bébé, et c'est un grand si, il ne le garderait peut-être pas chez lui ? Dunn ne détenait pas Luke à un endroit qui aurait pu nous mener à lui.

— Je sais, dit Josie. J'ai demandé à Gretchen de vérifier les registres fonciers ce matin, mais c'est la seule propriété de Rowland dans le comté. C'est notre seule piste pour le moment. Peut-être que la gouvernante pourra nous dire quelque chose d'utile.

Une sonnerie envahit le véhicule.

— C'est votre portable ? demanda Noah.

Josie sortit son téléphone du porte-gobelet entre eux et regarda l'écran.

— C'est Gretchen, dit-elle.

— Patronne, dit Gretchen quand Josie décrocha. Je crois qu'on a trouvé le Leo dont Kim Conway vous a parlé.

Josie et Noah attendirent que deux autres policiers les remplacent chez Rowland avant de se diriger vers l'endroit où Gretchen les attendait. Un chemin de terre cahoteux menait au silo à grains abandonné, situé à un kilomètre derrière la maison de Luke. À bord de l'Escape de Josie, elle et Noah se faisaient secouer d'un côté à l'autre alors qu'elle manœuvrait le long du chemin. Tout autour d'eux, les mauvaises herbes et la verdure gagnaient du terrain, comme pour envelopper le véhicule de Josie. Il y avait, dans le champ sur la gauche de Josie, une vieille moissonneuse-batteuse rouillée dont le toit s'affaissait. Un air de désolation régnait sur les terres agricoles laissées en jachère ; il s'intensifia lorsqu'ils s'arrêtèrent derrière la Chevrolet Cruze de Gretchen et aperçurent la scène de crime au-delà. Le camion de la docteure Feist était à côté de la voiture de Gretchen. Josie gara l'Escape, et ils descendirent. À côté du silo, entourée par un ruban jaune, se trouvait une Ford Fusion noire. Une berline à cinq portes, comme Kim Conway l'avait décrite.

Gretchen apparut à côté d'eux, un rouleau de ruban jaune dans les mains. La docteure Feist fit le tour de la berline, jetant un œil à l'intérieur par la fenêtre du côté passager.

— On attend l'équipe d'intervention criminelle, expliqua Gretchen.

Josie s'approcha légèrement du véhicule et vit des éclaboussures de sang sur la fenêtre du côté conducteur. Elle sentit sa poitrine se serrer.

— Un corps de plus.

Gretchen acquiesça. La docteure Feist les rejoignit prestement.

— C'est exactement comme votre autre homme. Blessure par balle au lobe temporal droit. Le pistolet laissé sur le siège à côté de lui.

— Il s'est tiré une balle dans la tête ? demanda Noah.

Anya secoua la tête.

— Ça m'étonnerait. La plupart des gens qui font ça mettent le pistolet dans leur bouche ou sous leur menton. Ce serait peu commode de tenir le canon sur le côté de sa tête comme ça. Je ferai des prélèvements sur ses mains pour voir si j'y trouve des résidus de poudre quand on sera à la morgue.

— Merde, dit Josie.

— La voiture est enregistrée au nom de Leonard Nance, du Queens, à New York, dit Gretchen. Une fois que la scène sera photographiée et examinée, on verra s'il a des papiers d'identité sur lui, mais je pense qu'on peut affirmer que c'est le Leo que Kim était censée rejoindre ici.

— On aurait dû faire des prélèvements sur ses mains à elle pour trouver des résidus de poudre, dit Josie. C'est pour ça qu'elle se douchait chez Luke. Noah, appelez quelqu'un pour qu'on vous emmène chez Luke et cherchez ses vêtements. Si elle a tiré sur ce mec à bout portant dans un véhicule, le sang a dû l'éclabousser.

Il acquiesça et sortit son téléphone en s'éloignant un peu pour passer l'appel.

— Gretchen, poursuivit Josie, restez ici, attendez l'équipe d'intervention criminelle et appelez-moi si vous trouvez quelque chose d'intéressant. Je retourne au commissariat pour rechercher le nom de Nance. Je vais voir ce que je peux trouver. Le Queens n'est pas si loin de Manhattan. Je veux voir si je peux trouver un lien entre lui et Peter Rowland.

Une heure plus tard, Josie était assise derrière son bureau et se massait les tempes. Leonard Nance était un fantôme ; elle avait pu trouver son adresse dans le Queens et une date de naissance qui lui donnait cinquante-quatre ans, mais rien d'autre. Aucun casier judiciaire, aucun historique scolaire ou professionnel, aucun parent. Elle n'avait même pas pu trouver d'adresses antérieures. La seule et unique chose qu'elle avait pu trouver était qu'il avait servi dans l'armée pendant huit ans quand il était jeune. Hormis cela, il n'avait aucune empreinte numérique. Même après avoir reçu une photo de son permis de conduire de la part de Gretchen, elle n'avait rien trouvé d'utile. Elle n'avait pas non plus trouvé de lien entre Nance et Peter Rowland. Mais elle était convaincue que le premier avait travaillé pour le second.

En pensant à la façon dont elle avait trouvé le lien entre Kim Conway et Eric Dunn, elle ouvrit Google pour y taper le nom de Peter Rowland. Elle cliqua sur « Images » et commença à les faire défiler. Il y avait des milliers de photos de lui. Noah avait raison : il faisait des dons généreux à de nombreuses associations. La plupart des photos de lui avaient été prises lors de soirées caritatives. Sur beaucoup d'entre elles, il se tenait sur un tapis rouge, vêtu d'un costume élégant et souriant pour les caméras. Souvent, sa femme et sa fille étaient à ses côtés, affichant des sourires radieux. Les pommettes hautes et fines et les cheveux blonds et brillants de sa femme laissaient penser qu'elle avait un jour été mannequin. Sa fille, Polly, était une copie conforme de sa mère si l'on exceptait son nez un peu crochu, qu'elle tenait manifestement de Peter. Josie fit défiler des milliers de photos de Rowland avant de trouver ce qu'elle cherchait, à la page vingt-huit de sa recherche Google. C'était un cliché pris sur le vif de Peter Rowland en promenade dans Central Park. Il portait un pantalon kaki, un polo jaune et des mocassins. Des mèches de ses cheveux dansaient dans le vent. Des lunettes de soleil cachaient ses yeux qui étaient rivés sur son téléphone. À ses côtés, assez loin pour qu'on ait l'impression qu'ils ne marchaient pas ensemble, se trouvait Leonard Nance, vêtu tout en noir, les yeux fixés droit devant lui. L'appareil photo l'avait capturé en pleine foulée.

— Jackpot, marmonna Josie.

Noah passa la tête par la porte.

— Venez, dit Josie en lui faisant signe d'entrer.

Le voir sembla soulager son mal de tête.

— Vous avez trouvé quelque chose ? demanda-t-elle.

Il s'assit en face d'elle, les sourcils froncés.

— Des vêtements dans la machine à laver.

— Mon Dieu, dit Josie.

— Ne vous en voulez pas, patronne.

— On n'a pas été assez méticuleux, dit-elle.

— Les gens se douchent, souligna Noah. Kim Conway était victime de violences conjugales. On pensait qu'elle était en danger. On ne connaissait même pas l'existence de Leonard Nance avant de l'arrêter. J'ai déjà contacté Gretchen. Elle va envoyer l'équipe d'intervention criminelle chez Luke pour réexaminer la maison quand ils auront terminé au silo. On rassemblera tout et on laissera le procureur s'en occuper.

— Le procureur ne voudra pas poursuivre. Elle a déjà admis être montée dans sa voiture et être allée jusqu'au silo donc, même si ses empreintes sont partout dans la voiture, ce n'est pas une preuve irréfutable. Elle peut facilement plaider la légitime défense, et c'était probablement de la légitime défense. Je pense que Leonard était un mercenaire ; quelqu'un qui était payé pour faire le sale boulot pour quelqu'un de plus riche et de plus puissant, comme Peter Rowland. Dieu seul sait ce qu'il avait l'intention de faire d'elle.

— Vous avez trouvé un lien entre Leonard Nance et Peter Rowland ? demanda Noah.

Elle lui fit signe de faire le tour du bureau pour qu'il puisse voir la photo qu'elle avait trouvée.

— C'est tout ? dit-il.

— Ça, et ils vivent tous les deux à New York.

— Patronne, je ne sais pas...

— Noah, c'est tout ce qu'on a pour l'instant. Le bébé et Luke sont toujours portés disparus. Je dois suivre toutes les pistes.

Il retourna à la chaise devant son bureau pour s'y installer.

— Je comprends le lien entre Rowland et le bébé, mais pourquoi Rowland enverrait quelqu'un s'occuper de Kim ?

— Kim dit que Leo lui a parlé de l'effondrement du bâtiment, expliqua Josie. Il voulait les vidéos qu'elle avait.

— Pourquoi Rowland chercherait des preuves compromettantes contre Dunn ? Il essayait de conclure un accord avec lui pour installer ses systèmes de sécurité et de surveillance dans ses hôtels et ses casinos. Même s'il voulait ces vidéos pour faire chanter Dunn, dans quel but ? Rowland n'avait pas besoin de faire chanter Dunn. Même s'il avait une bonne raison de vouloir ces vidéos, une raison qu'on ne connaît pas, qu'est-ce que ça a à voir avec Luke ?

Elle ne voulait pas le dire, ne voulait pas le penser, mais elle l'avait déjà fait maintes fois au cours des dernières heures.

— Probablement rien. Je pense qu'il est plus probable que Dunn ait fait tuer Luke.

Elle ne put empêcher sa voix de trembler. Elle se frotta les yeux.

— Josie, dit doucement Noah.

Elle se reprit en agitant la main.

— Ça va. Écoutez, les chances de trouver ce bébé sont encore très bonnes, surtout s'il n'a jamais été entre les mains de Dunn et que Rowland pensait que c'était son fils. Est-ce qu'on peut essayer de se concentrer là-dessus ?

— D'accord, dit Noah. Mais sachez que je n'ai pas abandonné l'idée de retrouver Luke.

Elle lui adressa un sourire triste. Elle n'avait pas abandonné non plus ; elle avait simplement compris qu'ils cherchaient désormais un corps.

Des éclats de voix leur parvenaient depuis l'autre côté de la porte de son bureau. Elle se leva, mais Noah avait déjà la main sur la poignée.

— Je m'en occupe, dit-il.

À l'extérieur, deux de ses agents menaient un débat houleux au sujet de la télécommande de la télévision commune.

— Ça va l'énerver de revoir ça. Éteignez, dit l'un d'entre eux.

— Ils diffusent une interview de King après sa première arrestation. Ce sont des images inédites ! dit l'autre agent, maintenant la télécommande hors de portée de son collègue.

La télévision derrière eux diffusait un énième reportage sur le procès du Tueur de l'autoroute ; Trinity Payne était en direct du palais de justice du comté d'Alcott. En dessous d'elle, un bandeau annonçait : *Malaise d'un juré. Procès ajourné pour l'après-midi.* « Aujourd'hui, les jurés ont vu des images explicites de la scène de crime liée à la dernière victime connue d'Aaron King, rapportait Trinity, des images si macabres qu'un des jurés, un homme d'une soixantaine d'années, s'est évanoui, provoquant une vague d'agitation dans la salle d'audience. »

Josie se trouva dans la position d'une mère intervenant pour apaiser une dispute entre frères et sœurs ; elle s'approcha d'eux et tendit la main.

— Vous m'énervez. Je vous ai répété mille fois de m'éteindre ce truc. Vous pouvez regarder ça plus tard sur votre temps libre.

L'agent avec la télécommande la lui remit immédiatement.

— Désolé, patronne, marmonna-t-il.

« Comme promis, poursuivit Trinity après avoir décrit la scène dans la salle d'audience, l'un de nos journalistes a découvert cette interview que King a donnée immédiatement après avoir été mis en examen pour les meurtres de l'autoroute. »

Josie brandit la télécommande pour éteindre la télévision. L'écran montra un jeune homme en combinaison orange, aux cheveux bruns courts et soigneusement coiffés. Son visage était rasé de près, ses yeux toujours aussi pénétrants. Menotté, il était escorté depuis un fourgon du shérif jusqu'au palais de justice du comté d'Alcott, où des journalistes lui posaient des questions. Lorsqu'il sourit, un frisson glacial traversa Josie. Pendant un instant, elle était tellement désorientée par ce qu'elle voyait qu'elle ne put dire un mot. Bien rasé et très bien coiffé, King était une tout autre personne.

Noah et les deux agents la dévisagèrent. Son bras lui faisait mal à force de tenir la télécommande en l'air. Elle n'entendit rien de ce que disait King. Elle était trop concentrée sur son visage.

— Patronne ? dit Noah.

Elle lui tendit la télécommande.

— Allez chercher Rowland. Tout de suite. Je veux que ce soit vous qui vous en occupiez. Allez-y avec un agent en uniforme.

Elle retourna dans son bureau.

— Vous allez où ? lui cria-t-il.

— Il faut que je parle à Trinity.

Elle ferma la porte derrière elle. Trinity décrocha son téléphone après trois tentatives.

— Qu'est-ce que vous voulez ? J'étais en plein direct, dit-elle d'un ton acerbe. Non pas que je doive vous aider. Vous ne m'avez pas appelée quand Eric Dunn est mort. Vous étiez vraiment là-bas ?

Josie leva les yeux au ciel.

— Oui, j'y étais. Oui, je vous accorderai une interview si vous voulez. Je m'en fiche. Actuellement, j'ai besoin d'informations.

— Une interview en direct, exigea Trinity. En exclusivité.
— D'accord, peu importe. Vous allez m'aider ?
Un soupir.
— Ça a intérêt à être intéressant. Ça l'est ? C'est gros ?
— Je pense, oui.
— D'accord. Qu'est-ce que vous voulez savoir ?
— Qu'est-ce que vous savez sur le Tueur de l'autoroute ?
Un rire.
— Tout. Absolument tout.

55

Josie appela ensuite Diana Sweeney. Elle lui expliqua ce qu'elle recherchait en s'attendant à ce qu'elle lui dise d'aller se faire voir. Au lieu de cela, Diana accepta volontiers de l'aider et nota le numéro de téléphone portable de Trinity Payne. Après avoir raccroché, Josie consulta les messages qu'elle avait reçus pendant qu'elles parlaient. Ils venaient de Noah.

J'arrive avec Rowland mais, pour info, il était en plein déjeuner avec la maire.

Josie grogna et sa migraine s'intensifia. En fouillant dans le tiroir de son bureau, elle trouva un comprimé d'ibuprofène qu'elle avala sans eau avant de se diriger vers la salle de conférences.

La tension lui noua les omoplates lorsqu'elle sortit de la cage d'escalier et tomba sur Tara Charleston faisant les cent pas devant la porte, ses talons noirs de dix centimètres tapant frénétiquement sur le carrelage. Elle repéra Josie et s'approcha d'elle ; pendant une seconde, Josie crut qu'elle allait se faire gifler.

— Vous avez perdu la tête ? s'insurgea Tara, le rouge lui montant aux joues. Qu'est-ce que vous foutez ?

— Il fallait que je parle à M. Rowland, déclara Josie, les bras croisés sur sa poitrine.

— Alors vous l'avez arrêté comme un vulgaire criminel ? Vous avez envoyé un agent en uniforme ?

— Ils ne l'ont pas menotté, je me trompe ? demanda Josie.

Tara se hérissa.

— Eh bien, non, parce que M. Rowland est un homme bien élevé, et qu'il a eu la courtoisie de suivre vos agents sans discuter. Mais là n'est pas la question. Vous êtes à un cheveu d'être démise de vos fonctions. Vraiment à un cheveu.

— Vous allez me destituer parce que je fais mon travail ?

Tara pointa l'épaule de Josie avec l'un de ses doigts manucurés.

— Votre travail ? C'est comme ça que vous faites votre travail ? D'abord, Eric Dunn se fait tuer, et maintenant vous faites venir Peter Rowland ici pour qu'il réponde à des questions... à propos de quoi ? Qu'est-ce que vous pourriez avoir comme questions que vous ne puissiez pas lui poser de manière plus discrète ? Vous m'avez déjà laissée gérer le cauchemar Dunn toute seule. Et maintenant ça.

— Le cauchemar ? dit Josie.

Tara émit un son de frustration.

— Vous ne pensez pas que le meurtre d'Eric Dunn dans notre ville est un cauchemar d'une ampleur désastreuse ? L'avocat de sa mère m'a déjà contactée au sujet de notre responsabilité.

Josie rit.

— Votre responsabilité ? Arrêtez un peu. Il était sur son propre chantier. Il a délibérément ignoré les normes de sécurité, ce qui a permis à quelqu'un de pénétrer plus facilement dans les lieux et de compromettre l'intégrité du bâtiment. Laissons l'avocat de la ville s'en occuper.

— Bien sûr, répondit Tara. Comme si c'était si facile. La presse est sur le coup, et je ne suis pas sûre que ce soit quelque chose que je puisse maîtriser.

— Vous n'avez pas d'attaché de presse ? demanda Josie, de plus en plus irritée.

Tara voulait simplement se plaindre à quelqu'un, et Josie n'avait vraiment pas le temps de jouer le rôle de confidente.

— Écoutez, il faut que je parle à M. Rowland.

— Vous lui parlez et vous le laissez partir. Vous feriez mieux d'espérer que je puisse arrondir les angles avec lui. Si je n'y arrive pas, vous êtes finie dans cette ville.

56

NEWS 4 Gainesville – Gainesville, Florida
4 août 2017

Un piéton tué par un chauffard

Joshua Johnson, un jeune homme de 19 ans de Gaines-
ville, a été percuté et tué par un conducteur alors qu'il
marchait sur un trottoir tôt vendredi matin. Selon la
police, l'accident aurait eu lieu entre 4 heures et 5 heures
du matin le long de Southwest 34th Street, près de
Windmeadows Boulevard. Johnson, en liberté condition-
nelle après une récente condamnation pour cambriolage,
se rendait au restaurant où il venait de décrocher un
emploi de cuisinier. Un automobiliste de passage a
repéré son corps sur le trottoir et a alerté les secours.
Johnson a été déclaré mort sur les lieux. Toute personne
détenant des informations est priée de contacter la
police.

57

L'avocat de Rowland se présenta au poste au bout d'une heure. Josie le reconnut, car il s'occupait des affaires criminelles les plus importantes du comté d'Alcott. Elle ignorait si Rowland l'engageait pour gérer ses affaires locales ou s'il l'avait appelé après qu'ils l'eurent amené au commissariat. Cependant, Josie savait qu'il excellait en droit pénal. Dès que Noah et elle entrèrent dans la salle d'interrogatoire, l'avocat se lança dans une tirade sur la myriade de violations des droits de Rowland.

— Veuillez m'excuser, l'interrompit Noah, mais nous avons demandé à M. Rowland de venir au poste pour répondre à quelques questions et il a accepté. Nous ne lui avons pas lu ses droits. Il est libre de partir à tout moment.

— On est juste ici pour discuter, ajouta Josie.

L'avocat les regarda de haut jusqu'à ce que Peter Rowland, assis à côté de lui avec un sourire poli, lui touche le bras.

— Ça va, le rassura Rowland. Voyons pourquoi ils nous ont fait venir.

L'avocat s'assit à côté de Rowland à contrecœur. Noah s'installa sur une chaise, Josie resta debout.

— Depuis combien de temps Leonard Nance travaillait-il pour vous ? demanda-t-elle.

Rowland fronça les sourcils.

— Pardon, qui ça ?

Josie sortit son téléphone et y afficha une photo de la tête à moitié explosée de Nance que Gretchen avait envoyée depuis la scène de crime. Elle la montra aux deux hommes. Ni l'un ni l'autre ne réagit.

— Je crois qu'on a assez parlé pour aujourd'hui, dit l'avocat.

— Je ne connais pas cet homme, dit Rowland.

L'avocat se leva en réajustant sa veste de costume.

— Je ne sais pas ce que vous essayez de faire, mais nous partons, dit-il. Si vous avez des questions pertinentes pour mon client, vous pouvez appeler mon bureau.

Josie s'adressa directement à Rowland, toujours assis à la table.

— Je suis au courant pour Aaron King, dit-elle.

La pièce devint étrangement silencieuse. Elle sentit les regards de l'avocat et de Noah sur elle, mais elle ne quitta pas Rowland des yeux, un échange muet rugissant entre eux. Sans quitter Josie des yeux, il fit signe à son avocat avec deux doigts. Ce dernier s'inclina pour permettre à Rowland de lui murmurer quelque chose à l'oreille. Une discussion brève mais animée s'ensuivit, sans que Josie puisse discerner ce qui se disait. Ensuite, l'avocat se redressa et lança un regard noir à Josie.

— J'attends dehors.

Josie fit un signe de tête à Noah qui quitta également la pièce. Josie s'installa en face de Rowland.

Il appuya ses coudes sur la table, croisa les mains et y posa son menton.

— Dites-moi, cheffe, qu'est-ce que vous pensez savoir sur Aaron King ? On parle bien d'Aaron King, le Tueur de l'auto-route, c'est ça ?

— Oui, répondit Josie. Je sais que c'est votre fils.

Rowland demeura parfaitement immobile. Son regard dériva, quittant son visage pour se poser sur son épaule. Elle crut un instant qu'il cherchait peut-être une caméra, mais son expression était désormais vide et lointaine. Josie attendit un long moment.

— Comment avez-vous obtenu cette information ? finit-il par dire.

— J'ai mes sources.

Ses yeux étaient maintenant plongés dans ceux de Josie, le regard pénétrant.

— J'aimerais bien savoir quelles sont les sources qui vous ont permis d'obtenir une information aussi confidentielle. Vous savez, je dispose d'un certain nombre de logiciels très sophistiqués créés et exécutés par une équipe d'experts en piratage informatique qui ne peuvent pas mettre la main sur des informations aussi sensibles que celle que vous prétendez avoir trouvée au cours des deux derniers jours. Je devrais peut-être vous engager.

Il s'était lancé dans son numéro de charme habituel. Josie réalisa que c'était ce qu'il faisait de mieux. Il était gentil, poli, flatteur, mais c'était une distraction.

— Parfois, il suffit de poser les bonnes questions aux bonnes personnes, dit Josie. Depuis combien de temps savez-vous qu'Aaron King est l'un des enfants issus de votre don ?

— En quoi cela concerne votre enquête sur l'enlèvement de Victor Derossi ? demanda Rowland.

L'absence de réponse confirma ses soupçons. Elle aurait des preuves d'ici un jour ou deux. D'ici là, elle pourrait même avoir des preuves plus accablantes. Elle ne comprenait pas encore toutes les coïncidences. Elle avait besoin de beaucoup plus d'informations avant de pouvoir les utiliser comme moyen de pression contre Rowland. Mais s'il y avait ne serait-ce qu'une chance qu'il détienne Victor ou qu'il sache où se trouvait le nourrisson, Josie devait agir maintenant, surtout pendant que son avocat n'était pas dans la pièce.

— Et si vous me disiez quel est le lien entre le Tueur de l'autoroute et Victor Derossi ? demanda-t-elle.

Elle pouvait rentrer dans son jeu et répondre à une question par une question.

— J'aimerais bien le savoir. Qu'est-ce que vous comptez faire avec cette information ?

— Ce n'est pas ce que je compte faire avec qui devrait vous inquiéter.

— Qu'entendez-vous par là ?

— Trinity Payne est au courant.

Il pâlit.

— La journaliste ?

Josie acquiesça.

— Elle couvre le procès d'Aaron King. Elle est très minutieuse. Au début, je pensais que c'était une mauvaise chose mais, depuis un an et demi, je trouve ses compétences très utiles.

— Que projette-t-elle de faire avec ces renseignements ?

— Je ne sais pas, et ça m'est égal. Ce qui m'importe, c'est de retrouver Victor Derossi sain et sauf. Maintenant, je sais que Leonard Nance travaillait pour vous. Je sais qu'il a enlevé le bébé sous le nez d'Eric Dunn, et je sais qu'il a ensuite approché Kim Conway en raison de son lien avec Dunn, et il a fini par y rester.

— Si vous avez des preuves de ces allégations, je suis sûr que mon avocat serait intéressé, tout comme moi.

Josie ne tint pas compte de son intervention.

— Où est Victor Derossi ?

Il esquissa un léger sourire.

— J'aimerais pouvoir vous aider, vraiment, mais je ne sais rien de l'enlèvement de Victor Derossi. Honnêtement, cheffe

Quinn, si je savais ce qui était arrivé au petit Victor, je serais venu vous voir il y a des jours de ça. J'ai demandé à mon avocat de sortir car, vu les informations que vous avez trouvées... Je n'ai aucune envie que ma vie devienne un cirque. Je suis sûr que vous pouvez imaginer à quel point, si l'on venait à apprendre que je suis si étroitement lié à Aaron King, les répercussions sur ma vie personnelle et sur mes affaires seraient dommageables.

— De la même façon que votre refus de me dire la vérité est dommageable pour mon enquête ? dit Josie.

— Voyons, cheffe. Vous avez vous-même subi l'attention des médias, non ?

C'était le cas, mais elle n'était pas près de lui donner raison. Face à son silence, Rowland continua.

— Je suis sûr que vous comprenez pourquoi je veux éviter que cette information soit rendue publique. Qu'elle soit vraie ou non.

— Alors nous sommes dans une impasse, parce que je ne peux rien faire à ce propos. Je ne suis ici que pour une seule raison : retrouver Victor Derossi.

— Il y a très peu d'impasses que l'argent ne peut dégager, dit Rowland.

— C'est-à-dire ?

— Pour combien est-ce que vous oubliez ce que vous savez et demandez à Trinity Payne de faire de même ? Il doit forcément y avoir des histoires plus croustillantes.

— On ne peut pas me soudoyer, et je ne peux pas parler pour Trinity.

— Je ne vous soudoie pas, dit Rowland. Je vous demande de me rendre un service.

— Je suis au service de Denton, lui rappela Josie.

— Oui, et je suis l'un de ses citoyens. Dois-je vous rappeler que j'ai récemment fait un don pour la construction de cette maison des femmes ô combien nécessaire ?

Josie haussa un sourcil.

— Vous menacez de retirer vos fonds ?

Il écarta les paumes pour mimer l'impuissance.

— Ça m'étonnerait que la maire souhaite que sa maison des femmes soit financée par le père d'un tueur en série.

58

Pendant que Gretchen finissait de s'occuper de la scène de crime de Nance et que Noah suivait Rowland, Josie n'avait d'autre choix que de consacrer un peu de temps à rattraper le retard accumulé sur ses obligations. Elle passa le reste de la journée à approuver des heures supplémentaires, à examiner le calendrier du personnel, à répondre aux plaintes à la fois au sein de son service et celles déposées par les citoyens à l'encontre de ses agents. Il s'agissait principalement de broutilles faciles à résoudre. Elle autorisa des réquisitions d'équipement et s'attaqua à quelques évaluations trimestrielles.

Elle avait du mal à rester assise à son bureau tant l'anxiété rongeait son cerveau. Elle consultait sans cesse son téléphone, mais n'avait aucune nouvelle de Trinity ni de Diana. Elle repassait la scène avec Rowland en boucle dans sa tête. Il était prêt à la soudoyer pour garder son lien avec Aaron King secret, mais il ne voulait pas renoncer à Victor Derossi. Parce qu'admettre qu'il avait kidnappé un bébé, ou du moins qu'il avait quelque chose à voir avec l'enlèvement, le mènerait très probablement en prison.

Quelqu'un d'autre devait être impliqué. Quelqu'un qui

s'occupait du bébé. En supposant que Victor Derossi soit toujours quelque part à Denton. Josie envoya un message à l'équipe qui était chez Rowland, mais ils n'avaient vu aucun signe d'une gouvernante ou de quelqu'un d'autre entrant ou sortant de sa propriété.

La journée s'éternisait. Elle demandait sans arrêt des nouvelles à Gretchen, Noah et ses autres agents, mais personne n'avait d'informations utiles. Elle essayait de continuer à travailler sur la montagne de paperasse sur son bureau, mais son esprit dérivait toujours vers des images du corps inerte de Luke dans divers scénarios. *Comment les hommes de Dunn l'ont-ils tué ?* se demandait-elle. *Une balle dans la tête ? Une lame le long de sa gorge ? L'ont-ils torturé d'abord ? Qu'ont-ils fait de son corps ? Est-ce qu'on le retrouvera un jour ?*

Seule dans son bureau, assaillie par les images de Luke torturé et tué, elle laissa enfin couler les larmes qui luttaient pour s'échapper depuis un moment déjà. La tension et la peur de ces derniers jours l'envahissaient, et elle les laissa prendre le dessus. Quand elle n'eut plus de larmes à verser, elle s'essuya le visage, appliqua un peu de fond de teint sur sa peau et rentra chez elle. Elle avait besoin d'un verre. Un très grand verre. Carrieann attendait chez elle, une pizza non entamée posée sur la table basse devant elle. Elle était affalée devant la télévision, dans la même position que Luke le jour où tout avait commencé. Elle jeta un œil à Josie, mais eut la gentillesse de ne pas mentionner ses yeux rouges.

— Je suppose que tu m'aurais appelée si tu avais des nouvelles, dit-elle d'un ton monotone alors que Josie s'asseyait à côté d'elle.

— On a peut-être une piste pour le bébé, répondit Josie avant de lui parler du lien entre Rowland et Victor Derossi. On l'a convoqué. Il est venu avec son avocat. J'ai réussi à lui parler en privé, mais ça n'a rien donné. Carrieann, il faut que tu saches qu'on n'a plus aucune piste pour retrouver Luke.

Carrieann l'observa.

— Et Rowland ? Il doit avoir Victor. C'est obligé. Où serait le bébé, sinon ? S'il a pris Victor à Dunn, alors il doit avoir Luke.

— Mais il n'y a aucun lien entre Rowland et Luke, et aucune raison que Rowland ait voulu récupérer Luke d'entre les griffes de Dunn. Je pense qu'il est important...

La voix de Josie se brisa ; elle dut s'interrompre. Elle se ressaisit et essaya de reprendre.

— Je pense qu'il est important qu'on soit réalistes.

Carrieann détourna le regard et essuya ses larmes. Elle se redressa, appuya ses coudes sur ses genoux, se balançant d'avant en arrière.

— Je n'ai jamais été une adepte du réalisme, dit-elle au bout de quelques minutes.

Josie rit.

— C'est vrai ? Je t'ai toujours prise pour une réaliste.

— Une pragmatique, corrigea Carrieann. Ce n'est pas la même chose. Je n'abandonne pas et tu ne devrais pas non plus. Tu as dit que les hommes de Dunn étaient morts quand vous êtes arrivés dans l'église. Il y avait leurs corps, mais pas celui de Luke.

— On ne sait même pas si Luke était encore là-bas quand ces hommes ont été tués. On ne sait rien, Carrieann.

— Et s'il y avait un lien entre Rowland et Dunn ? Et si les hommes de Rowland avaient causé l'accident qui a tué Dunn et son équipe ?

— J'y ai pensé, admit Josie. Sauf que je ne vois pas pourquoi il déciderait soudainement de l'éliminer, et d'une manière qui suggère clairement que ce n'était pas un accident. Bien qu'il soit clair que Rowland, ou ses hommes, savait où trouver le petit Victor. Ce qui signifie qu'ils surveillaient probablement Dunn et ses hommes depuis un certain temps. Peut-être même depuis que Rowland essaie de conclure un accord pour installer ses systèmes de surveillance dans les casinos de Dunn.

Elle secoua la tête.

— J'ai toujours l'impression de passer à côté de quelque chose, reprit-elle. Quelque chose d'important.

— Eh bien, répondit Carrieann, nous allons découvrir ce que c'est, d'une manière ou d'une autre.

———

À elles deux, elles finirent presque la bouteille de Wild Turkey que Gretchen avait apportée au cimetière la veille. Cela ne les avait pas aidées à comprendre quoi que ce soit, mais avait permis à Josie de se sentir légèrement moins anxieuse et à Carrieann de se mettre à pleurer à chaudes larmes. *Pas notre moment le plus glorieux*, songea Josie alors qu'elle montait les marches vers sa chambre en titubant, juste avant de s'effondrer entièrement habillée, la tête la première, dans son immense lit.

Le son de son portable la réveilla à 8 heures. Elle n'avait pas bougé de la nuit et avait dormi bien plus longtemps que prévu. Elle roula sur le lit et se palpa jusqu'à ce qu'elle trouve le téléphone dans sa poche arrière. Il n'était chargé qu'à quatorze pour cent.

— Allô ? répondit-elle, vaseuse.

— Patronne ? dit Gretchen.

Josie se redressa.

— Oui.

— Juste pour vous prévenir. Feist a terminé l'autopsie de Nance. Même cause de décès que Twitch. L'arme dans sa voiture n'était pas enregistrée. Le numéro de série a été effacé. On n'a pas trouvé d'empreintes dessus.

— Ce qui veut dire qu'on l'a essuyé.

— Exact.

Josie soupira.

— Appelez Noah. Je vous rejoins tous les deux au commissariat dans une heure, et on verra ce qu'on fait ensuite.

— Ça marche, dit Gretchen avant de raccrocher.

Josie passa en pilote automatique. Elle se brossa les dents, prit une douche et enfila sa tenue de travail. Ses pensées étaient accaparées par la suggestion de Carrieann selon laquelle Rowland avait Luke en plus du bébé. Y avait-il une raison potentielle pour que Rowland ait enlevé Luke ou voulait-elle tellement qu'il soit en vie qu'elle repoussait les limites du possible ? Elle essaya de se concentrer sur Victor Derossi. Elle était certaine que Rowland le détenait.

Dans n'importe quelle autre affaire, elle aurait décortiqué la vie de Rowland. Registres fonciers, entreprises, associés, amis. Elle aurait découvert tout ce qu'il était possible de découvrir sur lui et sur toutes les personnes qu'il connaissait. Elle aurait demandé à ses agents de le suivre et de suivre toute personne associée à lui qu'elle aurait jugée susceptible de les conduire au petit Victor. Elle avait déjà entamé ce processus, mais elle ne pouvait pas se défaire de l'impression qu'elle manquait de temps. Rowland ne pouvait pas garder un nourrisson kidnappé éternellement. Surtout maintenant, avec les forces de l'ordre qui ne le lâchaient pas.

Dans la cuisine, elle prépara du café et s'appuya sur le comptoir en attendant qu'il passe. On entendait d'en bas les ronflements de Carrieann. Josie se concentra dessus pour ne pas avoir à penser au fait que tout dans sa cuisine lui rappelait Luke. Un coup soudain sur la porte d'entrée la sortit de sa rêverie. Alors que Josie se dirigeait vers le hall, elle entendit une voix de femme.

— Quinn ! Ouvrez ! Il faut que je vous parle tout de suite.

Josie ouvrit la porte et trouva Trinity Payne sur le perron. Pour la première fois depuis que Josie la connaissait, elle n'était pas apprêtée pour les caméras. Elle portait un t-shirt trop grand des Yankees, un pantalon de survêtement gris et des Ugg aux pieds. Pas de maquillage. Ses cheveux noirs étaient ébouriffés et elle tenait dans ses bras un ordinateur portable et une pile de documents. Elle passa devant Josie et se précipita dans la cuisine.

— Super, dit-elle, vous avez fait du café.

Josie se tint dans l'entrée de la cuisine, mains sur les hanches, et observa Trinity étaler des pages sur sa table.

— Vous êtes restée debout toute la nuit ?

Trinity releva les yeux et sourit.

— Oui, et une tasse de café ne me ferait pas de mal. Donnez-moi juste une seconde. Croyez-moi, ça en vaut la peine.

Josie sortit deux tasses du placard et y versa du café.

— Comment vous aimez votre...

— Deux sucres et beaucoup de crème, l'interrompit Trinity. Vous avez de la crème ? Je vous en prie, dites-moi que vous avez de la crème.

Josie ouvrit le frigo.

— C'est exactement comme ça que je le bois.

Elle se dépêcha de préparer leurs cafés et retourna à la table. Elle tendit à Trinity une tasse qu'elle commença à descendre avidement. La table était recouverte de ce qui ressemblait à des articles de presse parus en ligne, de profils de donneurs et de photos granuleuses imprimées en noir et blanc.

— Est-ce que j'avais raison ? demanda-t-elle à Trinity. À propos d'Eric Dunn ?

Trinity posa sa tasse à moitié vide et acquiesça.

— Oui, vous aviez raison. Eric Dunn était le fils de Peter Rowland. Je ne sais pas comment vous avez fait le lien, mais oui. Aaron King est également le fils de Rowland. Vous aviez aussi raison là-dessus.

— Aaron King lui ressemblait énormément quand il était apprêté pour le tribunal, dit Josie. La ressemblance avec Eric Dunn n'est pas aussi frappante, mais j'ai fait des recherches et j'ai trouvé des photos de lui quand il était adolescent où il ressemble un peu à Rowland. C'était quand même un coup de chance. Si je n'avais pas su que Dunn était issu d'un don de sperme, ça ne me serait jamais venu à l'esprit. Trinity, c'est énorme.

— Oh non. Ce n'est rien comparé à ce que j'ai trouvé.

Josie leva un sourcil. Il était rare que Trinity soit aussi enthousiaste.

— Dites-moi.

Trinity attrapa quelques pages sur le coin de la table.

— C'est le profil de donneur de Rowland, celui que vous m'avez envoyé. J'ai creusé un peu. Votre amie Sweeney m'a été d'une aide précieuse. En voilà, une bonne source ; je n'aurais rien sans son aide. Bref, il se trouve que l'échantillon de Rowland a été utilisé *neuf* fois.

Trinity indiqua la rangée de pages en bas de la table où se trouvaient toutes les photos granuleuses.

— Neuf enfants âgés de quinze à vingt-quatre ans. Eric Dunn était le plus âgé, suivi de près par Aaron King. Certains d'entre eux sont nés la même année. La plupart sont nés en Pennsylvanie, à New York et dans le New Jersey. Les autres ont été dispersés le long de la côte Est et l'un d'entre eux est dans l'Ohio.

Josie observa les visages. La plupart des portraits semblaient provenir de profils Facebook.

— Ça, c'était la partie facile, continua Trinity. Sweeney a pu me fournir les noms des couples. Retrouver les enfants a pris une éternité, mais j'ai réussi, et c'est là que ça devient intéressant. À l'exception d'Aaron King, qui est jugé pour meurtres, tous les enfants issus du don de Rowland sont morts au cours des douze derniers mois.

— Vous vous foutez de moi ?

— Pas du tout, répondit Trinity. Tous sans exception, et écoutez ça : ils sont tous morts dans une sorte d'« accident ».

Josie dut s'asseoir. Trinity prit l'un des articles qu'elle avait imprimés pour le montrer à Josie.

— Ce garçon vivait à Philadelphie. Il faisait son jogging le long du fleuve Schuylkill. Son corps a été retrouvé dedans deux jours plus tard. Noyade accidentelle.

Josie prit l'article de Philly.com et le parcourut. Trinity prit quatre autres articles et les lui tendit.

— Deux autres accidents avec délit de fuite. Ohio et Floride. Ils n'ont jamais retrouvé les conducteurs. Cette fille, poursuivit-elle en attrapant une autre page, vivait à Baltimore. Accident de bateau. Là, une autre fille qui campait dans le comté de Bucks et qui a été écrasée par un arbre tombé sur sa tente. Ce jeune a fait une chute d'un balcon. Celle-ci est morte d'un empoisonne-ment au monoxyde de carbone.

— Oh mon Dieu, dit Josie.

— Et vous savez bien ce qui est arrivé à Eric Dunn.

Incrédule, Josie feuilleta les articles tandis que Trinity se tenait là, triomphante.

— Vous pensez vraiment que Rowland est en train d'éli-miner les enfants issus de son don ? dit Josie.

— Eh bien, je n'en ai pas la preuve, mais c'est une trop grosse coïncidence que tous ses descendants sauf un aient été tués au cours de l'année qui vient de s'écouler, et que celui qui a survécu soit sur le point d'être condamné à la prison à vie ou à la peine de mort.

— Et j'imagine que ce n'est pas difficile d'organiser un acci-dent en prison, dit Josie.

Elle pensa au petit Victor Derossi ; un frisson la traversa. Rowland était tellement certain que le bébé n'était pas le sien. Non pas à cause de l'âge de son échantillon de sperme, mais parce qu'il le savait déjà. Avec ses ressources, il avait sûrement déjà fait un test ADN sur le bébé. Si c'était vraiment l'enfant de Ray, pourrait-il vivre ?

— Pourquoi ? demanda Josie à voix haute. Pourquoi les tuer ?

Trinity haussa les épaules.

— Qui sait ? Parce qu'il est super riche et qu'il ne veut pas que tout ça s'ébruite ? L'un d'entre eux est un tueur en série.

— D'après ces articles, certaines de ses victimes avaient un casier judiciaire, souligna Josie. Le gamin de Philadelphie faisait face à de sérieuses accusations.

— Ouais, dit Trinity, pas une super publicité pour quelqu'un comme Rowland. Ce que je n'arrive pas à comprendre, c'est comment il a pu les trouver. Je n'ai pu le faire que grâce à votre source – ne vous inquiétez pas, je la protégerai. Personne ne saura jamais qu'elle m'a aidée.

Josie repensa à sa conversation avec Rowland.

— Il a des hackers et des fonds illimités, dit-elle à Trinity. Il a dû demander à quelqu'un de pirater le système informatique de la banque de sperme.

— Je vais aller voir mon producteur avec ça.

— Attendez que je l'interpelle !

— Quoi ? L'arrêter, vous voulez dire ? Comment vous allez faire ça ? Tout ce que vous pouvez prouver, c'est que ce sont les enfants issus de son don et qu'ils sont tous morts dans des accidents. Vous n'avez aucune preuve qu'il a tué ou qu'il a donné l'ordre de tuer toutes ces personnes.

— Dixit la femme qui a l'intention d'affirmer exactement cela à la télévision !

Trinity leva un sourcil.

— Je n'ai pas les mêmes exigences qu'un tribunal. Tout ce que j'ai à faire, c'est publier une histoire sur ces enfants issus de son don de sperme et rapporter qu'ils sont tous morts l'année dernière dans de mystérieux accidents. Le public tire ses propres conclusions. Vous, en revanche, devrez fournir à un jury la preuve définitive qu'il est à l'origine de tous ces accidents. Ce que vous n'avez pas.

— Alors je vais la chercher, dit Josie.

— Ça pourrait vous prendre des mois, objecta Trinity. Il faudrait que tous les services de police rouvrent leurs enquêtes et essaient d'abord de trouver des preuves d'un acte criminel, puis établissent un lien avec Rowland. Si vous le convoquez pour l'interroger, vous exposez votre jeu.

— Si vous publiez votre histoire, dit Josie, alors il sait ce qu'on recherche. Je dois d'abord essayer de lui parler.

Trinity la dévisagea comme si elle s'était fait pousser une deuxième tête.

— Vous déraillez complètement. Il ne parlera jamais sans avocat. Sans oublier qu'on parle de plusieurs meurtres. Vous pensez qu'il va avouer comme ça ?

— Je crois que je l'ai déstabilisé quand je lui ai dit que j'étais au courant pour Aaron King, répondit Josie. Je pense qu'il retient Victor Derossi. Je dois faire quelque chose.

— Eh bien, dit Trinity, faites-le vite.

59
SAMEDI

Il fallut plusieurs appels à l'avocat de Rowland pour organiser une nouvelle rencontre. Cette fois-ci, Josie avait l'intention de mettre Rowland dans la salle d'interrogatoire, plus intimidante. Mais avant cela, elle voulait faire en sorte que cela ressemble à une rencontre plus amicale entre elle et Rowland, en espérant que cela puisse le convaincre d'écarter de nouveau son avocat. Pour cela, Josie se rendit au *Komorrah's Koffee*, un petit salon de thé de la rue principale de Denton. Le café en préparation et les pâtisseries au four embaumaient l'intérieur chaleureux. À droite de l'entrée, deux employés se tenaient derrière le comptoir, les yeux rivés sur leurs téléphones. Les murs étaient tapissés de photos en noir et blanc de divers sites de Denton et des environs. Elle commanda plusieurs cafés et une douzaine de pâtisseries.

En attendant, elle parcourut des yeux les photos affichées aux murs. On retrouvait sur beaucoup d'entre elles des formations rocheuses que l'on voyait typiquement dans les bois qui entouraient la ville. Elles avaient été prises par un photographe local qui avait connu un certain succès, voyageait désormais à travers le monde et travaillait en freelance pour des magazines et des sites internet comme le *National Geographic* ou le *Smithsonian*. Josie reconnut quelques sites fréquentés seulement par les résidents bien informés sur la topographie de la ville. Elle les connaissait bien : Broken Heart, les Stacks, Turtle.

Son téléphone sonna. Au moment où elle ouvrait le message de Noah qui disait simplement : *Rowland*, Peter Rowland franchit la porte du café. Il portait un costume gris clair et une cravate bordeaux. Pour la première fois depuis qu'elle l'avait rencontré, il avait l'air d'un homme d'affaires. Il s'approcha jusqu'à être à côté d'elle.

— Elles sont magnifiques, non ? dit-il en indiquant les photos. J'en ai plusieurs dans mon appartement à New York.

Josie le fixa.

— Je ne suis pas sûre qu'on devrait parler sans la présence de votre avocat, dit-elle.

Rowland esquissa un sourire qui ne se refléta pas dans ses yeux.

— Certaines choses ne peuvent pas être réglées avec des avocats.

Josie se mit face à lui.

— Vraiment ?

— Quand mon avocat m'a appelé pour organiser la rencontre d'aujourd'hui, il a mentionné que vous aviez découvert de nouvelles informations concernant notre discussion privée hier.

— Des informations sur les autres enfants issus de votre don, dit Josie. C'est exact.

Elle n'avait rien révélé à son avocat sur la raison pour laquelle elle voulait interroger Rowland, mais l'homme avait refusé de prendre en compte sa demande sans explication. Elle avait été aussi énigmatique que possible, lui indiquant seulement que Rowland comprendrait de quoi il s'agissait.

— Vous les avez tous trouvés ?

— Leurs tombes, vous voulez dire ? répliqua Josie.

Une ombre à peine perceptible traversa son visage.

— Vous en avez découvert combien ?

Le cœur de Josie marqua une pause, puis se mit à battre excessivement vite. C'était exactement la conversation qu'elle voulait avoir dans la salle d'interrogatoire, avec une caméra enregistrant chaque mot. Celle-ci ne comptait pas, pas officiellement. Il y avait de fortes chances que tout ce qu'il lui dirait dans ce contexte soit irrecevable devant un tribunal.

— Je pense qu'on devrait en discuter au commissariat, dit-elle en se tournant vers le comptoir. Comme prévu. On se voit là-bas.

— Vous n'aviez pas de meubles pendant les six premiers mois suivant l'emménagement dans votre maison, dit Rowland.

Les cheveux de Josie se dressèrent sur sa tête. Elle se retourna vers lui.

— Pardon ?

Rowland se rapprocha et baissa d'un ton.

— Après l'achat de votre maison, vous n'aviez pas de meubles pendant presque six mois. Vous avez meublé la chambre et la cuisine, mais c'est tout. Vos armoires n'ont pas de porte alors qu'une porte toute neuve pour l'armoire de votre chambre attend sagement dans votre garage. Je vous laisse imaginer comment je sais tout ça.

Elle passa en revue toutes les possibilités dans sa tête, mais son cœur savait qu'il n'avait pu avoir tous ces détails que d'une seule façon.

— Vous avez Luke, murmura-t-elle.

Il ne répondit pas et n'acquiesça pas, mais son regard était fixé sur elle.

— Où ? dit-elle.

— Pas si vite.

— Pourquoi vous me dites ça ?

— Parce que vous ne voulez pas de mon argent.

— De votre pot-de-vin, vous voulez dire.

Elle savait qu'elle devait partir. Elle devait exiger de continuer cette conversation au commissariat, comme prévu, se retourner et s'éloigner. Mais elle ne pouvait pas se résoudre à le faire. Luke envahissait ses pensées. Elle ne voulait pas penser à la possibilité de le retrouver vivant ; être déçue serait trop dévastateur. Mais elle ne pouvait pas arrêter l'espoir qui fleurissait en elle. Elle déglutit.

— Comment je peux savoir qu'il est toujours en vie ?

Il ignora de nouveau sa question.

— Je ne gère normalement pas les choses de cette façon, officieusement, mais les informations que vous avez découvertes à mon sujet sont... quelque peu problématiques.

— C'est un euphémisme. Vous avez fait tuer huit personnes.

— J'ai besoin de votre aide.

— Vous souhaitez que je laisse tomber ?

— Et que vous parliez avec la journaliste, Trinity Payne. Pour faire en sorte que tout ce que vous savez ne tombe pas entre ses mains.

— Et si c'est trop tard ?

— Vous êtes proche d'elle, je me trompe ? Vous pouvez peut-être la convaincre de couvrir des choses plus intéressantes, suggéra Rowland.

Josie faillit laisser échapper un rire. Trinity aurait préféré mourir que de laisser tomber quelque chose d'aussi gros. Mais Rowland n'avait pas besoin de le savoir.

— Et si je peux la convaincre ?

— Vous aurez un mariage à préparer.

Elle eut le souffle coupé.

— Et Victor Derossi ?

— Je peux peut-être vous aider dans vos recherches, mais j'aurai besoin de quelque chose d'autre de votre part, dit-il.

Josie secoua la tête.

— Autre chose que prétendre que vous n'êtes pas responsable de la mort de huit personnes et convaincre une journaliste de faire de même ? Vous avez du culot.

— Non, dit Rowland, j'ai des choses que vous voulez. Réfléchissez bien, cheffe, et choisissez judicieusement. Est-ce que je dois vous rappeler que des vies sont en jeu ?

Josie se rapprocha de lui.

— Qu'est-ce qui m'empêche de vous mettre en garde à vue tout de suite ?

— Vous êtes libre de le faire, évidemment. Mais gardez à l'esprit que je n'ai jamais rien avoué. Même si c'était le cas, vous n'avez aucun témoin de cette conversation. Ce serait ma parole contre la vôtre, et un simple coup de fil à la maire me suffirait pour que vous soyez immédiatement destituée. Dans le temps qu'il faudra à mon avocat pour me faire sortir de garde à vue, vous ne pourrez pas trouver ce que vous cherchez et il sera peut-être trop tard.

Elle bouillait intérieurement. Il avait raison. Son esprit effectuait des calculs frénétiques mais, même si elle pouvait le garder pendant vingt-quatre heures, elle ne savait pas si cela serait suffisant pour retrouver Luke et Victor, et elle n'était pas certaine d'être prête à risquer leur vie.

— Qu'est-ce que vous voulez ? demanda-t-elle.

— Je veux rencontrer Kimberly Conway en privé.

— Quoi ?

— Votre inconnue, elle…

— Je sais qui elle est, dit Josie. Pourquoi vous voulez lui parler ?

— J'ai bien peur de ne pas pouvoir divulguer ça.

— Elle est sous la garde du shérif. Vous pouvez sûrement user de votre influence pour lui rendre visite en prison, dit Josie.

Rowland secoua la tête.

— Non, je dois lui parler en toute intimité.

— Eh bien, Kim Conway est accusée du meurtre de Denny Twitch et d'un tas d'autres délits mineurs. Elle sera probablement aussi mise en examen pour le meurtre de Leonard Nance dans les prochains jours.

À ces mots, Rowland grimaça, si furtivement que Josie faillit ne pas s'en apercevoir.

— Le procureur a déjà dit qu'il allait demander au juge de refuser la libération sous caution parce qu'elle risque de s'enfuir, reprit Josie. Je ne peux pas la faire sortir comme ça.

— Hum, dit Rowland. Elle doit être transférée, je me trompe ? On pourrait se rejoindre entre les deux endroits ?

— On ne peut pas s'arrêter à un Burger King comme ça avec un prisonnier en garde à vue. Ce n'est pas comme ça que ça marche.

— Vous vous êtes déjà arrêtée pour un automobiliste bloqué sur le bord de la route ? Même avec un prisonnier en détention ?

Il recommençait à faire des suggestions et des plans ; il le faisait d'une telle manière que, si jamais elle était interrogée par un enquêteur ou un avocat, elle devrait admettre qu'il n'avait jamais suggéré quoi que ce soit d'illégal. Mais le problème était que tout ce dont ils parlaient était illégal, en particulier en ce qui concernait Kim. Il n'existait aucun scénario légal dans lequel Josie pouvait conduire Kim Conway loin de la prison du comté pour rencontrer Rowland. Il n'existait aucun scénario dans lequel Josie pourrait de nouveau avoir Kim sous sa garde. Une fois transférée au shérif, elle n'était plus à la charge de Josie. Si Rowland avait demandé hier, avant que Kim ne soit passée par les procédures administratives, quand elle était encore dans une cellule de Denton, Josie aurait peut-être pu organiser une rencontre hors site entre Kim et Rowland, mais même cela aurait été problématique. Elle était certaine que Rowland ne proposait pas seulement une rencontre avec Kim. Il voulait faire un échange. Kim contre Victor Derossi. Mais pourquoi ?

Qu'est-ce que Josie ratait ? Maintenant que Dunn était

mort, les vidéos que Kim avait prises concernant l'effondrement de l'immeuble n'avaient plus aucune valeur. Qu'est-ce qu'il lui voulait ?

— Cheffe, dit Rowland.

— Je crains que ça ne soit pas possible, dit-elle. Pas sans que ça éveille les soupçons.

— Eh bien, est-ce que vous vous êtes déjà arrêtée pour aider un automobiliste en détresse pendant le transfert d'un prisonnier ? insista-t-il.

Même si Josie arrivait à récupérer Kim, elle ne pourrait pas l'échanger. Pas même contre le bébé, ou contre Luke. Même si elle ne la portait pas dans son cœur, Kim n'était pas un objet, un pion à déplacer dans un jeu. Josie détestait les hommes qui traitaient les gens, et en particulier les femmes, de cette façon.

— Non, dit Josie, jamais.

— Eh bien, réfléchissez-y, dit Rowland, qui avait retrouvé son sourire aimable. On est censés se retrouver au commissariat dans une heure. Si vous êtes en mesure de trouver une solution, vous annulerez peut-être la rencontre d'aujourd'hui, et on pourrait se contacter à un moment plus convenable pour nous deux.

L'une des baristas fit glisser une boîte de pâtisseries sur le comptoir.

— Commande de Quinn, dit-elle, assez fort, comme s'il y avait quelqu'un d'autre que Josie et Rowland dans le café.

— Je vais voir ce que je peux faire, dit Josie en prenant la boîte.

Rowland acquiesça et s'éclipsa.

— Ça ne marchera jamais, dit Noah.

— Mais si, promit Josie.

Elle fit glisser la boîte de pâtisseries de *Komorrah's Koffee* sur son bureau. Noah déclina, mais Gretchen attrapa un petit pain aux noix de pécan collant et en prit une bouchée. Josie prit l'un des cafés qu'elle avait achetés sur le support à gobelets et en retira le couvercle. La barista lui avait donné un petit sac en papier avec du sucre, de la crème et des bâtonnets. Josie déversa le contenu sur son bureau, mit deux sucres dans son café et y ajouta de la crème jusqu'à ce que le liquide prenne une légère couleur caramel.

— J'ai déjà parlé au procureur et au shérif. Le shérif a pu m'obtenir un appel téléphonique avec Kim à la prison du comté, expliqua Josie. Elle est partante.

— Elle connaît Rowland ? demanda Gretchen.

— Elle dit que non, mais qui sait ? Elle ment comme elle respire.

— Est-ce qu'ils lui ont montré une photo de Rowland ? demanda Noah.

Josie prit une gorgée de café.

— Oui. Elle ne l'a pas reconnu.

— Alors qu'est-ce qu'il lui veut ? râla Noah. Ça ne peut pas être les vidéos qu'elle avait de Dunn. Elles ne vaudraient plus rien.

Josie grignota une viennoiserie.

— Le bébé fictif de Kim aurait été le petit-fils de Rowland.

— Mais Kim a seulement dit à Dunn qu'elle était enceinte de lui pour lui échapper, objecta Gretchen. Je ne pense pas que ça se savait. D'autant plus qu'elle s'est enfuie juste après le lui avoir dit.

— Oui, mais Rowland avait ses propres hommes qui surveillaient pas mal d'acteurs différents.

— Nance, vous voulez dire, dit Noah.

— Nance est celui dont nous avons connaissance, dit Josie. De toute évidence, il surveillait déjà Misty et attendait qu'elle accouche pour enlever le bébé à Denny Twitch. Si Rowland détient Luke, ça veut dire que Nance est sûrement allé à l'église et a tué les hommes de Dunn. Rowland avait des yeux sur beaucoup de gens, dont certains faisaient partie de l'entourage de Dunn. Il est possible que la nouvelle de la grossesse de Kim, aussi fausse soit-elle, lui soit parvenue. On ne sait pas dans quelle mesure il surveillait Dunn et ses hommes ni depuis combien de temps. Les enfants issus de son don sont morts l'année dernière. On ne sait pas pendant combien de temps il les a surveillés avant de provoquer leurs accidents.

— Quand même, intervint Gretchen, c'est se donner beaucoup de mal pour récupérer une femme qui a *peut-être* donné naissance à votre petit-fils.

— Ce type part dans tous les sens, ajouta Noah en prenant l'un des autres cafés. Il a tué les enfants issus de son don, mais il a gardé Luke en vie. Pour quoi faire ? Luke ne représente rien pour lui.

— Pour faire pression, dit Josie. Il l'a gardé en vie jusqu'ici au cas où il aurait besoin de lui. Quand il ne lui trouvera plus aucune utilité, il trouvera quelqu'un comme Leonard Nance pour s'en débarrasser.

Un silence pesant s'installa entre eux.

— On va récupérer Luke, patronne, dit Noah.

Elle ne pouvait que l'espérer.

— C'est le meilleur plan que j'aie trouvé sur le chemin entre le café et ici. Et le procureur est prêt à réduire les charges pesant sur Kim si elle coopère. Kim a dit qu'elle ferait tout son possible pour aider à retrouver Luke.

— Qu'est-ce qu'on fait, maintenant ? demanda Gretchen.

— Je contacte Rowland et on organise la rencontre.

Organiser la rencontre avec Rowland était un cauchemar logistique. Pendant leurs trajets entre la prison du comté et le Denton Memorial, Noah saisit chaque occasion pour le rappeler à Josie. Il avait suffi d'un bref appel à Rowland pour la prévoir. Josie lui avait dit que la seule raison pour laquelle Kim serait déplacée serait une raison médicale : si elle tombait assez malade pour devoir être emmenée à l'hôpital. Josie lui avait assuré qu'elle avait déjà parlé avec Kim et que celle-ci pensait qu'elle couvait déjà quelque chose. Josie la transférerait de la prison du comté à l'hôpital dans les prochaines vingt-quatre heures. Toujours aussi vague – ce qui exaspérait Josie –, Rowland avait laissé entendre qu'il était possible qu'ils se croisent une fois que Josie serait en route pour l'hôpital avec Kim. Il avait refusé de convenir d'un lieu de rencontre précis. Il avait poursuivi son discours à mots couverts pour faire comprendre qu'il s'attendait à ce que Josie vienne seule.

— Eh bien, avec autant de personnes à la recherche de Victor Derossi et de l'agent Creighton, je n'ai pas vraiment le personnel nécessaire pour m'accompagner, avait-elle dit. Je pense que je peux me débrouiller seule pour emmener une prisonnière à l'hôpital.

Rowland raccrocha satisfait. Josie n'avait jamais eu autant de papillons dans le ventre de sa vie, du moins pas qu'elle se souvienne.

— On n'a aucune idée de l'endroit où il va vous intercepter, déclara Noah, la frustration durcissant son ton.

— C'est pourquoi on va faire un essai, répondit Josie. On va choisir les endroits les plus probables et s'y installer. J'ai déjà demandé l'aide du shérif et de la police d'État pour qu'on ait du renfort.

— Et vous ne pensez pas que ce type va remarquer tous ces policiers qui courent partout ?

— Une fois qu'on aura marqué les points de rencontre, les équipes se mettront en place avant que je prenne la route et une équipe fera le tour pour s'assurer que rien n'est trop visible, expliqua Josie. On doit le faire, Noah. C'est ma seule chance de récupérer Luke et Victor et de coincer Rowland pour qu'il réponde de ses actes.

— Et s'il n'avoue rien ? Vous avez dit vous-même qu'il ne parlerait pas directement.

— Il a tué ces gens, dit Josie avec conviction. Je le sais, et il me dira tout ce que j'ai besoin de savoir parce que je ne pense pas qu'il compte nous laisser partir, Kim et moi. Je pense qu'il a l'intention qu'on ait un accident, comme les enfants issus de son don.

Elle sentit le regard de Noah lui transpercer le côté du visage.

— Patronne, je ne suis pas fan du plan.

— Moi non plus, dit-elle, mais c'est notre meilleure chance de l'arrêter et de retrouver le bébé et Luke.

— Il ne va pas les amener avec lui, déclara Noah. S'il veut Kim, peu importe la raison, et qu'il veut votre mort, il ne les amènera pas.

— J'y ai pensé. S'il ne les amène pas, je peux peut-être le convaincre de nous dire où ils sont. Si on le met en garde à vue, le procureur est déjà prêt à conclure un accord avec lui s'il nous révèle leur localisation.

— Il veut aussi faire taire Trinity, souligna Noah. Vous l'avez mise en garde ?

— Je l'ai appelée ce matin. Le shérif met quelqu'un en charge de sa protection jusqu'à ce qu'on place Rowland en garde à vue.

— *Si* on le met en garde à vue, insista Noah.

Josie quitta la route et se dirigea vers une vaste aire d'observation en gravier. C'était au sommet de l'une des montagnes qui séparaient Bellewood de Denton. Un panneau annonçait : « Aire d'observation de Red Hawk. » Elle gara la voiture et ils descendirent, marchant jusqu'au bord de l'aire d'observation où une barrière en aluminium montant jusqu'à mi-cuisse les séparait du précipice abrupt donnant sur une vallée bordée d'arbres à une trentaine de mètres en contrebas. Penchée par-dessus la barrière, Josie fut prise d'un léger vertige à la vue de l'immense canyon.

— C'est ça, dit-elle. Il sera juste ici.

62

DIMANCHE

À l'arrière de la voiture de la police de Denton que Josie avait réquisitionnée, Kim Conway bougeait sur son siège. Josie pouvait entendre le tintement de ses menottes et le bruissement de sa combinaison. Josie jeta un coup d'œil dans le rétroviseur, et la vit tendre le cou pour bien voir l'écusson indiquant son numéro de détenue cousu au niveau de son sein gauche.

— Vous êtes sûre que ce truc va marcher ? Je n'ai jamais vu un micro aussi petit.

Josie recentra son attention sur la route.

— Il marche. Les gars du shérif l'ont testé avant notre départ. Ne jouez pas avec, ça coûte cher.

— Vous l'avez eu où ?

— On l'a emprunté au FBI. J'ai toujours un contact là-bas. Apparemment, c'est le meilleur petit système de communication sans fil du marché. C'est l'entreprise de Rowland elle-même qui l'a développé.

— Vous êtes sérieuse ?

— Ironique, non ?

Kim et Josie avaient toutes deux été équipées de micros sans fil de la taille d'une gomme de crayon à papier. Celui de Kim avait été cousu sous son numéro de détenue et celui de Josie était sur le revers de sa veste. Josie avait également un petit récepteur transparent dans son oreille droite, bien recouvert par ses cheveux, qui lui permettait d'entendre les autres membres de l'équipe. Noah se trouvait à un poste de commandement mobile ; il écoutait et enregistrait chacun de leurs mouvements afin de pouvoir donner des instructions aux équipes sur les trois points de rendez-vous choisis par Josie. Elle espérait juste avoir raison quant à l'endroit où Rowland choisirait de les intercepter.

— On arrive à l'aire d'observation de Red Hawk, déclara Josie, à l'attention des équipes plus que de Kim. C'est au prochain virage.

La voix de Noah résonna dans son oreille.

— On a un visuel, déclara-t-il. Il est déjà là.

Elle négocia lentement le virage de la route de montagne, et l'aire d'observation apparut. Josie aperçut la Mercedes-Benz de Rowland et poussa un long soupir de soulagement. Les papillons dans son ventre prirent leur envol lorsqu'elle vit Rowland appuyé contre la portière du côté conducteur. Le capot de la voiture était ouvert. Pour n'importe quel automobiliste, il aurait ressemblé à un homme qui serait tombé en panne. Josie balaya la zone du regard, mais ne vit personne avec lui. Elle se gara derrière sa voiture et sortit. Les cheveux dans le vent, il ôta ses lunettes de soleil et afficha un sourire crispé. En s'approchant, Josie remarqua qu'il se tenait avec raideur. Sa fameuse prestance avait disparu ; il était nerveux, réalisa-t-elle. Parce qu'il était seul ? se demanda-t-elle. Ou parce qu'il s'était déjà débarrassé de Luke et du bébé ?

— Ils sont où ? demanda Josie.

— Vous êtes venue avec Mlle Conway ?

— Elle est dans la voiture. Où sont Luke et Victor ?

Rowland ne donna aucune réponse. *Merde.* Il fallait qu'il parle.

— Vous les avez ? demanda-t-elle pour essayer d'obtenir une réponse verbale.

Rien.

— Est-ce que je peux parler avec Mlle Conway, d'abord ? dit-il à la place.

Josie retourna à la voiture et fit descendre Kim. Elle lui retira les menottes ; même si elle ne lui faisait pas entièrement confiance, elle ne voulait pas que les menottes la gênent au cas où les choses tourneraient mal. Elle saisit le bras de Kim et la tira vers Rowland. Il tendit une main à Kim.

— Je suis Peter Rowland, dit-il quand elle la serra.

— C'est ce qu'on m'a dit, déclara Kim en jetant un regard oblique à Josie. Qu'est-ce que vous me voulez ?

Rowland se dirigea vers l'avant de sa voiture pour fermer le capot. Il ouvrit la portière du côté passager.

— J'espérais pouvoir en discuter en privé.

— Non, dit Josie. Ce n'est pas ce qui était convenu. Vous vouliez une rencontre, vous l'avez. Tout ce dont vous souhaitez discuter avec elle, faites-le ici.

— Je crains que ce ne soit pas possible, cheffe. C'est une affaire personnelle.

— Je n'ai aucune affaire personnelle avec vous, dit Kim. Je ne sais même pas qui vous êtes.

— C'est une prisonnière en garde à vue, insista Josie. Je ne peux pas vous laisser l'emmener comme ça.

Cette fois, le sourire de Rowland parut presque menaçant et, pour la première fois, Josie vit une ressemblance évidente entre lui et Eric Dunn. Kim dut la voir aussi, car elle s'éloigna de lui et se pressa contre Josie.

— Vous pensiez vraiment que c'était une simple rencontre, cheffe Quinn ? C'est un échange. Ce qui veut dire que je l'emmène. Je suis sûr que vous trouverez quelque chose à dire à vos collègues.

Josie ne prit pas la peine de répondre à sa demande absurde.

— Si c'était un échange, alors où sont Victor et Luke ? demanda-t-elle à la place.

— Vous les aurez une fois que j'aurai emmené Mlle Conway, et que je saurai que Trinity Payne a été convaincue de ne pas parler de ses découvertes.

Josie entendit la voix de Noah dans son oreillette.

— C'est assez pour un mandat. J'envoie une équipe chez Rowland tout de suite pour les chercher. Restez en position.

— On dirait qu'on va avoir un problème, non ? lança Josie à Rowland en essayant de rester concentrée. Parce qu'un échange n'est pas un échange si je n'obtiens rien en vous livrant Kim, et j'ai besoin de temps pour parler à Trinity Payne. Elle a encore fait des découvertes et ça va être difficile de la convaincre de renoncer à une histoire aussi grosse.

Une pointe d'incertitude traversa le visage de Rowland.

— De quoi est-ce que vous parlez ?

— Elle a connaissance de tous les enfants issus de votre don et de la façon dont ils ont été assassinés. Elle veut le diffuser. Il va me falloir un bout de temps pour la convaincre de ne pas le faire, et je ne suis pas sûre que ça serve à quelque chose que je prenne ce temps si vous ne respectez pas votre part du marché.

— Mais on est déjà là. Vous avez dit vous-même qu'il était extrêmement difficile de faire sortir Mlle Conway. Ça n'a pas de sens de la ramener, déclara-t-il.

Il fit signe à Kim de venir vers lui.

— Venez, mademoiselle Conway, on a beaucoup de choses à aborder.

— Je ne vais nulle part avec vous, déclara Kim. La cheffe Quinn a raison. Un échange est un échange. Pourquoi je vous suivrais alors que je sais déjà que vous êtes un menteur ?

— Parce que l'autre option est la prison ?

— Au moins, en prison, je serai en vie, souligna Kim.

Leonard Nance, Leo, il travaillait pour vous, pas vrai ? Vous pensez que je ne sais pas pourquoi vous l'avez engagé ? J'ai déjà côtoyé des hommes comme vous. Je sais comment vous fonctionnez.

— Des hommes comme moi ? Vous me comparez à Eric Dunn ? Je ne lui ressemble en rien, insista Rowland.

— Bien sûr. Laissez tomber. Je ne vous suivrai pas si vous ne remettez pas le bébé et Luke à la cheffe.

Rowland désigna la portière ouverte de la voiture.

— Très bien. La cheffe peut venir aussi. Je vous conduirai toutes les deux à Luke et au bébé.

Josie le regarda avec scepticisme.

— Je prends Mlle Conway et on vous suit.

— J'ai bien peur de ne pas pouvoir accepter, dit Rowland. Regardez.

Il ôta sa veste et leur fit face.

— Je ne suis pas armé. Mais je suis sûr que vous l'êtes, n'est-ce pas, cheffe ? Vous avez l'avantage. Vous montez toutes les deux avec moi. Je vous conduirai à Luke et au bébé.

— Dites-moi où ils sont, ordonna Josie. Je peux appeler et envoyer une équipe sur place pendant qu'on attend.

— Il vaut mieux ne pas impliquer votre équipe, déclara Rowland. S'il vous plaît, laissez-moi vous conduire à eux. Ensuite, j'emmènerai Mlle Conway, vous pourrez parler à Trinity et nous pourrons considérer que cette affaire est derrière nous.

— Vous m'avez entendue ou quoi ? Et si je ne veux pas être échangée ? déclara Kim comme Josie lui avait donné l'instruction de le faire.

Elle ne voulait pas que Kim ait l'air trop enthousiaste.

— Je n'irai nulle part avec vous. Ramenez-moi à la prison, finit-elle par dire à Josie.

Elle se retourna et se dirigea vers la voiture de patrouille.

— Tu es ma fille, dit Rowland.

Kim se figea, puis se tourna lentement pour lui faire face.

— Pardon ? dit-elle.

— Elle n'était pas sur la liste des enfants issus du don, dit Josie. Elle n'est pas issue de l'échantillon.

— En effet, dit Rowland. Elle n'est pas issue du don. Mais c'est bien mon enfant.

Il s'adressa à Kim.

— Ta mère et moi avons eu une aventure quand on était plus jeunes. On s'est rencontrés à New York et on s'est rapprochés parce qu'on venait tous les deux de Denton. Les choses ont évolué entre nous, mais elle aimait son mari et elle voulait vraiment que ça marche entre eux. Je n'ai découvert que bien plus tard qu'elle avait eu un bébé... Toi.

— Ce n'est pas... C'est impossible, laissa échapper Kim.

— Non, pas impossible, dit Rowland. J'avais de vrais sentiments pour Zora.

Kim écarquilla les yeux à la mention du nom de sa mère.

— Quand j'ai appris que tu étais peut-être ma fille, continua Rowland, mes affaires commençaient à bien marcher. Je suis allé la voir. Je voulais qu'on se marie et qu'on construise une vie ensemble, mais elle a refusé. Son mari était déjà mort, mais elle n'arrivait pas à passer à autre chose. Elle refusait de donner à quiconque à Denton la satisfaction de savoir qu'ils avaient raison à son sujet : qu'elle était partie avec un autre homme qui l'avait mise enceinte et qu'elle avait essayé de faire passer le bébé pour celui de son mari. Elle tenait à ses secrets, ma chère.

Le dégoût traversa le visage de Kim.

— Mais Eric... Le chef m'a dit que c'était aussi votre fils.

Rowland grimaça.

— Je sais. Je suis désolé. C'était une malheureuse coïncidence.

Kim se pencha en avant.

— Je ne me sens pas bien.

— Je suis désolé, ma chère. Vraiment désolé. Mais tu ne pouvais pas savoir.

— Vous mentez, dit-elle d'un ton sec.

— Non. Kim, tu es la seule véritable héritière de ma fortune.

— Vous avez tué tous les enfants issus de votre don, dit Josie. Pourquoi on devrait croire que vous avez de bonnes intentions envers Kim, si c'est vraiment votre fille ?

— Parce que les enfants issus de mon don n'étaient pas des gens bien, lâcha Rowland.

— Quoi ? dirent Kim et Josie en chœur.

Josie priait pour qu'on entende tout via la communication sans fil. Comme s'il lisait dans ses pensées, la voix de Noah grésilla.

— On entend tout. Continuez.

— Qu'est-ce que vous voulez dire ? l'encouragea Josie.

Rowland poussa un soupir.

— Les enfants issus de mon don. C'étaient… des gens vraiment horribles. Aaron King ? C'est à ce moment-là que j'ai compris que quelque chose n'allait pas. Je n'avais pas beaucoup réfléchi à ce qui était arrivé à mon échantillon jusqu'à ce qu'il soit arrêté ; j'ai vu des images de lui qui entrait et sortait du tribunal aux informations. On se ressemblait comme deux gouttes d'eau. J'ai même reçu des appels d'amis et de collègues toute la journée qui plaisantaient : « Hé, Peter, tu savais que tu avais un fils tueur en série en Pennsylvanie ? » C'était censé être une blague, sauf que ça n'en était pas une. Je savais qu'il était possible qu'il soit mon fils. Alors j'ai demandé à quelqu'un de pirater les dossiers de la banque de sperme, puis ceux de diverses cliniques de fertilité. J'ai traqué tous mes enfants biologiques un par un, et j'ai découvert qu'ils étaient tous de mauvaises personnes. Vous avez vu les infos, vous l'avez sûrement entendu directement de la bouche de Trinity. King serait responsable de plus de trente morts en Pennsylvanie.

Josie le pointa du doigt.

— Vous êtes en train de me dire que vous êtes remonté jusqu'à chacun de vos enfants et que vous les avez fait tuer parce que ce sont de mauvaises personnes ?

— Pas juste de mauvaises personnes, expliqua Rowland, des criminels. Des meurtriers. Des voleurs. Des menteurs. Je devais remettre les choses en ordre.

Josie arrivait à peine à croire ce qu'elle entendait.

— Remettre les choses en ordre ? En les *tuant* tous ?

— C'était ma faute s'ils existaient. Sans mon don de sperme, aucun d'eux n'aurait été là. Regardez les ravages que Dunn et King ont causés à eux seuls. L'un de mes fils travaillait à Newark dans une maison de quartier. Il était accusé d'avoir levé la main sur l'un des enfants dont il s'occupait. Ils avaient des vidéos qui le prouvaient. Il y avait un garçon à Philadelphie qui avait été accusé de vol à main armée. Une jeune fille de Pennsylvanie aux tendances pyromanes était accusée d'incendie criminel. Ce n'était pas une bonne personne et vu le chemin qu'elle empruntait... Elle n'allait jamais rentrer dans le droit chemin. Vous ne voyez pas qu'aucun d'eux ne le fait ? C'est dans leur ADN.

— Si c'est dans leur ADN, pourquoi on devrait penser que vous allez épargner Kim ?

Kim le fixa dans l'attente d'une réponse. Ses yeux passèrent de Josie à Kim, et vice versa. Il écarta les mains comme pour les implorer.

— Ce n'est pas une enfant issue du don. Elle est née d'un amour réel. De la bonne manière. J'aimais sa mère. Tout comme j'aimais la mère de Polly. Vous comprenez, elle est comme ma Polly. Innocente. Elles sont pures. S'il vous plaît. Kim est tout ce qu'il me reste. Ce salaud m'a pris ma Polly. Kim, s'il te plaît. Tu es tout ce qui reste de ma descendance. Tu es tout ce qu'il me reste de bon.

Josie aurait aimé pouvoir lui dire que Kim était loin d'être pure. Elle prétendait se défendre, mais elle n'avait aucun mal à appuyer sur la détente. Elle mentait comme elle respirait. Mais ça n'avait pas d'importance. Ils étaient en train d'obtenir ce dont ils avaient besoin pour l'enfermer.

— Vous avez toujours su que j'étais votre fille, déclara Kim, et vous n'avez jamais pris la peine de me contacter jusqu'à ce que tous vos autres enfants soient morts ? Jusqu'à ce que votre précieuse Polly disparaisse ?

— Je suis désolé, mais ta mère m'a fait promettre de rester loin de toi. Tu peux lui poser la question. Elle m'a fait jurer de ne jamais t'approcher.

— Pourquoi est-ce que ce Leo, que vous aviez commandité, m'a dit que vous étiez intéressé par ce que je savais sur l'effondrement du bâtiment à Philadelphie ?

— Il pensait que c'était le seul moyen pour que tu te sentes assez en sécurité pour venir avec lui, expliqua Rowland. S'il te plaît, Kimberly, je suis désolé pour toutes les magouilles, mais on est là, maintenant. Suis-moi, s'il te plaît.

La nausée de Kim s'était calmée ; elle se redressa. Elle fixa Rowland avec un regard calculateur ; c'est dans cette expression que Josie vit leur ressemblance.

— D'accord, céda-t-elle, je vais venir avec vous, mais vous devez dire à la cheffe où sont Luke et le bébé.

— D'accord, répondit Rowland.

— Et on appellera ma mère pour qu'elle confirme cette histoire.

— Bien sûr.

— Et je veux que ce soit rendu public. Je suis votre héritière. Je veux être dans votre testament et tout ça.

— Pas de souci, dit Rowland.

— C'est quoi, l'histoire officielle, si je vous laisse l'emmener ? demanda Josie.

— Comme je l'ai suggéré, elle était tellement malade que vous avez dû vous arrêter. Elle vous a maîtrisée et s'est enfuie. Je l'ai trouvée en train d'errer dans les bois et je l'ai livrée à la police. Je vais faire en sorte qu'elle ait le meilleur avocat. Elle ne passera pas un jour en prison.

À ces mots, Kim hocha la tête.

Noah se manifesta de nouveau dans l'oreillette de Josie.

— Il n'y a personne chez Rowland. Aucun signe de Luke ou du bébé.

— Où sont Luke et Victor ? demanda Josie pour ce qui lui semblait être la centième fois.

Rowland fit un nouveau geste vers la porte ouverte de la Mercedes ; Kim s'approcha et se glissa à l'intérieur tout en regardant Josie. Josie savait qu'ils n'iraient pas bien loin. Dès qu'ils s'éloigneraient, l'une de ses équipes se lancerait à leur poursuite.

— Il y a un chalet, à huit cents mètres derrière ma maison, dans les bois. On ne peut pas y accéder en voiture, mais il existe un sentier pédestre. C'est là qu'ils sont.

La voix de Noah crépita.

— On y va.

— Je parlerai à Trinity une fois que je les aurai vus de mes propres yeux, dit Josie à Rowland. Je pourrai peut-être la convaincre que vos retrouvailles avec votre fille feront une meilleure histoire.

— Cette ville a besoin de bonnes nouvelles, reconnut Rowland. Merci, cheffe.

— À bientôt, dit Josie.

Elle les observa s'éloigner.

— On a un visuel sur Rowland et Conway, déclara Noah. On les suit. Tenez-vous prête.

— Et le chalet ? dit Josie, se sentant un peu bizarre de parler dans le vide.

— L'équipe est bientôt arrivée.

Josie monta dans sa voiture. Elle mit le contact, les mains tremblantes. Elle dut se souvenir de respirer. Elle essayait de calculer combien de temps il lui faudrait pour arriver chez Rowland quand Noah reprit la parole.

— Patronne, ils n'y sont pas. Le chalet est vide. L'équipe une est déjà aux trousses de Rowland.

Josie mit les gaz.

— Je me lance à sa poursuite.

Projetant des graviers avec ses pneus arrière, Josie décolla de l'aire d'observation le pied au plancher. La route sinueuse continuait sur plusieurs kilomètres ; elle était convaincue que Rowland y serait toujours. Son compteur grimpa en flèche. Elle était agrippée au volant et prenait les virages aussi vite qu'elle le pouvait sans perdre le contrôle du véhicule. Elle rompit le silence qui régnait dans la voiture.

— Noah, est-ce que vous avez Rowland en visuel ?

— Des agents sont en train de le suivre. Il a une conduite dangereuse.

Elle passa une borne kilométrique et lui annonça.

— À quelle distance je suis ?

— Vous devriez les rattraper au prochain virage. Un peu moins d'un kilomètre.

Josie tourna le volant de l'Escape pour prendre le virage suivant et arriva rapidement à la voiture banalisée dans laquelle se trouvaient ses agents. Elle ralentit et regarda devant elle. La Mercedes-Benz de Rowland faisait des embardées de gauche à droite.

— Qu'est-ce qui se passe, bon sang ? dit-elle.

— Ils se disputent, déclara Noah. Patronne, Rowland a menti. Ça ne sent pas bon. Il...

Mais Josie arrêta d'écouter quand Rowland se déporta une fois de plus brusquement vers la gauche, les roues du côté passager ne touchant plus le sol. En un instant, la voiture se renversa sur le toit, percuta la glissière de sécurité et dévala la pente raide, hors de vue. Le bruit de la tôle froissée et des éclats de verre brisa le silence matinal de la route déserte.

— Oh mon Dieu, dit Josie.

Devant elle, ses agents s'arrêtèrent pour descendre de la voiture. Josie fit de même. Ils coururent jusqu'au bord de la route, se tenant devant ce qui restait de la glissière de sécurité. Ce n'était pas une descente aussi abrupte que celle de l'aire d'observation de Red Hawk, mais elle restait raide, et Josie estima que la voiture avait fait des tonneaux sur la longueur d'un terrain de football. Elle semblait minuscule, tout écrasée en contrebas ; de minces volutes de fumée s'échappaient de son capot broyé. Elle avait atterri à la verticale, le côté conducteur écrasé contre trois troncs d'arbres.

— Allez, il faut qu'on les sorte de là au cas où la voiture prendrait feu, dit Josie.

Ils commencèrent leur descente en direction de la voiture. La fumée s'épaississait à mesure qu'ils approchaient. L'odeur du métal, du caoutchouc et des produits chimiques brûlés s'accrochait au fond de la gorge de Josie. Soudain, l'un de ses pieds glissa sur l'herbe ; elle tomba et dévala la pente jusqu'en bas, son corps raclant les rochers, les brindilles et le verre de la Mercedes-Benz de Rowland. Elle termina sa course à quelques mètres de la voiture, la respiration haletante. Les cris de ses agents retentirent d'en haut. Elle leur fit signe de la main pour indiquer qu'elle allait bien et se releva. Du sang coulait d'une entaille sur le dos de sa main droite. Elle l'essuya sur son jean. Elle avait des égratignures sur tout le corps mais, à part l'entaille, elle ne pensait pas être blessée. Elle se dirigea vers la voiture. Le côté de Peter Rowland était écrasé contre les troncs d'arbres. Josie essaya donc la porte du côté passager. Elle s'ouvrit en grinçant, et Kim Conway tomba de la voiture. Des éclats de verre scintillaient dans ses cheveux et de minces filets de sang coulaient de son cuir chevelu jusqu'à son visage. Josie l'allongea à plat sur le sol et chercha son pouls. Il était très rapide.

— Kim, vous m'entendez ?

Ses yeux s'ouvrirent. Elle essaya de prendre une grande inspiration et gémit de douleur.

— Ne bougez pas, lui dit Josie. Ne bougez pas, d'accord ? On appelle les secours.

Kim leva un bras vers la voiture. Josie dut mettre son oreille contre les lèvres de Kim pour l'entendre.

— Il a menti.

— Je sais, dit Josie.

Alors que ses agents arrivaient sur les lieux, Josie se glissa dans la voiture de Rowland. Le verre craqua sous ses rotules quand elle s'agenouilla sur le siège passager. Rowland était affalé sur le volant, les bras relâchés le long du corps. Josie pressa deux doigts sur son cou.

— Dieu merci, marmonna-t-elle lorsqu'elle sentit son faible pouls.

Elle tourna la tête pour crier vers ses agents.

— Il nous faut deux ambulances !

— Elles sont en route, patronne, répondit l'un d'eux.

Josie donna une légère tape sur l'épaule de Rowland.

— Réveillez-vous, dit-elle. Monsieur Rowland.

La fumée du capot formait désormais une épaisse colonne noire. Une vague de chaleur émanait de l'avant de la voiture. L'odeur était insupportable. Josie essaya de détacher sa ceinture de sécurité, mais le mécanisme était bloqué.

— Nom de Dieu, dit-elle. Monsieur Rowland, il faut que je vous sorte de cette voiture.

Pas de réponse. Elle tira sur ses épaules. Sa tête se releva.

Du sang coulait de son oreille. Un vilain hématome assombrissait déjà sa tempe. Elle se retourna pour crier vers ses agents.

— Il me faut un couteau !

L'un d'eux passa sa tête dans la voiture.

— On n'a pas ça, patronne, dit-il.

— Alors aidez-moi, s'égosilla Josie. Aidez-moi à le sortir de là avant que cette voiture n'explose.

Il se glissa à l'intérieur. Ils essayèrent ensemble de sortir Rowland de son siège. Il fut assez facile de dégager son buste de la ceinture de sécurité, mais le bas de son corps était coincé là où elle passait au-dessus de ses cuisses. Josie et son agent étaient couverts de sueur et toussaient.

— Patronne, on ne peut pas rester ici. La voiture va exploser. C'est dangereux.

Josie agrippa l'épaule de Rowland.

— Je ne peux pas le laisser ici.

Ils essayèrent de le tirer de nouveau, en vain. Au loin, des sirènes retentissaient.

— Je vais voir si l'un des ambulanciers a un couteau, déclara son agent en sortant précipitamment de la voiture.

Josie secoua Rowland. Sa tête penchait. Elle lui mit de légères claques sur les joues. Ils ne pouvaient pas attendre les ambulanciers. Le temps manquait. Le feu ravageait le capot, sautait vers le pare-brise et léchait l'intérieur de la voiture là où la vitre s'était brisée.

— Rowland ! cria Josie. Ils sont où ? Où sont Luke et Victor ?

Elle le gifla de nouveau. Ses yeux, réduits à deux petites fentes, s'ouvrirent. Elle prit son visage entre ses mains, tourna sa tête vers elle, la maintenant immobile. Elle lui cria au visage.

— Ils sont où ? Où sont Luke et le bébé ?

Les yeux de Rowland se tournèrent vers le pare-brise, animés par la peur pendant une fraction de seconde. Il la fixa.

— C'est votre dernière chance, lui dit-elle. Faites le bon choix. Où sont Luke et le bébé ?

— P... Pa... Patio... Mo...

Quelque chose sous le capot de la voiture explosa et projeta des flammes et des pièces de moteur. Josie sentit un bras entourer sa taille et la tirer en arrière, hors de la voiture. Elle fut ensuite traînée vers le haut de la colline rocheuse et parsemée de débris. Elle entendit des cris, des sirènes et le rugissement du feu qui dévorait le véhicule de Peter Rowland. Alors que son corps rebondissait sur le terrain irrégulier, elle tourna la tête et se contorsionna pour regarder Rowland être englouti par les flammes et la fumée.

64

Elle avait des graviers enfoncés dans le dos. Elle fixa le ciel bleu pour observer les volutes de fumée noire déferler devant ses yeux. Le visage de Noah apparut. Il pressa quelque chose de froid sur son front. Elle ferma les yeux juste un instant pour se concentrer sur son toucher. Puis il passa à sa main. Elle sentit quelque chose de froid et piquant couler sur la coupure, puis quelque chose de chaud et sec être pressé dessus. Elle cria de douleur.

— Bon, vous êtes toujours avec nous, se félicita Noah.

Elle fut prise d'une quinte de toux. Noah l'aida à se mettre sur le côté, tandis que de la salive et du vomi noircis s'échappaient d'elle. Il lui frotta le dos pendant que son corps était secoué de spasmes. Quand elle eut fini, il passa un bras autour de sa taille pour la relever. Elle s'appuya contre lui. L'odeur de brûlé était si forte qu'elle ne pensait pas pouvoir la retirer un jour de sa peau ou de ses cheveux.

— Vous m'avez tirée de là ? demanda-t-elle.

— Il fallait bien que quelqu'un s'y colle.

Il lui adressa un sourire triste, et elle réalisa qu'elle devait être dans un état plutôt critique, car il ne prit même pas la peine de la réprimander pour avoir frôlé la mort dans la voiture.

— Kim a survécu ? demanda-t-elle.

— Elle est mal en point, mais oui, elle est en route pour l'hôpital. Gretchen est avec elle. L'équipe du shérif va examiner la scène.

Elle savait déjà que Rowland avait péri dans l'incendie.

— Il a prononcé le mot « patio », dit Josie. Juste avant que vous me sortiez de la voiture. J'essayais de lui faire cracher le morceau quant à l'endroit où étaient Luke et le bébé. Il a dit « patio ».

Noah fronça les sourcils.

— Patio ?

— Patio Mo... C'est tout ce que j'ai compris.

— Mo ?

— Le Patio Motel, peut-être ? dit l'un des secouristes qui passaient par là. On reçoit des appels de là-bas deux fois par semaine.

Josie et Noah échangèrent un regard. Elle connaissait l'endroit. Ils avaient arrêté plus de prostituées et de toxicomanes là-bas que n'importe où ailleurs dans la ville.

— Allons-y, dit Josie.

Le Patio Motel se trouvait juste à côté de l'autoroute, sur une dalle de bitume envahie par les mauvaises herbes. Les deux étages du motel comptaient seize chambres au total, huit à chaque étage. Certaines des portes à la peinture verte défraîchie avaient encore un numéro en métal argenté cloué en leur centre. D'autres l'avaient perdu depuis longtemps. On aurait dit que le personnel du motel avait simplement griffonné les numéros sur les portes avec un gros feutre noir. Des places de parking étaient alignées devant cette abomination à étage. Quelques vieilles voitures en occupaient environ la moitié. Entre le parking et l'accueil du motel, une ancienne piscine était à moitié remplie de déchets alors qu'un jardin avait commencé à pousser dans l'autre moitié : quelqu'un y avait mis de la terre et planté quelques fleurs maigrichonnes.

Josie et Noah arrivèrent accompagnés de deux policiers et de plusieurs adjoints du shérif. Josie patienta près de la voiture pendant que Noah trottinait jusqu'au bureau. L'endroit avait l'air abandonné ; Josie savait qu'aucune personne qui fréquentait le Patio ne se montrerait sur un parking plein de flics. En attendant Noah, elle ouvrit le coffre de sa voiture et en sortit son gilet pare-balles qu'elle enfila. Son corps lui faisait mal depuis sa chute dans le ravin et sa remontée mouvementée. Elle ne doutait pas qu'après une douche, elle serait couverte de bleus. Les policiers et les adjoints s'équipèrent également. Très vite, ils étaient armés et regroupés sur le parking, prêts à enfoncer quelques portes.

Noah sortit du bureau en courant avec quatre doigts levés.

— Le gérant a reconnu Leonard Nance sur la photo de son permis de conduire. Il dit que Nance a loué une chambre pour la semaine il y a quelques jours. Il a payé en espèces et le double du tarif pour plus de confidentialité.

— Comment vous l'avez fait parler ? demanda Josie.

— Je lui ai dit que plus vite il me dirait ce que j'avais besoin de savoir, plus vite il se débarrasserait de nous. Il n'aime pas la présence de la police.

Noah sourit de toutes ses dents, et une clé apparut dans sa main.

Josie sourit à son tour. Son premier sourire sincère de la journée.

— Allons-y, dit-elle.

Josie et Noah s'alignèrent devant la cloison extérieure de la chambre 4, deux policiers armés et prêts à forcer la porte face à eux. Les adjoints couvraient l'arrière du bâtiment. Josie ignora le battement frénétique de son cœur et la tension dans ses épaules et utilisa sa main bandée pour glisser la clé dans la serrure et tourner la poignée. Une fois la porte déverrouillée, ils entrèrent tous les quatre et balayèrent la pièce en criant : « Police ! »

Elle était vide.

La chambre était petite et puait la sueur, le vomi et les excréments. Un lit double dominait l'espace et faisait face à une petite commode où reposait une télévision. Les images d'une sitcom défilaient en silence. Le lit était débarrassé de tout sauf de ses draps, sa couette criarde vert et rose repoussée à son bout.

Des gouttes de sang étaient éparpillées sur les draps, accompagnées de ce qui ressemblait à une tache de vomi sur un côté. Sur la table de chevet étaient posés un flacon de médicaments marron et trois biberons vides contenant des restes de lait maternisé qui se solidifiaient dans le fond. Entre la fenêtre et le lit, un fauteuil jaune moutarde usé accueillait un drap en boule. Un panier à linge rectangulaire bleu reposait sur le sol ; quelqu'un avait fourré un oreiller dans le fond de celui-ci.

— C'est là qu'ils gardaient le bébé, dit Josie.

— Mon Dieu, dit Noah en se couvrant le nez.

— Des couches dans la salle de bains, lança l'un des policiers.

En se déplaçant, Josie se prit le pied dans quelque chose qui dépassait d'en dessous du lit. Elle s'agenouilla et regarda de quoi il s'agissait. Un nœud se forma dans sa gorge. Il y avait une basket blanche avec une virgule bleue Nike sur le côté. L'autre basket de Luke. Quand elle se releva, elle fut prise de vertiges et lutta contre les larmes.

— Ils étaient là, dit-elle. Merde. Ils étaient là.

Noah enfila une paire de gants en latex. Il brandit le flacon de médicaments.

— Ça vient d'une pharmacie de New York. De l'oxycodone pour une certaine Marie Muir.

— Marie, la gouvernante de Rowland, dit Josie.

— Pas une gouvernante, mais une baby-sitter, dit Noah.

— Cheffe Quinn, cria-t-on de l'extérieur.

Josie sortit en courant et vit l'adjoint du shérif qui l'avait appelée un peu plus loin, au niveau d'une petite ruelle menant à l'arrière de l'hôtel. Il lui fit signe de le suivre. Le bitume craquelé était jonché de déchets, de mauvaises herbes, de verre brisé et de seringues. Une benne à ordures verte, couverte de crasse, était posée le long d'un grillage. Plus loin, un terrain vague s'étendait sur cinq cents mètres, se terminant par des barrières en béton qui la séparaient des voies de l'autoroute en direction de l'est. Au-delà, on apercevait les voies en direction de l'ouest. Des camions et des voitures circulaient dans les deux sens. Le vent fouettait les cheveux de Josie.

— Il y a quelqu'un là-bas, dit l'adjoint en pointant du doigt l'autoroute au-delà du grillage, sur les voies en direction de l'ouest.

Au centre de ces voies, une silhouette courait en boitant. Elle se déplaçait en tenant ses mains contre sa poitrine. Les Klaxon retentissaient, les voitures l'évitaient de justesse. Elle était trop loin pour qu'on puisse la voir clairement, et dos à eux, mais Josie l'aurait reconnue n'importe où. Pendant une seconde, elle eut le souffle coupé. Elle essaya de crier « Luke », mais rien ne sortit de sa gorge.

— Il a dû passer par le trou du grillage là-bas, dit l'adjoint. Il va se faire tuer.

Sa radio grésilla sur son épaule.

— Appelez des unités, ordonna Josie, et faites venir le lieutenant Fraley ici.

En quelques secondes, elle passa à travers le trou dans le grillage, ses pieds martelant la terre alors qu'elle courait le long des barrières en béton.

— Luke ! hurla-t-elle, mais le vacarme des véhicules étouffa sa voix.

Il avait peut-être huit cents mètres d'avance sur elle, et ses poumons souffraient toujours de l'incendie. Le souffle court, elle s'arrêta momentanément et se débarrassa de son gilet pare-balles. Sans lui, elle pouvait se déplacer beaucoup plus rapidement. Dès qu'il y eut une interruption dans la circulation, elle sauta par-dessus les barrières de béton et traversa les voies allant vers l'est pour essayer d'atteindre l'accotement de celles allant vers l'ouest et rattraper Luke. Elle remarqua en s'approchant de lui qu'il courait pieds nus. Il avait dû marcher sur du verre en se rendant sur l'autoroute, car il laissait des empreintes sanglantes le long de la ligne blanche divisant les voies.

— Luke ! cria-t-elle de nouveau.

Mais il ne l'entendait pas. Il continuait à avancer péniblement, ignorant les véhicules qui faisaient des embardées autour de lui et leurs Klaxon stridents.

Où allait-il, bon sang ?

Ils se rapprochaient d'un pont qui traversait le fleuve Susquehanna. Un poids lourd rugit et fit trembler l'autoroute sous les pieds de Josie. En face, Luke titubait vers le bord du pont. Il atteignit la barrière et s'y appuya. Elle était proche. Elle avait juste à traverser les voies sans se faire percuter par une voiture ou un camion. Josie jeta un coup d'œil derrière elle et aperçut Noah au loin qui courait sur l'accotement de la voie est. Lorsqu'elle se retourna vers Luke, il escaladait la barrière.

— Luke ! Non ! cria-t-elle.

Il se tenait debout, vacillant, essayant de se tenir en équilibre sur le bord, et regarda dans sa direction. Elle se rendit compte que ses mains n'étaient pas dans leur état normal. Elles étaient toutes deux très enflées, la peau tirée, brillante et rose. Des marques ensanglantées entouraient ses poignets. Son visage était marqué de diverses nuances de bleu et de violet et un de ses yeux était tellement enflé qu'il était presque fermé. Du sang formait une croûte le long de sa lèvre inférieure. Leurs regards se croisèrent à travers l'autoroute.

— Ne fais pas ça ! cria Josie.

Il dit quelque chose, mais la circulation qui les séparait étouffa le son. Puis il tourna la tête vers le fleuve, croisa les bras sur sa poitrine et sauta de la barrière.

66

Josie traversa l'autoroute à toute allure et manqua de peu se faire faucher par un pick-up. Sa poitrine était si serrée qu'elle laissa échapper un sifflement en s'appuyant contre la barrière en béton pour regarder le fleuve. En contrebas, le courant emportait Luke, en aval. Il tentait maladroitement de nager, mais il était clair qu'il avait des difficultés. Une fois de plus, elle se demanda ce qu'il fichait, puis un éclair de couleur vive attira son attention plus bas dans le fleuve. À plusieurs mètres en aval de Luke, une autre personne flottait. Josie plissa les yeux et distingua de longs cheveux noirs. C'était une femme. Elle flottait sur le dos, l'objet de couleur vive qui avait attiré l'attention de Josie sur sa poitrine.

— Oh mon Dieu.

C'était un porte-bébé bleu clair. La nausée secoua l'estomac de Josie. La femme avait-elle, comme Luke, sauté du pont avec le bébé attaché à elle ? Elle regarda en bas et essaya de mesurer la chute. On était au milieu de la saison des ouragans et le fleuve était haut. Un adulte aurait survécu facilement à un saut depuis la hauteur du pont, mais un nouveau-né ? Josie balaya le rivage du regard en espérant voir un talus que la femme aurait pu descendre plutôt que de sauter avec le nourrisson. Une petite couverture blanche, ou peut-être une taie d'oreiller, flottait sur une branche basse d'un arbre. Ses yeux retrouvèrent Luke. Sa tête disparut sous l'eau. Josie compta les secondes. Après cinq, elle aperçut de nouveau le dessus de sa tête. Ses bras s'agitaient. Il était au bord de la noyade.

Josie retira son étui de revolver et ses chaussures, monta sur la barrière et sauta.

Son corps s'enfonça dans l'eau, une sensation de froid envahissant ses sens. Elle battit des pieds jusqu'à revenir à la surface. Les jambes en action, elle tourna sur elle-même dans l'eau pour prendre ses marques, jusqu'à ce qu'elle repère la forme de Luke flotter un peu plus loin devant elle. Heureusement, le courant était rapide. Elle nagea vers lui d'un mouvement fluide et régulier. Elle avait les poumons en feu. Elle ralentit brièvement, priant pour éviter une quinte de toux. Elle y était presque. Enfin, ses doigts effleurèrent le t-shirt de Luke. Un dernier coup puissant dans l'eau la rapprocha assez pour qu'il soit à portée de main ; elle agrippa le tissu au niveau de sa nuque pour le tirer vers elle.

— Luke, dit-elle d'une voix rauque, c'est moi, Josie. Tout va bien. Je te tiens.

Elle passa ses bras sous ses aisselles et le serra contre elle pendant qu'il se calmait.

Ils flottèrent ensemble dans l'eau pendant quelques secondes.

— Le bébé, dit Luke.

— Je sais, lui dit-elle.

— Tu dois aller chercher le bébé.

— Je vais le faire.

— Vas-y maintenant.

— Je ne peux pas. Je ne peux pas te laisser, tu vas te noyer. Je te ramène sur le rivage.

— Pas le temps pour ça.

Josie regarda en aval, mais la femme et Victor n'étaient plus qu'un petit point flottant vers l'horizon, qui s'éloignait rapidement d'elle. La police de Denton, le shérif du comté d'Alcott et la police d'État étaient en route, mais personne parmi eux ne savait que Marie Muir avait sauté dans le fleuve avec le bébé. Le pont n'était même plus visible. Ils ne sauraient même pas qu'il fallait essayer d'arrêter la femme plus loin dans le fleuve. Josie était une bonne nageuse et avait de fortes chances de pouvoir la rattraper grâce au courant. Mais elle ne pouvait pas ramener Luke sur la rive et rattraper la femme. Il n'y avait pas assez de temps pour faire les deux. Si elle perdait la femme, elle perdait Victor Derossi. S'il était encore en vie.

— Tu dois y aller, dit Luke, comme s'il lisait dans ses pensées. Josie, tu dois y aller. C'est le fils de Ray. J'aurais dû te le dire. Je suis désolé. C'est le bébé de Ray. Tu dois le sauver.

Des larmes lui piquèrent les yeux. Elle se dégagea de sorte qu'ils soient face à face. La rive défilait sous leurs yeux tandis qu'ils se faisaient ballotter par le courant. Elle battit des pieds tout en prenant le visage de Luke entre ses mains.

— Noah était derrière moi. Je suis sûre qu'il m'a vue sauter. Il va venir pour m'aider. Il va te trouver.

— Vas-y, dit Luke.

Josie pressa ses lèvres contre les siennes et, avant qu'elle ne puisse changer d'avis, elle s'arracha à lui, se retourna sur le ventre et nagea aussi vite que possible vers Marie Muir et Victor Derossi.

67

Josie garda les yeux fixés sur la tête de Marie Muir qui rebondissait avec le courant. Elle devait continuer. C'était juste la fin de l'été et, bien que les températures aient commencé à chuter, l'eau n'était pas encore gelée. Elle était tout de même froide et il ne pouvait pas être bon pour un nouveau-né d'y rester trop longtemps. En supposant qu'il ne se soit pas noyé. Josie puisait dans ses ressources physiques, mais ses membres étaient lâches et gélatineux. Ses poumons étaient en feu. Il lui était de plus en plus difficile de respirer. Elle avait l'impression que quelqu'un la serrait et écrasait son torse. Sa vue commençait à être trouble.

Puis elle l'entendit. Un faible gémissement.

Avec un regain d'énergie dû à la montée d'adrénaline que ce son provoqua en elle, elle propulsa ses bras et ses jambes dans l'eau. Plus elle se rapprochait, plus les pleurs de Victor s'intensifiaient. Malheureusement, il n'y avait aucun moyen de s'approcher discrètement de la femme. Marie, qui flottait sur le dos avec le bébé dans le porte-bébé posé sur sa poitrine, repéra Josie. La panique traversa son visage pâle. Elle tendit les mains pour pagayer et creusa davantage la distance entre elles.

— Arrêtez ! lui ordonna Josie.

Elle se rendit compte du ridicule de sa demande au moment où le mot sortit de sa bouche. Il n'y avait aucun moyen de s'arrêter au beau milieu d'un fleuve.

— Sortez de l'eau, choisit-elle de crier à la place. Nagez jusqu'à la rive.

Marie battit des bras plus rapidement, tandis que Josie exécutait des mouvements de ciseaux avec ses jambes pour la rattraper. Josie n'avait pas de bébé attaché à la poitrine et avait donc l'avantage. Elle était presque à sa portée.

— Marie, nagez jusqu'à la rive, souffla Josie en essayant de maintenir sa tête hors de l'eau.

Elle laissa échapper un grognement et frappa les mains de Josie qui essayaient d'agripper le porte-bébé.

— Lâchez-moi.

Josie cessa de tenter d'attraper le porte-bébé.

— OK, donnez-moi juste le bébé, dit-elle. Peu importe qui vous êtes ou d'où vous venez, et je me fiche de ce que vous avez fait. Donnez-moi juste le bébé.

Marie peinait à respirer ; ses bras s'agitèrent pour s'éloigner de Josie. De près, Josie lui donnait la soixantaine. Il n'était pas difficile de flotter mais, si elle devait nager, Josie ne pensait pas qu'elle irait bien loin. Son visage ridé était déjà d'une blancheur inquiétante.

— Arrêtez de vous agiter, dit Josie. Gardez votre énergie ou vous allez vous noyer. Je ne suis pas là pour vous. Donnez-moi juste le bébé.

Marie ralentit ses efforts et se remit à flotter. Emmitouflé sur sa poitrine, le bébé bougeait au rythme de sa respiration. Il poussa encore quelques vagissements pour faire bonne mesure.

— S'il vous plaît, dit Josie. Il crève de froid ici. Laissez-moi le sortir de l'eau.

Après ce qui sembla être une éternité, Marie fit glisser une des sangles le long de son bras, puis l'autre, et éloigna le porte-bébé de sa poitrine. Elle le retourna pour que Victor ait le visage vers le haut et flotte sur le dos dans le porte-bébé. Josie ressentit un grand soulagement.

Puis Marie poussa Victor loin d'elles et commença à nager vers la rive.

— Putain de merde !

Elle s'élança vers le porte-bébé, ses doigts effleurant l'une de ses sangles. Les pleurs stridents de Victor la poussèrent à redoubler d'efforts. Elle ne pouvait pas le perdre alors qu'elle était si proche. Pas maintenant. Pas comme ça. Avec un dernier coup de pied, elle réussit à saisir une sangle. Elle tira le porte-bébé vers elle et nagea à toute vitesse vers la rive.

Il lui fallut plusieurs tentatives pour retrouver son équilibre sur la terre ferme. L'épuisement affaiblissait chacun de ses membres. Le petit Victor hurlait désormais. Il n'y avait ni maisons ni quais le long de cette portion du fleuve. Seulement des arbres. Son sentiment de désorientation était accablant. Elle n'avait aucune idée de la distance qu'ils avaient parcourue ni de l'endroit où ils se trouvaient. Étaient-ils toujours à Denton ? Josie retrouva son équilibre et posa le porte-bébé au sol pour en sortir Victor. Il gigota lorsqu'elle le souleva. Son minuscule visage était violet ; Josie ne savait pas si la couleur venait de ses pleurs, du froid, ou des deux, mais elle le serra contre sa poitrine et se mit à courir.

Ses chaussettes mouillées glissaient le long de ses chevilles et s'accrochaient aux brindilles et aux pierres pendant sa course. Les cris de Victor étaient étouffés par sa propre respiration haletante et les pulsations de son sang dans ses oreilles. Lorsqu'elle atteignit enfin une route à deux voies, elle tomba à genoux. Elle balaya les environs du regard, mais ne vit ni maison ni bâtiment. Le bruit d'un véhicule en approche attira son attention avant qu'elle ne puisse décider dans quelle direction aller. Sur sa droite, un vieux pick-up rouge avançait lentement sur la route.

Josie se releva péniblement en tenant Victor d'une main contre sa poitrine et fit signe au véhicule de s'arrêter de l'autre.

Les freins grincèrent et le pick-up s'arrêta à quelques mètres d'elle. Un homme d'une cinquantaine d'années aux cheveux bruns clairsemés et portant des lunettes regardait par la fenêtre du conducteur avec une bouche formant un O parfait. Josie ne pouvait qu'imaginer à quoi elle devait ressembler. Elle se précipita du côté passager et grimpa dans le véhicule. L'homme tourna la tête vers elle.

— Je viens de sauver ce bébé du fleuve. Il est mouillé et gelé. On doit aller à l'hôpital.

Sans dire un mot, l'homme retira sa veste pour la lui donner. Il leva le bras et tourna le bouton pour augmenter le chauffage. Puis il opéra un demi-tour et s'engagea à pleine vitesse sur la route. Josie était plus ou moins consciente qu'il la regardait par intermittence pendant qu'elle installait Victor sur ses genoux et se déshabillait jusqu'à se retrouver en soutien-gorge. Elle retira ensuite la grenouillère mouillée de Victor et déposa leurs vêtements trempés sur le siège à côté d'elle. Elle prit le bébé et le pressa contre sa poitrine, peau à peau, avant d'enfiler la veste de l'homme. De l'air chaud sortait des bouches d'aération du tableau de bord. Sous la veste, Josie caressait le petit dos de Victor. Épuisé, le bébé finit par calmer ses pleurs et s'endormit blotti contre elle.

68

Aux urgences du Denton Memorial, Josie avait mis la veste du bon Samaritain autour de ses épaules et faisait les cent pas devant une salle vitrée pendant qu'un médecin et trois infirmiers examinaient Victor Derossi. Ses cris perçants obligeaient les passants à s'arrêter devant la salle pour regarder ce qui s'y passait. Une infirmière passa devant Josie et lui sourit.

— On dirait qu'il a faim, dit-elle.

On aurait plutôt dit que quelqu'un torturait le pauvre enfant, mais Josie réalisa que l'infirmière avait sûrement raison. Ils ne savaient pas quand il avait mangé pour la dernière fois.

— Patronne.

Noah apparut à ses côtés, trempé et couvert de boue et de feuilles.

Sans réfléchir, elle le prit dans ses bras. Elle le relâcha à temps pour voir ses joues rougir.

— Vous l'avez récupéré ? Vous avez trouvé Luke ?

Il sourit.

— Je l'ai trouvé. Il va bien. Ils s'occupent de lui au bout du couloir. Il est mal en point, mais il est en vie.

Josie s'effondra contre lui ; il glissa un bras autour de sa taille et la guida jusqu'à une chaise dans le couloir. Elle essayait de retenir ses larmes, mais en laissa échapper quelques-unes. Noah s'éloigna et réapparut quelques secondes plus tard avec un paquet de mouchoirs en papier à la main. Josie les prit en murmurant un merci et essaya de se ressaisir. Luke et Victor Derossi étaient en vie et en sécurité. Elle prit de grandes inspirations et se tamponna les yeux.

— Comment va le bébé ? demanda Noah.

— Il est contrarié.

Noah s'approcha de la vitre pour jeter un œil à l'intérieur. Josie le suivit et regarda par-dessus son épaule.

Par chance, l'un des infirmiers secouait un biberon rempli de lait maternisé. L'autre infirmière emmaillota le bébé et le souleva de la civière en le tenant d'une main experte dans le creux d'un bras. Elle prit le biberon des mains de son collègue et frotta la tétine sur les lèvres de Victor. Il la prit dans sa bouche avec avidité et se calma enfin. Un silence majestueux s'installa dans les urgences. Le médecin sortit de la salle.

— Il va bien, dit-il à Josie. Étonnamment. Il ne semble y avoir aucune blessure, aucun signe de maladie ou même de déshydratation. Pas d'hypothermie. Pas de fièvre. Son état est… parfait. La personne qui était avec lui a pris bien soin de lui. Sa baignade n'a pas entraîné de conséquences néfastes.

Les épaules de Josie s'affaissèrent sous le coup du soulagement.

— Merci, dit-elle.

— On va le garder cette nuit pour le surveiller. Est-ce qu'il a un parent ou un tuteur qui peut rester avec lui ou est-ce qu'on doit appeler les services sociaux ?

— Non, pas besoin d'appeler les services sociaux, dit Josie. On trouvera un membre de la famille.

Une fois le médecin parti, elle s'adressa à Noah.

— Voyez si l'amie de Misty peut venir. Si elle ne peut pas, j'appellerai la mère de Ray.

— La mère de Ray ? Patronne, vous n'êtes même pas sûre que ce soit le bébé de Ray.

Josie fixa le petit être dans les bras de l'infirmière. On lui avait mis un petit bonnet bleu sur la tête. D'où elle était, Josie pouvait à peine distinguer la teinte rose de son front.

— C'est bien le fils de Ray, dit-elle.

Elle ne savait pas comment, mais elle le savait. Elle pensait qu'elle se sentirait triste ou trahie en étant face à lui. Misty avait une partie de Ray qu'elle ne connaîtrait jamais. Elle avait fait quelque chose que Josie n'avait jamais été prête à faire ; que Ray n'avait jamais voulu qu'elle fasse. Par le passé, Josie avait pensé qu'elle se sentirait mal à l'aise en voyant le fils de Ray, mais elle n'avait jamais ressenti un soulagement et un instinct protecteur aussi forts. Elle ne savait pas quel genre de mère Misty serait, et elle remettait toujours en question son choix de mettre au monde un enfant dont le père était un paria et déjà mort, mais tout cela n'avait pas d'importance. Ce qui comptait, c'était qu'elle avait trouvé le bébé, et qu'il était sain et sauf.

Elle s'attendait à ce que Noah cherche à la persuader d'appeler la mère de Ray. Au lieu de cela, il passa un coup de fil à Brittney. Josie pouvait entendre ses cris de joie à un mètre.

— J'imagine qu'elle peut rester avec lui, dit Josie quand il raccrocha.

Noah sourit.

— Vous avez rattrapé Muir ? demanda Josie.

Il acquiesça.

— Le shérif s'en est chargé. Elle a commencé à parler dès qu'elle a appris la mort de Rowland et de Nance. Apparemment, Nance lui a fait très peur. Il a menacé de la tuer, elle et tous ceux qu'elle connaissait, si la police trouvait le bébé. C'est pour ça qu'elle s'est enfuie quand elle a vu tous les véhicules de police dehors.

— Et Luke l'a suivie. Est-ce qu'on sait si elle a sauté du pont ?

— Non, elle a descendu le talus. Je pense que Luke a sauté car c'était plus rapide.

— Il avait raison. Donc Muir s'occupait du bébé et de Luke.

— C'est une infirmière retraitée de Brooklyn. Rowland lui a proposé une grosse somme d'argent pour qu'elle prenne soin d'un bébé pendant plusieurs jours. Ils étaient chez Rowland jusqu'à il y a quelques jours. Elle dit qu'un certain Leo est venu faire un prélèvement buccal sur le bébé, puis les a déposés elle et Victor au Patio Motel et a amené Luke plus tard. Elle a eu de la peine pour Luke et lui a donné des médicaments contre la douleur qu'elle prend pour ses maux de dos chroniques causés par un accident de voiture. Elle affirme qu'elle ne savait pas qui étaient le bébé ou Luke.

— C'est des conneries, dit Josie. Je suis sûre qu'elle avait la télé dans cette chambre.

— Eh bien, on laisse le procureur s'occuper d'elle, dit Noah. Gretchen est restée au motel pour superviser son inspection par l'équipe d'intervention criminelle.

— Comment va Kim ?

— Elle a quelques fractures et une contusion au sternum. De bonnes lacérations du cuir chevelu et à la jambe, elle a perdu beaucoup de sang. Commotion cérébrale.

— Elle est en vie.

Même si Josie se souciait peu de Kim Conway, elle était heureuse qu'elle ait survécu au drame.

— On sait ce qui a provoqué l'accident ?

Noah sortit son téléphone.

— Oui. Kim et Rowland se disputaient quand ils ont pris le talus. Ça s'est envenimé. J'ai demandé au bureau du shérif de m'envoyer par mail le segment des communications dans la voiture, au moment où Rowland s'est éloigné. Il vaut mieux que vous écoutiez ça vous-même.

Ils n'avaient pas d'écouteurs et s'enfermèrent donc dans des toilettes unisexes. Ils se tenaient presque front contre front avec le téléphone entre eux pendant que Noah lançait un fichier audio. Un silence, puis la voix de Kim.

— *Toutes ces choses que vous m'avez promises, là-bas, vous pourriez les organiser par l'intermédiaire d'un avocat. Vous êtes riche, non ?*

— *Plutôt riche, oui, répondait Rowland. Et j'aurais sûrement pu prendre toutes les dispositions pour te légitimer en tant qu'héritière sans jamais te voir en personne.*

— *Donc vous auriez pu laisser la cheffe Quinn me ramener à la prison.*

— *En effet. C'est ce que j'aurais dû faire. Je crains que cela ne lui cause quelques ennuis.*

— *Alors pourquoi je suis ici ? demandait Kim. C'est un peu tard pour venir jouer le papa poule.*

Rowland avait lâché un rire.

— *Oh, Kimberly, ça ne m'intéresse pas d'être ton père.*

— *Comment ça ? disait-elle d'une voix qui semblait légèrement anxieuse.*

— *Tu as vraiment cru à toutes ces conneries sur le fait que toi et Polly étiez pures parce que vous étiez le fruit de l'amour ?*

— *Qu'est-ce que vous insinuez ?*

— *J'insinue que c'était un mensonge, ma chère. Cette pratique t'est familière.*

— *Et... Polly ? Votre autre fille ?*

Rowland avait émis un son de mécontentement.

— *Polly était une psychopathe de naissance. Elle était incorrigible dès son plus jeune âge. Ma femme ne voulait pas l'admettre. Même après qu'elle a poussé une de ses camarades dans les escaliers. Grâce à ma Polly, cette fille ne marchera plus jamais. Je sais qu'elle l'a fait exprès. Elle me l'a dit. Il a fallu des millions pour étouffer ça. Elle n'avait aucun remords, et sa mère était de son côté.*

— *Vous... vous les avez tuées ? Polly et sa mère ?*

— *Le chauffard qui les a percutées avait de grosses dettes de* jeu. Le genre de dettes qui tuait les membres de sa famille. J'ai remboursé ses dettes, je l'ai envoyé boire assez pour qu'il soit au-dessus de la limite légale, puis je lui ai dit à quel coin de rue il devait se trouver et à quel moment. Il a obtenu une bonne compensation financière. S'il se comporte bien, il sortira de prison dans quelques années et il aura assez d'argent pour vivre le restant de ses jours. Sa famille est en sécurité et il ne peut pas accumuler de dettes de jeu pendant son incarcération.

— Mon Dieu.

— Et toi... Tu penses que je ne sais pas quel genre de personne tu es ? Je suis retourné voir ta mère quand tu avais douze ans. C'était avant que je n'épouse ma femme. Je voulais lui donner une chance. Elle m'a tout raconté sur les mensonges et les vols.

— Mais je...

— Épargne-moi tes mensonges, s'il te plaît. Je sais que tu as passé un an en centre de détention pour mineurs.

— Vous avez toujours été au courant. Pourquoi je suis la dernière ?

— Ce n'est que lorsque j'ai appris pour Aaron King que j'ai réalisé l'ampleur de ce que j'avais fait, de ce que j'avais aidé à mettre au monde. Ce n'est qu'après son arrestation que j'ai su qu'il était mon fils, que je devais débarrasser ce monde de ma mauvaise graine. Je t'ai gardée, ainsi qu'Eric, pour la fin. Vous étiez toujours visibles, faciles à trouver. Les autres étaient plus difficiles à traquer. Je voulais conclure les contrats du casino avant de me débarrasser d'Eric, mais Leonard a tout gâché. Il l'a tué trop tôt. Mais il vous a surveillés, tous les deux, assez long-temps pour découvrir que tu t'étais offerte quasiment à chaque homme de son entourage. La cheffe Quinn pense que tu as tué Denny Twitch et Leonard, ce qui fait de toi une putain de meurtrière.

— J'étais prisonnière d'Eric, disait Kim, la voix tremblante. J'ai fait ce que j'avais à faire pour rester en vie. Non, je ne suis *pas fière de tous les choix que j'ai faits, mais je suis toujours là.*

Rowland avait ri de nouveau.

— *Plus pour longtemps, ma chère.*

— *Qu'est-ce que vous allez dire à la cheffe ? Et Trinity Payne dans tout ça ?*

— *Je n'ai qu'à m'arranger pour les faire taire.*

— *Vous allez les tuer ?* demandait Kim.

— *Seulement si elles refusent mes généreuses propositions.*

— *Vos pots-de-vin, vous voulez dire.*

— *Appelle ça comme tu veux. Je n'aime pas tuer, mais je ferai le nécessaire pour me protéger.*

— *Vous n'aimez pas tuer ? Vous avez assassiné combien de personnes ?*

— *Aucune,* disait Rowland.

— *Ah oui, vous ne vous salissez pas les mains, parce que vous êtes si bon, n'est-ce pas ?*

— *J'ai sauvé l'agent Creighton, non ? J'aurais pu le laisser mourir dans cette église, mais il n'avait rien à voir là-dedans, et Victor Derossi finira bien par être rendu à sa mère.*

— *« Finira bien » ?* demandait Kim. *Ils ne sont pas à l'endroit que vous avez indiqué, si ? Vous avez menti. Vous êtes un menteur et un meurtrier, mais c'est moi, la mauvaise personne ? Vous pensez que tous vos enfants sont d'horribles personnes ? Vous vous êtes déjà demandé d'où ils tenaient ça ?*

— *J'assume ce que j'ai créé ! Contrairement à vous tous, petits cons, j'essaie de rendre le monde meilleur.*

La voix de Rowland était empreinte de colère ou de passion, Josie n'en était pas sûre.

— *Eh bien, c'est une drôle façon de le faire, « papa »,* s'emportait Kim. *Je ne pense pas que vous vous souciez du monde. Je pense que tout ce qui vous importe, c'est qu'aucun d'entre nous ne mette la main sur votre empire. Je pense que vous tenez plus à votre héritage qu'à n'importe quoi d'autre.*

— *Peu importe ce que tu penses,* disait Rowland. *Mes enfants ne feront plus de mal à qui que ce soit. Si mon héritage reste intact, c'est un bonus.*

Un silence s'installa. Josie observa les secondes du fichier audio s'écouler. Trente secondes, quarante secondes, quarante-trois secondes. Puis on entendit un bruit diffus, comme des grognements et des gifles.

— *Arrête !* hurlait Rowland. *Qu'est-ce que tu fais ? Arrête ça !*

Davantage de bruits de lutte.

— *Lâche ça ! Lâche le volant ! Tu vas nous tuer tous les deux. Pu...*

L'enregistrement se coupa. Josie et Noah se regardèrent pendant un long moment.

— Assurez-vous que le procureur ait ça, d'accord ? dit Josie.

— Bien sûr.

— Vous savez où me trouver, lui dit Josie avant de le laisser dans les toilettes pour appeler Carrieann.

Carrieann retrouva Josie aux urgences.

Elles attendirent côte à côte devant une cloison en verre pendant qu'une infirmière branchait la perfusion de Luke. Il était inconscient, épuisé par le calvaire qu'il venait de vivre et les analgésiques qu'on lui administrait. Josie avait pu parler au médecin, mais pas à Luke.

— Il est extrêmement déshydraté, dit Josie. Il a presque tous les doigts cassés. Plusieurs os dans chaque main. Apparemment, les sbires de Dunn l'ont torturé au marteau. Ils pensaient qu'il savait où était le bébé parce qu'il cachait Kim, et ils ont essayé de le faire parler. Bref, les urgentistes attendent le chirurgien orthopédique. Il termine une opération et il s'occupe de Luke. Ils vont essayer de réparer ce qu'ils peuvent.

Carrieann hocha la tête. Des larmes coulaient sur ses joues.

— Les os guériront, dit-elle. Il est sain et sauf.

Elle tendit la main, et Josie la serra. Carrieann la regarda dans les yeux.

— Mais on évite de refaire ça, qu'est-ce que t'en dis ?

Josie rit.

— Je suis partante.

TROIS JOURS PLUS TARD

Luke était assis dans son lit d'hôpital, un plateau-repas devant lui. Ses deux mains étaient couvertes de pansements. Il fixait le plateau avec envie. Il poussa sa fourchette de la main droite. Depuis l'entrée, Josie observa la scène quelques secondes avant de s'approcher pour prendre la fourchette, piquer le filet de dinde avec et la porter à sa bouche. Elle le nourrit en silence pendant plusieurs minutes. Il finit par secouer la tête pour indiquer qu'il n'en voulait plus.

— Merci, dit-il.

Elle acquiesça et s'assit sur la chaise à côté de son lit. La convalescence allait être longue. Pour lui comme pour elle. Il aurait besoin de beaucoup de soins. Peut-être même d'un infirmier à domicile.

— Carrieann m'a dit que je pouvais rester chez elle pendant un moment. Elle a assez de monde à la ferme pour pouvoir s'occuper de moi vingt-quatre heures sur vingt-quatre. Je pense que je vais accepter.

Josie fut surprise par la déception qui l'envahit, d'autant plus qu'au fond, elle ne s'attendait pas à ce que leur relation survive à tout ça. Surtout pas à quelque chose de cette ampleur.

Il y avait eu trop de mensonges. Elle savait que lorsque la vérité sur ce qui s'était passé entre lui et Kim Conway éclaterait, cela porterait le coup fatal à ce qui restait entre eux.

Les larmes lui montèrent aux yeux. Elle baissa le regard sur ses genoux.

— Tu es sûr de vouloir partir ? demanda-t-elle.

— Josie, il faut que je t'avoue quelque chose.

Elle leva les yeux.

— Tu as couché avec Kim.

Il détourna la tête.

— Je suis désolé, dit-il. Je suis vraiment, profondément désolé. Je ne voulais pas que tout ça devienne... incontrôlable.

— Tu aurais dû m'en parler, dit Josie. Après tout ce qu'on a vécu ensemble ? Tu ne pensais pas pouvoir te confier à moi ?

Il fronça les sourcils.

— Je n'avais jamais été dans une telle situation. Je sais que j'ai fait de mauvais choix et, ensuite, c'était un mauvais choix après l'autre, jusqu'à ce que je sois tellement embourbé que je savais que je ne pourrais pas m'en sortir sans gâcher ma vie, et peut-être même la tienne.

— J'allais devenir ta femme, dit-elle. Tu aurais dû me faire confiance. Mais tu m'as repoussée à la place.

— Je suis désolé. Vraiment.

— Pourquoi ? demanda Josie. Pourquoi tu ne t'es pas confié à moi ? Tu étais tellement froid et distant. C'était comme si tu n'étais plus là.

— Je ne suis pas le seul à m'être fermé, Josie.

Elle plissa les yeux.

— Qu'est-ce que ça veut dire, ça ?

Il lui adressa un faible sourire. Son ton n'était pas accusateur, seulement triste.

— Tu crois que je ne suis pas au courant pour tous ces souvenirs sombres que tu as enfouis ? Toutes ces choses que tu gardes dans ta tête ? Tu ne t'ouvres jamais à moi non plus.

Sentant son estomac se nouer, Josie se leva.

— Tu ne sais pas de quoi tu parles.

Il secoua la tête en riant doucement.

— Voilà, tu le prends mal. J'essaie de te parler, Josie. Je suis désolé de ne pas avoir été franc avec toi, mais tu ne l'es pas complètement avec moi non plus. Tu ne me dis rien. Tu t'en sors très bien, et tu te débrouilles avec tout ça mais, quoi qu'il se soit passé dans ton enfance, ça t'a affectée. Mais tu n'as jamais eu assez confiance en moi pour t'ouvrir, pour me laisser t'aider.

Elle essuya furieusement la larme qui glissait sur sa joue, se détestant. Elle pointa un doigt sur sa poitrine.

— Parce que je n'ai pas besoin d'aide. Je n'ai aucun problème.

— Pourquoi aucun de tes placards n'a de porte, Josie ? Hein ? D'où vient vraiment la cicatrice sur le côté de ton visage ?

— Ça ne te regarde pas.

Il hocha la tête, comme s'il donnait son approbation.

— Je vois. Ça ne me regarde pas. Tu ne me dis rien sur toi alors qu'on est censés se marier.

— Arrête de tout ramener à moi, s'emporta Josie. Ce n'est pas moi qui ai menti, qui ai dissimulé un triple homicide et qui ai caché une meurtrière et une menteuse dans ma maison pendant des mois. Ce n'est pas moi qui t'ai trompé. Je n'ai rien fait de mal.

— Tu ne m'as jamais menti ?

— Non, jamais.

— Tu es allée sur la tombe de Ray combien de fois ? Environ ? Combien de fois, juste le mois dernier ?

— Ne parle pas de Ray.

— Ah, c'est vrai, je ne peux pas parler de Ray. Je n'ai pas le droit de le mentionner. Ray connaissait tous tes secrets. Ray est mort, et tu l'aimes toujours plus que tu ne m'aimes.

Josie sentit quelque chose en elle s'adoucir. Une nouvelle

larme glissa le long de sa joue. Sa voix se brisa quand elle prit la parole.

— Ce n'est pas vrai.

Comme pour se rendre, Luke leva ses mains bandées.

— Ce n'est pas grave. De toute façon, je ne pense pas que ça aurait marché entre nous, pas sur le long terme. Je suis désolé.

Pendant qu'il parlait, Josie pouvait voir de petites perles de sueur se former à la racine de ses cheveux. Son visage vira au gris.

— Tu… tu as besoin d'antidouleurs ? demanda-t-elle.

Il acquiesça ; sa respiration devenait plus forte. Josie se précipita dans le couloir pour trouver son infirmière. Quand elle fut de retour avec elle, il était en train de vomir sur son plateau.

— Mince ! dit l'infirmière.

Elle injecta des médicaments dans sa perfusion pendant que Josie le nettoyait.

— Je lui ai également donné quelque chose pour les nausées, dit l'infirmière avant de les laisser de nouveau seuls.

Josie s'installa dans le fauteuil et le regarda somnoler en essayant de ne pas pleurer. Quand il se mit à ronfler, Josie sortit prendre l'air et un café. Elle revint une heure plus tard ; il était réveillé, les yeux bloqués sur la télé accrochée au mur. Il lui adressa un faible sourire quand elle entra.

— Pardon, dit-il. La douleur… Ça…

— Je comprends, dit Josie.

Elle ne s'assit pas.

— Je suis désolé, répéta Luke. Pour la façon dont ça a tourné. Je t'aime, tu sais. Vraiment.

— Je te crois, répondit Josie.

Elle se pencha vers lui pour déposer un long et dernier baiser sur ses lèvres. Elle était presque à la porte quand elle s'arrêta pour se retourner.

— Luke, est-ce que tu as envoyé Kim chez Misty Derossi ?

— Non, dit-il. Je ne savais pas où elle était allée jusqu'à ce qu'elle revienne et me dise qu'elle était chez Misty et qu'un des hommes d'Eric avait enlevé le bébé.

— C'est bien ce que je pensais.

— Kim m'a dit qu'elle avait dit à Misty que je l'avais envoyée là-bas et que si Misty l'aidait, je serais plus enclin à faire ce qu'elle voulait, c'est-à-dire te parler du fait que le bébé était celui de Ray. Il faut que tu saches que Kim est une bonne manipulatrice et qu'elle peut être très convaincante quand elle le veut. Je ne serais pas surpris qu'elle ait réussi à persuader Misty d'accoucher à domicile.

— Oh, je sais à quel point elle est manipulatrice, dit Josie. De quoi Misty voulait te parler ? Quand tu es allé la voir au *Foxy Tails* et qu'elle est venue chez toi ?

— Principalement du bébé de Ray, mais je vais la laisser te le dire. C'est ce que j'aurais dû faire en premier lieu.

71

Misty était deux étages au-dessus de Luke. Josie frappa doucement à la porte avant d'entrer.

— Vous êtes revenue, dit Misty en souriant.

L'un des côtés de son visage était toujours affaissé. Misty leva le bras et toucha sa joue avec sa main libre.

— Paralysie temporaire, expliqua-t-elle. Ils disent que ça devrait revenir. Ça va demander pas mal de rééducation, mais ils pensent que je retrouverai toutes mes fonctions.

Josie se rapprocha.

— Tant mieux.

— Je n'aurais jamais cru être heureuse de vous voir, commenta Misty.

Josie acquiesça.

— Pareil pour moi.

Elle balaya la pièce du regard.

— Où est le bébé ?

— Oh, il est à la maison avec Brittney. Elle va le ramener dans quelques heures. Ma voisine est un ange, elle s'occupe de lui le temps que Brittney dorme un peu.

— Super, dit Josie.

— Je sais qu'on n'a pas toujours été... les meilleures amies du monde, mais je vous remercie pour ce que vous avez fait.

— C'est mon travail, répondit Josie.

Misty rit. Un mince filet de bave s'écoula du côté affaissé de sa bouche.

— C'est ce que Ray disait toujours : « C'est mon travail. »

— Il vous manque, dit Josie.

Elle souffrait de son absence presque tous les jours alors qu'elle lui en voulait toujours. Elle se demandait si ces sentiments disparaîtraient un jour, ou du moins s'apaiseraient.

— Oui, énormément, dit Misty. Écoutez... À propos de Victor.

— Je sais, c'est le fils de Ray, dit Josie.

— Luke vous l'a dit ?

— Non. Je l'ai découvert pendant que j'essayais de le retrouver. Misty, écoutez, ça va. Ne vous inquiétez pas.

— Vous dites ça parce que je suis... dans cet état ?

Elle rit de nouveau, et davantage de salive coula de sa bouche. Josie prit un mouchoir en papier dans la boîte posée sur sa table de nuit et lui tendit. Misty se tamponna le visage.

— Non, dit Josie.

Une guerre faisait toujours rage en elle : le sentiment d'irréalité qu'elle éprouvait à l'idée d'avoir été l'amour de la vie de Ray sans être celle qui avait porté son enfant s'opposait au sentiment de connexion instantanée qu'elle avait eu dès le moment où elle avait pris le bébé dans ses bras.

— Écoutez, ça n'a pas d'importance. Ray voudrait que je l'accepte. D'accord ?

— Merci.

Josie hocha la tête, mal à l'aise.

— Luke a mentionné qu'il y avait autre chose dont vous comptiez me parler, mais qu'il voulait vous laisser me le dire vous-même.

Misty pressait le mouchoir dans sa main, le serrant et le relâchant encore et encore.

— S'il vous plaît, ne le prenez pas mal, dit-elle.

Josie sentit un grognement monter en elle, mais elle resta muette. Misty poursuivit.

— Voilà, j'ai utilisé toutes mes économies pour la fécondation in vitro. Je sais que Ray avait une assurance-vie. Je me demandais s'il restait quelque chose ou s'il y avait un reste de son héritage pour aider... Victor. J'ai horreur de demander ça, mais... je ne vais pas pouvoir retourner danser après tout ce qui s'est passé.

Une petite flamme de colère s'alluma en Josie, mais elle se rappela que Ray était tombé amoureux de cette femme, pour une raison ou une autre. Sa dernière volonté était que Josie le respecte, et la respecte, même si elle la détestait.

— En effet, Ray avait une petite assurance-vie, dit Josie. J'en ai utilisé une partie pour payer ses obsèques après que sa mère a pris les dispositions nécessaires, et je lui ai donné le reste. C'est ce que Ray aurait voulu. En ce qui concerne l'héritage, il n'y en avait pas. On était toujours mariés, donc tout m'est revenu automatiquement. Quand je dis tout, je parle essentiellement de notre maison. C'est tout ce qu'on avait, et elle était hypothéquée. Je n'ai pas récupéré grand-chose de la vente.

— Ah, dit Misty, s'affaissant contre ses oreillers.

Josie eut une remontée acide. Une voix dans sa tête lui disait de lui tourner le dos, de quitter la pièce et de ne jamais revenir. Ce n'était pas son problème. Mais elle entendait Ray murmurer à son oreille. *Allez, Jo.*

Josie ferma les yeux, compta jusqu'à cinq et les rouvrit.

— Mais écoutez, dit-elle avec difficulté. Je vous aiderai autant que je le peux, d'accord ? À deux conditions.

L'espoir illumina les yeux de Misty.

— Lesquelles ?

— Vous devez le dire à la mère de Ray. Elle a eu une vie

difficile. C'est son petit-fils. Elle mérite de le connaître et elle vous aidera. Je le sais. Laissez-lui une place.

Misty acquiesça.

— D'accord. Promis. Et l'autre condition ?

— Vous ne pouvez pas appeler ce bébé Victor.

— Quoi ?

— Victor. Vous lui avez donné le prénom du père de Ray, non ?

— Oui, exact.

Josie prit une grande inspiration.

— Le père de Ray battait Mme Quinn. Et pas qu'un peu. Ça ne se passait pas très bien avec Ray non plus. Je peux vous assurer qu'il ne voudrait pas que son fils porte le nom de son père.

Misty porta sa main valide à sa poitrine.

— Oh mon Dieu. Non. Je ne savais pas. Je suis désolée. Je...

Josie tendit la main pour la poser sur le bras de Misty.

— Vous ne saviez pas. Ce n'est pas grave. Vous n'avez pas encore déclaré sa naissance, si ?

— Non.

— Alors choisissez un autre prénom.

Misty resta silencieuse un long moment.

— Que pensez-vous de Harris ? finit-elle par demander. Comme le chef ? Harris Raymond Derossi.

Josie sourit.

— Ou Harris Raymond Quinn.

— Vraiment ?

Josie haussa légèrement les épaules.

— C'est le fils de Ray.

— Merci, dit Misty.

Josie lui tapota de nouveau le bras avant de partir, et prononça des mots qu'elle n'aurait jamais pensé dire à Misty Derossi.

— On se tient au courant.

72

Kim Conway était sortie de l'hôpital au bout de deux semaines. Elle était maintenant détenue à la prison du comté d'Alcott dans l'attente de la réduction des charges retenues contre elle concernant la mort de Denny Twitch. Le procureur enquêtait sur ce qui s'était réellement passé chez Brady et Eva Conway, ainsi que sur le meurtre de Leonard Nance. Josie apprit qu'ils prévoyaient de mettre en examen Kim et Luke pour entrave à la justice et atteinte à l'intégrité d'un cadavre dans l'affaire Kavolis. Carrieann dit à Josie que Luke était résigné et prêt à répondre de ses actes. Josie espérait qu'il serait en mesure de conclure une sorte d'accord pour éviter la prison. La fin de sa carrière dans la police ne faisait aucun doute. Kim éviterait certainement la prison une fois qu'elle aurait mis la main sur les actifs de Peter Rowland. D'après le bruit qui courait, un avocat important avait déjà été engagé pour s'assurer qu'elle soit désignée comme unique héritière de Rowland. Josie avait toujours des sentiments mitigés à l'égard de Kim, mais elle ne pouvait rien faire d'autre que de fournir toutes les preuves au procureur et le laisser faire son travail.

Trinity Payne avait relayé toute l'histoire, qui s'était avérée encore plus importante que celle du Tueur de l'autoroute, et son visage était maintenant sur toutes les chaînes. Seul HBO permettait à Josie d'échapper un peu à l'omniprésence de Trinity.

Après la diffusion de l'histoire des enfants issus du don de sperme de Rowland, elle avait passé près de deux jours au lit accompagnée d'une bouteille de bourbon. Elle avait jeté tout ce qu'elle avait trouvé en lien avec le mariage. Elle avait caché sa bague de fiançailles au fond de sa boîte à bijoux, là où elle ne pourrait pas la voir, juste à côté de son ancienne alliance. Une fois le besoin de boire et de pleurer envolé, elle s'était mise à nettoyer. Elle avait frotté chaque surface de sa maison, passé l'aspirateur sur chaque centimètre carré de sa moquette, même dans les coins, les escaliers et sous les meubles. Elle avait tout réorganisé pour que chaque pièce ait l'air différente. Elle avait remplacé les meubles de la cuisine. Puis, le jour suivant, elle s'était encore trompée de placard pour ses tasses à café et s'était cogné les tibias contre les meubles qui n'étaient pas là où elle avait l'habitude qu'ils soient.

Alors qu'elle venait de buter contre le coin de sa table basse, deux soirs après le grand réaménagement de sa maison, on frappa à sa porte. Elle se dirigea vers la porte en boitant et alluma la lumière du porche. Devant elle, serrés les uns contre les autres, se trouvaient Lisette, Noah, Gretchen et la docteure Feist.

— Surprise ! crièrent-ils en chœur.

C'est à ce moment que Josie remarqua une bouteille de champagne dans les mains de Gretchen, des ballons attachés au déambulateur de Lisette, un gâteau dans les bras de la docteure Feist, et des fleurs serrées contre la poitrine de Noah.

— Qu'est-ce que c'est que ça ? demanda Josie.

Soudain, elle regretta de ne pas porter autre chose que son survêtement et de ne pas s'être lavé les cheveux depuis trois jours.

Lisette se faufila à l'intérieur, les ballons heurtant le visage de Josie au passage. Josie les écarta de la main et les autres entrèrent. Noah lui tendit le bouquet de fleurs.

— De la part de Trinity, dit-il. Elle voulait être là, mais elle est sur CNN ce soir.

Josie les suivit jusqu'à la cuisine et les observa, stupéfaite, pendant qu'ils dressaient la table, dénichaient des verres à vin et mettaient sur le gâteau des bougies qui sortaient tout droit de la veste de la docteure Feist.

Lisette jeta un coup d'œil par-dessus son épaule et sourit à Josie.

— Tu as oublié, n'est-ce pas ?

Josie s'avança pour regarder le gâteau de plus près. Le glaçage bleu formait les mots « Joyeux anniversaire, patronne ! ».

— C'est tes trente ans, lui rappela Lisette.

— On a commandé à manger, dit Noah. Ça devrait arriver d'une minute à l'autre.

Josie les regarda tous. Pour la première fois depuis la mort de Ray, elle sentit quelque chose, minuscule, combler le vide qu'il avait laissé dans sa vie et son cœur.

— Merci, dit-elle d'une voix rauque.

Merci d'avoir choisi de lire *La Fille sans nom*.

Si vous l'avez aimé et que vous souhaitez être tenu au courant de mes dernières parutions, il vous suffit de vous inscrire en suivant le lien ci-dessous. Votre adresse mail ne sera jamais partagée, et vous pouvez vous désinscrire à tout moment.

france.bookouture.com/subscribe/

Si vous êtes revenu pour ce deuxième épisode des aventures de Josie Quinn, je tiens à vous remercier du fond du cœur de rester à ses côtés. Je sais qu'il y a beaucoup de livres extraordinaires à lire ; alors merci du temps que vous accordez à Josie. Si vous découvrez la série *Josie Quinn*, merci de lui avoir donné une chance. J'espère que vous avez passé un bon moment, et que vous resterez pour le troisième livre, qui nous permettra d'en savoir beaucoup plus sur le passé de Josie.

J'aime avoir l'avis des lecteurs. Vous pouvez me contacter via l'un des réseaux sociaux ci-dessous, ainsi que sur ma page Goodreads. Je vous incite également à partager votre avis sur *La Fille sans nom* et à recommander le livre aux autres lecteurs si vous le souhaitez. Les avis et le bouche-à-oreille font toute la différence pour aider les lecteurs à découvrir mes livres.

Comme toujours, merci beaucoup pour votre soutien ! Il

compte énormément pour moi. Je me réjouis d'échanger avec vous et j'espère avoir l'honneur d'être à nouveau lue par vous !

Merci,

Lisa Regan

www.lisaregan.com

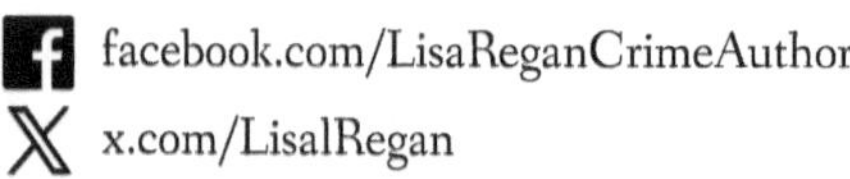

facebook.com/LisaReganCrimeAuthor
x.com/LisalRegan

REMERCIEMENTS

Comme toujours, j'aimerais commencer par remercier mes incroyables lecteurs. Merci de lire et de recommander mes livres autour de vous, ainsi que de donner votre avis. Merci pour votre enthousiasme continu, qui me donne la force d'avancer.

Merci à mon mari Fred et à ma fille Morgan pour m'avoir motivée à finir ce livre et pour toujours trouver les bons mots dans les moments de frustration. Merci à mes proches : William Regan, Donna House, Rusty House, Joyce Regan et Julie House, mes compagnons assidus et fervents dans cette incroyable aventure. Merci à mes amies les plus loyales et mes premières lectrices, qui sont toutes des écrivaines incroyables : Nancy S. Thompson, Dana Mason et Katie Mettner. Les filles, vous êtes tout pour moi ; je n'imagine pas faire ça sans vous ! Un grand merci à Torese Hummel pour sa passion, son honnêteté et sa volonté de m'aider à devenir une meilleure écrivaine ! Merci à Susan Sole pour tous ses mots d'encouragement et de soutien, toujours au moment où j'en avais le plus besoin. Merci égalementment aux amis et membres de ma famille qui me soutiennent : Melissia McKittrick, Ava McKittrick, Andy Brock, Kevin et Christine Brock, Michael J. Infinito Jr., Carrie A. Butler, Helen Conlen, Marilyn House, Dennis et Jean Regan, Laura Aiello, Tracy Dauphin, et les familles Tralies, Conlen, Funk et Regan.

Un énorme merci au sergent Jason Jay pour avoir une fois de plus répondu à toutes mes questions sur le travail de la police avec autant de détails. Je vous suis redevable !

Enfin, merci, Jessie Botterill, pour tes suggestions brillantes.

Je suis bluffée par tout ce que tu arrives à tirer de moi ! Je suis honorée d'avoir la chance de travailler avec toi. Merci à toute l'équipe de Bookouture, y compris mes confrères et consœurs ! Chaque jour, je suis reconnaissante de faire partie d'une famille éditoriale aussi incroyable.

www.ingramcontent.com/pod-product-compliance
Lightning Source LLC
Chambersburg PA
CBHW020347220726
48290CB00014B/1310